ENTRE HISTÓRIAS E TERERÉS: O OUVIR DA LITERATURA PANTANEIRA

FUNDAÇÃO EDITORA DA UNESP

Presidente do Conselho Curador
José Carlos Souza Trindade

Diretor-Presidente
José Castilho Marques Neto

Editor Executivo
Jézio Hernani Bomfim Gutierre

Conselho Editorial Acadêmico
Alberto Ikeda
Antonio Carlos Carrera de Souza
Antonio de Pádua Pithon Cyrino
Benedito Antunes
Isabel Maria F. R. Loureiro
Lígia M. Vettorato Trevisan
Lourdes A. M. dos Santos Pinto
Raul Borges Guimarães
Ruben Aldrovandi
Tânia Regina de Luca

ENTRE HISTÓRIAS E TERERÉS:
O OUVIR DA LITERATURA PANTANEIRA

FREDERICO AUGUSTO GARCIA FERNANDES

© 2001 Editora UNESP
Direitos de publicação reservados à:
Fundação Editora da UNESP (FEU)
Praça da Sé, 108
01001-900 – São Paulo – SP
Tel.(0xx11) 3242-7171
Fax: (0xx11) 3242-7172
Home page: www.editora.unesp.br
E-mail: feu@editora.unesp.br

Dados Internacionais de Catalogação na Publicação (CIP)
(Câmara Brasileira do Livro, SP, Brasil)

Fernandes, Frederico Augusto Garcia
    Entre histórias e tererés: o ouvir da literatura pantaneira /
Frederico Augusto Garcia Fernandes. – São Paulo: Editora
UNESP, 2002.

Bibliografia.
ISBN 85-7139-385-0

1. Cultura popular 2. Literatura popular 3. Pantanal
Mato-grossense (MT e MS) – História I. Título.

02-0390   CDD-869.9309

Índice para catálogo sistemático:
1. Literatura popular pantaneira: Ficção:
Literatura brasileira: História e crítica   869.9309

Este livro é publicado pelo projeto *Edição de Textos de Docentes
e Pós-Graduados da UNESP* – Pró-Reitoria de Pós-Graduação e Pesquisa
da UNESP (PROPP)/Fundação Editora da UNESP (FEU)

Editora afiliada:

Asociación de Editoriales Universitarias
de América Latina y el Caribe

Associação Brasileira de
Editoras Universitárias

Ao meu pai-avô, Augusto Amore,
pelas primeiras histórias ítalo-caipiras;

às minhas avós, Carmen e Josefa,
guardiãs de minha memória;

aos pantaneiros,
memória viva destas histórias.

Se creio? Acho proseável.
A gente só sabe bem aquilo que não entende. A qualquer narração dessas depõe em falso, porque o extenso de todo sofrido se escapole da memória. E o senhor não esteve lá. Falo por palavras tortas. Conto minha vida, que não entendi. O senhor é homem muito ladino, de instruída sensatez. Mas não se avexe, não queira chuva em mês de agosto. Já conto, já venho – falar no assunto que o senhor está de mim esperando. E escute. Conforme foi. Eu conto; o senhor me ponha ponto.

(Riobaldo ou Rosa? – *Grande sertão: veredas*)

SUMÁRIO

Nota Introdutória   13

Parte I
Entre histórias e tererés

1 Nas veredas da literatura popular pantaneira   21
    Literatura popular e *performance*   21
    À guisa de classificação   33
    A arte do cotidiano   53

2 Auscultando as fontes: a letra e outros olhares   63
    Sob o signo da letra   63
    Repensando o Pantanal: marcas de uma cultura popular   94
    Sob as terras encharcadas: no encalço da voz pantaneira   103

Parte II
O ouvir da literatura pantaneira

Mitos   113

    Mitos Gerais   115
        Bruxa   115
        Come-língua   117
        Diabo   121

Fada	125
Lobisomem	126
Mulher de branco	138
Mulher e os leitões	144
Mitos da Água	147
Boi d'água	147
Cavalinho d'água	149
Minhocão	154
Mulher-peixe	170
Negrinho d'água	172
Serpente encantada	175
Mitos da Mata	177
Alma tripa	177
Curupira	178
Chefe dos bichos	182
Chefe dos bugios	184
Chefe dos porcos	186
Mãozão	187
Pé-de-garrafa	202
Pé grande	207
Pomberinho	209
Saci	212
Lendas	223
A mulher que a terra não quis	225
A lenda do corpo seco	225
Benzedeiros famosos	231
A benzedeira de Poconé	231
A domadora de cavalos	236
O dono das cobras	236
O mato do esquecimento	243
Enterro	247
Imagens de santos encantadas	253
São Sebastião	253
A santa do Tamengo	254

O homem onça	255
Lugares assombrados ou encantados	257
A terra	257
A água	276
O menino e a anta	279
Histórias do vaqueiro glutão	285
Contos	**293**
Contos maravilhosos	295
Durindana e Patrão	295
João e Maria abandonados	300
João e a princesa fugitiva	305
João e o gigante	307
Contos humorísticos representados por animais	313
O urubu e o cachorro	313
Causos	315
Bois e boiadas	317
Caçadas	327
Enganos	331
Caderno de fotos	**343**
Glossário	**353**
Fontes	**363**
Bibliografia geral	363
Bibliografia regional	368
Dicionários, catálogos e enciclopédias	371
Jornais, boletins e textos mimeografados	372
Entrevistas	373

NOTA INTRODUTÓRIA

Uma das principais características da literatura é que vida e literariedade estão enleadas. Mas para que um fenômeno efetive-se como literatura é necessário o espírito soprar sob a pena ou fazer vibrar a voz. O escritor dá uma outra dimensão aos fatos cotidianos e sentimentos, torna-os pungentes, reelabora-os, fixando-os no tempo com a palavra impressa. O contador, por sua vez, *consome* os momentos, cada fato vivido é uma aventura que ele pode compartilhar nas suas rodas de conversa. Ele procura encantar com a magia dos sons das palavras e divertir os ouvintes com gestos e expressões impressas em sua face. Conta o mesmo fato inúmeras vezes, fundindo lembranças alheias, trocando palavras, incorporando personagens.

É por isso que a literatura tem duas trilhas: uma da fixação e outra da dinamicidade. A que segue a primeira é canônica e escrita e a segunda, tradicional e popular. Nesse sentido, um livro sobre literatura popular aparenta uma enorme contradição: como mostrar narrativas populares das rodas de tereré de maneira escrita? Cristalizamos a palavra; por conseguinte, definharam-se o som e o gesto e a *performance* esfumou. Logo, chegamos ao fato de que este livro não é *de*, mas *sobre* literatura popular. Como dizia Sílvio Romero: "se vocês querem poesia, mas poesia de verdade, entrem no povo, metam-se por esses rincões, passem uma noite no rancho, à beira do fogo, entre violeiros, ouvindo trovas ao desafio" (apud Amaral, 1982, p.100).

Este livro é uma versão modificada de uma dissertação de mestrado em Letras, defendida na UNESP – Campus de Assis, em agosto de 1998. A primeira etapa da pesquisa consistiu em três anos de coleta no Pantanal sul-mato-grossense, em que foram ouvidas 27 pessoas, totalizando mais de 50 horas de gravação. Na área de literatura, esse tipo de pesquisa requer um pouco mais de trabalho, porque, além de inverter o foco de análise de uma obra encontrada em estantes de bibliotecas pela ida a campo atrás de narrativas, o pesquisador deve dialogar com diversas áreas do conhecimento. Afora isso, muitas dessas narrativas são, a nosso olhar, completamente inusitadas e diante do contador não temos como dizer o que queremos ouvir, pois não há como ter um conhecimento prévio de seu repertório. Às vezes, viajamos horas e horas sem a certeza de que vamos encontrar o entrevistado ou saber se ele se dispõe a gravar. Apesar da ansiedade em coletar as histórias do imaginário pantaneiro, exige-se da pessoa engajada numa pesquisa como esta a máxima cautela em não forjá-las, isto é, não forçar o contador a nada, mas registrá-lo em seu momento de espontaneidade.

Como o trabalho é sobre uma manifestação literária diferente da encontrada entre linhas, enviesada para situações vividas, diretamente ou não, sobretudo para seus inúmeros aspectos orais, ele exige de nós a disciplina e a sensibilidade no *saber ouvir*. Algo que requer do pesquisador a máxima atenção no entrevistado.

Para tal empreitada, não fomos sozinhos. Na verdade, esta pesquisa vincula-se a um projeto maior, *História oral e memória: história e estórias*, ligado ao Departamento de Ciências Humanas e Letras do Centro Universitário de Corumbá, da Universidade Federal de Mato Grosso do Sul. Graças a esse projeto, pudemos contactar vários contadores. Mesmo assim, as dificuldades foram muitas, primeiro pela extensão da área pesquisada, depois pelo difícil acesso nos meses de dezembro a final de março, quando as estradas encontram-se praticamente submersas e muitos moradores são obrigados a abandonar suas casas.

O Pantanal é uma área com cerca de 140 mil km^2, só em território brasileiro, estendendo suas matas, rios e fauna pelos Estados de Mato Grosso, Mato Grosso do Sul e por territórios bolivianos e paraguaios. No Brasil, ele está dividido em várias sub-regiões, sendo boa parte localizada no município de Corumbá. Em decorrência dessa extensão e dos parcos recursos financeiros, a pesquisa ficou centrada na parte urbanizada de Corumbá (conversando com ex-moradores do campo) e em áreas próximas, como a Nhecolândia e o Paiaguás.

Foi recolhida aqui uma literatura tão encharcada quanto a região, pois antes de tudo ela está mergulhada no homem, na sua cultura, sociabilidade e criatividade. Dela saem inúmeros mitos, registros de lugares assombrados, lembranças da Guerra do Paraguai, histórias de benzedeiros famosos, de vaqueiros e violeiros que fizeram pactos com o *Coisa-Ruim*, de plantas responsáveis pelo extravio do campesino no mato, episódios carregados de abusões. Destacam-se no repertório o sobrenatural e o natural, o místico e o factual, que à noite, no ermo, povoam a fantasia de muitos. Desvela-se a consciência de que a Natureza tem mais coisas que a vã razão pode dar conta de explicar. Por outro lado, existem narrativas sobre as lidas no campo, principalmente sobre a condução de boiadas, marcadas em geral pelo humor ao desmascarar o sobrenatural, em que é transmitida a aventura e a rudeza no trato com o gado, algo reservado de surpresas, exigindo do pantaneiro o conhecimento de lugares, da fauna, da flora. Nessa outra vertente, o místico ocupa um espaço circular, menos central que o acontecimento. Tudo o que acontece vira um caso, e mais fiel ao contador pantaneiro seria dizer *causo*.

De uma maneira ou de outra essas histórias revelam o que é ser pantaneiro e o que é Pantanal. As questões de ordem estética não podem ser apreendidas unicamente pelo aspecto formal, como muitas vezes se faz na literatura escrita. A forma de narrar é, por excelência, artesanal. E isso não quer dizer que a palavra esteja totalmente despida de uma estética, ao contrário, aqui a apreensão do belo torna-se mais facilmente compreendida pela transmissão de saberes e de coisas simples do dia-a-dia. É aí que as amarras da arte à vida são mais percebidas e, por tal razão, a literatura popular pantaneira também leva a pensar em valores e conflitos peculiares ao ser humano.

Pode-se dizer, então, que a literatura popular resulta de um trabalho com a linguagem, em que a criatividade, as maneiras de contar, o entretenimento e o plano ideológico, provenientes dela, trazem indícios de que se está lidando com uma "enfabulação" do cotidiano. Trata-se de textos orais que continuam a circular e a se transformar entre contadores pantaneiros, textos que revelam na dialética presente/passado, memória/esquecimento, o prenúncio futuro.

Por isso, um livro sobre literatura popular também tem sua virtude. Ele serve, num balanço geral, como um instrumento para espalhar a literatura encontrada na voz de pessoas humildes, moradoras de lugares afastados. Nesse caso, é também um modo de divulgar a cultura popular do Pantanal e de perceber que há literatura sem formato de livro, mesmo que carregue uma enorme contradição. O conteúdo está dividido em duas partes: uma, com apontamentos sobre o contador e a pesquisa como um todo; e outra, em que estão presentes as histórias transcritas.

Na Parte I, "Entre histórias e tererés", refletimos acerca de alguns pressupostos da literatura popular: memória, gesto e oralidade, papel do narrador e do ouvinte. Ainda nela, são indicados os passos dados no decorrer da investigação, além de levantar uma breve discussão sobre o tratamento dado à literatura popular no Brasil.

É traçado, em linhas gerais, um breve histórico da ocupação pantaneira, citando fatos sobre a colonização e sobre as mudanças culturais, de forma a descortinar para o leitor alguns costumes e valores locais.

A parte II, intitulada "O ouvir da literatura pantaneira", apresenta como aspecto mais relevante as histórias transcritas. É perceptível nas entrelinhas dessa divisão a resistência em situar o conjunto de histórias num campo à parte, separado do corpo teórico. O leitor menos interessado nas discussões acerca da literatura popular e do contexto delas poderá, porém, passar para as histórias diretamente, embora a seleção e a divisão correspondam a critérios sobre gênero, o que revela um direcionamento da leitura. Dessa forma, abre-se esse mundo fantástico com os mitos, subdividindo-os em gerais, da água e da mata. Em seguida, vêm as lendas, agrupadas em nove partes, versando sobre lugares assombrados ou encantados, enterros de tesouros, pessoas dotadas de poderes sobre animais e objetos, entre outras coisas. Os contos populares, diferentes dos demais, estão subdivididos em maravilhosos e humorísticos representados por animais. Por último, vêm os causos aglomerados de acordo com os assuntos, versando sobre a condução de bois – histórias de boiadeiros –, as caçadas e os enganos faceciosos. Cabe acrescentar que o trabalho apresenta ainda um glossário para tirar as dúvidas sobre alguns termos regionais. O glossário foi elaborado mediante consulta feita aos contadores e comparações com alguns dicionários, que tratam do léxico popular em diferentes regiões do país.

Por último, não poderia deixar de agradecer aos professores Luiz Antônio de Figueiredo, Carlos Erivany Fantinati e José Carlos Zamboni, da Faculdade de Ciências e Letras de Assis, UNESP, e à professora Albana Xavier Nogueira, da UFMS, pelas leituras e sugestões. Especialmente agradeço a Eudes Fernando Leite, irmão de encontros e andanças pelo mundo afora, pela sua companhia nas veredas pantaneiras e também pelos debates travados na nossa restrita roda de tereré. Às instituições Capes, pela bolsa de estudo concedida entre 1996 e 1998, à UNESP de Assis, à UFMS e à Funarte, pelo reconhecimento do trabalho no Concurso Sílvio Romero, edição 1998. Também gostaria de agradecer a Júlia Amore, Carmen M. Amore, Waldop Sel e Áurea Sel, principalmente à minha esposa Márcia Sel, que compartilhou de inúmeras inquietações, dividiu angústias e soube compreender minha ausência durante a pesquisa.

PARTE I
ENTRE HISTÓRIAS E TERERÉS

I NAS VEREDAS DA LITERATURA POPULAR PANTANEIRA

> Porque a maneira de reduzir o isolado que somos dentro de nós mesmos, rodeados de distância e lembranças, é botando enchimento nas palavras. É botando apelidos, contando lorotas. É enfim, através das vadias palavras, ir alongando os nossos limites.
>
> (*Manoel de Barros*)

LITERATURA POPULAR E *PERFORMANCE*

Diz uma lenda indígena que a solidão entristece o homem. Uni, chefe dos Itabaeté, viu toda sua aldeia partir por causa da guerra. Velho e sem forças para a longa empreitada, ele e sua filha, Yari, ficaram para trás. Uni era também um dos guardiães da memória, com ele estavam as histórias dos antepassados, dos espíritos das matas e rios, das guerras, das caçadas e das ervas curativas. Histórias que ficaram comprimidas em sua mente por dias e meses.

Certa vez passou um andarilho pedindo pouso. Uni cedeu. Yari o alimentou. Compartilharam muitas histórias. Trocaram experiências. Uni deu vazão à mente, expandiu pela voz os limites espaciais, (re)criou seres. O andarilho, impressionado com o poder de Uni, sacou do sapicuá umas folhas verdes de um perfume inebriante. Em suas mãos as folhas viraram raiz. Da raiz saiu uma planta. Plante-a, espere crescer e beba de suas folhas. Ao dizer isso o andarilho tocou a mão de Yari numa das folhas. Onde quer que Yari tocasse a terra a planta brotava. Finda a guerra, Uni serviu um chá daquelas folhas aos que voltaram. Sorvia-se a bebida em roda, o círculo avolumava-se. Diversas experiências apreendidas entre histórias. Na aldeia de Uni uma mesma história nunca é igual. Toda voz é uma extensão da imaginação. Preenche o vazio, inclusive o vazio do próprio contador. Graças à erva do andarilho, presente dos deuses, o homem pode compartilhar diferentes mundos.[1]

Essa é uma das lendas sobre o surgimento da erva-mate. Dela é feito o tereré, uma bebida semelhante ao chimarrão, com uma erva mais espessa e servido com água em temperatura ambiente ou, de preferência, gelada. No início e no fim de um trabalho ou entre os intervalos, é difícil o pantaneiro que dispense um tereré. É uma bebida que raramente se toma desacompanhado, sendo servida numa guampa e sorvida por meio de uma bomba. Enquanto roda o tereré, as pessoas trocam experiências, contam causos, histórias de assombração, falam das caçadas e pescarias, compartilham aventuras. Desse modo, a roda de tereré é um dos ambientes propícios à manifestação da literatura popular pantaneira. Se Uni conta a história da sua tribo, seus mitos e lendas, o pantaneiro de hoje carrega uma história de vida voltada mais para sua experiência individual, mas também com mitos, lendas e contos fundados no coletivo. Ambos lutam contra a solidão, pois para que a tradição sobreviva é preciso que alguém escute suas histórias. Este livro surge de algumas rodas de tereré mescladas com entrevistas. Reflete um momento fugaz em que o som cala fundo. Trata-se de um registro de convivência com pantaneiros desdobrado num trabalho sobre literatura.

---

[1] O trecho foi escrito a partir da "Lenda da erva-mate" (cf. Serejo, 1978b, p.20-6). Como "quem conta um conto aumenta um ponto", essa história foi por nós modificada. Sobre a erva-mate e Yari são interessantes os livros: Instituto Euvaldo Lodi, 1986; Cascudo, 1971. Caberia ressaltar que a cultura da erva-mate concentra-se na região sul de Mato Grosso do Sul, portanto não localizada numa área pantaneira, sendo a lenda de Serejo extraída de lá.

O olhar sobre o texto que se faz com o vibrar de vozes nem sempre, porém, é construtivo. Às vezes, prefixos como "para" ou "sub" podem ainda ser encontrados em publicações recentes, empregados para classificar a literatura popular. Caudatárias dessa definição estão as dicotomias "literatura popular *versus* literatura erudita", "oral *versus* escrita", "individual *versus* coletivo", norte pelo qual seguiu boa parte dos estudos folclóricos. Por outro lado, a oralidade começa a ser percebida como fator importantíssimo na estruturação do pensamento ocidental. A supremacia do escrito sobre o oral passa a ser questionada, colocando em pé de igualdade a produção literária escrita e falada. Na medida em que as investigações sobre cultura oral avançam, há uma tendência em excluir a designação "literatura", por considerá-la vinculada à letra e não à voz.[2] *Litera*, de onde vem "literatura", mesmo que etimologicamente signifique "letra", expressa também uma amplitude significativa, podendo ser entendida como "cultura". Assim sendo, se literatura não pode ser desvinculada de cultura, ela pode acolher tanto a letra quanto a voz. É necessário, dessa forma, o adjetivo para diferenciar a literatura da voz, performática, da literatura escrita, divulgada em livros e que alimenta a idéia de sistema literário.

Aí cai-se em outra armadilha. Desde a segunda metade do século XIX, quando começou a ser despertada uma atenção sobre o folclore, até os dias atuais, vem-se conceituando a manifestação literária ouvida no "povo" de diversas formas. Denominações como literatura oral, folclórica e popular são recorrentes entre teóricos debruçados num mesmo objeto de estudo: a manifestação literária oriunda da tradição popular. Elas levam a pisar em terrenos não bastante distintos, são na essência palavras empregadas para conceituar um arte literária viva no "coração do Todo", conforme acentuou Jacob Grimm há mais de um século (Jolles, 1976, p.183). Apesar disso, diferenças existem. O folclorista Luís da Câmara Cascudo observa que a literatura folclórica é popular, mas nem toda a literatura popular é folclórica: "Natural é que uma produção que se popularizou seja folclórica quando se torne anônima, antiga, resistindo ao esquecimento e sempre citada ..." (1984, p.24).

---

2   A esse respeito, consultar Ong, 1998.

Como deparamos com histórias que ora se limitam a um acontecimento individual (como o causo), com o tempo fixado, ora se sustentam em mitos coletivos e oriundos de um tempo longínquo, optamos por denominar o conjunto delas "literatura popular". Os contadores entrevistados são portadores de uma cultura esparsa e enraizada no meio. A maioria possui algum tipo de contato com a escrita, mas que não chega a ser relevante, pois ela "permanece externa, parcial e atrasada". Estamos tratando então de uma literatura registrada na memória e, por conseguinte, está em constante mudança.

É muito válida a premissa de Paul Zumthor (1993, p.119) de que "*oral* não significa popular, tanto quanto *escrito* não significa erudito" e, apesar de haver diferenças entre as duas linguagens, podemos observar que a fronteira entre o erudito e o popular é às vezes frágil e não assimilável, pois ocorre uma constante interação.[3] Desde o Renascimento "poetas cultos, atraídos pelas manifestações da cultura popular, criaram a *escola popularizante* ... Mas essa poesia assim trabalhada e melhorada ... voltou ao povo e fez-se folclórica de novo" (Ribeiro, 1987, p.69). Por essa vereda, a *Divina comédia* aparece na voz não só do repentista como na de inúmeros poetas populares; atores encenam contadores de histórias e isso não implica uma manifestação inferior a outra. Alfredo Bosi (1994, p.308-45, esp. "Cultura brasileira e culturas brasileiras") observa que dessa interação decorrem produções que vão "do mais cego e demagógico populismo" à "mais bela obra de arte". Um outro prisma revelado nessas relações é o da crítica, que vê nos gêneros literários um fundo mítico, ritualístico ou popular, buscando os mecanismos de interação entre eles, bem como a descrição das etapas que consistem na reelaboração da matéria popular em livro literário. Apesar disso, circunda um preconceito contra a literatura popular, que já levou educadores na Inglaterra, em 1950,

---

3 Sobre os conceitos aferidos à literatura popular, como "paraliteratura", "literatura de pessoas menos cultas" e "literatura feita por gente analfabeta", é importante notar que Paul Sébillot, quem primeiro empregou a expressão "literatura oral", assim a conceituou: "*La littérature orale comprend ce qui, pour le peuple que ne lit pas, remplace les productions litéraires*" (apud Cascudo, 1984, p.23).

e no Brasil, em 1968, a achar que ela não devia ser empregada na escola, em razão de apresentar temas "cruéis e falsos" (Pellegrini Filho, 1986, p.85). Hoje, cantigas de roda, trava-línguas, mitos, lendas e contos maravilhosos auxiliam no desenvolvimento das relações pessoais e de habilidades lingüísticas em sala de aula. Embora haja uma interseção entre literatura popular e livros, ela é entendida como uma manifestação em que a oralidade constitui um dos elementos principais. E considera-se que mesmo no cordel a transmissão pode se efetivar pela voz dos escritores, apesar de a escrita desempenhar um papel importante na difusão. Geralmente, ela passa de boca em boca e é viva na tradição, compreende textos ouvidos e (re)escritos que vão juntando passado e presente. Assim, a memória é o seu registro mais comum. Não obstante, Ecléa Bosi (1995, p.471) alerta para dois caminhos: um, em que a memória está assentada no coletivo, e outro, no inconsciente. No primeiro caso, pautando-se na teoria de Maurice Halbwachs, a memória é o que fica do vivido nos grupos e o que os grupos fazem do passado, isto é, o ambiente é responsável pela alteração dela. A outra, respaldada por Henri Bergson, divide-se em "superficial, anônima, assimilável ao hábito, [e] uma memória profunda, pessoal, *pura*, que não é analisável em termos de *coisas*, mas de *progresso*". Para Bergson, a memória não está no tempo e não é externa, pois se aloja no inconsciente.

Deslocando para o campo do folclore, Câmara Cascudo (1971, p.9) percebe a memória como "Imaginação do Povo, mantida e comunicável pela Tradição, movimentando as Culturas convergidas para o Uso, através do Tempo". Dessa forma, ela é externa e coletiva. Sob esse prisma, nas histórias aqui reunidas destaca-se uma consciência coletiva, pois alguns dos fenômenos sobrenaturais são comuns a várias pessoas de um determinado lugar. Cada contador, porém, imprime na história suas marcas: vivências pessoais, lembranças próprias. O relato oral é um misto de lembranças e atualizações, nele se reproduz um fato que é coletivo e também crivado de impressões pessoais. Dessas duas formas chega-se à conclusão que Zumthor (1993, p.139) postulou ao afirmar que memória possui dupla função: "coletivamente fonte de saber; [e] para o indivíduo, aptidão de esgotá-la e enriquecê-la".

Isso só vem demonstrar que se trata de uma literatura por excelência dinâmica, não persistindo autores fixos e, sim, autorias que se formam e desmancham. Há casos, entretanto, em que cordelistas chegam a imprimir fotografias em seus poemas, como espécie de assinatura, para assegurar direito autoral sobre a história. Em Corumbá, os tocadores de cururu não entoam as composições do colega quando ele está por perto em "sinal de respeito". Todos os versos, porém, por mais individuais que sejam, nesse caso, aos poucos vão sendo copiados e minimamente modificados, por isso a individualidade na autoria acaba por desaparecer com o tempo.[4]

Como trata-se de uma literatura alojada na memória oral, cabe ressaltar que ela é passível de esquecimento completo ou parcial. Uma história, ao ser recontada pela mesma pessoa, nunca é igual, perdem-se detalhes e trocam-se palavras, ou o contador comete lapsos. Além disso, vigora por vezes um "não-querer-lembrar". Jerusa Pires Ferreira atenta para um esquecimento "profundo", configurando-se como uma "incapacidade absoluta de lembrar", e outro que "desliza", entendido como "situações em que se mascaram, eufemizam ou simplesmente se omitem passagens ou lugares".[5] Assentados na história de vida, encontram-se os elementos com os quais a memória vai lidar; desse modo, o contador chama para si uma identidade. "É fácil entender que o processo de identificação é um processo de construção de imagem, um terreno propício a manipulações", conforme assevera Adélia Bezerra de Meneses (1991, p.14). Então, por meio da narrativa popular, o contador manifesta desejos pessoais e anseios coletivos e nem sempre os fatos se apresentam "verdadeiros", mas em geral como ele gostaria que fossem.

---

4   A respeito da autoria no cordel, ver Ribeiro, 1987, e Luyten, 1987. Sobre os tocadores de cururu na região de Corumbá, as informações foram extraídas da entrevista "Cururu, siriri & cia.", 1995. Ainda a esse respeito, consultar Fernandes, 1998.
5   A respeito, consultar Pires Ferreira, 1991, p.14. Os lapsos a que nos referimos são esquecimentos ou confusões que o contador comete no decorrer das histórias. Em nossa recolha, assinalamos três: um de Vadô, que confunde o mito do pomberinho com o do curupira, e outros dois de Natalino da Rocha, que no conto "A princesa fugitiva", confunde anel com capote mágico e em "Durindana e Patrão" provoca uma situação que não acontece.

Nas histórias que seguem a vertente mnemônica, é comum a narrativa se dar em razão de "acontecimentos vividos por tabela". Ou seja, fatos que assumem tamanho relevo para a pessoa que os ouve que ela passa a contá-los como se os tivesse vivido (Pollak, 1992, p.200-12). Por exemplo, a história de um lugar assombrado contada por João Torres, em que ele é onisciente, fala de alguém que viu a assombração, mas dá com precisão detalhes do local, descreve o cavalo e recria os diálogos. Na história sobre o pomberinho, o contador Vandir Silva chama para si o espaço da narrativa, dá o tamanho das entidades sobrenaturais, acaba por reviver a história contada por sua sogra. No entanto, é contundente: "Esse ela contou, num tenho nada confirmado se é verdade. Ela contou isso aí. Confirmou isso aí pra nós, né? Agora eu nunca vi" (Entrevista Vandir Dias da Silva, 1996). Nessa linha aparecem inúmeros exemplos. Por tabela, a pessoa alimenta a tradição, pois no momento da sua *performance* ela pode enaltecer não somente suas experiências, mas também a de terceiros.

O auditório também é parte importante durante uma *performance*. A título de exemplo, são comuns rituais entre os indígenas para contar mitos, lendas e sonhos. Para os xavante das matas matogrossenses, o contador é o "dono dos sonhos", todos os mitos e lendas da tribo estão centrados numa única pessoa, que também é conselheira e curandeira. A formação dessa pessoa compreende um rito de iniciação e uma auto-afirmação como contador, pois a ele são feitas as revelações do Dapotowa (o Criador).[6]

---

6 A respeito, consultar Medeiros, 1991. Dentre os contadores que aparecem neste trabalho, vale ressaltar, só há três mulheres: Dirce Campos Padilha, Ana Rosa e a esposa de Natálio de Barros Lima, pois os homens sempre eram indicados. A primeira, filha de outro contador, disse que sabia várias histórias e por isso foi convidada por nós. A segunda interferiu no meio de uma entrevista e foi contando seu acontecimento com o cavalinho d'água. Já a esposa de Natálio Barros estava ouvindo a história contada por seu marido e acrescentou fatos; após isso, retirou-se e não a encontramos mais, impossibilitando, dessa forma, colher seus dados pessoais. Nenhuma criança foi indicada, pois os mais velhos são considerados os melhores contadores e também "tiradores de reza". No entanto, por meio de uma reportagem feita com crianças no Pantanal, podemos perceber que elas conhecem vários mitos, muitos deles destinados a assustá-las (cf. *Folha de S.Paulo*, 1997).

Não tão distante física e culturalmente e apresentando matizes, oriundos de um processo de miscigenação, está o contador pantaneiro. Ele é sempre indicado por pessoas próximas, quando perguntamos por alguém que conta os causos: "Mas assim, que tem gente que conta história, tem! Por exemplo, aquele seu Sebastião que tava ali, aquele tem muita piada" (Entrevista Vandir Dias da Silva, 1996). Recebe, dependendo do enredo de suas histórias, a pecha de mentiroso, gozador ou amedrontador:

> Nós tinha um condutor de trem que era muito mentiroso. Gostava de mentir! (Entrevista João Torres, 1996)
> Tem algum mentiroso que conta, num representa, mas é! ... Tem algum que é verdadeira. Outros acontece mesmo! Que a pessoa conta a verdade, né? E outros conta só pra sacanear com outro lá. (Entrevista Vandir Dias da Silva, 1996)

O "contar histórias" não é função de uma pessoa. Arma-se uma situação na qual público e narrador comungam de um mesmo mundo, operam códigos comuns, fazem leituras e podem se revezar na imposição da voz. Não se trata simplesmente de falar mais alto, mas saber convencer. A *performance* é, por assim dizer, uma peleja da palavra.

Há uma relação de contágio. A fala pantaneira molda nossos ouvidos na bigorna da oralidade, com marteladas que nos chamam a atenção para os termos regionais e a concordância rústica. Como se esse barulho resultasse numa melodia, o pantaneiro imprime sentidos na sua fala: "o cheiro de poeira por detrás da boiada", extraída de um dos causos de Roberto Rondon, é também uma das inúmeras chaves para penetrarmos seu universo, tocá-lo, cheirá-lo e visualizá-lo. A palavra do pantaneiro nos impregna.

A *performance* é, então, um momento de fascínio, articulada pela mistura de códigos e diversidade lingüística, envolvendo não somente pela fábula, mas também pela maneira como é transmitida. O olhar, o silêncio, o franzir da testa, as mãos, o riso, objetos próximos, sons guturais, a fala. Cabeça, tronco e membros. O corpo é um turbilhão de mensagens, que ressoa códigos impraticáveis na escrita. Nesse sentido, em alguns momentos o gesto associa-se à onomatopéia:

> Que eu botei na canoa kaá, kaá, kaá [como se estivesse batendo no fundo da canoa para fazer barulho]. (Entrevista Natalino Justiniano da Rocha, 1996)
> e ele voou, bateu a boca taaá [pelo gesto o jacaré mordeu seu pescoço], ele me derrubou... (ibidem)

As onomatopéias criam uma situação em que o ouvinte é levado para o momento da ação, ou seja, os efeitos sonoros e visuais propiciam uma representação do acontecimento, tornando-o mais real. Em conseqüência, por meio da onomatopéia o contador prende a atenção das pessoas que estão próximas ou conversando. A harmonia entre gesto e onomatopéia substitui a palavra pela cena, sem que o sentido fique perdido. Sobre essa figura de som, Enzo Minarelli (1992, p.115) observa que "a onomatopéia, como direta evocação do real, é decalque sonoro, entidade de rumor, síntese conceitual, e igualmente efeito cênico". Ela atua, dessa forma, como um suporte para a *performance*, seja por chamar a atenção do ouvinte em razão da entoação – decalque sonoro –, pelo ruminar de expressões de concordância ou não, ou por sintetizar com sons a idéia que era até então transmitida via palavra, ocasionando também uma ruptura no discurso. O seu emprego ganha mais graça e surte com mais efeito na medida em que ela está envolvida com o gesto, o que não é raro no caso dos contadores entrevistados.

Por sua vez, o gesto, em outras situações, vai dar forma ao espaço da narrativa:

> Aí eu tava espiando numa moita assim, um sucuri enorme, dessa grossura assim! [mostra com os braços]. (Entrevista Natalino Justiniano da Rocha, 1996)
> Um bicho de pé, dessa grossura [indica a grossura do pé com as mãos], pulou de lá... (ibidem)
> As casa são barroteado assim [exemplifica com o gesto], mas bem amarrado, né... Ele tinha um cachorro assim [aponta para baixo] pequeno, o cachorro tava tremendo de frio... (ibidem)
> O arpão é [demonstra abrindo os braços] um pau comprido com um ponta assim, de ferro, né? (Entrevista Dirce Campos Padilha, 1995)

Transmite-se a dimensão do lugar físico (comprimento, largura, altura, modelo da casa, entre outras coisas) por meio da pantomima. O espaço, como num passe de mágica, aparece em linhas imaginárias, traçadas pelas mãos do contador. A comunicação gestual em lugar das palavras também é extensão da voz, o efeito buscado é tornar a fala mais real, pois o contador confere uma forma aos objetos, numa vã tentativa de concretizá-los. O resultado é a interação com o auditório por meio de canais ao seu alcance. O contador tem a imagem na mente e tenta dar formas a ela com as mãos, sem que para isso haja alguma marcação ou roteiro preestabelecidos. As mãos movem-se até gratuitamente. O gesto também está ligado à representação da ação, revelando o "como se faz":

> É assim que é ... na canoa [faz o gesto de remar], hora remando. Eu vim na canoa, conoeiro especialista, né? Assim que é. (Entrevista Natalino Justiniano da Rocha, 1996)
> Daqui mesmo [faz o gesto de apontar a arma], eu botei fogo! (ibidem)
> Que quanto tá dando de mamá o macaquinho, o bugiozinho, você vê que ele põe no colo também, né? Dá de amamentar o bichinho aqui no braço também, mesma coisa de uma senhora, né? [Como se estivesse segurando uma criança no colo]. (Entrevista Roberto dos Santos Rondon, 1996)
> Aí, desarreei ele, desarreei ele assim, ainda batia a mão assim, no pescoço dele [como se estivesse afagando o cavalo] pra ele sair dali. (Entrevista Airton Rojas, 1996)
> Ele levantou, fez aquele lombo! Nós vimos a cabeça dele, só vi o lombo dele [indica com o braço que o bicho mergulhava e emergia]. (Entrevista Dinote, 1996)

ou apenas enfatiza uma ação:

> Então eu vinha vindo, vi dois olho que vinha vindo assim [faz o gesto com as mãos, voltando-as para si]. (Entrevista Natalino Justiniano da Rocha, 1996)
> Bateu aqui [aponta a mão para a perna]. Aí, o cara gritava assim ... (Entrevista Roberto Santos Rondon, 1996)

Nesses dois aspectos, o gesto está associado ao verbo. O contador enfatiza aquilo que fala por meio da encenação, na verdade são duas ações destacadas, uma enfatizando a outra. Nos primeiros exemplos, as imagens de alguém remando e fazendo pontaria com uma espingarda podem não revelar nada se observadas isoladamente. Em conjunto, tais gestos remetem a práticas tradicionais muito comuns entre os guató, marcadas pela caça, pesca e canoagem. Perpassa nos gestos uma tradição, demonstrando como se rema e como se caça. Jean-Loup Rivière (1987, p.15), ao refletir sobre o gesto, acrescenta: "através do gesto, o homem marca a sua identidade em formas que lhe são exteriores e que são as do seu grupo social, da sua família". Não seria menos importante assinalar que Natalino da Rocha, de quem recorremos à maioria dos exemplos, é um descendente guató. Mas só isso não é o bastante para relacionar o gesto à identidade. Quando o contador demonstra como se faz, ele enfoca também um conhecimento que lhe é peculiar, afirma uma autoridade que parece ser obtida nas experiências do cotidiano. Isso é mais sentido quando ele atém-se a situações como a construção de casas, o encilhamento da montaria, a doma etc. Os gestos são, aí, também marcas de identidade.

A expressão facial e/ou o olhar integram-se ao campo da gestualidade:

> Aí abriram a porta, a onça saiu pela porta e pulou num pé de paraíso assim [olha para cima]. (Entrevista Natalino Justiniano da Rocha, 1996)
> Aí o cachorro passou pelo lado: caim, caim, caim! [faz a expressão do cachorro sendo agredido pela onça. (ibidem)
> Agora eu vou contar... Contar do fantasma agora [muda a expressão facial]. (ibidem)
> Aí eu falei pra Valdete [fala baixo e expressa uma fisionomia de curiosidade]. Escuta! (Entrevista Dirce Campos Padilha, 1995)
> ...um caraguateiro muito alto [olha para cima indicando a altura da planta]. (Entrevista Airton Rojas, 1996)

O olhar indica a altura da árvore, as mãos descansam e o movimento dos olhos modela o espaço. A face representa a dor de um cachorro ou indica que algo misterioso está por vir. Daí a representação torna-se a alma da narrativa oral, porque não basta narrar, é preciso dar vida às palavras, mergulhar nos sentidos das personagens.

Os objetos próximos ao contador o ajudam também na construção do espaço da narrativa:

Aí, teve sete companheiro, também, né. Então, lá é assim que é [pega um graveto e desenha na terra uma encruzilhada], um rumo pra cá, uma encruzilhada, pra saber que já passou, você deixa uma marca, uma cruzeta aqui [finca o graveto no meio da encruzilhada que desenhou no chão]. (Entrevista Natalino Justiniano da Rocha, 1996)
Era pelo anel [indica novamente seu anel], o Camarada dormia ela falava: – Oh meu anel! Me leva eu na casa de outro! (ibidem)

Desenhar e descrever, nesse caso, percorre caminhos paralelos. Na falta de palavras, o contador recorre ao desenho no chão batido de terra. O improviso compõe sua criatividade: o chão e o graveto fazem repousar por um breve momento a voz, ao passo que as mãos operam e ilustram trechos da história.

Responsável por despertar a atenção do ouvinte, veículo de uma tradição, revelando uma identidade, o gesto permeia a narrativa, tornando visível o que, no momento da comunicação, o contador não consegue expressar verbalmente, ou como afirma Paul Zumthor (1992, p.142): "o corpo não é somente um agregado de membros que gesticulam sob nossos olhos... É a nossa maneira de ser no mundo, nosso modo de existir no tempo e no espaço".

Logo, a literatura popular pantaneira arma-se pela presença do contador e sua *performance*, pela história fruto de um passado/presente e pelo público, capaz de reter e repetir a seu modo o que ouviu. Essa massa dinâmica ganha a cada momento um molde novo pela voz de quem conta uma história. Em síntese, o contador transmite uma experiência de vida, direta ou indiretamente, ou seja, fala das histórias que vivenciou e das que ouviu falar; estas últimas, ele as vive por tabela. Tanto num caso como no outro sua memória é matéria atuante. Por mais que queiramos falar do "contador pantaneiro", as características individuais são pertinentes: alguns acentuam o gesto e a onomatopéia em suas falas, outros permanecem quase imóveis e sem variar a voz, porém não deixam de criar um ritmo. O relato transmitido pode mesmo assim ter êxito se o ouvinte conseguir entendê-lo e incorporá-lo, embarcando na história. Nesse sentido, salienta Walter Benjamin (1970, p.196) que "quanto mais natural seja ao narrador evitar todo matiz psicológico, tanto maior será a impaciência com que aguarda seu relato a memória do ouvinte". Isso implica dizer que a história é relatada sem que todos os porquês (as justificativas psicológicas) fiquem explícitos, despertando a curiosidade e a imaginação daquele que a ouve. Por sua vez, ela resulta numa transmissão de conhecimento, numa recomendação, numa norma de conduta, numa moral, revestida em entretenimento. O ouvinte torna-se participante ativo de um grupo de contadores, pois contar se aprende ouvindo. Ele pode assimilar e difundir histórias, além de estimular o contador no ato da *performance*, pedindo certos fatos ou até mesmo interferindo na narrativa. O círculo se fecha e se multiplica. Literatura popular é arte do cotidiano; é forma de romper o isolado dentro de cada um de nós; é compartilhar experiências numa roda de tereré.

À GUISA DE CLASSIFICAÇÃO

Existem formas e formas de transmissão da literatura popular. No Pantanal, além dos contadores, figuram também os tocadores de viola com seus trovos (nome dado às rimas). Ao contrário da história narrada, que alguém pode contar a qualquer momento ou sem dia marcado, despontando a partir de um bate-papo, os trovos dependem de momentos propícios para a entoação. O poeta popular, conhecido nesse caso como cururuzeiro ou siririzeiro, apresenta-se em ocasiões especiais. Responsável por animar casamentos, batizados, comícios e festas de santos, criando inúmeros trovos (rimas), brincando com a sonoridade, sapateando, confeccionando instrumentos ou contando causos nos intervalos das modas, o cururuzeiro é um dos artistas populares pantaneiros mais completos. A diversidade de expressões artísticas, a plástica da viola de cocho, do caracaxá e do tambor, as crenças que circundam a *performance* e a diversidade de autos em louvor aos muitos santos cultuados no Pantanal dão bastantes elementos para estudos antropológicos, históricos, sociológicos, musicológicos e literários. A complexidade desse fenômeno é tomada aqui em um dos seus aspectos: o causo.

A poesia popular pantaneira apresenta um conteúdo menos mítico que engajado. Na explicação dos versos "marrequinha da lagoa/ tuiuiú do Pantanal/ marrequinha pega peixe/ tuiuiú já vem robá" (Cururu, siriri & cia., 1995),[7] seu Agripino enfoca a questão agrária, na qual o pássaro grande (tuiuiú ou jaburu) rouba o peixe pequeno (marrequinha). Entenda-se metaforicamente a posse das terras do pequeno produtor pelo grande fazendeiro. Embora nesse caso haja uma sintonia entre anseios coletivos e poesia, nela não ocorre a vazão do imaginário mítico encontrado nas narrativas.

Verso e prosa são requisitados pela voz pantaneira de modo a engendrar a cultura oral nas regiões da Nhecolândia, Paiaguás e Mandioré. Essa cultura é ampla e diversificada, abrindo margem para classificá-las em prosa e verso, cada qual com subconjuntos. As histórias contadas possuem características que levam a agrupá-las em níveis diferentes, como mitos, lendas, contos e causos.

A respeito das distinções, Amadeu Amaral (1982, p.43), pioneiro das propostas metodológicas, é contundente: "É claro que tudo são idéias gerais, sem rigidez nenhuma, como todos os esquemas classificatórios em que procuramos encerrar as coisas da natureza da vida". O espaço, a personagem, os motivos, sejam do mito, da lenda ou do conto estão imbricados, podendo figurar em qualquer um desses gêneros. Por exemplo, a narrativa agrupada nos mitos pode apresentar personagens numa outra circunstância, configurando-se como lenda ou conto. Assim sendo, a classificação das histórias não se quer rígida e a própria dinâmica da literatura popular, em razão da cultura oral na qual está inserida, poderá

---

[7] Algumas modas entoadas pelos cururuzeiros foram recolhidas e nos serviram para a confecção de um artigo, no entanto o enfoque é sobre as narrativas. Sobre a diferença entre prosa e verso na literatura popular, é importante ressaltar que as narrativas não estão imunes às fórmulas rimadas, ou seja, a presença de versos nas falas de personagens, como é o caso do conto "O urubu e o cachorro", narrado por Benedito de Alencar, e do mito do Chefe dos Bugios, narrado por Roberto Rondon. Outro fato é que nem todos os teóricos vão dar ao mito a forma de prosa. Por exemplo, para Simonsen (1987), a gesta e o mito fazem parte da poesia, algo de que discordamos, no que diz respeito ao mito, conforme discutiremos adiante. Sobre a poesia popular na região, principalmente sobre o cururu e siriri, consultar Fernandes, 1997-1998, e Rocha, 1981. Já em relação ao cordel na região, não deparamos com nenhum estudo a respeito; consultamos apenas Xavier, 1986a, 1986b, 1987a, 1987b.

contestá-la. Por isso, ela tem como escopo a narrativa, que é uma manifestação do *aqui agora*. É dela que saem os subsídios para a percepção de diferenças quanto à intenção do contador, foco narrativo e destaque do espaço, personagem ou fantasia. Propp (1984, p.14-5), ao pensar numa classificação morfológica, asseverava:

> mesmo que a classificação esteja situada na base de todo estudo, ela própria deve ser o resultado de um exame preliminar profundo. Acontece, porém, que observamos justamente o contrário: a maior parte dos pesquisadores começa pela classificação, introduzindo-a de fora no material, quando, de fato, deveria deduzi-la a partir dele.

Dadas as diferenças quanto aos objetivos e objetos, a citação destaca a importância de o estudioso mergulhar no material a ser analisado para daí apontar as diferenças. Para um pesquisador de campo, que não foi o caso de Propp ao escrever *Morfologia do conto maravilhoso*, as diferenças ficam latentes logo nas primeiras palavras dos contadores. Eles sutilmente vão situando as histórias em estratos distintos. Esses estratos são mais bem matizados à medida que confrontam-se histórias levando em conta o conjunto de entrevistas. A primeira diferença surge entre as histórias contadas como se fossem verdadeiras e aquelas que o contador faz questão de situar no campo ficcional. É ele próprio quem frisa: "História é um, causo é outro, né? Eu sei história também!" (Entrevista Natalino Justiniano da Rocha, 1996). Vale acentuar as histórias em que ele acredita piamente, pela sua própria vivência ou de terceiros, e aquelas em que evoca um tempo distante, um lugar diferente do seu, com reis, princesas, anéis mágicos e outros elementos de encantamento. Nos trechos transcritos aparecem realidade e ficção:

> Isto aconteceu perto da minha casa, lá tem uma lancha afundada. (Entrevista Natalino Justiniano da Rocha, 1996)
> Então, tem outra, o da Mariazinha também. Então, o rei tinha uma filha antiga, era assim, dos trinta anos mais ou menos... (ibidem)

No primeiro trecho, o contador invoca objetos presentes em seu cotidiano, que são de fácil comprovação: sua casa, um barco afundado, um lugar onde podemos chegar. Ao contrário, no outro, ele chama um contexto de reis e não tem a pretensão de provar que tudo aquilo existe, por isso não situa onde fica o reinado, nem quem é o rei; interessa-lhe mais, nesse caso, a fantasia. O que Natalino Justiniano da Rocha chama de história e causo, Simonsen (1987, p.6-7) classifica como conto e lenda, respectivamente. Nas suas palavras: "A lenda, relato de acontecimentos tidos como verídicos pelo locutor e seu auditório, é localizada: as definições de tempo e de lugar que integram o relato". Adiante reitera: "A palavra conto, ao contrário, ainda em nossos dias tem sentido muito claro. Está naturalmente ligado ao ato de contar, portanto à oralidade, e à ficticidade: é um relato que não é verdadeiro". Simonsen chega a essas conclusões, pois direcionou, como nós também, seu escopo para a "atitude" do contador. Tal atitude, regida pelo binômio ficção/realidade, pode em algumas circunstâncias não se manifestar claramente e até confundir o ouvinte. Ela vai depender das intenções do contador ante seu auditório. Vai depender também das imprevisíveis situações de *performance*, que podem influir na moldagem do relato oral. Apesar de a classificação derivar, em suma, de uma situação *sui generis*, o que, futuramente, em decorrência de novas *performances* será passível de contestações, ela salvaguarda uma fidelidade ao que se ouve. Desde o século XIX, a classificação de histórias vem constituindo, a nosso ver indevidamente, a tônica dos estudos de literatura popular, quando a preocupação deveria recair sobre a voz, a identidade e a capacidade imaginativa.

No Brasil, a primeira sistematização ocorre com Sílvio Romero (1954)[8] e está pautada na diferenciação étnica; passando por Câmara Cascudo (1984) que, embora não abandone o referencial romeriano, incorpora e tenta aclimatar a "tipologia universal" criada por Antti Aarne e reelaborada por Stith Thompson.[9] Além disso,

---

8   A organização de contos populares foi no ano de 1885; já os *Cantos...* saíram dois anos antes.
9   Pellegrini Filho (1986, p.107-24) explica a classificação de Aarne-Thompson, situando-a em duas partes. Uma, destinada ao *tipo de conto*, com três grupos principais: I. Contos de animais, com 299 itens divididos e 7 subgrupos; II. Contos comuns, com 899 itens, divididos em 4 subgrupos, com outras subdivisões; III. Brincadeiras e anedotas, com 1.299 itens e 7 divisões. A segunda

os estudos de morfologia de Vladimir I. Propp (Cf. Lévi-Strauss e Mielietinski in Propp, 1984; Simonsen, 1987) acarretaram um *boom*, junto com outros formalistas, na abordagem crítica literária, detendo-se principalmente na literatura não popular. Não à parte, entre diversas classificações, a divisão das "formas simples", propostas por Jolles (1976), não deixa de ter algo de sedutor. O crítico holandês visualiza nove variações distintas (mito, legenda, caso, conto, memorável, chiste, saga, adivinha e ditado). Para cada forma há uma "disposição mental", resultando num "gesto verbal" com suas particularidades. A partir daí, Jolles afirma que de cada uma dessas formas simples deriva uma "forma artística". Por exemplo, da adivinha resulta o romance policial, do conto o conto literário etc. O interessante nessa classificação é perceber como a linguagem se articula por pensamentos que refletem o homem ante o universo. O problema desse raciocínio, entretanto, reside em não levar em conta as circunstâncias culturais (que plasmam cada uma das formas) no que dizem respeito à escrita ou oralidade. Isso leva o crítico a não diferenciar os mecanismos noéticos numa cultura essencialmente oral, pois seu contraponto sempre vai ser a mudança de uma forma simples numa literatura escrita.

A classificação aqui pretende-se pragmática e de fácil entendimento. Primeiramente, adotamos o binômio ficção/realidade. Agora, dentro das histórias de cunho verídico há tramas marcadas pela sobrenaturalidade e outras pelos eventos do cotidiano. As de caráter sobrenatural abarcam personagens míticas, espíritos e situações que

---

parte diz respeito ao *motif-index*. Assim, "motivo" são itens utilizados na construção do conto e aparecem em 23, identificados por uma letra: A. Motivos mitológicos, B. Animais, C. Tabu, D. Magia, E. Morte, F. Maravilhas, G. Papões, H. Testes, I. O sabido e o bobo, J. Enganos, L. Inversão da sorte, M. Determinando o futuro, N. Acaso e destino, O. Vida em sociedade, P. Recompensas e punições, Q. Cativos e fugitivos, R. Crueldade antinatural, S. Sexo, T. Natureza da vida, U. Religião, V. Traços de caráter, X. Humor e Z. Miscelânea de grupos de motivos. Por sua vez, esses motivos apresentam divisões e subdivisões, ambas caraterizadas por números. Vejamos o exemplo: a classificação B11.6.2 diz respeito ao *Dragão que guarda o tesouro*; destrinçando, temos os dois últimos números (6.2) referentes ao tipo de dragão, o número 11 é o do subgrupo dos dragões e a letra B, por estar situada entre os números 00 e 99, indica que o grupo é de Animais místicos, além de informar que se trata do motivo de Animais.

fogem à explicação física. Ainda nesse eixo, os mitos possuem uma caracterização distinta das lendas. No primeiro caso, as personagens desempenham um papel decisivo, recebem nomes e podem ser encontradas em determinados lugares. Na lenda, interessa mais a situação que envolve o contato com o sobrenatural. Essa distinção não apresenta nada de novo. Câmara Cascudo (op. cit., p.105), na década de 1950, percebia que o mito caracterizava-se por ser "uma constante em movimento", ao passo que a lenda era "um ponto móvel de referência". Mas semelhanças também existem. Estendidas a várias formas da literatura popular, a moral e as normas de comportamentos estão presentes em lendas e dos mitos, seja atendendo imperativos de ordem social, seja impondo exigências práticas de respeito ao ambiente. Costumeiramente, a mensagem das lendas e dos mitos pantaneiros argumenta em favor das crenças, hábitos e costumes que devem ser preservados e, sobretudo, respeitados. Por tal razão, essas histórias fecundam no ouvinte uma doutrina, que se ergue sob a égide do medo, levando-o a temer certos horários e locais.

Meu pai sempre falava pra gente, falava: "Ó, vocês vão tomar um susto, de tá caçando à noite! Num pode fazer isso!" (Entrevista, Roberto dos Santos Rondon, 1996)
Olha criança, a gente vai deitar um pouquinho pra descansar, porque o sol tá muito quente, pra gente ir pra roça, agora vocês vão ... num saem pro mato, né? (Entrevista Dirce Campos Padilha, 1995)
Eu não sei se ela [a mãe do contador] contava pra gente não sair assim, eu não sei se ela contava pra mentir, pra gente não sair, pra ficar com medo, pra cuidar de curupira, não sei o quê... (Entrevista Airton Rojas, 1996)
Fantasma existe, porque na Bíblia Sagrada existia. Deus deixou o dia pro homem trabalhar e a noite pra descansar, se ele sai à noite, tem o que fazer na barraca dele ou num lugar separado e num sai porque de noite é cobra, é lacraia, é aranha caranguejeira, é fantasma, tudo quanto é coisa. De noite ele anda andando, então pode existir o fantasma também! (Entrevista Raul Medeiros, 1995)

As histórias acabam por ter uma função, seja a de manter as crianças próximas a fim de que elas não se percam no mato, seja de fazer que as pessoas respeitem certos dias e locais tidos como sagrados e/ou assombrados. Decorre daí um preceito social, postulado por regras que devem ser seguidas por todos daquela comunidade narrativa.

Há um elemento, caracterizado sobretudo pela relação simbólica entre o ser e o objeto, que permeia tanto o causo como o mito e a lenda: a abusão. Por meio das simpatias que figuram nas histórias de Roberto Rondon, o violeiro e o vaqueiro buscam um destaque social, à medida que a cura vem pelos benzedeiros famosos, os quais povoam a lembrança dos pantaneiros. São pequenos ritos que o caçador faz para não se perder no mato e o vaqueiro para encontrar uma arma ou salvar alguém da picada de uma cobra.

Então, apesar de os mitos e as lendas também poderem estar assentados na experiência de vida, os elementos principais dessas histórias (minhocão, pomberinho, curupira, enterros e lugares assombrados e encantados etc.) são conduzidos pela tradição, isto é, são antigos e persistem quase sempre com nova roupagem em vários relatos. Por outro lado, o causo trabalha com um tempo marcado, não tão distante, trata de situações novas com intenção de registrar um evento. O que é vivo pela tradição, nesse caso, são as abusões que a ele se agregam.

Tais diferenças entre mitos, lendas e causos só são perceptíveis depois, quando as histórias são analisadas em conjunto. A espontaneidade do contador sobrepõe as diferenças no momento de contar. Com isso estamos querendo dizer que em geral essas histórias aparecem não de forma ordenada, mas misturadas dentro de um repertório, que cada contador pode evocar automaticamente.

Dentro dos grupos notados (mitos, lendas, contos e causos), sobressaem ainda outros aspectos percebidos em cada um deles, o que nos levou a estabelecer uma nova ordem, inferindo subdivisões. Nesse sentido, os mitos estão subdivididos em gerais, da água e das matas; as lendas estão separadas em temas como do corpo seco, benzedeiros famosos, matos encantados, enterros, imagens de santos e lugares assombrados; depois vêm os contos, subdivididos em maravilhosos e humorísticos de animais; e, por fim, aparecem os causos, que tratam de enganos, de aventuras de caçadas, pescarias e condução de boiadas.

Em *Geografia dos mitos brasileiros*, Luís da Câmara Cascudo subdivide os mitos em gerais (ou primitivos) e secundários (ou regionais), pautando-se nos dados históricos que lhe revelassem o berço étnico de cada um. Para ele, os mitos gerais conservam sua origem indígena, portuguesa e européia ou africana. Os secundários são, ao contrário, os mitos em que o mestiço imprimiu suas marcas, dando a ela tonalidades locais e/ou regionais. Não deixa de ser uma classificação interessante do ponto de vista da etnografia, mas não possui eficácia, porque está sempre sujeita aos abalos provocados por novas descobertas, além de desconsiderar o significado social durante a atualização. Nesse sentido, distribuímos as narrativas em três direções, privilegiando lugares e ações por meio dos quais os mitos se manifestam. Daí resultaram três subgrupos. Os mitos gerais, ao contrário do que prega a classificação cascudiana, são os que não se vinculam a nenhum lugar específico. Tanto podem aparecer no meio urbano como no rural, isto é, não são moradores exclusivos das matas nem das águas. Desse tipo fazem parte o lobisomem, a bruxa, a fada, o diabo, o come-língua, a mulher com os leitões e a mulher de branco. Eles somente apavoram, mas não detêm, pelo menos nos relatos por nós coletados, poder sobre os elementos da natureza, como as matas ou a água.

As duas subdivisões seguintes demostram quanto o mito está ligado à terra e à água. É fruto também do imaginário que se constrói a partir de representações simbólicas de fenômenos naturais. Do pantaneiro sobrevém um estado de crença verdadeira, de respeito pela natureza e pelo que dela provém. Álvaro Banducci Júnior (1995), em sua pesquisa sobre o imaginário do vaqueiro da Nhecolândia, aponta que há dois tipos de lugares: um "sujo", onde a fauna e a flora dominam, e outro "limpo", onde o homem habita. É desses lugares sujos como os capões, varadouros e matas que surgem entes protetores dos animais e da flora, como é o caso do mãozão, curupira, saci, pomberinho e donos de bichos, reunidos como mitos da terra. Outros, não tão defensores, apenas espantam, como a alma tripa, ou, além de assustar, também matam, como o pé-de-garrafa e o pé grande, mas têm por espaço único de manifestação os campos, os cerrados e as matas.

Esses mitos, de certa forma, são resultado da tendência que os pantaneiros têm em representar a terra com se ela possuísse arbítrio e animação, empregando para isso entes zoomorfizados ou antropomorfizados. Não deixam também de revelar respeito e veneração por ela, chegando, em alguns casos, a tratá-la como se fosse o umbigo do mundo:

Sabe no que que eu acredito muito? É na terra! Essa terra que nasceu pra nós criar. Nós come da terra, sai a água da terra, nossa produção é da terra, pois tudo vem é da terra, tá bem? Eu num sou contra o senhor, às vez o senhor é católico, tudo bem! Mas o negócio é o seguinte: esta terra, eu tenho como meu Deus! Porque tudo aqui é o nosso mundo! Aonde que o senhor faz a necessidade, que o senhor faz tudo, que o senhor come arroz, come feijão, produto da onde que vem? Do céu? Lá num cai nada! Se é a chuva que cai, mas vai daqui da terra e cai. Se é acima de nós ... eu acredito muito é na terra! Que a terra é o tudo nosso! Olha, eu tenho comigo que o meu Deus é essa terra! Que quando morrer eu vou ser enterrado nela. Esta terra eu beijo ela! E como arroz, feijão, tudo produto da terra. Pode ser que tenha algum Deus, num sou contra, que fez a terra, mas eu num sei nada! Como que é esse mundo? Eu falo essas coisa, mas num sei como que pode ser, como que num pode ser. Mas a terra aqui é meu Deus! (Vadô in Entrevista Vadô e José Aristeu, 1997)

A partir daí, dois níveis em oposição são estabelecidos: o do sujo e o do habitável. O primeiro corre em direção da preservação do espaço primitivo, onde se manifesta o sobrenatural; o segundo, de domínio do homem, é resultado de uma contínua transformação. É como se um servisse para os momentos de imaginação e outro para as horas de trabalho e convívio.

Disso, não escapam as águas com seus rebojos (isto é, as partes mais fundas de um rio, baía ou corixo) que carregam inevitavelmente as profundezas de uma imaginação perscrutadora e criadora. Com as águas vêm as estações pantaneiras, os ciclos de morte e de vida se repetem, pois nas épocas de cheias as terras se alagam, as plantas e animais saem de cena ou estão encobertos e, ao contrário, com seu findar vem o "renascimento": o reaparecimento da terra, o retorno dos bichos e o brotar das plantas. Apesar disso, o pantaneiro não crê que submerso paire só o espectro da morte, o olhar dirigido às águas também exercita a imaginação criadora, e com um pensamento elevado para baixo, dirigido aos lugares profundos, a mente dá vazão a cidades e civilizações:

Eu vejo sempre os mais velho de que eu, né? Sempre falava que o que tem no seco tem na água, no rio. Então, eu acredito que existe esse bicho na água, essas coisa na água. O que tem no seco, tem no rio! (Entrevista Wilton Lobo e Ana Rosa, 1997)

A gente fala que existe no mar, mesma coisa que faz como tem na face da terra, tem dentro do mar, né? Seja um cavalo, um boi-d'água, tudo tem! Mas eu num sei se é igual daqui da terra, ou se tem diferença! (Entrevista Sebastião Coelho da Silva, 1996)

Cê acha que existe alguma cidade de dentro d'água que a gente num sabe? Se existe, talvez pode ir pra lá e num matar, entendeu? Pesquisar como a gente pesquisa sobre a água, sobre os bicho que existe na água, entendeu? Eles também deve de ter curiosidade sobre nós que vivemos aqui sobre a terra, entendeu? Pode pegar pra levar pra pesquisar. Porque a gente num sabe a ciência deles, o que que eles pensam também, né? Mas que existe, existe! Criança assim pequeno que vai tomar banho, de três, quatro ano, ele pega e leva pra fora ... pra água e ninguém nunca mais acha não! E talvez se ele matasse ... você falou certo. Talvez se ele matasse, ela boiava, né? Mas só que nunca ninguém encontrou, entendeu? Ele levou e desapareceu mesmo! Agora se encantou pra virar como eles, isso também [faz um ar de interrogação] eu num sei. Fica pontinho, pontinho e ... sei não! (Entrevista Dirce Campos Padilha, 1995)

É dessa sensação de convívio com uma outra dimensão que os pantaneiros falam de animais habitantes das águas. Na parte que reúne os mitos d'água, vislumbram-se boi d'água, cavalinho d'água, serpente encantada, mulher-peixe e negrinho d'água, os quais alicerçam as histórias passadas sobre e sob baías, corixos e rios das terras encharcadas.

Acreditamos ser importante notar que vários mitos colhidos no Pantanal aparecem em relatos do século XVI e continuam a aparecer em diversos Estados brasileiros. Retomando o estudioso da "geografia mítica brasileira", os mitos brasileiros vivem "em viagem ininterrupta, do Acre ao Rio Grande do Sul, dos araxás goianos à sombra dos pinheiros de Santa Catarina e do Paraná..." (Cascudo, 1983b, p.37). Assim, encontram-se citações dos mitos narrados no Pantanal em diversos pontos do país. A única certeza que temos é de que esses mitos são pantaneiros também, pois, ao serem levados pelos ventos de milhares de vozes, engancham-se e se modelam num determinado local. A mesma observação poderia ser feita às lendas. A narrativa lendária e a mítica são, conforme assinalamos, gêneros muito próximos, com traços semelhantes e, algumas vezes, de difícil separação. Os destaques dados a pessoas, lugares e acontecimentos, aspectos marcantes das histórias lendárias, às vezes são comuns em outros lugares brasileiros; por exemplo, as histórias de botijas, contadas no sertão do Cariri (Sousa Lima, 1985), são muito parecidas aos enterros pantaneiros. Nas lendas o contador pode nos abrir a biografia de alguém. Claro é que há uma escolha de quem vai se falar, as pessoas são destacadas por possuir dons sobrenaturais, transformar-se em animais ou dominar a natureza – águas, serpentes e outros bichos selvagens. Elas correspondem aos benzedeiros famosos, ao homem que vira onça e ao vaqueiro comilão. Os primeiros são responsáveis pelas curas místicas, por libertar presos e por prever o futuro. São ainda capazes de realizar proezas como domar animais xucros com facilidade; persiste algo de sobrenatural que medeia a ligação entre eles e a natureza. O vaqueiro glutão também ocupa parte desse universo, dominando os cavalos e sobressaindo-se em relação aos demais peões. No entanto, a diferença entre ele e os benzedeiros está na nuvem malévola que o cerca: matando seus filhos, batendo na mulher, assustando crianças e comendo exageradamente.

Ainda na linda das biografias, as relações entre homens e animais, crivadas por fenômenos sobrenaturais, dão-se também de maneira diferente: por meio da zoomorfização. Desse modo, como o homem que vira lobo aparece no relato mítico, há, no lendário, o que se transforma em onça. Aqui, mito e lenda tornam-se tão próximos que caberia justificar a divisão. Para isso, foi levado em conta, primeiramente, o critério de que o lobisomem aparece em vários lugares e situações diversas; o homem onça não, está restrito a uma trama e a um lugar específicos. Tendo em vista que não se ouviu ou leu sobre algum registro dessa história na bibliografia consultada ou variações de histórias que convergem para o mesmo fenômeno, situamos o homem onça no campo das lendas.

Mas só isso não dá conta de deslindá-los, pois tais relatos podem despontar em algum lugar que não é de nosso conhecimento. Então, é nítida na história do homem onça a intenção da contadora Dirce Padilha (Entrevista, 1995) em falar da vida de Leôncio.

Logo no início de sua descrição ela enfatiza: "Esse moço, ele gostava de morar sozinho. Tinha a casinha dele, ele morava sozinho. Ele lá. Vivia com a rocinha dele". Desse modo, ela se concentra na história de vida de uma pessoa afetada por um poder sobrenatural. Ela concentra-se no como ele vivia, no que fazia e no seu fim: "Ele virou onça e tá morando até hoje no mato". Já no relato do lobisomem, por sua vez, interessa o contato com o homem lobo; o embate fica mais em evidência, apesar de existirem dados biográficos. Ao contrário do homem onça, existem variações de um mesmo fenômeno no caso do homem que vira lobo/cachorro, ora aparecendo numa fazenda para explicar o sumiço de algumas "mantas de carne", ora na cidade assustando os moradores.[10]

Um aspecto relevante nas lendas biográficas é que as pessoas com poderes sobrenaturais vivem isoladas. Pelo fato de não se misturar e por não desenvolver o espírito de cooperação com os demais, são enquadradas como quase selvagens pelos vizinhos. O homem que vira onça, o vaqueiro glutão e o dono das cobras são uma representação simbólica daqueles que residem em retiros ou matas, isto é, afastados das sedes e dos lugares denominados "limpos". Eles estão mais próximos daquilo que não é domado do que do homem. Por isso, a falta de contato social os aproxima da natureza, e como as coisas que nela acontecem possuem explicações míticas, seus poderes são sobrenaturais.

Não são as matas e os lugares afastados, porém, os únicos determinantes dessa relação homem/sobrenatural: o mandonismo, decorrente da exploração do fazendeiro, e suas poucas virtudes, resultando em ações pusilânimes e atrozes, resultam numa condenação da terra. É desse modo que surgem os corpos secos, uma versão das almas penadas que assombram os lugares. Essa lenda revela um posicionamento crítico sobre as relações de trabalho, pois espelha os endividamentos que obrigam o peão a trabalhar como escravo. Assim, ele deve se submeter à fuga, como única forma de conquistar a liberdade. A lenda do corpo seco é, dessa

---

10 Sobre o lobisomem, obtivemos cinco relatos: Airton Rojas, Vandir da Silva, Raul Medeiros, Silvério Narciso e Vadô. Alguns dizem saber quem é o homem que vira lobo/cachorro, outras vezes ele aparece somente na forma de um cachorro peludo que em noite de lua cheia assusta os cavaleiros.

maneira, um meio-termo entre os lugares e as pessoas, porque ambos são enfocados com igual relevância.

Já nas histórias que privilegiam somente os lugares, há aparições, sensações de medo, vozes e alucinações. Elas tratam de rios, estradas, matas, retiros etc. onde há espíritos ou monstros que perseguem e atormentam aqueles que por ali passam, redes que se desamarram ou são balançadas, cavaleiros invisíveis e garupeiros indesejáveis e ameaçadores. São também lugares "sujos", habitados por almas penadas e outros seres fantásticos, que impõem o medo, transfigurado em silêncio, abominação e castigo. Morar próximo ou passar por eles é conviver com atormentações, fraqueza de ânimo e covardia ou lutar em vão contra o inimigo invisível.

A água não está imune aos assombros, faz parte do imaginário do medo. Ela ferve e sobe, caso alguém grite, assobie ou fale alto nas suas proximidades. Desdobra-se em baías encantadas, onde vagam as almas de afogados, em rios intransponíveis e temidos, que engrossam o caldo das lendas.

Onde se manifestam visões e movimentos estranhos ou ouvem-se gritos e gemidos, o pantaneiro nomeia de lugar "assombrado" ou "encantado". A diferença entre o assombramento e o encantamento não é tão relevante, pois as duas palavras diferenciam e afirmam o que não é lugar de homem. Dizer "ali é encantado" é afirmar que uma força estranha está em *poder de*; quando o contador opta por chamar o local de assombrado, ele também alerta que a mesma força *atua sobre*. Essa força poderosa, atuante e, por vezes, inexplicável reflete sua onipotência sobre o homem quando, incorporada à água ou à terra, utiliza a natureza em seu favor. Por meio disso, fenômenos sobrenaturais impedem que em determinados locais sejam fundadas fazendas, passem embarcações ou transitem pessoas à noite. Em última instância, a força estranha, como aliada direta da natureza, forma o campo oposto a tudo o que é do homem. Não é demais salientar que a terra assombrada é uma representação do "território virgem", ou seja, não dominado e ainda não modificado pela ação humana.

Voltando aos territórios do mito e da lenda, as histórias sobre lugares assombrados ou encantados demonstram, sobretudo, uma valorização do espaço em relação à construção da personagem assombradora. Podemos citar como exemplo a narrativa de Dirce Padilha a respeito da baía Mandioré. Nela aparecem sereias e outros seres míticos e sobrenaturais, porém a contadora não se fixa na ação ou na descrição dos mitos. Ela se ocupa de poucas palavras a esse respeito. O que é significativo no relato de Dirce é a baía em seu estado físico e sua localização espacial, sinalizando para os fenômenos que incidem sobre ela. As fronteiras entre os mitos e lendas tornam-se, nesse sentido, mais tênues, pois o contador emprega o mito como forma de ilustrar o espaço. Um outro exemplo, que segue essa linha, são os relatos de Vandir da Silva e João Torres sobre o bicho que aumentava de tamanho. Eles podem ser comparados com o mito cabeça de boi – entidade caracterizada pela mudança repentina de tamanho, conforme nos descreve Hélio Serejo, em *Contas do meu rosário*. Sob essa ótica, inúmeras identificações podem ser feitas. Um outro caso é o da madre de ouro, luz que indica um tesouro ou ouro escondido, muito citada nas histórias de enterros.

Os enterros são prêmios dados a um escolhido que deve demonstrar certas virtudes, como humildade, lealdade e principalmente coragem. São verdadeiros tesouros escondidos, estando a alma do dono presa a eles. Para que essa alma fique livre, ela escolhe uma pessoa para se apossar da riqueza e cumprir um acordo: seja de acender uma vela, rezar uma missa ou ajudar alguém. Os tesouros enterrados são anunciados pelas próprias almas dos donos, em forma de visão ou de sonho, ou por sinais como luzes que saem da terra, fogueiras, cruzes que surgem do nada. Nessas histórias circulam algumas tradições peculiares entre os garimpeiros. O sertanista Hermano da Silva, em *Garimpos de Mato Grosso*, comenta a crença na qual as pedras preciosas devem ser batizadas, senão elas fogem. A maneira de batizar varia, mas o sentido é o mesmo: quebrar o encanto da pedra. Por exemplo, nas histórias de Dirce Padilha, o batismo consiste em colocar a pedra na boca ou cuspir sobre ela; nas de Natálio de Barros, ele configura-se pela marcação sobre o pote encontrado, com o próprio sangue em forma de cruz, para o contemplado não perdê-lo de vista. Parte daí que as lendas de enterros não só narram o fato de alguém enriquecer da noite para o dia; o acaso é posto de lado em razão de uma *prova,* em que a pessoa é avaliada moral e sapiencialmente. Possuir virtudes e conhecer bem toda a tradição que o cerca é condição básica para quem deseja melhorar ou mudar de vida. Mais do que confabular sobre as matas, é ter que conviver com elas. O dia-a-dia é cheio de surpresas, é risco de morte e ato agonístico. Além de animais ferozes e espíritos atormentadores, há também uma flora ameaçadora, a que pertencem as lendas sobre o mato do esquecimento, responsável por desnortear quem nele esbarra. Nada pior que ser engolido pela natureza, ir e não saber voltar. Desses temores decorrem as histórias de pessoas que ficaram perdidas pelos cerrados e capões. No caminho das matas, o pantaneiro deve estar atento a todas as armadilhas encobertas pelos arbustos e matagais: serpentes, insetos peçonhentos, espinhos. Ele se orienta por rastros, penhas, morros, rios, árvores, à noite, pelas estrelas. Saber se guiar é condição *sine qua non* para sobreviver, necessário é não perder o rumo. "Muita atenção!", sugerem essas histórias; até a flor ou folha mais inocente pode desviar você de seu caminho.

Em alguns casos, as crianças são levadas pelos espíritos da mata e passam a pertencer ao mundo selvagem. Estamos falando das lendas sobre o menino e a anta. Este último acontecimento tomou tamanha relevância que chegou a repercutir até na imprensa local.[11] Em seu cerne, essas histórias revelam a dominação do mundo selvagem sobre o homem, são novamente os tentáculos do medo, que despertam no pantaneiro a possibilidade de ser engolido pela natureza. A lenda trata de um menino que, possuído por uma anta ou um "espírito maligno", rejeita a família e seu cotidiano, passando a viver numa mata sob os cuidados de uma anta. Ela apresenta diversas variantes, mas as que nos chamam atenção são aquelas em que os contadores chegam a indicar os mitos como responsáveis pelo extravio do menino – geralmente o mãozão e o negrinho do pastoreio. Na essência, essa lenda compara-se ao mito porque o embate de forças é o mesmo: de um lado, temos a terra, a mata e a

---

11 A respeito da divulgação dessa história na imprensa local, consultar *Boletim da Nhecolândia*, 1948b, p.6, em específico o artigo "Um garoto de sete anos perdido nos campos durante vinte e um dias".

entidade; de outro, o homem com sua fragilidade e superstição. O que a diferencia dos demais relatos é que uma criança passa para o lado da natureza, é por ela adotada e relaciona-se com o sobrenatural, o *evento* principal (para empregarmos uma palavra muito própria de André Jolles, porém com denotações diferentes) é o *resgate*, a difícil tarefa de trazê-la de volta para o convívio com os homens. Recuperar a rês perdida e domar o cavalo xucro é o modo de arrancar animais do mundo selvagem e natural em que se encontram, não é à toa que o menino cuidado pela anta é recuperado pelo laço e sobre ele recaem as ações semelhantes às praticadas no ato da doma.

Ainda sobre as subdivisões, no tocante aos contos populares, podem-se notar dois campos distintos: o do maravilhoso e o de animais. Referimo-nos aos contos maravilhosos como histórias em que prevalece o elemento feérico: as personagens são geralmente reis, princesas, heróis e gigantes; costumam aparecer objetos mágicos, como anéis e capotes, responsáveis por conduzir o herói de um lugar para outro; não raro ocorrem a zoomorfização e a variação do tamanho. O conto de animais é um tipo de fábula, concentra-se mais em evidenciar a moralidade e procura transmitir uma lição de vida. Está sobreposto a ele um tom humorístico que, embora ameno, desmascara situações do cotidiano. Assim sendo, as personagens são seres antropomorfizados, possuem falas e trejeitos humanos capazes de lembrar certo caráter social, o mesquinho, o sério, o bondoso, o malandro...

Outra característica marcante é que no conto popular maravilhoso parece haver um apelo ao prolongamento, isto é, a história vai amalgamando situações de modo a se expandir. Uma das narrativas maravilhosas, nesse sentido, de que mais encontramos referências foi a de "João e Maria abandonados", aparecendo na antologia de Sílvio Romero (1954), com notas de Câmara Cascudo, e comentada por Oscar Nobiling (Cascudo, 1956, p.412-21). Esses críticos consideram "João e Maria abandonados" um aglomerado de diversas histórias, ou seja, no conto se reúnem passagens de outros mundialmente divulgados, como "Os meninos perdidos", "O bicho de sete cabeças", "O gigante que procura matar o cunhado". Essas variações são uma constante nos contos populares.

Os contos maravilhosos pantaneiros apresentam, desse modo, também várias passagens comuns a outras histórias. Daí origina-se grande parte da criatividade do contador, ou seja, a capacidade de misturar temas, situações e personagens, ora subtraindo elementos e empregando-os em outras histórias de modo a reformulá-las. Noutro sentido, a possibilidade de mudar o enredo unindo ou se desfazendo de situações facilita a memorização de seqüências. O contador não precisa se concentrar numa história monolítica, fechada, ele tem um menu de temas prontos que podem ser combinados.

Embora essas variedades tendam a ampliar o conto maravilhoso, há nele três situações observáveis: o herói encontra-se insatisfeito com seu meio ou é requisitado a prestar algum serviço em que há uma insatisfação; ele combate o vilão, vencendo-o; e acaba por restabelecer a paz e a harmonia no seu meio ou num alheio.

Já no conto de animais, essas três fases nem sempre se fazem presentes. Há concisão, isto é, a história não se estende, fixa-se numa situação do cotidiano e procura transmitir uma moral. Não que a moral não exista no maravilhoso, mas é que neste ela fica nas entrelinhas, repercutida nas ações conflituosas entre o bem e o mal, o bem sempre vence e nisso já se figura, por natureza, uma moral. É como se houvesse um prazer no contar. No conto representado por animais, a função mais latente é de moralizar, por isso a história, como nas fábulas, é mais centrada nas atitudes das personagens. Vejamos, por exemplo, o conto do "Urubu e o cachorro", de Benedito de Alencar. Nele perpassa toda uma situação, ou melhor, um aprendizado de como viver em comunidade. Em linhas gerais, é a história do cachorro que pede licença ao chefe dos urubus para roer o osso e depois o ataca e o critica. Vários estratos poderiam ser abordados nessa história, mas a finalidade aqui não é analisá-la cabalmente, só demonstrar sua moralidade e sua lição sapiencial. Então, numa comparação entre as ações dos animais na natureza com as relações humanas, temos primeiramente uma disputa de poder – quem é que fica com o alimento –; nota-se que o urubu tem uma vantagem, pois está comendo a carne (carniça), ao passo que o cachorro pede com educação para roer os ossos. A pergunta é: o que ou quem dá ao urubu o direito de ficar com a carne? O que ele fez para estar comendo? Qual foi sua ação? Ou nas palavras do cachorro: "Mas quero que você me diga/qual é a ação de urubu!". Decorre daí o seguinte: o cachorro tem um poder que não sabia até então que possuía, ou seja, o de que ele poderia virar a mesa e dominar o dominador; e por fim a mensagem: aquele que sempre toma para si o que é de todos – no caso o urubu que se apropriou da carniça – pode se dar mal. A moral e a lição de como conviver obtidas nessa história causam mais impacto graças à concisão do conto, pois estendê-lo, como é comum no maravilhoso, resultaria numa busca do entretenimento e o efeito moral ficaria disperso.

Inicialmente, a pesquisa de campo teve como objetivo trabalhar somente as representações do mundo sobrenatural pantaneiro, mas em seu decorrer observou-se também a riqueza de histórias que, embora algumas não tivessem nenhuma faceta mítica, eram muito interessantes pelo recorte de situações de vida. Em razão disso, foi criado um capítulo denominado "Causos". Eles foram reunidos também na intenção de não deixar de fora os pantaneiros que, como Agripino Magalhães (Cururu, siriri & cia., 1995), fazem questão de dizer:

> Olha, o que eu tenho pra dizer pra você é o seguinte: o currupira, diz que existe na mata, o pé-de-garrafa no Pantanal, mas isso tudo é papo de fim-de-festa! Aquelas pessoas antigas, os veteranos viam tudo, mas não viam nada! Porque eu já tô com setenta e sete anos de idade, tô entrando no setenta e oito, eu nunca via pena-de-bruxa, nem rastro de lobisomem e nem rastro do pé-de-garrafa e nem quando mergulhei no rio Paraguai, trompasse com o negrinho d'água. E isso, pra mim, é conversa pra boi dormir!

Mesmo que não acredite nos mitos e refugue tais histórias, ele não deixa de ser um contador, apenas seu repertório varia. Há três níveis temáticos: "Bois e boiadas", "Caçadas" e "Enganos".

Com as histórias chamadas "Enganos", é criado um suspense e, como se jogassem um balde de água fria, é desmascarada a causa do medo. Esse tipo de narrativa é contada também por aqueles que acreditam em assombrações, pois são passíveis de cometer enganos, como enroscar os pés em teias de aranha e achar que alguém os persegue, confundir galhos com monstros ou "criar assombros" para alguém. O resultado disso tudo é o riso, causado pelo desmascaramento do medo e da sobrenaturalidade do fato. Já os causos que se reúnem sob o título "Caçadas" concentram-se mais na aventura. O ato de caçar não é somente uma prova de coragem, nem passa por uma violência contra a fauna, no entendimento do pantaneiro. Para a maioria deles, a caça é uma questão de sobrevivência. Dessa maneira, sua proibição legal vai de encontro às leis divinas:

> Deus deu esse bicho pra nós comer, pra que ninguém morresse de fome. Você ouviu, passou na televisão: família morrendo de fome, mulher, filho, marido, criança morrendo de fome, na cidade por aí. Por quê? Num pode matar uma caça pra comer, num pode matar uma capivara pra comer, nada. O governo botou florestal pra cuidar as caça. (Entrevista Waldomiro Souza, 1996)

Por esse motivo, a caçada, apesar de pressões contrárias de autoridades policiais, ainda é exercida no meio pantaneiro. Nessas aventuras nem sempre o caçador é feliz, despontando situações jocosas em que ele é surpreendido pela caça.

Tais histórias desvelam dois aspectos que ficam mais evidenciados no causo: informar e divertir. São recheadas de ocorrências do cotidiano, "o que faz" e "como fazer", contar o acontecido. A diversão é uma das maneiras que o contador encontra de brincar com essas situações vividas. Um causo se funda no cotidiano imprevisível. Por isso a *aventura* é o que move as ações do pantaneiro, evento principal dos causos. *Aventura*, palavra cujo radical latino é *venturu* (o que está porvir, o futuro), denota algo incerto: "o que vou encontrar?". E essa é a dúvida pela qual o contador desperta a curiosidade e atenção do seu auditório, conduzindo-o pela imprevisibilidade.

Nada mais aventuroso do que tanger a boiada, viagem que apesar de planejada pelo número de marchas, pela quantidade de mantimentos a ser carregado, não está livre de percalços. No meio, o boiadeiro depara com enchentes, com a fuga da rês, com o ataque de animais, que não há como ser previsto. Por isso, ele conta com suas simpatias, que curam mordeduras de cobra, e revela sua audácia na obtenção de alimentos; ele também informa, conta-nos *o que* e *como* fazer. O inesperado também nos leva a reações atrapalhadas, como nos causos de caçadas ou no contado por seu Agripino de Magalhães, em que um condutor de boiada confunde olho de onça com lume. São histórias que não foram buscadas exclusivamente na tradição, mas principalmente nas aventuras do cotidiano. Dessa forma, às que trazem como tema a condução do gado no Pantanal intitulamos causos de "Bois e boiadas".

Certamente, alguns contadores reprochariam o emprego da palavra "causo", definindo apenas as histórias de aventura. Silvério Narciso, Fausto de Oliveira e Natalino Rocha, entre outros, referem-se à lenda e ao mito como "causo". Para eles, o causo é tudo aquilo que se viveu e, ainda, é uma experiência possível de ser vivida. No entanto, nosso recorte tolhe a abrangência que é inerente ao termo; por outro lado, o diferenciamos por nele não operar exclusivamente o universo místico, mas enfatizar a aventura.

Quando se mencionam diferenças entre as histórias, incluindo subdivisões, é importante observar que os matizes, agrupadores ou diferenciadores, parecem não passar pelo arbítrio do contador, um julgamento no qual ele escolhesse a extensão ou a concisão, verdade ou ficção, mito ou lenda, ou o tipo de linguagem, a métrica empregada em algumas fórmulas rimadas. Apenas ele conhece a história, ou a viveu, e a conta. O campo da experiência parece sobrepor-se ao do trabalho com a linguagem verbal; esta, no caso, torna-se um instrumento, uma das principais maneiras de externar a experiência. Na narrativa oral pantaneira, então, não se atinge o nível estético só por meio da lapidação da forma, escolha premeditada da palavra, *labor limae*;[12] mas sim pelo tratamento dado às

---

12 Não estamos comparando a literatura popular a uma erudita. É importante frisar, entretanto, que existe uma crítica literária que se ocupa do estudo de mitos, ritos e outros símbolos manifestados na literatura erudita, o que se diferencia de nossa abordagem, pois tomamos exclusivamente como referencial o relato oral. Consultar, a este respeito, Coutinho, 1986, v.1, principalmente o "Prefácio à 1ª edição", p.53-5; e Mielietinski, 1987, principalmente a segunda parte, p.329-441. Ainda no tocante à preocupação formal, é importante frisar que não constatamos no conto popular pantaneiro frases que marcam a introdução ("em tempos muito remotos, quando os ratos comiam os gatos e os anões venciam os gigantes" ou "era uma vez, há muito tempo, nem eu lhes poderia dizer quando...") e a finalização ("entrou na boca do sapo/ saiu na

situações de vida, pelas alegorias e metáforas. Impera em cada história a criatividade, responsável também por dar vida à trama.

A ARTE DO COTIDIANO

Uma forte característica do relato oral é a mistura de tempo no desenrolar dos fatos. O cotidiano confunde-se com o passado, a história de cada um incorpora vivências dos ancestrais. O tempo é, como na narrativa moderna, um amontoado de lembranças e vivências, não há uma linearidade na memória. Quando o narrador se refere ao que acontecia "antigamente", não se pode afirmar que ele viveu tais experiências, mas elas são parâmetros de que se vale para explicar seu mundo de hoje. Dessa maneira, fatos decorrentes do processo de colonização encaixam-se com a história de vida. A Guerra do Paraguai, o banditismo, a coluna Prestes, o isolamento, o coronelismo, o mandonismo e inúmeras outras dificuldades por que passam os moradores do Pantanal são referenciados em seus relatos. A história de cada um é também a história de uma região.

"Que rio é este cuja fonte é inconcebível?/Que rio é este/que arrasta mitologias e espadas?/É inútil que durma./Corre no sono, no deserto, num porão/O rio me arrebata e sou este rio" (Borges, s. d., "Heráclito"). Como Borges indaga o tempo e se vê parte indissociável dele, o pantaneiro é e faz o tempo no Pantanal por meio de suas histórias. Nesse Pantanal, que surge pela fala do pantaneiro, vigora uma cultura apoiada na simplicidade e espontaneidade de um *saber* e *fazer* empíricos.

---

perna do pinto/ El-Rei, meu senhor mandou/ que vos contasse mais cinco) geralmente manifestadas nos contadores de outras regiões e que figuram em várias antologias. Embora não tenhamos encontrado essas fórmulas de introdução e finalização, deparamos com fórmulas rimadas, isto é, a presença do verso dentro da prosa e não a "prosa poética", isto é, a prosa com tom de verso. As duas narrativas em que aparecem esse tipo de fórmula são: a do "Chefe dos bugios", de Roberto Rondon, e "O urubu e o cachorro", de Benedito de Alencar. Ainda a respeito das fórmulas de introdução ou finalização do conto popular, vale a pena consultar o trabalho de Leal, 1985.

Há décadas, conforme demonstram vários entrevistados, os costumes eram compartilhados com os proprietários, o "fazendeirão antigo", o patrão que virava compadre. Aos poucos, essa relação de proximidade foi se esvaindo. Nas falas dos contadores, as legislações trabalhistas, a constante divisão de terras por venda ou partilha de herança, ocasionando a inclusão de empresas, são apontadas como principais causas do afastamento. Não obstante, a figura do proprietário parceiro tende a desaparecer do cenário. E isso está presente a todo momento, junto com causos, mitos ou lendas.

> Todos os fazendeiro tava lá na reunião, junto dos peão, num tinha separação não. Comia tudo na mesma mesa, tudo reunido, era um prazer grande estar junto cum as peonada ali. Chegou um ponto, como eu falo pra você, que nessa época tinha a tal da mistura... O povo aquela época, eu sinto assim que é, que ele num tinha muita incentivação de tá vivendo na cidade, num era incentivado, a família toda... Se o patrão dele tá trabalhando, argüindo serviço lá, junto cum seus patrão, o dono da fazenda ... e aquilo era a alegria da pessoa, é a alegria da pessoa trabalhar todo dia fora de hora. (Entrevista Sebastião Coelho da Silva, 1996)
>
> ...
>
> era muito difícil, então, dificultoso demais a vida do fazendeiro aqui. E outra que os pessoal tão abandonando, num tem gente nas fazenda. Fica dois, três peão e vai acabando... (Entrevista Raul Medeiros, 1995)

As falas de Sebastião Coelho e Raul Medeiros refletem amarguradas o distanciamento entre o proprietário e o trabalhador. Essa distância leva à alteração da organização hierárquica e afetiva, pois o patrão não é apenas quem dá ordens mas também, por estar próximo, procura amparar seus funcionários nos problemas familiares. Com seu deslocamento, o posto tende a ser preenchido pelo gerente, cuja função é apenas cuidar do bom andamento das atividades.

A saída aprofunda também as desigualdades entre dois níveis socioculturais. O fazendeiro deixa paulatinamente de compartilhar do contato com a natureza, fica isento de riscos das lidas com o gado e da convivência diária com seu funcionário, ajuda a articular a visão de uma região desenvolvida economicamente, filiando-se ao discurso com matizes científicos. Em outro plano, de onde provêm uma representação mítica da natureza, encontra-se o pantaneiro com atividades que o levam a compartilhar experiências, a conviver com um certo isolamento e a exaltar sua virilidade. Tais aspectos ajudam na afirmação de identidades.

Nas atividades praticadas pelos pantaneiros, o *saber fazer* institui hierarquias, ao passo que se torna necessário à sobrevivência do homem nas terras encharcadas. Roberto dos Santos Rondon (Entrevista, 1996) define assim o que é ser pantaneiro: "pra gente poder ser um pantaneiro cum fé, tem que saber aprender o trabalho que a gente faz aqui, mexer cum gado, encilhar um cavalo, fazer um laço". É no trabalho que o homem se define para Rondon, conseqüentemente, o espaço e as relações estabelecidas com seus colegas de profissão também tornam-se importantes no processo de construção da identidade. O trabalho e o meio tornam-se ligados por um pacto; disso articulam-se o respeito do homem pelo ambiente e a extração de recursos necessários à garantia de vida. Um vínculo muito forte é estabelecido com a natureza, por meio da sua observação e estudo, do desenvolvimento de técnicas e saberes nas lidas, fazendo que o pantaneiro crie uma consciência do meio. As representações da natureza ora demonstram o quanto ela se impõe frente ao homem, o qual a confere atitudes humanas por meio de representações míticas, ora denunciam a ocupação indevida de terceiros.

> A natureza manda muito na vida do homem, num pode mudar a natureza, muda tudo! Tudo traz dificuldade. Numa época que nós tamo, tudo fica difícil porque mudou a natureza. Então a naturalidade traz o conforto e faz com que tudo aí prospere, né?... Eu creio assim, que quanto mais ele vivia numa vida mais natureza, mais no natural, na simplicidade, na natureza, era mais amparado por Deus. Então, tudo as coisa tinha prosperidade, né? (Entrevista Sebastião Coelho da Silva, 1996)
> Tão invadindo o aterro onde têm as casa, as coisa aqui que... Reserva tá acabando! Que o pessoal tão invadindo, tão matando, espantando, isso que o governo devia vê também, era isso. E essas calamidade que tá acontecendo com os animal, com esse agrotóxico que joga no rio pra plantar. Plantar aí na beira do rio, mata peixe! (Entrevista Raul Medeiros, 1995)
> E naquela época que acontecia, tinha uma pessoa que gostava de caça, sabe? Gostava de caçar assim, matar porco, queixada, aquelas caça de desperdiçar, matar touro, jogar fora sabe? Que, hoje em dia, eu digo que se a pessoa pensasse de o tempo antigo dele, sentar

e pensar assim. Por exemplo, se uma pessoa desse antigo que morou num lugar desse de fartura, pelo que ele fazia, parar pra pensar hoje, deve sentir, sentar e chorar, né? Porque aquela vez ele matava, desperdiçava, jogava. (Entrevista Roberto dos Santos Rondon, 1996)

Essa natureza é ampla e cheia de surpresas. A longa extensão de terras, com habitações esparsas, conduz a um certo tipo de "isolamento", à convivência com número restrito de pessoas e, de certo modo, à pouca sociabilidade. Com base nisso, uma das formas de abrandar as dificuldades da vida e tonificar as relações coletivas são as festas, reuniões nas quais religiosidade, competições desportivas, música, dança e comilança fazem-se presentes. O pantaneiro prima pela fartura, o dia de um santo ou um casamento podem ser comemorados por vários dias, com muita carne e bebida, entoando o cururu ou arrastando os pés no chamamé.

No dia de festa a gente fazia uma varanda, né? Coberta toda de sapé ou de palha, o que tava mais fácil pra fazer, né? Aonde você assava a carne e à noite dançava, né? Ia lá aqueles tocadores de violão, sanfona, de acordeão, tudo isso, cantava, né? Música da terra mesmo! De lá mesmo, né? E às vezes a gente dançava e comia e bebia, ninguém brigava, ninguém matava ninguém e assim às vezes dois, três dia de baile formado. (Entrevista Dirce Campos Padilha, 1995)

Todo mês tinha festa, reunia naquelas festas duzentas, trezentas pessoas na fazenda desse Antônio Batista, Santo Antônio que eu falei agora pouco. São Bento ele fazia festa, começava ... era o ano inteiro! Começava em dezembro: Nossa Senhora ... não, começava só no Natal, era o mês inteiro! Começava Santo Antônio, São Pedro, São João... É dezembro, janeiro ... vinha gente de São Paulo assistir a essa festa, lá nessa festa que adquiri o nome e a fama de "atirador de revólver". (Entrevista Antônio Paes Maia, 1995)

De 46 pra cá já tinha avião, começou no Pantanal em 43. E na Aliança, na fazenda Aliança tinha festa, batizado, casamento. Padre ia ... tinha casamento e batizado, era muito boa as festa desse tempo e eu assisti essas festa. Todo ano eu estava nelas. (Entrevista Raul Medeiros, 1995)

Faziam muito Santo Antônio, São Sebastião, é São Pedro, aí no Pantanal. Aí, saía muita churrasquiada, teve fazenda de chegar de matar dez novilha assim! (Entrevista Sebastião Coelho da Silva, 1996)

Nessas confraternizações, as promessas feitas a santos são pagas. Como acreditam muitos devotos, dívida com santo é "atraso de vida" e uma promessa não cumprida leva o tratante ao infortúnio:

> Não fez o que ele prometeu. Ele recebeu, mas não pagou! Então tem que pagar pra continuar sempre tendo aquilo. Se é devoção, menino, num tem... Tem que cumprir! Tem que pagar! Promessa é promessa! Dívida é dívida! Num pagou, aconteceu isso: perdeu tudo que tinha, perdeu até o gado! Agora num tem mais. Pra quem ele vai pedir? Será que se ele pedir pra outro santo, será que ele vai ter tudo de volta? No primeiro ele num pagou, vai ficar um pouquinho difícil pra ele, né? (Entrevista Dirce Campos Padilha, 1995)

As promessas transcendem o aspecto religioso e adentram o mítico. É o que acontece, por exemplo, nos relatos de Vadô e Vandir Silva sobre o curupira e pomberinho. Essas entidades recebem oblações caso sejam encontrados objetos e/ou animais perdidos. Se o devedor não pagar, o mito poderá aparecer para cobrá-lo ou simplesmente assustá-lo. Há, no entanto, uma diferença entre crença religiosa e o mito. O último, na forma de entidade, é requisitado para pequenas coisas, ao passo que no santo é depositada a responsabilidade de se obter uma vida próspera. Dessa maneira, para o santo pede-se geralmente um bom casamento, paz no lar, sorte nos negócios, saúde e, caso atendido, o agraciado deve oferecer uma novilha, ou outro animal de médio porte, na festa de seu dia.

A troca de experiências também pode ser feita pela visita de uma tropa de boiadeiros. Menos freqüente em razão dos caminhões que realizam o transporte do boi, o peão boiadeiro, geralmente contratado na cidade, atravessa diversas fazendas, tornando-se conhecedor profundo da região e das pessoas.

> E a pessoa conhece muito lugar, sabe? Viajando assim, porque ele vai viajando, cada dia é um que toca a tropa no pouso, sabe? Ele vai fazer um pouso numa fazenda, um dia é um que toca a tropa, tem dia é outro. E é muito bonito a vida de boiadeiro... E tem pessoas que viaja muito, sabe? Vai pra muita cidade, viagem de um mês, dois mês, três mês. Eu mesmo tenho muito conhecido que viajou bastante. (Entrevista Roberto dos Santos Rondon, 1996)

Além disso, nessas viagens as histórias e os tererés tornam-se um dos passatempos prediletos. O boiadeiro é responsável por propagar e assimilar vários mitos, lendas e simpatias dos locais que visita.

Prazer do boiadeiro é sentir aquele cheiro de poeira por detrás da boiada, aquilo vai indo, conversando cum a boiada, tudo alegre, cantando, os outro cantando, contando causo, sabe? É tão bonito a vida do boiado. (Entrevista Roberto dos Santos Rondon, 1996)
Nessa estrada assim ou mesmo conduzindo o gado, viajando assim, um conta piada do lado de lá: "Fulaaano...". Assim por diante. Vai indo, vai contando piada até... Divertindo, né? Maioria só assim lá, mas assim que tem gente que conta história, tem! (Entrevista Vandir Dias da Silva, 1996)

Nos últimos anos, a condução de gado virou atração turística na região. As mudanças socioeconômicas abalam também valores mais tradicionais. Muitos empresários vindos de outros Estados, que ocupam o lugar de fazendeiros tradicionais, empregam os condutores mais novos como guias turísticos, em razão do profundo conhecimento que possuem da região. Como observa o antropólogo Banducci Júnior (1995, p.25) em sua pesquisa de campo, uma característica passa a se manifestar entre alguns desses guias pantaneiros: a negação dos valores e hábitos tradicionais. Então, o pantaneiro, "procurando identificar-se ao máximo com o novo contexto social, em contraposição ao Pantanal mais antigo e tradicional, chega mesmo a recriminar como atrasados os hábitos dos quais compartilhava ainda há pouco".

A observação de Banducci Júnior corrobora o que vem sendo exposto em muitas das falas citadas até aqui, o vislumbrar de um passado sem conflitos num presente totalmente transformado. O fato é que sem esse passado não restariam argumentos para o pantaneiro afirmar sua identidade, pois o que ele é agora é decorrência do que passou, do que viveu. "Ser pantaneiro" passa por atitudes como compartilhar saberes, *saber fazer* algo que não é qualquer um que faz, ainda mais se não foi educado na "moda pantanal", isto é, com base nos mais tradicionais. Desses valores destacam-se, principalmente, honra ao nome, respeito aos mais antigos e coragem no enfrentamento das surpresas e dificuldades da vida. O distanciamento ou perda completa deles resulta também no estabelecimento de outras normas de convivência e padrões de sociabilidade. Com as mudanças socioculturais instala-se o cíclico conflito de gerações. Peões, praticantes de crenças e superstições, com respeito aos santos e a alguns mitos, convivem em meio a um mundo eclético, onde há novos costumes, muitos dos quais contrários aos seus.

Sem poder perder de vista o passado, impera o caráter nostálgico na construção da história. Estradas crivando de mudanças a natureza, proibição da caça e nova visão de mundo trazida pelas antenas parabólicas, turistas e empresários acabam por pichar nas lembranças uma Idade de Ouro.

Aquele tempo não era proibido [caçar], a gente matava pra comer, mas hoje acabou. (Entrevista Dinote, 1996)

Aí tinha festa de São João, festa da Bandeira, cê de casa em casa levando bandeira assim, fazia festa de 4, 5 dia assim. Cada festa que saía, sabe? Naquela época. Era uma coisa tão gostoso que eu num esqueço até hoje naquela época... Então meus pai contava como que era antigo, desde o tratamento da criança hoje em dia, o modo de dizer, de viver, de tratar da educação, era diferente, sabe? (Entrevista Roberto dos Santos Rondon, 1996)

O povo, ele só usa a corda mesmo de couro! Num usa náilon! Pantanal num tem jeito do homem usar o náilon, né? Tem que usar corda mesmo, corda de couro! (Entrevista Sebastião Coelho da Silva, 1996)

Então, pro senhor vê, a gente fala assim, mas de uns anos pra cá, acabou, num tem quase mais esse negócio de assombração, desapareceu tudo! (Entrevista João Torres, 1996)

Antigamente era muito bom o pessoal de seu ... morreu, o seu Chico de Barros, é... Fernando de Barros é Eugênio Gomes da Silva e seu ... fazenda Cáceres? Era muito bom, servia muito bem, nos ajudava, pessoal muito bom aqui no Pantanal e aí nos fomos. (Entrevista Raul Medeiros, 1995)

Há uma tentativa vã de reter o tempo, porque o presente sempre parece ser mais duro. Essa tentativa fica clara na fala de Sebastião Coelho, ao insistir em manter a corda de couro no lugar da de náilon, na infância de Roberto Rondon, quando saía com a Bandeira do Divino; nos fazendeiros que ajudavam os peões, conforme lembra Raul Medeiros. Até a assombração deixou de aparecer para João Torres, em razão dos postes de iluminação.

O conjunto dessas mudanças parece afetar também o costume de contar histórias. A ociosidade necessária ao convívio e ao compartilhamento de experiências dá lugar ao trabalho produtivo, com jornadas e turnos bem esquematizados. O hábito do tereré começa a ser coibido em acordos de empreita. Com o êxodo rural, as novas gerações, conforme assinalam os depoimentos abaixo, tendem a trocar o "ouvir histórias" pela TV ou a pôr em xeque a veracidade de antigos mitos e lendas.

> Eu num tive tempo de ficar com meu avô pra contar essas história, eu queria escutar mais, aprender mais, sabe? Mas eu num tive tempo porque logo fui pra Corumbá, pra casa da minha prima ler, pra estudar, fazer alguma coisa, entendeu? (Entrevista Dirce Campos Padilha, 1995)
>
> Hoje, esse pessoal da antiga gosta dessa história, né? Aí ele passa pra pai, pra filho, né? O filho, tem algum que gosta, outros que num gosta... aqueles que gosta continua contando pra outro, né? Hoje já acredito que daqui pra frente num vai, vai acabar isso aí! Porque, né, os filho da gente, por exemplo, meus filho mesmo [risos] se eu contar pra eles, num acredita... fala que é invenção, quer dizer, já tem estudo mais elevado, né? (Entrevista Vandir Dias da Silva, 1996)

Não se trata de um fim, mas de um processo no qual os hábitos vão sofrendo mudanças, reformulando-se ante novas imposições sociais. As lembranças transcorrem em espaço em combate. A voz é agonística, luta no mundo das idéias para afirmar uma verdade. Assim, a receita do médico não minimiza a fé nas simpatias do benzedeiro, o saber de livros e mapas adquirido pelo geógrafo choca-se com o olhar sapiencial de quem vive no terreno, prenunciando secas e cheias. A natureza educa o pantaneiro. Chega-se assim a dois modos de ler o Pantanal: um pela interpretação dos fenômenos da natureza, autodidata e assentado numa cultura oral; o outro pelo livro, garantindo a verdade por sucessivos experimentos científicos e pautando-se em argumentos que não podem fugir à lógica.

O pantaneiro lê o Pantanal pelo primeiro modo. Dessa leitura sairá um discurso no qual crenças, religiosidade e o espírito de luta estarão presentes. Esse discurso então confronta, opõe-se, indica, perscruta: saberia um doutor de diploma embrenhar-se nas matas e voltar, domar animais marruás, conhecer os segredos dos mitos, aplicar simpatias, carrear e carnear os bois? Definir um campo de atuação é também criar uma forma de conhecimento acessível a poucos. Waclaw Korabiewicz (s. d., p.63), um viajante polonês, joga suas luzes sobre a conversa entre um pantaneiro e Hunter, alcunha de um médico contador de bravatas pelas matas pantaneiras. "Como um filósofo local, um dos caboclos analfabetos, disse uma vez para Hunter: *um doutor, que vem da cidade, não é um doutor aqui. Em Mato Grosso somos nós, os índios e os caboclos, que somos os doutores*". "Caboclo" corresponde, no fluir das idéias de Korabiewicz, ao mestiço, o detentor de um modo de vida rústico, conhecedor dos insetos, animais, lugares, pessoa aquietada, o que poderia ser chamado, e não o foi porque o viajante talvez conhecesse a expressão, de pantaneiro. O signo "pantaneiro" é mais abrangente, não se vincula somente a uma origem étnica, mas se enquadra nas mesmas descrições do caboclo de Korabiewicz. No diálogo, a oposição entre as culturas salta à vista rapidamente; enquanto acentuam as diferenças, os habitantes se definem. O que capta Korabiewicz ao observar o homem pode ser percebido também em inúmeros trechos das histórias de vida.

Além do caráter agonístico, percebe-se que toda leitura é uma forma de entender o mundo a partir das práticas religiosas. A religiosidade torna-se um forte indicativo de explicação mítica. Ao nos explicar o que é o curupira, seu Sebastião Coelho Silva (Entrevista, 1996) desenvolve o seguinte raciocínio:

> Só ouvi falar. Mas chegou numa oportunidade que ele pode ser curupira, muitos fala que existiu, que desnorteou diversas crianças assim. Eu já ouvi contar, quando eu era criança também. Meu pai contava, mas eu num cheguei nem de saber direito o que pode ser. Mas nos dia de hoje, pelo que eu contemplei, que podia ser, que existe essas coisa, né? Mas já num é tipo curupira. É, pelo que analiso, porque eu já meditei dentro da palavra de Deus, é o Espírito da Treva, e o Espírito Maligno pode causar isso! Cê tá entendendo, né? Pode causar, mas num é o curupira, quer dizer, o curupira é um nome que a pessoa pode inventar: curupira, é saci, mas tudo isso ... num pode! Creio que é um espírito mal, existe, né?

Alinha-se a essa leitura a do seu João Torres, no mito do come-língua, que sendo praticante do espiritismo concebe o mito como um "espírito em doutrinação". Essas leituras não estão desatreladas da crença na terra comentada por seu Vadô. Acreditar em algo é uma forma de ler o fenômeno. Daí a religiosidade estar exposta nos mitos e lendas, servindo de base para interpretação de fenômenos do cotidiano. Presente e passado se misturam, representações e leituras de fenômenos fazem que as histórias continuem despertando o interesse em seus ouvintes. As histórias tornam-se arte, presa ao passado que mesmo distante é refratário do presente, do cotidiano de cada um. Por isso, o costume de contar histórias não será completamente freado em razão de mudanças de ordem econômica ou social impostas nas últimas décadas. Enquanto houver cotidiano com fatos inusitados e uma leitura com base na tradição (em sua mudança contínua através dos tempos), haverá também o contador com esta mesma graça que seu Wilton Lobo (Entrevista, 1997) o registra.

> Eles contam que iam passando na porteira, pulou um na garupa, né? À noite [risos]... O cavalo caiu [risos], a assombração tava demais pesada! Outro fala que montou numa mula-sem-cabeça, pensou que tava no burro dele, tava numa mula-sem-cabeça [risos]. Ah! Todo peão tem história pra contar! Um fala que apeou um boi, foi lá ver a corda que o boi tava peado, num é corda, é uma cobra, né? À noite, correu o boi, quando foi lá pra olhar, é uma cobra ali! Num era corda! [risos]. Era uma cobra que tava amarrada no boi! Ah! Um quer ser mais valente que outro!

O grande problema concentra-se no modo como essas histórias são "apropriadas" e/ou interpretadas. Decorre uma transformação na passagem da voz à letra que não acarreta somente uma mudança no canal de comunicação. A aura das histórias tende a ganhar novos matizes a partir da abordagem/interesse do pesquisador. Graça, beleza e cotidiano podem ser modificados, perdidos ou preservados. À leitura do cotidiano feita pelo contador interpõe-se um filtro, que pode reter certas passagens, transformar outras ou inocular juízos diversos. É sobre essas "leituras", a partir do olhar de alguns pesquisadores, que passamos a tratar nas páginas seguintes.

2 AUSCULTANDO AS FONTES: A LETRA E OUTROS OLHARES

> Não fazem livros populares, bem o sei.
>
> (*Jules Michelet*)
>
> Os predecessores obravam como os eminentes sábios da anedota, que discutiam gravemente se determinado peixe era vermelho ou amarelo, e assim levaram horas e dias em calorosos debates, entre rumas de livros, até que um indivíduo se lembrou de ir buscar um dos tais peixes e colocá-lo sobre a mesa, esclarecendo definitivamente todas as dúvidas.
>
> (*Amadeu Amaral*)

SOB O SIGNO DA LETRA

Os mitos, contos e lendas, transmitidos por tradição oral, sofreram, e ainda sofrem, o assédio de uma cultura letrada. Um registro, se por um lado serve para demonstrar a ocorrência de manifestações numa dada comunidade, por outro fica impossibilitado de acompanhar a dinâmica inerente à oralidade, seja ela diacrônica ou sincrônica, pois toda escritura é cristalizadora de uma língua por natureza. Assim, se temos uma idéia de como tais manifestações ocorriam no passado é porque um legado foi deixado por cronistas, viajantes, literatos e cientistas. Da apreensão destes, para que uma manifestação fosse mirada, ou admirada, resulta uma fonte, geralmente elaborada por integrantes de outras culturas. Nesse sentido, uma história, por exemplo, torna-se fonte a partir do momento em que é focalizada pelos olhares não mergulhados no espírito de uma mesma tradição, recebendo, com efeito, o tratamento de objeto.

Trata-se, então, de um processo em que estão envolvidos três elementos, configurados pelo agente (popular ou primitivo) difusor de uma tradição coletiva, pela tradição em si (ou seja, a dança, o repertório de histórias e canções, vestimentas, entre outras coisas) e pelo mediador, responsável pelo registro, cuja área de atuação se dá entre duas ou mais culturas: entre a sua e outra, ou várias. Tal processo não é tão simplificado assim, tendo momentos e situações em que as posições não estão bem definidas, podendo acontecer, por sinal em casos não bastante comuns, de um difusor ser também mediador e vice-versa. Mas o que nos interessa é apresentar um panorama acerca da construção das fontes no Brasil e, nesse caso, o mediador representa um papel significativo no registro das culturas primitiva e popular brasileiras.

Em decorrência disso, uma fonte não pode ser recebida passivamente, sem despertar desconfianças, pois nela acumulam-se problemas de ordem histórica, de técnicas de registro e, por extensão, de fidelidade. Dessa forma, pode-se indagar: até onde um texto mistura a cultura e as informações do autor com a cultura por ele explorada? Qual o grau de intimidade do mediador com a manifestação que descreve? A quais objetivos ele atende na urdidura de seu texto? Ressaltam-se mais dois problemas: o primeiro, como revela a crítica sobre os românticos, várias incursões foram feitas nas coletâneas populares a fim de deixar nas histórias e cantigas transformações de ordem estética, comprometendo a fidelidade da manifestação. O outro problema diz respeito à mediação da cultura popular, a qual não escapa de um conceito maior, e de caráter ideológico, que é o de "povo". E a definição de povo apresenta uma historicidade, acarretando com isso diferenças quanto à interpretação de uma fonte e às técnicas empregadas para a coleta. Na medida em que tal conceito varia, o olhar que paira sobre os relatos míticos e lendários também é solapado.

Nessa linha de raciocínio, os tratamentos dados ao fabulário brasileiro, considerado num primeiro momento primitivo e no século XIX popular, quando observados em épocas com tendências mais ou menos análogas e com certa delimitação cronológica (como a fase colonial, o período romântico etc.), estão alinhados em eixos diferentes, apesar de algumas técnicas de registro ou de investigação coincidirem. Visitaremos quatro momentos distintos cujas idéias, *grosso modo*, podem ser delineadas da seguinte maneira: mostrar e/ou "civilizar" o novo mundo, afirmar um espírito de nacionalidade, explicar o caráter nacional brasileiro e, por último, "redescobrir" o Brasil.

Os viajantes, missionários e colonizadores, dos séculos XVI, XVII e meados do XVIII, são os principais mediadores da cultura primitiva americana para uma "civilizada" e letrada assente na Europa. São eles os autores e, em muitos casos, os protagonistas de uma literatura informativa, cujo objetivo era falar das terras do além-mar e dos nativos num mundo recém-descoberto. De certo modo, essa produção literária deixa entrever ideais contraditórios, pela descrição de paisagens edênicas e outras infernais, pela definição de um índio puro e ao mesmo tempo, paradoxalmente, bárbaro e transgressor da doutrina católica. Antes de tudo, tais escritos correspondem à formação de uma primeira idéia de Brasil, atendendo em partes ao apelo curioso de europeus. Também são reveladores dos mecanismos de uma transposição cultural, pela qual passaram os indígenas, imputada principalmente aos missionários, cujo destaque recai sobre a Ordem dos Jesuítas.

Quando vista em conjunto, a literatura de viajantes se apresenta com características próprias. Dentre elas destaca-se uma descritivo-etnológica, caraterizada pela falta de encadeamento lógico-ideológico, presente principalmente nos relatos de Jean Léry, Hans Staden e André Thevet. Já outra, matizada por descrições telúricas e também de índios, como a dos jesuítas José de Anchieta e Manoel da Nóbrega, "com evidente coerência estrutural, modificada apenas pela maior ou menor personalidade individual do autor do testemunho" (Castro, 1986, p.244). Há ainda uma terceira característica, cuja intenção era exaltar a fartura que as terras coloniais propiciavam, de modo a atrair o interesse do rei de Portugal para a colônia brasileira e também de justificar a colonização por meio de uma tarefa considerada "nobre e humanitária", que era de "civilizar" a população nativa. Nesse aspecto, enquadram-se as obras de Ambrósio Fernandes Brandão, Pero de Magalhães Gândavo, Gabriel Soares de Souza e outros.

O que interessa, entretanto, não é esmiuçar toda essa literatura a fim de justificá-la como a primeira fonte de uma cultura brasileira que se delineava, mas sim partir de alguns exemplos de como eram tratados os mitos e outras histórias da fase colonial. E isso significa compreender a atitude de transposição cultural, uma leitura do novo mundo feita a partir de valores bem sedimentados. O olhar do estrangeiro não se caracteriza apenas como curioso diante das recentes "descobertas": ele as lê. Sua leitura subentende transpor modelos de interpretação consagrados em sua cultura para uma outra distante e diferente. Como resultado dessa operação intelectual, o estrangeiro cria.

Alfredo Bosi, em *Dialética da colonização*, deixa entrever que a transposição no Brasil sobreveio de situações contextuais e da necessidade de afirmação da cultura portuguesa ante negros e índios. Assim, numa análise superficial do contexto colonial brasileiro, percebe-se que os portugueses, no ideal de enriquecerem por meio da exploração das terras coloniais, criaram grandes latifúndios, produzindo basicamente cana-de-açúcar e tabaco destinados aos mercados europeus e africanos, trocando mercadorias por escravos. Por meio do que o autor chama de "ímpeto predatório e mercantil dos colonizadores", era acelerada a modernização da rede comercial européia (Bosi, 1994, p.11-63). Logo os colonizadores com êxito nas transações mercantis, vinculadas a grupos europeus, foram se tornando "senhores da terra". Não obstante, o contraste de paisagens, clima e meio entre a América e a Europa e a dura empreitada da terra levou os senhores a se apropriarem da mão-de-obra de negros e índios, de suas mulheres e da rusticidade necessária à sobrevivência. Em outras palavras, o colonizador tirava proveito de qualquer relação estabelecida com os nativos e escravos. Se não havia uma troca de experiências, é possível afirmar que, pelo menos no plano cultural, estabelecia-se uma imposição, principalmente, da língua.

A transposição para o Novo Mundo de padrões de comportamento e linguagem deu resultados díspares. À primeira vista, a cultura letrada parece repetir, sem alternativas, o modelo europeu; mas, posta em situação, em face do índio, ela é estimulada, para não dizer constrangida, a inventar. (Bosi, 1994, p.31)

Fermentava-se aí a dialética cultural, mas é por meio da religião que a transposição vai ter significativa importância no processo dialético. Da catequização dos índios resultam inúmeros lances de criatividade, tais como "um imaginário sincrético, nem só católico e nem puramente tupi" (ibidem). Nesse sentido, Anchieta teve um papel relevante, pois não somente escreveu uma gramática tupi, como também forjou figuras míticas – como no caso dos *karaibebé* (profetas que voam), os quais apresentavam um significado tanto para o imaginário católico quanto para o indígena. Ele renomeou personagens sacras como Nossa Senhora, chamada de Tupansy (mãe de Tupã), e também procurou instituir o monoteísmo, fornecendo ao imaginário tribal feições bíblicas. Do contato entre as culturas distintas decorre um exercício de criação, porém já moldado por profundas feições européias.

No caso de Anchieta (Cascudo, 1956, p.25), ele vai verter para o europeu, a seu modo, o repertório mítico-aborígine, assumindo, assim, uma posição também de mediador; como revela uma carta escrita em São Vicente, em maio de 1560: "É coisa sabida e pela boca de todos que há certos demônios, a que os Brasis chamam *curupira*, que acometem os índios muitas vezes no mato, dão-lhes de açoite, machucando-os e matam-os". É interessante atentar para a pluralidade de demônios, pois não se trata de um curupira e sim de uma legião. A ressonância bíblica se faz presente, na medida em que a Terra foi acometida, como consta em livros do Velho Testamento, por vários demônios. Além disso, questiona-se até que ponto o curupira, antes de ser uma denominação comum a vários demônios atrozes e assassinos, não poderia ser um defensor de um lugar sagrado, onde a presença humana representaria sinal de desrespeito? Num ângulo diferente, deve o curupira ser entendido, como quer Anchieta, por meio do embate do bem contra o mal, ou atua nos dois papéis em momentos diferentes? Ao que tudo indica, ao missionário cabia falar de uma outra cultura a partir de seus referenciais; assim, ao ato de mediar sobrepunha-se o olhar europeu, que em contato com outras culturas produzia um efeito dialético. Não faltaram, entretanto, opiniões diferentes a respeito do tratamento dado pelos europeus às culturas do "novo velho mundo" e, nesse sentido, vale transcrever um trecho dos *Ensaios*, de Montaigne (1996), publicado em 1595:

> não vejo nada de bárbaro ou selvagem no que dizem daqueles povos; e, na verdade, cada qual considera bárbaro o que não se pratica em sua terra. E é natural, porque só podemos julgar da verdade e da razão de ser das coisas pelo exemplo e pela idéia dos usos e costumes do país em que vivemos... A essa gente chamamos selvagens como denominamos selvagens os frutos que a natureza produz sem intervenção do homem. No entanto aos outros, àqueles que alteramos por processos de cultura e cujo desenvolvimento natural modificamos, é que deveríamos aplicar o epíteto.

No contexto quinhentista, os cristãos europeus condenavam práticas indígenas como poligamia, embriaguez e principalmente o canibalismo. Deste último, desdobrou-se toda uma literatura, que além de informativa também privilegiava a aventura. Não era raro os viajantes abrirem mão do universo fantástico para rechearem suas histórias com episódios inusitados. É o que aparece nas lendas contadas sobre a Colônia, escritas por Gabriel Soares de Souza, em que versam sobre monstros marinhos e amazonas, mulheres guerreiras de um só seio, que revelavam uma manifestação grega num cenário tropical. Decorre disso que a fantasia, fruto do contato do branco com canibais, somada ao cadinho da tradição oral européia, alimentada pelas sugestões de um eldorado, era requisitada na interpretação da paisagem. Não é por acaso, como observa Sílvio Castro (1986), que a literatura de viagem, feita por pessoas dotadas de certa erudição, era privilegiada pelo leitor europeu, pois além de saciar uma curiosidade, prendia pela trama. Retomando Michel de Montaigne (1996, p.195), sua reflexão é marcada por uma desconfiança em relação a esses escritores, a seu ver dotados de "finura", pois "a fim de valorizar sua interpretação e persuadir, não podem deixar de alterar um pouco a verdade. Nunca relatam pura e simplesmente o que viram, e para dar crédito à sua maneira de apreciar, deformam e ampliam os fatos".

Vale observar que esses textos, na medida em que tomam como assunto a cultura primitiva, também fornecem dados acerca da formação de uma cultura popular brasileira. Eles podem ser configurados como a primeira forma de tratamento dada aos mitos e ritos brasileiros e, quando vistos mais detidamente, tornam-se importantes como registro da difusão de mitos europeus na América e do sincretismo que aqui transcorreu. O papel desempenhado pelos missionários resultou num processo de estratificação cultural. Além da catequização, eles foram responsáveis pela germinação de uma cultura letrada. Em razão da inserção do bandeirante no sertão, coube aos jesuítas a alfabetização de jovens. Com efeito, começou a se criar no Brasil uma cisão: num nível, a escrita era acessível e seus detentores se autoproclamavam portadores de uma cultura oficial; noutro, desenvolvia-se uma popular em espaços ilhados e com certos códigos eruditos ou semi-eruditos da cultura européia. Séculos adiante, esta foi retomada dentro de um espírito de afirmação de nossa nacionalidade. Tal espírito começa a se arquitetar com o nacionalismo romântico.[1]

O Romantismo é um movimento com várias implicações no campo das artes, aparecendo num período de transformação cultural: consolidação da burguesia, liberalismo e negação dos valores clássicos. Na literatura, sobretudo, ocorre uma valorização do romance, do drama e do melodrama, em detrimento da tragédia, comédia e o épico. Somada a isso está a recusa de regras e modelos a favor de uma liberdade criadora, de uma valorização dos sentimentos e, por extensão, de um individualismo, que vai encontrar na natureza a projeção do mundo interior do "criador".

---

[1] Antes, seria necessário destacar o germe nativista, o qual pode ser encontrado na poesia de Gregório de Matos e nos contrastes entre a paisagem rústica brasileira em relação à européia das obras dos árcades. O estudo da cultura popular no século XVII encontra porto em relatos e viajantes e na voz do poeta baiano, Boca do Inferno. O fato de não darmos relevo à poesia do período colonial, destacando sua importância na formação da consciência nacional, e passando direto ao Romantismo, deve-se à ausência de um espírito nacionalista, o qual ainda estava em gestação, e isso, de certa forma, transferia o popular para um segundo plano, em prol de ideais estético-filosóficos europeus, principalmente espanhóis (fluente no barroco do século XVII) e franceses (no neoclassicismo do século XVIII).

Não à parte, surge uma nova concepção acerca do popular. Cabe ressaltar que o que no romantismo se convencionou sobre o popular é produto de um processo datado historicamente. Desde a Antiguidade Romana até o *Sturm und Drang* (tormenta e ímpeto), principal movimento romântico surgido em 1770 na Alemanha, houve várias transformações na definição de povo. Não é redundante acrescentar que a compreensão da literatura popular está vinculada ao conceito povo. Cláudia Neiva de Matos (1992, p.5) observa, ao refletir sobre o *Sturm und Drang*, uma confluência de idéias para a busca de uma nacionalidade, valorizando a língua, a religiosidade, as criações poéticas tradicionais e populares. Enquanto na França o conceito de povo desloca-se do plano cultural para tomar substância a partir da luta contra o Antigo Regime, desdobrando-se numa definição de "coletividade corpulenta, disponível para a mobilização no trabalho e na guerra".

Herder, um dos expoentes intelectuais do *Sturm und Drang*, submete a condição popular a um processo de triagem e exclusão, cujo objetivo era de alijar as impurezas, permanecendo nela um princípio platônico de universalidade e atemporalidade. Dessa maneira, a Natureza assume papel relevante, pois é dela que precede a idéia de nação. A poesia popular, então, configura-se como a depositária de um saber intuitivo: era a poesia da Natureza. Em outras palavras, é por meio da Natureza que o romântico se alinharia com a pátria e a sua apreensão dava-se também pela apreciação da cultura popular.

Peter Burke vislumbra três razões que podem justificar o interesse pelo povo na Europa do final do século XVIII e início do XIX: uma de ordem estética, outra intelectual e, por fim, uma política. A estética dá-se sobretudo em razão de uma revolta contra a "arte polida". Nessa linha, o historiador da cultura popular na modernidade observa uma inversão de valores: a pecha de "natural" e "selvagem" passa a ser elogio, ao passo que à poesia forjada pelas regras do classicismo cabia o descrédito e o adjetivo "artificial". Já a razão de ordem intelectual concentrava-se no fato de que, na configuração da idéia povo-nação, muito pouco era sabido a esse respeito. Ainda acerca da influência intelectual, ele aponta dois momentos em que se cruzam povo e letrados. Um, no final do século XVIII, sob o signo de "exótico"; o principal pilar dessa ideologia é o fato de aspectos como a naturalidade, simplicidade, ausência da razão e do artificialismo (prevalecendo o instinto popular) estarem enraizados "na tradição e no solo da região, sem nenhum sentido de individualidade (o indivíduo se dispersava na comunidade)" (Burke, 1995, p.37-9). Outro, no início do século XIX, em que os intelectuais estabelecem um culto ao povo, de modo a encontrar em seus costumes algo em comum, além da tentativa de imitá-lo.

Havia ainda uma razão de ordem política, no sentido de que o povo atuava como resistência à ocupação de uma outra nação, o que significava um repúdio ao intelectualismo francês. Desse modo, a descoberta da cultura popular desencadeou uma série de movimentos nativistas, cuja intenção era reviver um tradicionalismo à sombra de uma cultura estrangeira. Tais fatores, no entendimento de Burke, levaram pessoas dotadas de uma cultura letrada a iniciarem o processo de "descoberta do povo". A recolha com técnicas artesanais de canções e histórias requeriam questionários, cuja intenção era ampliar a "coleção literária popular". Assim, os românticos, na ânsia de valorizar o popular, tornaram-se uma espécie de antiquários. Se por um lado isso pode revelar uma contradição, pois a cultura popular passa a ser vista a partir de um enfoque estático, ou seja, histórias e canções são entendidas como peças d ։ museu, inertes e distanciadas, por outro, os românticos deixam uma herança, que em muitas ocasiões deve ser acolhida com restrições. O ponto central dessa observação está no fato de que vários poetas eram antiquários, também responsáveis por edições de cancioneiros e de fabulários populares e, por isso, nem todas as coletâneas dessa época estão livres das alterações destes. "Os poetas são criativos demais para serem editores confiáveis" (Burke, 1995, p.44). Não à parte, trechos de histórias e canções eram misturadas à obra erudita do compilador. O popular, ou pelo menos sua representação como algo ficcionalizado, não se distanciava da literatura romântica.

O sertão começava a ocupar espaço na literatura regional, sendo representado por meio de uma "rudeza polida", em que a escassez de recursos era gritante ante os grandes centros, embora os reais problemas fossem maquiados. Dentro do cenário pitoresco, o homem era passado como natural e simples e, por vezes, os romances e contos resultam numa arte com matizes pseudofolclóricos. Geralmente, a linguagem empregada pela cultura letrada matizava ainda mais a fenda que existia entre o popular e o erudito. Críticos posteriores, principalmente Sílvio Romero e Amadeu Amaral, perceberam o acabamento conferido ao material folclórico. Nas palavras de Romero (1977, p.104) sobre um dos mais importantes escritores românticos: "Alencar, apesar de todo seu merecimento como literato, não tinha uma preparação científica para tratar destas matérias. Estudou muito pouco o assunto e seus cismares românticos o iludiram".[2]

Dante Moreira Leite (1983, p.25) afirma que o romantismo pautava-se por uma certa irracionalidade, pois o nacionalismo é, antes de tudo, um sentimento. Essa febre nacionalista gerou uma força motriz, desencadeando o processo de "redescoberta" brasileira, inclusive avançando até áreas afastadas da faixa litorânea. Assim, o legado deixado pelos românticos, estrangeiros ou não, tem mérito também pelo fato de ser um primeiro impulso de coleta da literatura popular. A partir deles, foram se ramificando outros estudos, com base nas ciências recém-constituídas sob a égide da demologia e dos estudos sobre religiões.

A partir daí, já despontam no horizonte diferentes etapas pelas quais passou a literatura primitivo-popular: da transposição cultural na Colônia e apreço ao estético na fase romântica ao cientificismo nos últimos anos do século XIX. Claro é que não se trata de períodos estanques, mesmo porque os tratamentos dispensados à cultura popular se repetem no decorrer dos tempos: por exemplo, a total transfiguração da lenda quando é posta a serviço da literatura infantil, a convivência com a alteridade do

---

[2] Embora a acusação de Romero leve em conta a produção de José de Alencar, é importante ressaltar que na década de 1850 Gonçalves Dias, como membro da Comissão Científica de Exploração, organizada pelo Instituto Histórico e Geográfico Brasileiro, reuniu o que restava dos Cariri no Ceará e coletou material em boa parte da Amazônia. Tal atitude fez frente a várias expedições estrangeiras que pelo país circulavam desde a abertura dos portos no século XIX.

olhar estrangeiro e os matizes populares em boa parte da literatura regional.

Retomando a linha de raciocínio, em 1846, Willian John Thoms empregou pela primeira vez a palavra *folklore*, que "longe de representar um reconhecimento do *saber do povo* [*folk-lore*], a denominação sugere que este é incapaz de identidade autônoma: para alcançar alguma legitimidade cultural, necessita da mediação de um discurso erudito e cientificamente instituído" (Matos, 1992, p.17; Cascudo, 1956). Proliferam sociedades cuja preocupação está em estudar o "saber do povo". São fundadas a Folklore Society, Inglaterra (1878), El Folklore Andaluz, Espanha (1883), Société des Traditions Populaires, França (1885), e American Folklore Society, Estados Unidos (1890).

De forma um pouco mais tardia, no Brasil vai ocorrendo a superação dos ideais românticos, apesar de a crítica literária ainda entender as representações populares como essenciais para afirmação da literatura brasileira no cenário internacional. Sílvio Romero (1851-1914), partidário desses ideais, torna-se o grande crítico da literatura brasileira do século XIX. Embora alvejado pelo então enfraquecido espírito do nacionalismo romântico, ele estava atento às transformações científicas de seu tempo. Sua argumentação tem bases históricas. Nela, a estética literária perde espaço para a descrição dos ambientes e da condição climática, bem como para as divagações sobre etnologia. O popular era a raiz literária e espelho para a definição do verdadeiro caráter nacional brasileiro. Isso o leva a organizar e publicar, na década de 1880, a primeira coletânea de *Contos populares do Brasil*. De modo geral, suas publicações acerca do folclore são resultado da incorporação das Ciências Naturais pelas Humanas. Nesse processo, a teoria evolucionista de Darwin ocupa papel de destaque, em razão do pressuposto de que a evolução é um resultado da luta pela vida, em que as espécies mais fortes vencem as mais fracas, o que fornecia à História uma explicação assentada em critérios físicos e/ou biológicos. Em razão disso, das diferenças étnicas e do meio saíram as coordenadas para uma investigação e exposição científica das características literárias brasileiras. "Aplicando as leis de Darwin à literatura e ao povo brasileiro, é fácil perceber que a raça que há de vir a triunfar na luta pela vida neste país é a *raça branca*" (Romero, 1977, p.231). Além disso, conforme assevera Antonio Candido (1978, p.XI), acreditar nas desigualdades entre brancos, negros e índios era, naquela época, o mesmo que "aceitar um dado científico".

Romero (1978, p.53), não credibilizando o antigo nacionalismo romântico, indianista, aprofunda suas investigações nas crenças e na literatura populares, destacando, em vez do índio, o mestiço como verdadeiro brasileiro. O critério etnográfico torna-se um dos fatores determinantes: "os contos ou histórias populares existem em larga escala entre nós. Têmo-las de origem portuguesa, indígena, africana e mestiça". Nesse processo, o mestiço é um elemento privilegiado, pois exerce dupla função: "o *agente transformador* por excelência tem sido entre nós o *mestiço*, que, por sua vez, já é uma transformação; ele, porém, tem por seu lado atuado como autor. Os *criadores* são diretos e indiretos e são as três raças distintas e o mestiço" (idem, p.196).

Para caracterizar a cultura popular brasileira, era preciso ir onde estivesse o mestiço e Romero adota uma divisão para a população brasileira em quatro "seções naturais": os que habitam as matas, os sertões, as praias, as margens dos grandes rios e as cidades, sendo os pertencentes a esta última seção uma categoria de estudo "à parte". Ao local associava-se o clima como outro elemento determinante. Se por um lado o folclorista sergipano não refuga a contribuição do negro na nossa formação cultural, algo até então desconsiderado pelos românticos, por outro, acaba por valorizar o folclore do meio rural, "rústico" em sua opinião, em detrimento do urbano.

A respeito da divisão seccional, por local e clima, Dante Moreira Leite (1983, p.203) observa que ela trazia em seu cerne uma contradição, pois "Sílvio poderia aceitar a teoria da determinação através do clima, mas não poderia, ao mesmo tempo, aceitar o determinismo racial". Ou seja, se Romero entendia a supremacia da etnia branca sobre as outras, que importância poderia ter o clima? Se o clima fosse relevante, o autóctone não deveria ser favorecido? Na radiografia dessa contradição está inoculado o apego ao cientificismo europeu, resultando numa tentativa de justificar a cultura popular pelo determinismo, de ordem natural e racial.

No cientificismo da segunda metade do oitocentos, veiculavam também severos ataques ao catolicismo, tanto de Romero (1978, p.36) quanto de seus coetâneos. Para o primeiro, "eram os missionários inteiramente incapazes de compreender os mitos e crenças selvagens pelo aferro fanático à sua própria religião...". Enquanto Couto de Magalhães (Riedel, 1959, p.122), em sua *Viagem ao Araguaia:*

> Extraem ossos do animal, fazem-lhe furos e atam-nos ao pescoço das crianças, como um talismã que os preserva de quase todos os males. Estes e muitos erros grosseiros, com os quais os viajantes estrangeiros compõem novelas a nosso respeito, pintando-nos como uma nação semi-bárbara e estúpida, não existiriam, se nosso clero tratasse da educação moral das ovelhas com mais cuidado com o existente de hoje.

É importante reparar como a crítica é desencadeada pelos dois lados: à medida que o primeiro é contrário à aculturação, o segundo julga o clero pela inércia. Assim, a cultura popular, marcada por hábitos "rústicos" e encontrada nas camadas mais pobres, deveria, em nome de uma ciência calcada principalmente no evolucionismo e positivismo, ter suas "crendices" erradicadas em nome do "progresso humano". Sobre esse aspecto, Cláudia Neiva de Matos (1992, p.18) atenta que "Sílvio não escapa aos clichês ideológicos que marcam os estudos folclóricos na segunda metade do século: a poesia popular é toda feita de primitivismo e inocência, e seu *habitat* são as regiões rurais provincianas". Romero (1978, p.44) minimiza certas crenças populares em favor do progresso vislumbrado com a ciência: "o [excremento] do cachorro, chamado *jasmim do campo*, emprega-se na cura da varíola. É um outro sintoma do atraso popular". Auxiliado pelas correntes científicas na sistematização das lendas e dos contos populares e na discussão sociológica, Romero não consegue, em razão delas mesmas, superar o inevitável atrito com o imaginário popular.

A contribuição romeriana – apesar de animada pela crença de que várias letras e músicas desapareceriam caso não fossem estudadas – é imprescindível para o entendimento da cultura popular brasileira. Na opinião de Câmara Cascudo, "ele não só acertou na sua previsão, como também ousou estudar Ciência Social por meio do folclore, que era uma curiosidade e uma pilhéria para a inteligência de sua época" (Romero, 1977, p.11).[3] O fato é que no desdobrar dessa ousadia surgiram vários trabalhos em que a influência de Romero, mínima ou acentuadamente, fez-se presente. Entre várias personagens embaladas pelo desejo de investigar as tradições locais, estão, além de Raimundo Nina Rodrigues e Artur Ramos, Amadeu Amaral (1875-1929) e Luís da Câmara Cascudo (1898-1986), dando continuidade à sistematização de lendas e contos, catalogando possíveis origens étnicas e outras manifestações populares.

Amadeu Amaral encontrou-se nos albores do movimento modernista, todavia com os pés na crítica realista; como conseqüência, suas reflexões revelam um momento de transição, perfazendo um sério julgamento do cientificismo pernóstico e também infundamentado. Privilegia, desse modo, a coleta e organização dos materiais folclóricos, dando novos impulsos à pesquisa de campo brasileira.

Cronologicamente, é nas décadas de 1910 e 1920 que os principais estudos de Amadeu Amaral sobre o folclore – *Dialeto caipira* e os ensaios de *Tradições populares* – são escritos. Este último livro, no entanto, e por sinal o que mais interessa a esta análise, é uma publicação póstuma, de 1948. Ele inicia com um ensaio acerca dos estudos folclóricos no Brasil, com uma ácida crítica, lembrando o estilo romeriano, ao romantismo. Segundo Amaral (1982, p.3), no Brasil o estudioso é atraído para o folclore por uma "espécie de criação romântica de seus conterrâneos, pelo transparente desejo de os glorificar, provando que eles são muito inteligentes, muito engraçados e muito imaginosos". Tais críticos eram representantes de uma das formas de tratar a literatura popular, cujo efeito

---

3   No tocante à influência romeriana e à presença da cultura negra no caráter brasileiro, ver as obras de: Raimundo Nina Rodrigues, *L'animisme fetichiste des nègres de Bahia* (1900) e *Os africanos no Brasil* (1932); e Artur Ramos, *O negro brasileiro* (1934), *O folclore negro do Brasil* (1935), *As culturas negras do novo mundo* (1937), *A aculturação negra no Brasil* (1942) e *Estudos de folclore* (1952). Sobre uma análise mais detalhada acerca dos dois é importante consultar: Leite, 1983, p.235-73. Sobre o sentido de mestiçagem na obra de Romero, ver Fernandes, 2000.

final correspondia ao padrão estético de quem coletava, às alterações em transcrições e, assim, à falta de autenticidade do material. Outra prática malvista por Amaral (1982, p.5) era a do "pesquisador de gabinete", que excedia nas teorizações imaginosas e precoces, dando explicações gerais e diletantes, porém fundamentadas num belo discurso erudito: "O teorismo peca por demasiada pressa de construir belos edifícios com materiais exíguos e frágeis". Por isso, ele tem plena consciência de que "o material folclórico do Brasil tem sido explorado superficialmente" (ibidem, p.41).[4]

Como forma de superar as deficiências, propõe projetos para a Academia Brasileira de Letras e frisa a importância de criar uma associação de estudos demológicos em São Paulo, seu Estado natal. Além disso, estrutura um quadro de classificação das tradições populares, de modo a direcionar a atuação de grupos de pesquisadores e interessados no assunto.

Como num manual de pesquisa folclórica, Amadeu Amaral descreve como e para que pesquisar. Nesse sentido, ao folclorista cabe, principalmente, limitar geograficamente o campo de trabalho e ser fiel e exato às suas fontes. Até aí nada que possa pôr em discussão as reflexões do escritor paulista. As contradições da sua obra, todavia, começam a surgir quando ele procura fundamentar uma justificativa e finalidade para a pesquisa folclórica. Os seus objetivos estão divididos em dois blocos: um, de caráter imediato, que consiste em:

> estabelecer um vasto, minucioso e metódico inquérito ... colhendo manifestações atuais, reconstituindo antigas, explicando umas e outras, verificando o que há nela de particular e o que procede de tendências gerais do espírito humano, o que é fruto da terra e o que deriva das correntes e ciclos internacionais, o que é contribuição de uma ou de outra das raças e povos que vêm formando a nossa população, etc. (ibidem, p.33)

---

[4] Segundo Vilhena (1997, p.87), Amadeu Amaral e Paulo Duarte fundaram, em 1921, a malograda Sociedade de Estudos Paulistas, com a filiação de escritores renomados como: Monteiro Lobato e Cornélio Pires e do jornalista Júlio de Mesquita. Apesar do respeito e interesse por temas da cultura popular que detinham seus filiados, na Sociedade "nenhuma reunião, após de sua fundação, conseguiu ser realizada, o que levou Amaral a devolver as mensalidades recebidas e arcar com as despesas já feitas".

O outro, embasado numa utilidade futura do material recolhido, visa

> oferecer um conjunto de aquisições... com as quais possam jogar no futuro os investigadores da história, da etnologia, da sociologia, de todas ciências que se ocupam do homem, segundo, – prestar serviço ao país, já despertando no público um vivo e carinhoso interesse por estas coisas nacionais, já fornecendo à literatura e à arte brasileira um repositário de assuntos, de sugestões e motivos brasileiros, já, finalmente, pondo à disposição dos nossos educadores um precioso instrumento de ação nacionalizadora. (ibidem)

Despontam, na justificativa da importância da pesquisa folclórica, certas contradições com aquilo que Amadeu Amaral descrevera. A primeira é que seus objetivos imediatos só podem ser viabilizados por todo um processo de teorização do relato colhido, trabalho que sugere o abandono do campo e a intensa busca bibliográfica, trazendo para o pesquisador o risco de essas fontes secundárias estarem repletas de reflexões sem fundamentos, algo que ele próprio já havia condenado. Nesse ponto, ele dá uma demonstração ao analisar as expressões coletivas e tradicionais, as histórias sobre Santo Antônio e Pedro Malasartes. De modo geral, Amadeu Amaral coteja os materiais para ele enviados, ou coletados no decorrer de anos (inclusive sem delimitação de campo), com várias publicações. Cria esquemas confusos e se vê, em algumas situações, na impotência de responder às próprias indagações. Muitas de suas conclusões parecem não ter fundamento nem base documental para ele se apoiar, por exemplo: "temos de admitir como princípio geral, tratando-se da novelística popular brasileira, que nenhum conto popular de Portugal deve ter deixado de vir para o Brasil..." (ibidem, p.345). Ou, no caso das expressões tradicionais como "quem vai para Portugal perde o lugar", ele acentua: "o nosso anexim usado hoje, quase exclusivamente pela infância, deve ter sido a princípio um ditado sério" (ibidem, p.244). Para Amadeu Amaral, as tradições populares são importantes na medida em que são circunstanciadas por uma explicação ontológica, cabendo ao folclorista historiar a tradição.

No segundo bloco, o objetivo se refere à importância dada ao popular por uma cultura letrada, de modo a atender a um projeto de nacionalização, e aí as assertivas são mais complexas, porque dotadas de um rigor ideológico e distantes das tradições populares. Visto de um outro ângulo, esse propósito imprime no material folclórico um caráter teleológico. As expressões populares, assim, deixam de ser entendidas a partir das expectativas e dos problemas daqueles que a manifestam e da sua estética espontânea. Um clássico exemplo da apropriação de lendas, contos e mitos populares é a literatura infantil, cujo início, vinculado a uma proposta pedagógica, como também quer Amaral, é marcado pela transformação de linguagem oral em escrita padrão e pela seleção e adaptação de temas populares.

A preocupação em respeitar as fontes, o pipocar de associações e grupos de pesquisadores, a caracterização e o apontamento dos liames a serem aprofundados das tradições populares do Brasil são aspectos positivos da obra de Amadeu Amaral. Mais ou menos nessa época, a Semana de Arte Moderna vai refletir a mesma preocupação em relação ao popular, ou seja, vai entendê-lo como "expressão de nossa brasilidade" e, logo, busca um "ideal de cultura nacional" a ser atingido.[5] Mas entre o desejo de "resgatar" a cultura popular e o de tomá-la como matéria reveladora de um "modo de ser brasileiro", havia uma enorme distância a ser percorrida, que não se revelava só em termos físicos, mas presente na forma de abordagem do erudito sobre o popular e entre os próprios pesquisadores. Se Amadeu Amaral já enfatizava a necessidade de institucionalizar a pesquisa folclórica para preencher esses espaços, agora, ao contrário de Sílvio Romero, ele não falava sozinho. Em 1928, em sua "Exortação à Academia Brasileira", Afrânio Peixoto (1876-1947) dava os primeiros passos nas trilhas indicadas

---

5 Retomando Vilhena (1997, p.90), "o projeto desenvolvido por Mário, dentro do Departamento, que mais dá continuidade às iniciativas de Amaral em sua busca da reunião de entrevistas pelo folclore em torno de um programa de pesquisas comum foi a sociedade de Etnografia e Folclore". Destacamos nessa Sociedade, que em princípio era denominada "Clube Etnográfico", a publicação de um Boletim, no qual Dina Lévi-Strauss publicava a seção "Instruções Folclóricas", divulgando técnicas de coletas etnográficas e folclóricas.

por Amaral, isto é, instituía junto à Academia Brasileira de Letras uma comissão destinada a manifestações populares.

Nascia um novo ciclo de aspectos inovadores, em razão da forma de abordar e entender o popular, mas com uma tendência repetida, ou seja, a "idéia de descoberta do Brasil", já assimilada no romantismo. Só que, ao contrário deste, que buscava um retrato do Brasil pelas suas peculiaridades, o modernismo estava voltado para o popular como forma de representá-lo como expressão brasileira. E disso resultam diferenças relevantes, por exemplo, o rústico liberta-se do idílico e o arremate "estético", feito em histórias e canções, começava a ser tergiversado.

É nas três fases do movimento modernista que o popular está presente. A primeira é marcada por uma linguagem experimental e uma profunda volta a raízes brasileiras. Entre os principais autores estão os Andrade, Mário e Oswald, que, apesar de seguirem vieses diferentes e com peculiaridades latentes, trabalharam a sensibilidade tupi por meio de mitos e lendas, recontados por jesuítas e antropólogos coetâneos. Mário, à frente do Departamento de Cultura da Secretaria Municipal de São Paulo, ainda se destacava por seguir uma vereda diferente, iniciada por Gonçalves Dias, que era a das expedições. Aqui fazemos um contraponto para mostrar que em relação à corrente naturalista/determinista, na qual algumas crenças e superstições eram consideradas atraso intelectual, os modernistas, mais despojados de uma explicação científica, adotam ex-votos, simpatias, talismãs como constituintes do padrão cultural brasileiro.

Num segundo tempo, os regionalistas investem na cultura popular por meio de um retrato da pobreza, principalmente no Nordeste, confrontando-a com a idéia de um Brasil moderno, enquanto em 1945, com João Guimarães Rosa principalmente, a linguagem e a cultura popular servem de matéria para a criação de uma obra madura, em que as tensões regionais atingem, como em poucos casos da literatura brasileira, o plano universal de representação dos sentimentos humanos. Ainda na década de 1940, "o caipira viria a ser estudado realisticamente, através de métodos antropológicos e sociológicos" (Leite, 1983, p.233). Fora a relação literatura-cultura popular, destaca-se no campo da investigação folclórica a consolidação de instituições de "defesa do folclore",[6] à qual o espírito empreendedor de Luís da Câmara Cascudo se sobrepôs. Cascudo também atuou numa fase de transição do pensamento brasileiro. Em outros termos, ele viveu uma época em que, em razão do pós-guerra mundial, as nações vislumbraram no folclore um instrumento de perpetuação da paz mundial. Por conseguinte, no Brasil também isso acontecia, resultando na afirmação da institucionalização da pesquisa folclórica, cujo pressuposto era a criação de órgãos para defesa da cultura popular. O novo ânimo, causado de certo modo pelo momento histórico mundial, fez concretizar algumas idéias antigas, já pulsantes em Sílvio Romero. Dessa maneira, no Brasil foram realizados inúmeros congressos de folclore: tornou-se sede do I Congresso Internacional, em 1954. Foi criada a Comissão Nacional do Folclore (CNFL), atingindo seu apogeu, em 1958, com a Campanha de Defesa do Folclore Brasileiro (CDFB). A Carta Magna do Folclore Brasileiro, tirada do I Congresso Brasileiro, apresenta novos caminhos e regras para a pesquisa de campo, pois estatui:

> a elaboração de um plano nacional de pesquisa folclórica, que vise o levantamento, dentro de base e princípios científicos, dos motivos folclóricos, em todo o país, estabelecendo que os trabalhos de pesquisa devem ser feitos por equipes, cuja constituição prevê, obedecendo às normas das ciências sociais. (Cascudo apud Della Mônica, 1976, p.18)[7]

Em 1950, a polarização de intelectuais dava-se em torno das possibilidades de desenvolvimento, deixando também de lado a proposta de definição de um caráter brasileiro: "na perspectiva de alguns anos talvez já permitia dizer que foi impossível, ao naciona-

---

6 A respeito dessas instituições, consultar Cavalcanti, 1992. Para um aprofundamento acerca do papel da CNFL e CDFB no contexto e cenário político brasileiro das décadas de 1940, 1950 e 1960, consultar Vilhena, 1997, principalmente o capítulo "Em busca da institucionalização dos estudos de folclore: o sinal para unificação dos esforços".

7 O I Congresso Brasileiro de Folclore ocorreu em 1951, no Rio de Janeiro; o II (1953), no Paraná; o III (1957), na Bahia; o IV (1959), no Rio Grande do Sul; o V (1963), no Ceará; o VI não aconteceu; o VII (1974), em Brasília.

lismo da década de 1950, realizar a união nacional conseguida pelo romantismo" (Leite, 1983, p.356). O desdobramento das transformações ocorridas nesta época fica circunscrito em três níveis: o sociológico, pela superações das teorias advindas das Ciências Naturais e pelo estudo voltado para comunidades, tendo como fio condutor das análises o aspecto econômico; o literário, em que autores superam a dicotomia "regional *versus* universal"; e o folclórico, definido pela criação de comissões, nas quais o Estado torna-se o tutor da cultura popular, mediante aparato legal. Enquanto isso, nas universidades as pesquisas sobre cultura tendem a definir o *modus faciendi* de comunidades.

A nosso ver, a institucionalização da cultura popular apresenta-se com duas faces, pois implica um tratamento das tradições como se fossem um objeto frágil e sobrevivessem mediante alento do registro escrito e, ao contrário, pode ser um instrumento de divulgação, dando voz e vez a uma manifestação artística pouco conhecida em outros meios, compreendendo a legitimidade da comunidade que a produz. O problema, entretanto, ocorre quando o Estado procura tirar proveito; exemplo disso é o caso do subsídio às escolas de samba e dos decretos. Surgidas no final dos anos 20 com organização popular, as escolas de samba passam a ser subvencionadas pelo Estado em 1935, tornando-se um canal de comunicação deste com as camadas pobres. Em 1937, um decreto as "obriga a darem um conteúdo didático (histórico e patriótico) aos sambas-enredo",[8] de modo que o governo inocula numa manifestação popular todas suas aspirações.

Em 1960 e na década posterior, vieram mais decretos regulamentando o folclore. Primeiro, instituindo o seu dia (decreto n.56.757, de 18 de agosto de 1965). "Considerando que o Governo deseja assegurar mais ampla proteção às manifestações de criação popular, não só estimulando sua investigação de estudo, como ainda defendendo a sobrevivência de seus folguedos e artes" (Della Mônica, 1976, p.20-1). A atitude governamental avança dois passos: um no sentido de "garantir a sobrevivência", o que demonstra

---

8 As citações desse parágrafo foram retiradas do Decreto n.56.757, de 18 de agosto de 1965, apud Della Mônica, 1976, p.20.

a onipotência estatal perante o popular; o segundo, valendo-se das manifestações populares como instrumento de educação. De acordo com o artigo 2º do mesmo decreto:

> A Campanha de Defesa do Folclore Brasileiro do Ministério da Educação e Cultura e a Comissão Nacional do Folclore, do Instituto Brasileiro de Educação, Ciência e Cultura e respectivas entidades estaduais deverão comemorar o Dia do Folclore e associarem-se a promoções de iniciativas oficial ou privada, estimulando ainda, nos estabelecimentos de curso primário, médio e superior, as celebrações que realcem a importância do folclore na formação cultural do país. (ibidem)

Adiante, o projeto de lei n.1162 de 1975 obriga a inclusão do estudo de folclore brasileiro nas ementas de Educação Moral e Cívica e Educação Artística: "O folclore, acrescido dos valores morais que encerra, faz seu estudo essencial à formação do caráter brasileiro" (ibidem, p.25). Não é novidade a apropriação dos mitos e lendas abrindo margem para a fixação de uma ideologia. Na fase colonial, foram atribuídos valores europeus e criados estereótipos do demonológico e do divino, do bem e do mal. Com isso, a literatura popular (modificada e com contexto transmutado) torna-se cliente de um modelo de ensino disseminador de padrões burgueses. O problema se agrava quando educadores empregam o conteúdo popular num sentido moralista, não selecionando enredos considerados, sob a ótica deles, cruéis e falsos. Assim, a literatura destinada ao público mirim pode, nesse aspecto, atender a outros valores, propagando uma moral que em muitos casos não é válida para o meio que a criou. Por conseguinte, a história e outras expressões populares voltam a ser exóticas como no romantismo e ficam afastadas dos reais problemas que, em seu meio, encaram. Como chega a sugerir uma educadora preocupada com o folclore em sala de aula: "é necessário preparar o professor para saber aproveitar o que há de útil, e saber afastar os fatos folclóricos que prejudicam o plano educacional, como aproveitamento imediato. Todos os fatos são pesquisados, mas os aproveitados devem ser bem selecionados" (ibidem, p.28).

Se é com a literatura infantil que a literatura popular liga-se ao ensino, desse encontro surgem também trabalhos criativos que ajudam a sensibilizar o estudante quanto às diferenças culturais. Em algumas obras, a matéria popular é muito bem aproveitada, em vez de só transmitir valores morais. Assim, inúmeros exemplos não faltariam. Os livros infantis de Monteiro Lobato, de José Lins do Rego, de Graciliano Ramos, entre muitos outros, podem ser citados como obras que conservam da tradição o humor, a fantasia e variadas formas de crença e costumes, o que propicia o gosto pela leitura, alimenta a imaginação e ajuda o aluno a conviver com diferenças (Lajolo & Zilberman, 1987; Donato, 1993).

No panorama da segunda metade do século XX, o folclore brasileiro é promovido por instituições e decretos governamentais, trazendo como conseqüência a deturpação de seu significado, principalmente nas escolas; mas também ele ganha novos impulsos de pesquisadores que, ligados ou não a instituições, desencadeiam um momento de transformação acerca da coleta e da interpretação das fontes populares. Essa variação pode ser sentida com suas peculiaridades nas obras de Câmara Cascudo, Antonio Candido e Oswaldo Xidieh.

Luís Câmara Cascudo (1898-1986) iniciou sua atividade intelectual na década de 1920 e, como a maioria dos folcloristas dessa época, a forma de sistematização propagada por Sílvio Romero o influenciou. Além disso, o confronto entre as fontes orais e escritas, tão enaltecido além de Romero por Amadeu Amaral, tornou-se para Cascudo (1972, p.11) uma obsessão. Seu método é composto basicamente desta forma:

> As três fases do estudo folclórico – colheita, confronto e pesquisa de origem – reuni-as quase sempre como forma normativa dos verbetes. Procurei registrar a bibliografia e também assinalar a possível fonte criadora. Não haverá nada de mais discutível que este debate erudito de origem, mas era indispensável mencionar sua existência, para que a fixação passasse além do pitoresco e do matutismo regional.

Nesse sentido, Herman Lima (1967, p.189-90) fez notar a dupla atuação cascudiana: uma, do pesquisador de campo que "teima sempre em ir às fontes diretas"; outra, do leitor e colecionador, cuja "riquíssima biblioteca apresenta as fontes mais vivas dos contos populares, fontes impressas e literárias que já eram aproveitamentos e formas semi-eruditas da literatura oral". Ao menor chiste coletado, o procedimento do "mestre" potiguar é o de puxar os vários fios na tentativa de descobrir como se constituem as amarras do tecido através dos tempos. Em meio aos diversos lampejos de uma manifestação, são captados motivos que se repetem há centenas ou dezenas de anos e outros ainda coetâneos. Resta-lhe o "confronto", passo fundamental que, a seu ver, trará os indícios de uma possível origem. No embate entre as fontes, Cascudo acaba por chamar a atenção para o erudito no popular e vice-versa.

Como a metodologia para coleta segue as normas das Ciências Sociais, na interpretação das fontes persiste, além de um critério mais direcionado para a busca das origens, a classificação étnica. Em *Geografia dos mitos brasileiros*, assim se estabelece o marco divisor: "em relação aos mitos, como tentei recensear, a distância entre os três elementos étnicos é a que medeia entre cinco, três e um, Portugal, Indígenas e Negro-africanos" (Cascudo, 1983a, p.36). E identificando-se com os ideais de Romero: "o melhor condutor dos mitos foi incontestavelmente o mestiço" (p.37). Ainda sobre essa obra, faltam referências sobre a fonte oral na qual bebe o pesquisador. As histórias supostamente ouvidas ficam restritas ao comentário das manifestações míticas. No prefácio, o autor deixa claro que se trata de uma escolha: "depois de tanto material lido e ouvido, em anos e anos de amorosa curiosidade, descubro a obrigação de filiar-me a uma escola, sob as penas da lei folclórica" (p.xxi). Certamente o que pesou foi a sistematização de Romero, da qual seus estudos partem e procuram avançar. Nesse sentido, *Geografia dos mitos brasileiros* parece ser o prenúncio de *Dicionário do folclore brasileiro*, obra mais abrangente, em que foram gastos dez anos de elaboração, sendo finalizada em 1954. No entremeio, escreveu *A literatura oral no Brasil*, em 1949, publicada em 1952.

A literatura oral no Brasil revela um Câmara Cascudo incansável na busca de uma referência para uma história e mergulhado numa vasta bibliografia, a qual ia dos viajantes até seus coetâneos. Seu principal objetivo era fazer apontamentos sobre uma história, dizer de onde vinha, em que lugares apareceu, comentar os autores que a transcreveram, observar suas variações, deixando de lado, por conseguinte, sua importância *aqui e agora*. O imediato, para

Cascudo, concentrava-se no gesto, na oralidade e no ambiente do contador, ambos desconectados e com referências isoladas. Assim, havia um histórico de uma manifestação oral, porém ela carecia de um contexto.

A grande contribuição de *A literatura oral no Brasil* é a caracterização da literatura folclórica (tradicional, anônima, resistente, oral) diferenciando-a da popular (contemporânea, oral ou escrita), além da sistematização dos contos brasileiros, como forma de contestar as classificações e motivos estrangeiros de Anti Aarne e Stith Thompson. "Era tempo de possuirmos uma classificação. A americana, aliás, finlandesa, não satisfaz. Não creio que lá aceitem essa minha, mas a enviarei numa coragem de agradar a onça parida" (Cascudo apud Lima, 1967, p.192-3). O principal aspecto da obra, no entanto, é a tentativa de desentrelaçar o sincretismo brasileiro, mostrando o que é do índio, do português e do africano no fabulário nacional.

De modo geral, o trabalho de Câmara Cascudo em prol do folclore nacional apresenta um leque muito amplo, além de uma copiosa bibliografia, em torno de 180 títulos, versando sobre hábitos alimentares, gestos, músicas, vestimentas, abusões, além de organizações de antologias, prefácios e traduções. Nos poucos títulos consultados aqui, nota-se a omissão das técnicas empregadas na coleta, a não-delimitação de uma área ou comunidade para realizar um estudo mais aprofundado e, com freqüência, manifestações nordestinas são tomadas como designação de cultura nacional. Outro aspecto negativo é o anacronismo entre a mudança de espírito nacionalista, que o país vivencia na década de 1950, acarretando uma nova guinada no pensamento brasileiro com superação da teoria determinista e racial, e a insistência de Cascudo numa sistematização com fortes traços novecentistas. Essa mudança, porém, é tenuamente percebida em *Tradição, ciência do povo*, de 1971. *Grosso modo*, essa obra trata de um cotejo de crendices populares e mitos com a cultura letrada, "a Imaginação popular é memória viva das Ciências aposentadas pela Notoriedade" (Cascudo, 1971, p.118).

Nela, não está ofuscado o Cascudo leitor, que a todo momento insiste em procurar indicações que historiem mitos e crenças.

Mas ele consegue perceber algumas diferenças regionais e locais ou pelo menos relativizá-las: "no sertão tradicional, da Bahia ao Piauí, Bom-Tempo é o que promete chuva. Inverso do conceito urbano, que é europeu... O *sign of a very fine day*, para o sertanejo brasileiro, é a garantia de uma farta chuvada" (p.31). O contraponto regional-nacional, entretanto, também é oscilante e há trechos em que o local é erroneamente dimensionado como referência nacional. Por conseguinte, o folclorista assenta suas informações em terrenos movediços e nada confiáveis. "Na mitologia brasileira não existe uma égide defensora dos vegetais", ou ainda, "a própria *Caá-Yari, abuela de la yerba*, a Erva-Mate, no Paraguai e regiões missioneiras, na Argentina, não se instalou no Brasil do chimarrão sulista" (ibidem, p.78-9). Nesse aspecto, uma história sobre o mãozão pantaneiro ou algumas histórias de *Lendas da erva mate*, de Hélio Serejo, colocam as afirmações de Cascudo em dúvida. Em suma, *Tradição, ciência do povo* fica aquém de uma interpretação sociológica mais delimitada, a não ser por pequenas passagens e comentários, o que sugere certa influência das transformações de seu tempo, ofuscadas pelo viés etnológico, do qual o autor nunca abriu mão: "A menor porcentagem é a do indígena... Com essas três fontes, não unitárias e homogêneas ... criou-se a superstição brasileira" (p.158).

Antes da publicação desse livro, na década de 1960, nota-se que as atitudes de superação da teoria determinista consistiram, num primeiro tempo, numa divisão regionalizada do território brasileiro. Assim, a idéia do negro, índio, branco e mestiço como definidores da cultura brasileira começava a perder espaço nas novas interpretações para fatores geográficos, econômicos, históricos e, principalmente, antropológicos. Nessa esteira estão os trabalhos de Manuel Diégues Júnior (1912-) e Alceu Maynard Araújo (1913-1974), nos quais a associação de elementos naturais e fisiográficos na interpretação de culturas populares regionais é facilmente notada.

Resumidamente e analisando os dois autores de modo análogo, o enfoque regional entende a cultura como resultado da interação dinâmica do homem com o meio. Em outras palavras, é pela exploração de recursos possibilitados pelas condições naturais que o homem vai estruturar suas relações sociais, criando inclusive a representação simbólica de elementos com que garante a sobrevivência. Por exemplo, no Nordeste mediterrâneo, uma das regiões definidas por Diégues Júnior, onde há uma economia pecuarista, aparecem o "boi espácio", o "rabicho da Geralda" e o "bumba-meu-boi", expressões vinculadas à atividade predominante do lugar. Apesar de partir de um mesmo pressuposto, as áreas culturais são desenhadas de maneiras diferentes. Na concepção de Diégues Júnior, elas são nove: Nordeste agrário do litoral, Nordeste mediterrâneo, Amazônia, Mineração, Centro-Oeste, Extremo-Sul pastoril, Colonização estrangeira, Café e Faixa urbano-industrial, ao passo que Maynard Araújo delimita em cinco com subdivisões: Pesca (jangada e ubá), Agrícola (açucareira, cafeicultora e novas culturas), Mineração (garimpo e minerador), Pastoril (vaqueiro, campeiro e boiadeiro) e a singular Amazônia.

Desponta, e pode-se afirmar que em ambos, o objetivo de "fazer surgir na homogeneidade nacional a heterogeneidade"; desse modo, Diégues Jr. está à frente quando entende o meio urbano como um dos referenciais da cultura brasileira, responsável por "mudanças que se podem observar nas tradições populares" (1970, p.212),[9] embora isso não signifique, de imediato, uma investigação das manifestações populares no meio urbano.

As divisões por áreas culturais acabam, ao contrário do que pretendem os dois autores, negando certas especificidades, pois mesmo uma delimitação entre as várias indicadas não dá conta de apresentar toda a heterogeneidade, seja pela dinâmica própria de cada cultura, pela circularidade cultural ou pelas diversas comunidades existentes num mesmo lugar. Assim, numa comparação entre o Centro-Oeste de Diégues e a área Pastoril de boiadeiro de Araújo, percebemos em ambos a ausência da pesca, atividade muito relevante no Pantanal, cuja importância na composição do imaginário local, e também de ordem socioeconômica, foi tergiversada.

Em Maynard Araújo, ao longo das páginas de *Folclore brasileiro* (p.13), a estruturação por áreas culturais é quase irrelevante, na medida em que aborda os mitos do litoral e interior paulista,

---

9 Esse artigo é uma síntese de um estudo mais completo intitulado *Regiões culturais do Brasil*, 1960.

pois não adota como critério de classificação os fatores que defendeu anteriormente (econômico, social e geofísico), mas um outro – obscuro, pois nada é justificado – que é a divisão entre mito primário, secundário geral e secundário regional.

Outro estudo que não ignora a formação cultural a partir das relações entre o homem e o meio é *Os parceiros do Rio Bonito*, de Antonio Candido de Melo e Souza (1918-). Nessa obra reside uma diferença básica a respeito das já apontadas: o enfoque fechado sobre algumas comunidades de uma região. Novamente lançamos mão de Dante Moreira Leite (1983, p.352), que a esse respeito assinala: "no caso do Brasil, onde existem tantas e tão grandes diferenças regionais, os estudos de comunidades podem dar uma imagem mais adequada do ajustamento humano às várias condições reais". Ao contrário de uma abrangência panorâmica das tradições populares nacionais (proposta de Araújo e de Diégues), Candido parece trabalhar com uma lupa, verticalizando e aprofundando os estudos de caráter social.

O perfil de *Os parceiros do Rio Bonito* é sociológico. Nesse livro são analisadas as transformações ocorridas na cultura popular de comunidades de Bofete, no interior de São Paulo, e suas implicações no cotidiano do caipira. O autor vale-se de dados econômicos e dá um viés antropológico à sua crítica. A obra, que de início era para ser uma análise sobre as relações entre literatura e sociedade, divide-se em três partes principais: *a vida caipira tradicional*, em que sobretudo a partir de relatos de viajantes é enaltecida a importância da alimentação como forma de equilíbrio entre o grupo social e o meio, e as relações de solidariedade estabelecidas no enfrentamento da natureza; *a situação do presente*, com base em pesquisas realizadas entre 1940 e 1950, em que são destacados os modos de relações de trabalho (parceria, colonato, aforamento, dentre outros), a influência de novos imigrantes nas técnicas agrícolas, o imaginário, os costumes e dieta do caipira; por fim, em *análise de mudança*, Candido (1987) aponta o desenvolvimento econômico afetando a cultura tradicional, coexistindo, naquela época, formas de persistência e transformações dos valores e hábitos de antes. Em suma, trata-se de um estudo sobre cultura popular no qual seu autor, em relação a abordagens anteriores, "não apenas desmente a visão rósea de que do caipira tiveram os regionalistas do pré-modernismo, ou a interpretação pessimista dos ideólogos; mais importante do que isso, explica obsessivamente a origem de uma situação e suas tensões atuais".

O projeto de analisar literatura e sociedade vai desaguar na coletânea de ensaios, de igual título, em 1965, em que destacamos "Estímulos da criação literária". Nele revelam-se diferenças entre literatura popular e erudita, passando pelas variantes e problemas nas abordagens de sociólogos e de literatos. "O estudioso de literatura não é geralmente capaz de perceber a sua atuação viva [das formas orais] na comunidade, tratando os seus produtos com a ilusão de autonomia, como se fossem textos de alta civilização" (Candido, 1980, p.45).[10] Se nesse caso é sobrevalorizado o aspecto estético, por outro lado, a abordagem de sociólogos tende a refletir a manifestação literária como produto de um sistema cultural ou social, menosprezando o aspecto literário. Como forma de solucionar essa equação, Antonio Candido vai investigar os estímulos que influem no ato de criação literária. Desse modo, para ele, a "poesia rústica" surge em circunstâncias e fatores distintos da "poesia erudita". Para demonstrar sua assertiva, ele estabelece que toda criação literária tem três funções: *total* (extratemporal, em que os valores estéticos prevalecem em razão dos sociais), *social* (entendida como o papel que a obra desempenha no "estabelecimento das relações sociais, na satisfação de necessidades espirituais e materiais, na manutenção ou mudança de uma certa ordem na sociedade") e *ideológica* (que trata da finalidade da obra na relação com seu público, mostrando-lhe "determinado aspecto da realidade"). Enfatizando mais as duas primeiras, Candido demonstra que na "arte rústica" ou "primitiva" destaca-se a função social, em razão do "caráter imediato com que as condições de vida se refletem na obra" (ibidem, p.69), e ao modo como a criação artística depende da "comunhão do indivíduo com a experiência do grupo" (ibidem,

---

10 O conceito de "rústico", para Candido, é um tipo social e cultural, "indicando o que é, no Brasil, o universo das culturas tradicionais do homem do campo; as que resultaram do ajustamento do colonizador português ao Novo Mundo... " (1987, p.21). Esse termo, sob certos aspectos, encaixa-se também naquilo que queremos expressar com "popular".

p.58). Assim sendo, o lírico, na poesia rústica, surge em razão de "estímulos imediatos da vida social" e somente adquirem vibração como expressão de um sentimento coletivo. Como forma de exemplificar sua idéia, ele adota o referencial, já exposto em *Os parceiros do Rio Bonito*, que é a alimentação, responsável por estabelecer as relações sociais e artísticas. Nessa linha, compara um poema dos nuer, povo africano às margens do Alto Nilo, com alguns da literatura erudita, destacando, principalmente, a representação do alimento. E conclui: "para o primitivo o alimento pode desempenhar um papel genérico de *inspirador*, de motor de outras emoções – papel que, para o civilizado, é atribuído a outras realidades, como o amor, a natureza" (ibidem, p.67-8).[11]

Por conta do exposto, a contextualização torna-se o principal pilar de análise no caso das manifestações populares, que "não podem ser entendidas mediante a apreciação pura e simples de métodos que supõe na obra uma relativa autonomia, pois, mesmo quando transcritos, não são *textos* decifráveis diretamente" (ibidem, p.48). Sintetizando, Antonio Candido mostra como as veredas abertas pela História, Sociologia e Antropologia podem ajudar na compreensão da literatura popular.

Seguindo os mesmos rumos está o trabalho de Oswaldo Elias Xidieh (1915-), cuja análise de lendas e contos, coletados no interior e litoral paulista, entre 1940 e 1950, abrange a relação entre religião e literatura popular, além de revelar a influência do ambiente na manifestação das histórias. "Aprende-se que há um momento para a narração... Referimo-nos ao momento social em que elas se justificam e funcionam" (Xidieh, 1993, p.24).[12] Disso resulta que as narrativas apresentam uma funcionalidade no meio em que são propagadas, pois suscitam temas como a moral, a justiça, a fé, explicando, por exemplo, por que o ladrão altruísta é considerado inocente e reverenciado nos meios populares. Dessa forma, a literatura

---

11 É importante deixar claro, a respeito da representação do alimento, que Candido também coteja a influência do espaço e do vento nas literaturas populares e eruditas.
12 A primeira versão dessa obra aparece com o título *Narrativas pias populares*, 1967.

popular para Xidieh apresenta cor própria, pois ele consegue entendê-la a partir dos anseios coletivos que ela expressa.

Com o olhar do sociólogo, Oswaldo Elias Xidieh vai explicar as implicações das mudanças sociais nas narrativas, tais como: a urbanização, as trocas de práticas religiosas e o sincretismo. Para ele, ao contrário de Sílvio Romero, as narrativas não se extinguiriam, pois onde há vida popular mais ou menos articulada, que absorve noções e valores de outras faixas da sociedade (Igreja, Estado, escola, da indústria cultural), a narrativa não se destrói, apenas adapta alguns símbolos. "Observamos também, os valores podem ser atingidos pelas mudanças e redefinidos na narrativa e este estado de coisas não vem a significar uma mudança desinteressada ou simples consentimento literário..." (ibidem, p.127). A leitura das narrativas populares, embasada num contexto, imprime também nos estudos brasileiros sobre cultura popular a idéia de circularidade cultural. A narrativa encontra-se em movimento, o enfoque dirige-se não mais para sua origem ou referência étnica, mas sim para suas implicações socioculturais, levando em conta a adaptação de representações a um novo meio. O recorte sobre a literatura popular é feito a partir das relações entre pessoas em sociedade; é por excelência sociológico.

Decorre dessa última perspectiva de estudo que na literatura popular a função social é latente, seja revelando etiquetas – de como a pessoa em relação à sua comunidade deve proceder em certas ocasiões e impasses da vida –, seja expressando os anseios coletivos. O primeiro ensaio de *O grande massacre de gatos,* de Robert Darnton, também converge para essa direção. Não devem ficar ignoradas, todavia, as contribuições no campo da psicanálise trazidas por Bruno Bettelheim, ou as da filosofia e da antropologia – anunciadas por Henri Bergson, Ernest Cassirer, Susane Langer, Franz Boas, Lévy-Bruhs, Malinowiski, Lévi-Strauss, entre muitos outros.[13] O problema para o literato talvez seja onde encontrar as

---

13 O título do ensaio a que nos referimos de Robert Darnton é "Histórias que os camponeses contam: significado de Mamães Ganso", acrescido do apêndice "Variações de um conto" (p.21-102), em que é enfocada a crueldade dos contos à época da Revolução Francesa. A respeito de Bruno Bettelheim (1980),

ferramentas e de que maneira dar uma interpretação mais situada no nível estético sem comprometer e reduzir seu objeto. Essa mesma preocupação reflete Claudia Neiva de Matos (1992, p.21): "o aparato de informações históricas, sociológicas, antropológicas, etc., pode facilitar seu acesso a esta linguagem desconhecida; mas não dispensa, não impede e não desautoriza a interpretação estética".

Matos alerta para se fazer uma "leitura literária" sobre a literatura popular, percebendo numa *performance* outros aspectos que nos conduzam ao "belo da representação". Apesar de não fornecer um método para isso, fica implícito em seu raciocínio que o pesquisador de cultura popular deve estar sensível ao que o poeta tem a lhe transmitir: "A abordagem estética, ao contrário, exige o olhar próximo, contato direto, risco de contaminação" (ibidem).

Na verdade, o que ela propõe é um mergulho na literatura popular. A aproximação e o contato direto (deixando-se "contaminar pela obra"), contudo, não são viabilizados, a nosso ver, sem a sensibilidade para "saber ouvir". É dela que sai o olhar menos aculturador, a interpretação que leva em conta as diferenças e o questionamento da supremacia da letra sobre a voz no campo literário. Decorre daí que o sentido de estético aplicado à literatura escrita deverá ser redimensionado para uma produção literária de caráter oral. E isso implica escapar do cânone, de modelos críticos erguidos a partir da obra em livro e da autoria individual. A tese de doutorado de Milman Parry, defendida em 1928, abre margem para questionar se *Ilíada* e *Odisséia* foram realmente escritas por um único poeta. A repercussão desse trabalho alargou também os

em *A psicanálise dos contos de fadas,* são apontadas as relações entre conto popular e inconsciente. Assim, o psicólogo leva-nos a perceber no desenvolvimento infantil a importância do ato de contar e ouvir histórias: "Os contos de fadas enriquecem a vida da criança e dão-lhe uma dimensão encantada exatamente porque ela não sabe absolutamente como as estórias puseram a funcionar seu encantamento sobre ela" (p.27). A partir daí, ele lança um olhar perscrutador sobre os diferentes temas, situações e personagens, extraindo das histórias sugestões de como o conto alimenta o inconsciente e que problemas do desenvolvimento e temores infantis elas podem estar ajudando a resolver. Ainda sobre as relações entre psicanálise, antropologia, sociologia, filosofia e literatura com a mitologia, é importante consultar o trabalho de Mielietinski, 1987.

horizontes de investigação sobre oralidade no campo literário (Ong, 1998). As comunidades ágrafas, sociedades tribais, repentistas, cordelistas, contadores, enfim, comunidades narrativas passam a ser estudadas como detentoras de um arte tão profunda e universal quanto a dos grandes nomes da literatura. O olhar remodela-se, as pesquisas sobre literatura ganham novas abordagens, trazendo para o centro o que até então estava à margem. Hoje em dia, com a tecnologia em seu favor, a fonte oral não corre tantos riscos de deturpação. Olhares, gestos, passos, a literatura feita com corpo tende a apagar a letra cristalizada de suas análises. Não à parte, a voz não fica esvaziada de sociabilidade; a palavra impõe um jeito de lidar com as coisas, marca o ser diante do mundo.

REPENSANDO O PANTANAL: MARCAS DE UMA CULTURA POPULAR

Para um estudo do que foi coletado e escrito sobre folclore no Pantanal, pelo menos três linhas devem ser consideradas: os relatos de viajantes e memorialistas, a ficção e as pesquisas de folcloristas e estudiosos que tomam a cultura popular, o homem e a história da região como principal assunto.

Lenine Póvoas (1982) vislumbra dois ciclos de registros: um, que vai da fundação de Cuiabá, em 1719, até o final do século XVIII, compreendendo uma literatura de informação: memórias e publicações do Instituto Histórico Brasileiro versando sobre os potenciais de exploração e as riquezas minerais da região; o segundo é o de viajantes que vieram com objetivo de realizar investigações científicas, produzindo tratados físico-geográficos. Ainda de acordo com Póvoas, "havia nestas expedições o espírito de *busca ao desconhecido*, de descobrir novas tribos e de desvendar povos não suspeitados". A partir disso, o objetivo de outras expedições, já no século XX, era de aprofundar o conhecimento naquilo que sabiam existir.

Inúmeros viajantes podem ser citados pelas descrições etnológicas, botânicas, geológicas ou sobre a fauna. Na *Antologia do folclore brasileiro*, organizada por Câmara Cascudo, figuram Auguste

Saint-Hilaire (1799-1853), o qual demonstra uma preocupação (em *Viagem pelo distrito dos diamantes e litoral do Brasil* (1818)), além da botânica, por aparições de um "monstro" que arrasta para o fundo das águas cavalos e bois, conhecido em Goiás como "minhocão"; o conde Francis de Castelnau (1812-1888), cujo relato – *Expedição às regiões centrais da América do Sul*, 1843, obra em 15 volumes – sobre as festas, os mitos e outros costumes dos Guaicuru é uma importante fonte sobre cultura primitiva; e Karl von den Steinen (1855-1929), que faz, em *Entre os aborígines do Brasil Central*, de 1824, um verdadeiro inventário das crenças de cuiabanos, em que figuram vários dos mitos e lendas contados no século XIX.

Na esteira de Karl von den Steinen está o livro de memórias de Maria do Carmo de Melo Rego (1993; Cascudo, 1954 p.83-6, 107-8, 153-66), publicado pela primeira vez na década de 1890, enfocando os garimpos de ouro em Mato Grosso e as lendas e mitos contados sobre eles. Os apontamentos de viagem do sertanista Hermano Ribeiro da Silva (1902-1937), à frente da expedição Bandeira Anhangüera, que cruzou Mato Grosso nos anos de 1930, aproximam-nos do cotidiano da população ribeirinha pantaneira e registram também as lendas e superstições de garimpos.[14] As aventuras do polonês Waclaw Korabiewicz (s. d.)[15] no Pantanal se juntam a esse quadro, na medida em que seu relato alavanca descrições com pormenores da vida do "caboclo", do "vaqueiro", da fauna e flora do Pantanal.

Ainda sobre os relatos de viagens passadas no Centro-Oeste, a antologia organizada por Diaulas Riedel (1954, p.41-58, 117-34) traz vários apontamentos de Saint-Hilaire, em *Viagens às nas-*

---

14 É importante frisar que Hermano Ribeiro Silva, no livro *Garimpos de Mato Grosso*, não inclui o Pantanal em seu roteiro de viagens, apenas conversa, no sul de Mato Grosso do Sul, com vaqueiros de Aquidauana. Por já termos citado autores que tratam de Goiás e Mato Grosso e não passam pelo Pantanal, porém comentam sobre mitos também encontrados na tradição oral pantaneira (ver Saint-Hilaire, por exemplo), decidimos incluir a obra de Ribeiro da Silva.

15 Apesar de não haver nenhuma menção às datas de viagem e publicação da obra, pelas referências feitas ao meio de transporte, no caso, a ida de trem até as margens do Rio Paraguai e depois o transporte fluvial até Corumbá, presumimos que sua viagem se deu entre 1910 e 1953, quando da chegada da Noroeste do Brasil até a Bolívia.

centes do São Francisco e pela província de Goiás (1819), e de José Vieira Couto de Magalhães (1837-1898), na crônica "Viagem ao Araguaia", de 1863, particularmente sobre Goiás, na região do Alto Araguaia. Além disso, Riedel inclui inúmeros contos e crônicas de escritores regionalistas em ordem cronológica. Dentre eles, destacamos: Edgar Roquette Pinto (1884-1954), que enfoca os hábitos e costumes de Mato Grosso e do Alto Paraguai, nos contos "Motivos sertanejos", em *Samambaia* (1934); Alfredo Marien, cujos trechos do romance *Era um poaieiro*, de 1944, trazem uma descrição das matas de poaia em Mato Grosso, com seus mitos e assombrações; e Francisco Brasileiro (1906-), que dentre as inúmeras contribuições no registro dos costumes mato-grossenses, como subchefe da Bandeira Anhangüera, escreveu o conto "No Pantanal da Tarigara" (em *Urutau e outros contos*, de 1949), cuja abordagem está no nível das relações sociais entre "bugres", índios e brancos. Figuram também escritores de projeção nacional como Bernardo Guimarães (1825-1884), cujo conto "A dança dos ossos", em *Lendas e romances*, de 1871, retrata um vilão que tem poder sobre as cobras, ambientado no sertão goiano, porém elemento vivo também na tradição oral pantaneira; Bernardo Élis (1915-1997), enfocando o benzedeiro e sua relação com a natureza em "Pai Norato", em *Ermos e gerais*, de 1944; e Manuel Cavalcanti Proença (1905-1966), cujas lembranças de infância, passadas em Cuiabá, em "Dona Ruiva", que integra *No termo de Cuiabá*, de 1958, reavivam histórias de assombrações parecidas com as que figuram na literatura popular pantaneira. Encerrando essa antologia, está Leo Godói Otero (1927-), que aborda a ligação entre a mata, o fogo e os mitos, no conto "O rezador do Baneiro", que faz parte de *Gente de rancho*, de 1954.

No tocante às antologias, ainda merece destaque a organizada por Regina Lacerda (s. d.), na qual figuram crônicas jornalísticas, além de um apanhado de várias publicações de escritores regionalistas. Lacerda, desse modo, atenta para um outro canal em que as linhas do popular e da ficção se entrelaçam: a imprensa local. Nesse sentido, o *Boletim da Nhecolândia* (1948a, p.6), jornal da associação de pecuaristas de Corumbá, traz fatos curiosos, em que o imaginário popular mistura-se com a notícia, dando um outro tom, saltando da verossimilhança para a veracidade do fato.

Retomando a relação popular e ficção, em *Tropas e boiadas* (cuja primeira publicação é de 1917), de Hugo de Carvalho Ramos (1895-1921), há a descrição do ambiente em que a tradição oral é manifestada. Os contos, crivados pela estética realista, retratam as relações sociais do sertanejo goiano, sobretudo seus mitos, lendas e crenças. Mitos como o do saci, da madre de ouro e curupira nem sempre são as personagens principais, mas parte de uma trama. Assim, eles figuram como elemento de crença da cultura local. Várias passagens dos contos "À beira do pouso", "O saci", "Gente da gleba", "A madre de ouro" e "Pelo caiapó velho", escritos no final do século XIX, trazem abusões e situações muito comuns àquelas encontradas na tradição oral pantaneira. Por isso, Hugo de Carvalho Ramos, apesar de abordar vários dos costumes goianos, acabou dando aos seus escritos um fundo folclórico, empregando um estilo não encontrado entre o povo.

Já no campo das histórias de cunho popular-folclóricas propriamente ditas, uma das primeiras publicações das lendas matogrossenses é a de Feliciano Galdino, de 1919. Nelas há uma forte tendência a reverenciar fatos como a chegada de bandeirantes e o processo de preação de índios, a dificuldade de fixação e a adaptação do branco às inóspitas terras da região, além da fusão de superstições e tradições. Galdino deixa fluir as lembranças dos garimpos, dos ataques dos índios e da injustiça do branco, das capturas, dos primeiros mistérios das imagens de santos e também da migração gaúcha em Mato Grosso. Nesse sentido, o ponto de vista do narrador acaba influenciando as histórias, deixando entrever nelas apenas aspectos de uma cultura mais rústica, difundida pelo homem daquela região.

A literatura sul-mato-grossense, após a cisão administrativa na década de 1970 que deu origem ao novo Estado, ascende pelas crônicas, romances, apontamentos e versos de Hélio Serejo (1912-). O escritor, em obras como *De galpão em galpão*, *Zé Fornalha*, *Mãe Preta*, *Rodeio da saudade*, *Abusões de Mato Grosso e de outras terras*, *Campeiro da minha terra* e *Lendas da erva mate*, as duas últimas de 1978, perfaz um dos mais completos registros acerca da tradição popular em diferentes regiões. Os seus versos e frases conduzem aos ervais do sul do Estado para os galpões de peões, nas terras encharcadas do Pantanal. Desse modo, nesses livros misturam-se apontamentos de um convívio no meio rústico, pendendo para o registro folclórico e o inventário de crenças, com um escritor de histórias alicerçadas em acontecimentos e em tradições populares.

Ainda sobre os autores que empregaram a cultura popular regional na ficção, não poderíamos deixar de fora João Guimarães Rosa (1908-1967), com o conto "Entremeio com o vaqueiro Mariano" (1969). Apesar de não tratar de nenhum mito ou lenda em específico, Rosa descreve minuciosamente a aventura de ser vaqueiro num ambiente pantaneiro, enfatizando a relação do homem com os bichos, as queimadas e enchentes.

Também o romance *Raízes do Pantanal*, de 1989, escrito por Augusto César Proença (1937-), pode completar esse restrito ciclo de ficção. Nele perpassa a saga de uma família na ocupação da parte sul do Pantanal, que é também nosso espaço de investigação. O conflito do homem com as matas e animais selvagens, a influência das águas, dos períodos de estiagem e as histórias "contadas por velhos vaqueiros", elementos sólidos da cultura pantaneira, figuram nessa saga.

Numa outra perspectiva, a presença da literatura infantil com histórias da tradição popular não pode ser ignorada. Durante a década de 1950, houve vários títulos ligados à expansão do Oeste brasileiro, retratando bandeirantes como heróicos desbravadores, além de transmitir o encanto da fauna e flora do local (Lajolo & Zilberman, 1987, cap.5). O Pantanal também torna-se espaço para aventuras. Do contato com o novo não são menores os preconceitos e chufas quanto ao falar. Isso pode ser evidenciado em *Pantanal, amor baguá*, de José Hamilton Ribeiro, que, embora tenha sido publicado em 1980, é caudatário de temas e linguagens da época em que o Centro-Oeste foi mais exaltado na literatura infantil. Ainda na década de 1980 saíram publicações como: *A fábula do quase frito* (s. d.), de Ivens Cuiabano Scaff, e *Cuiabá, roteiro das lendas* (1985), de Dunga Rodrigues, que trazem histórias recontadas por meio de uma linguagem mais sofisticada, com emprego de ilustrações e histórias com personagens míticas, incorporando vários temas da tradição oral.

Esse rápido esboço sobre literatura regionalista sugere uma discussão entre os planos da ficção e das tradições populares. Apesar de serem díspares – ora pendendo para o lendário e, de modo geral, para o folclórico, ora mergulhando mais no íntimo humano, refletindo sentimentos e desejos, ora buscando um equilíbrio destes aspectos –, os contos e romances regionais são também diferentes quanto ao estímulo de criação, em relação à literatura popular. *Grosso modo*, predomina neles o caráter individual sobre o coletivo. Os anseios e representações ligados ao imaginário acabam ficando distanciados do narrador. Tal distanciamento, inclusive agravado pela diferença entre a fala oral da personagem entre aspas e a culta do narrador, confere à caracterização do popular certa artificialidade. Poucos escritos escapam dessa observação, como *Raízes do Pantanal* ou "Entremeio com o vaqueiro Mariano".

Não raras vezes argumentações colocam crenças, soluções práticas de vida e outros saberes sob a égide do atraso. Como no século XIX, muitos escritores hodiernos que retratam o Centro-Oeste tendem, por meio de suas histórias, a afirmar ou pelo menos deixam transparecer o *status* de uma pretensa erudição em relação ao popular. Mas essa observação ressalta ainda mais uma dúvida. Qual seria a contribuição dessa literatura para o entendimento das histórias contadas por pantaneiros? Tomando a premissa aristotélica de que a arte imita a vida, a ficção como estilização da realidade tende a retratar o homem e os aspectos de sua cultura. Em razão disso, apesar dos estímulos diferentes para a criação, ela se aproxima da literatura popular à medida que representações ambientais, humanas e de costumes, que compõem a trama, coincidem com os relatos orais. Então, mesmo colocado como "coisa de gente atrasada", referências e apontamentos da literatura regional sobre a cultura popular do Pantanal e áreas próximas apresentam situações que ajudam no entendimento das fontes orais coletadas em campo. Não que a intenção seja afirmar uma possível origem ou percorrer diacronicamente as trilhas de uma tradição, mas por acreditar que no fundo um texto é decalque da realidade, da ficção podem-se retirar subsídios para a compreensão de histórias contadas no presente.

Esses subsídios podem ser encontrados também em trabalhos poucos divulgados de folcloristas regionais. Quatro obras, nesse aspecto, merecem destaque: *Folclore goiano*, de José Aparecido Teixeira (1909-1971), *Folclore mato-grossense* e *Lendas e tradições cuiabanas*, de Francisco Alexandre Ferreira Mendes (1897-), e *Sagas e crendices da minha terra natal*, de Rubens de Mendonça (1915-). Perpassa pela obra de Teixeira (1979, p.xvi) a preocupação com a pesquisa de campo no Brasil, e em 1940 ele escreve: "Repisada assim a finalidade do folclore, é doloroso constatar que, neste assunto de pesquisas de nossas tradições, estamos na infância". O registro, nessa época, não contava com os instrumentos de agora; assim, o papel, o lápis e uma audição afinada para fazer as anotações tornaram-se os principais instrumentos no levantamento de fontes. Teixeira recolhe e analisa a poesia religiosa (ciclos do Divino, de São Gonçalo e do Natal) e social (temas econômicos, moralistas, ciclo dos revolucionários, dos heróis, entre outros). Pelo menos dois destaques merecem ser dados: a preocupação em assinalar o cantador e a transcrição fidedigna dos versos, preservando a pronúncia. Já em relação à narrativa, na impossibilidade de um registro da voz, o folclorista faz uma apresentação comentada das lendas e mitos locais, em alguns casos, reconta as histórias ouvidas.

Francisco Mendes, no seu *Folclore mato-grossense*, em relação ao tratamento dado às narrativas, não se diferencia de Teixeira. Os mitos geralmente são mencionados sem que uma trama os envolva, a preocupação do investigador mato-grossense é enaltecer os aspectos da cidade e os lugares onde eles aparecem. Nesse sentido, as lendas estão crivadas mais de apontamentos históricos do que sobrenaturais ou místicos, revelando a origem das edificações de igrejas, versando sobre o abastecimento de água e outras construções públicas, principalmente em *Lendas e tradições cuiabanas*.

Já as *Sagas e crendices...* escritas por Rubens de Mendonça apresentam uma trama. As histórias foram "contadas por sua babá" e, pelo rememorar, o autor procura trazê-las de volta. Assim, a tradição oral é reafirmada por meio da escrita, e os mitos são descritos com pormenores de lugares, qualidades e aparências. No entanto, a linguagem oral da babá é despojada em lugar daquela que articula as lembranças, ou seja, o que se denomina "gramaticalmente correta" é uma constante nas narrativas de Mendonça.

Paralelo às contribuições está o fato de que no registro da narrativa popular, ao contrário da poesia, expressam-se o escritor e o folclorista, às vezes indiretamente o contador. Parece haver uma tradição, principalmente nos textos sobre mitos feitos por estudiosos da cultura popular, de somente apontar as características e os lugares onde se manifestam fenômenos sobrenaturais. Na crista desses trabalhos, por exemplo, podemos colocar Virgílio Corrêa Filho (1887-1973) que, entre um dado sobre a população e os aspectos econômicos, faz apontamentos sobre o pé-de-garrafa (Instituto Brasileiro de Geografia e Estatística, 1966).

A partir de 1980, surge uma nova frente de pesquisadores que, revelando preocupação metodológica, começa a tomar como objeto de investigação a cultura pantaneira. Em 1989, a lingüista Albana Xavier Nogueira, ao estudar a linguagem do homem pantaneiro, deixa indícios sobre a riqueza da literatura popular, apesar de não explorá-la mais sistematicamente em razão do objetivo a que se propôs. Certamente, tal trabalho serviu para arrancar o azinhavre que pairava sobre os estudos de oralidade pantaneira. A pesquisadora também dirige seus holofotes para o homem e sua interação com o meio. Daí, surgem outros trabalhos como *O que é Pantanal*, em 1990, e inúmeros artigos (1995, 1996; Nogueira & Vallezi, 1986), em que ela deixa entrever que o imaginário é, de certo modo, produto da ligação entre o homem e a natureza. Uma das principais contribuições de Nogueira foi ter sido contumaz no retrato heterogêneo que faz da cultura pantaneira. A idéia que fica de Pantanal é que não se trata de uma cultura fechada, ao contrário, esse lugar só pode ser entendido se também forem compreendidas inúmeras relações estabelecidas no cotidiano de homens que habitam diferentes sub-regiões. Em outras palavras, o que denomina-se "Pantanal" é o somatório de diversos falares, crenças e costumes que transmigram e se fermentam em seus distintos pontos. Decorre daí que as diferenças existentes na região não se acentuam, ou tendem a marcar territórios, mas se complementam.

Na década de 1990, merecem destaques as pesquisas de Álvaro Banducci Júnior (1995) e Mário Cezar Silva Leite (1995).[16]

---

16 Mário Cezar Silva Leite (2000) defendeu tese de doutorado na qual fez um estudo acerca das representações míticas da baía de Chacororé no Pantanal de Mimoso. Nesse trabalho, são interessantes as observações do autor a respeito das relações entre o homem e o meio, por meio das quais vão aparecendo os

Atuando no campo da Antropologia, Banducci Júnior, delimitando suas investigações na região da Nhecolândia, rompe com a forma de abordagem dos mitos regionais, apresentando histórias originais, isto é, gravadas e transcritas. Faz, além disso, uma reflexão acerca do contato do homem com a fauna e flora pantaneiras e entende o mito como produto das relações afetivas e simbólicas entre eles. Nessa vereda segue a dissertação de Mário Leite, que investiga o minhocão e, por meio da análise de relatos orais e escritos acerca desse mito, reflete sobre a representação de mitos da água no imaginário do homem pantaneiro.

À parte do eixo das narrativas, não poderíamos deixar de mencionar a dissertação de Eunice Ayala Rocha, *Uma expressão do folclore mato-grossense* (1981), sobre os cururuzeiros de Corumbá, em que analisa as festas e, de certa forma, abarca a ligação direta entre a religiosidade e o folclore. A contribuição de Rocha pode ser percebida no campo da literatura popular pelos versos entoados em homenagens a santos e na musicalidade pela qual eles se fazem existir.

Em síntese, a diferença entre a perspectiva do folclorista, por um lado, e do lingüista, antropólogo, sociólogo e literato, por outro, na forma de interpretação do relato oral torna-se facilmente sentida. Isso ocorre principalmente em relação ao tratamento das fontes, em que o folclorista centra seu objetivo no mito ou na lenda em si, ao passo que nos trabalhos de crivo acadêmico elas são discutidas a partir de uma ótica cultural. Ainda faltam, todavia, análises que melhor situem o pantaneiro ante as transformações sociais mais coetâneas. Nesse sentido pareceu caminhar a dissertação de Banducci Júnior, que também chega a apontar, em artigo posterior (1996), entre outras coisas, as implicações do turismo, fortalecido com a crise pecuária, na sociedade rústica pantaneira. Portanto, algumas questões ainda se colocam. Por exemplo: Qual a real implicação disso na literatura popular pantaneira? Como se comporta o pantaneiro ante o declínio de valores dos peões de

---

mitos. Outra tese interessante é a de Eudes Fernando Leite (2000), pesquisa feita na área de História Social, na qual o enfoque recai sobre os condutores de boiada no Mato Grosso do Sul, a partir das entrevistas citadas aqui.

boiadeiro? Como a modernidade pode afetar a tradição no Pantanal? Essas indagações que nos inquietam ainda estão por ser respondidas.

SOB AS TERRAS ENCHARCADAS: NO ENCALÇO DA VOZ PANTANEIRA

Uma das melhores formas de contemplar as tradições populares é escutando e, se possível, registrando-as. Como nos diz a metáfora de Amadeu Amaral, cabe ao pesquisador "trazer o peixe" para ser estudado. Desse modo, desde 1995 coletamos histórias de vida e outros relatos que possam contribuir para uma caracterização do pantaneiro, por meio de suas lembranças. A proposta consiste, em linhas gerais, na realização de entrevistas com pessoas que de alguma forma estão ligadas ao Pantanal, levando-se em conta, principalmente, profissão, crenças, tradição e linguagem.

Alguns pontos são fundamentais para a coleta dos relatos pantaneiros: estabelecer um contato prévio com as pessoas que possam contribuir e elaborar, a partir daí, um roteiro de entrevista. O primeiro passo consistiu, dessa forma, em localizar pessoas que moraram ou ainda residem no meio rural e/ou que desenvolvem atividades ligadas a ele. Não foi difícil encontrar na cidade de Corumbá algumas delas. Como observa Banducci Júnior (1995), quando ficam velhos, os trabalhadores do campo aos poucos abandonam suas funções, optam por tarefas mais leves nas fazendas ou migram para as cidades a fim de viver juntos de seus familiares. Nessa empreitada, acabam por exercer funções que não exigem qualificação, como vigia noturno, porteiro, vendedor ambulante. Nas palavras de um morador de fazenda:

> Então vai chegando uma época que a gente mesmo vai, vai sentar e pensar. Fala: "Puxa vida! Eu vou ter que mudar também minha vida, daqui uns dia eu tô ficando velho, chegando a idade, então eu vou ter que ir pra cidade descansar". O corpo da gente vai cansando, né? Então você vai ter que ir modificando. (Entrevista Roberto dos Santos Rondon, 1996)

Somados àqueles que deixaram de residir no campo estão os condutores de boiada que possuem residência na cidade e trabalhadores que deixam seus filhos, para que eles estudem, sob a guarda de suas esposas. Para este estudo, um conceito que estabelecesse *a priori* a diferença entre "rural" e "urbano" escaparia dos propósitos iniciais, pois, apesar de haver diferenças acentuadas entre o campo e a cidade, o homem do campo, mesmo residindo na cidade, preserva vários hábitos adquiridos nos anos de vivência no meio rural. Mesmo assim, a vista citadina com ruas, transeuntes, automóveis e casas próximas umas das outras implica uma transformação não somente em termos espaciais, assim como as relações de convivência nesse espaço também são alteradas. O ambiente do campo é diferente do da cidade, apesar de nela poderem se manifestar certas tradições (festas, artesanatos, comezainas, etc.) com bastantes aspectos em comum. Viver na cidade é habituar-se ao esquema de uma certa facilidade para quem pode ter acesso ao consumo: comprar o pão em vez de assá-lo, buscar o leite na padaria e não no curral, dispor da carne pronta em vez de partilhá-la. Em razão disso, um dos fatores que mais matizam as diferenças é o tempo. "O significado do ambiente precisa estar ligado ao tempo, só assim se apercebe da realidade cultural" (Araújo, 1964, p.75). O tempo para o pantaneiro do campo é mais cíclico – há um tempo próximo matizado pelas tarefas a serem cumpridas de dia e pelo descanso à noite, e um futuro, condicionado pelas estações de cheia e de estio –, ao contrário daquele que vive na cidade, cujo tempo é marcado pelas horas e calendários. Para se habituar às transformações decorrentes da mudança de lugar, ele não precisa alterar profundamente seus referenciais de tradição, daí repetir e/ou condicionar alguns de seus hábitos no espaço/ambiente da cidade.

Por se tratar de uma reunião de histórias contadas, o que menos interessa é impor limites entre cidade/campo, somente quando eles assumirem relevo na própria literatura popular. Salienta-se que a urbanização das narrativas populares, ou seja, o tratamento diferenciado dado aos temas de forma a imprimir neles situações, tipos humanos e profissionais, utilidades e coisas sujeitas ao sabor da moda da cidade, é quase inexistente nos relatos aqui apresentados. Ainda quando isso acontece, a decorrência do fenômeno sobrenatural e o valor moral que a história quer passar ficam inalterados. Enquadram-se nessa linha a lenda sobre uma casa assombrada, contada por Dirce Padilha, e a de enterro, contada por João Torres, em que, apesar de elementos citadinos, como o lugar da casa e do tesouro enterrado, as profissões e os vizinhos próximos, o motivo da assombração é quase o mesmo que costuma ser no campo: a aparição de almas por causa de um crime, o que torna o lugar assombrado, e o enterro de dinheiro.

O espaço retratado nas histórias não faz parte somente do Pantanal. Algumas histórias contadas por João Torres, mito do come-língua, e Raul Medeiros, lendas de enterros e de lugares assombrados ou encantados, passam-se em cidades sul-mato-grossenses, como Nioaque e Campo Grande. Além da tendência a adaptar o novo espaço à velha tradição, isso também ocorre porque nem sempre o contador morou no Pantanal, ou porque conviveu com pessoas de fora. Então, a cultura do homem pantaneiro está em interação com seus vizinhos, com quem compartilha hábitos e costumes.

Quando práticas de valores, crenças, linguagem, relatos míticos estão em discussão, uma divisão geopolítica não dá conta de separá-los e de situá-los como exclusividade de um lugar. Várias festas, abusões, comezainas, modos de vestir, de gesticular, mitos e lendas tornam-se comuns a uma região. Por isso a "chipa" (pão de queijo rústico) e a "sopa" (torta salgada de cebola e milho) paraguaias são tradicionais no Pantanal, e o pomberinho brasileiro tem um correlato paraguaio chamado "pombero" (Torres, 1980), e suas histórias podem se passar na Bolívia, como acontece no relato de seu Vadô. Além disso, há o registro do minhocão em São Paulo e do come-língua em Minas Gerais e muitos outros exemplos poderiam ser dados.

Diante da confluência de tantos temas, o que devemos entender por literatura popular pantaneira? Separar das histórias os vários liames, para promover uma "autêntica" narrativa pantaneira, nos levaria a cometer sérios erros. No campo da busca de uma origem para um conto, mito ou lenda, uma formulação teórica pode ser comparada a um castelo de cartas em que a brisa de novas perspectivas e fatos facilmente o desmoronaria. Desse modo, se a busca do local de origem de uma história leva a pisar em terreno movediço, que argumentos dariam sustentação para afirmar que determinada história é originalmente pantaneira? O conceito de literatura popular pantaneira desloca-se da "busca da origem" e recai sobre o contador. São as histórias contadas por pantaneiros, isto é, por pessoas que assimilaram os costumes e a cultura da região, que consideramos literatura popular pantaneira. Então, os mitos não precisam ser fundados no Pantanal para assumirem traços de lá, nem as lendas e os contos. Se não ignoramos as narrativas que se passam para além do Pantanal é porque acreditamos que aí se concentra uma riqueza de temas. O contador que fala em Corumbá traz consigo histórias dos rincões pantaneiros e dos lugares que visitou, morou ou ouviu falar.

Ao coletarmos as histórias do Pantanal, as nossas relações com o contador tornam-se de certa forma próximas, pois não se trata somente de empregar bem as técnicas e seguir fielmente as etapas da cartilha metodológica, a pesquisa exige também que ganhemos a confiança do contador. Sair com gravadores, filmadora ou máquina fotográfica pedindo às pessoas que contem histórias de assombração inevitavelmente causa uma impressão bastante estranha. Entre o primeiro contato e a transcrição do material, existe um longo percurso que compreende a confecção de um roteiro e sucessivos encontros até a autorização para divulgação do conteúdo. Os primeiros contatos ocorreram por indicação de moradores de Corumbá. Eles sinalizam com a possibilidade de conhecidos seus, que moram em fazendas e/ou desenvolvem atividades ligadas a elas, gravarem.[17] A partir de uma pessoa, às vezes vários nomes e

---

17 Conforme o tipo de contato, distanciamos um pouco da cidade partindo para as sub-regiões de Nhecolândia e Paiaguás. Visitamos a fazenda Novo Horizonte em 1995, Nhumirim e Leque em 1996, e no ano seguinte os portos Rolon, Santo Antônio e Sairu, no Rio Taquari. Essas viagens possibilitam conhecer de perto o cotidiano de pessoas do campo e, além de aproximar mais delas, gravar entrevistas quando elas estão descontraídas, isto é, já acostumadas com a nossa presença e com os equipamentos utilizados na gravação. Sobre as coletas de História Oral de Vida, os créditos merecem ser dados ao projeto *História Oral e Memória*: estórias e História, da Universidade Federal de Mato Grosso do Sul (UFMS), campus de Corumbá, do qual também participam professores da área de História e Lingüística. O projeto surgiu com a

endereços são catalogados, desencadeando um "efeito dominó", no qual uma entrevista chama outra. Todas as nossas entrevistas foram filmadas, além de gravadas em fitas cassete. Desse modo, procurou-se preservar gestos, expressões faciais que podem ser vistas e que compõem uma "comunicação, que na maioria das vezes consideramos centrada no próprio aspecto verbal, faz-se deste modo, na realidade, de uma trama muito mais ampla" (Paggi, 1994, p.164). O uso de gravadores justifica-se por facilitar a transcrição. Nesse processo foi preservado, dentro do possível, o modo como falam os entrevistados. Erros gramaticais, cacoetes ("né", "daí", "então"), pronúncias típicas ou específicas de cada narrador ("cum", às vezes empregado em lugar de "com"; "num" em vez de "não", "zolho" indicando "olhos", "cê" substituindo "você" e "pra" em vez de "para") foram mantidos. As concordâncias nominais e verbais não foram corrigidas. Há palavras típicas em que a pronúncia varia de pessoa para pessoa, como "manguero"/"mangueiro", "bolicho"/"bulicho", "reador"/"readô"; nesse caso, as duas formas aparecem.

É comum na fala a omissão de sílabas e letras, como no uso do gerúndio, em que geralmente ocorre o emprego do "ano" e "eno" ou "ino" em vez de "ando", "endo" e "indo" ("falano", "escreveno", "subino"); a ausência do "r" no final dos verbos no infinitivo ("falá", "escrevê", "i"); e do "u" nos casos de pretérito perfeito dos verbos de primeira conjugação ("falô", "cantô", "gritô"); a troca de "o" final por "u" ("otru"); o "i" no lugar do "e" ("isquisito", "hoji", "genti"); a ausência do "s" (nós "vamo", nós "falamo"); aspectos que preferimos transcrever adotando a forma padrão de escrita, pois são características muito freqüentes na maioria das falas. A terminação dos verbos em terceira pessoa do plural ("chamaram",

---

finalidade de montar um acervo audiovisual com depoimentos de pantaneiros, por isso adapta-se bem ao caráter pluridisciplinar. Até o momento, está cadastrado na Pró-Reitoria de Pesquisa e Pós-Graduação da UFMS, que financiou parte do material de consumo, fitas VHSc, fitas cassete e a nossa ida a alguns portos do Pantanal do Paiaguás, em 1997. Devemos ainda acrescentar o apoio financeiro da Coordenadoria de Aperfeiçoamento de Pessoal de Ensino Superior (Capes), pela visita feita às fazendas Leque e Nhumirim. O material audiovisual coletado encontra-se ainda em estado bruto, isto é, necessitando de edição.

"correram") é um outro exemplo em que geralmente se pronuncia "um", "u" ou "o" no final ("chamaro", "chamarum", "chamaru"), aqui também adotamos, no texto transcrito, o mais comum "chamaram".

José Carlos Sebe Bom Meihy (1991, 1996; Corrêa, 1978; Thompson, 1992) entende a transcrição como uma primeira etapa na transformação do oral para o escrito, apontando, ainda, a textualização e a transcriação como subseqüentes. Textualizar, para o historiador, compreende a "reorganização do discurso", tendo como resultante a eliminação das perguntas do entrevistador, e o que chama de "limpeza do texto", isto é, a eliminação de cacoetes, de tartareios, de frases incompletas e sem sentido. Já a transcriação é a "transformação completa da entrevista em escrito a ser lida em outro contexto", em outras palavras, um rearranjamento das partes da entrevista, de modo a dar coesão e coerência ao texto.

Cabe salientar que a transcrição é um processo de escolha, em que poderíamos ignorar as diferenças e optar por um padrão na transposição da palavra falada para o texto escrito. No entanto, preferimos transcrever a história preservando um certo tom de oralidade e, nesse caso, a padronização torna-se praticamente impossível. Com isso estamos querendo dizer que a preposição "pra" às vezes pode aparecer como "para", pois num mesmo falante ocorrem pronúncias diferentes de uma mesma palavra. Há uma tentativa de, no recorte das histórias da entrevista, evitar textualização, mas a exclusão das perguntas e outras intervenções do pesquisador já acionam esse processo. No mais, a transcriação foi totalmente evitada.

O entendimento das palavras empregadas pelos contadores e da sua linguagem é fundamental. Algumas palavras próprias do cotidiano pantaneiro podem dificultar a leitura, deixando obscuros muitos significados. Pensando nisso, foi elaborado um glossário com vários termos regionais. Para sua construção foram consultados os pantaneiros e, no caso em que isso não foi possível, recorremos a vários dicionários, apesar de na tese de Albana Xavier Nogueira (1989) constar quase todo o léxico falado no Pantanal. A entonação não foi registrada porque a inclusão dos sinais que a representam, a nosso ver, comprometeria a leitura do texto. Mesmo assim não é difícil perceber a diferença entre uma transcrição e o texto propriamente dito, que se pretende claro, sistemático e coeso, ao passo que naquela aparecem mudanças súbitas, períodos não tão relevantes, movimentos do narrador e frases inacabadas. Por tratar-se de uma *performance*, optou-se por incorporar o gesto às transcrições enquanto era feita a primeira revisão pela gravação em vídeo. Nem todos os movimentos do contador estão descritos, são assinalados somente aqueles que dizem respeito à história, entre colchetes.

Interrompido o trabalho de campo, nota-se que as entrevistas apresentam duas vertentes: uma, que é a experiência de vida do contador; outra, marcada pelas histórias fantásticas que povoam seu imaginário. A experiência de vida ajuda a penetrar a cultura pantaneira, ao passo que as histórias, por constituírem objeto principal da pesquisa, foram separadas e classificadas. Não há neste trabalho uma isenção total do organizador. A forma como aparece, a divisão capitular e a seleção de imagens implicam também uma leitura criadora das gravações. A seleção teria mais marcas do organizador se passasse pela exclusão de algumas histórias em razão de outras. Um só fato sobre o minhocão, por exemplo, não daria conta de mostrar o mito em seus vários retratos. Daí permanecem as imagens de vários entrevistados sobre um mito. A nosso ver, a não-exclusão revela um respeito ao contador. Não está em discussão se uma tal forma de contar é melhor ou uma versão é boa ou ruim, mas sim mostrar que um relato oral se faz de vozes. A identificação do contador com alguns dados biográficos vai no sentido de enaltecer diferenças pessoais nesse conjunto de falas.

E, como em forma de livro, a reunião de contadores forma uma roda maior do que o normal, passamos o tereré adiante...

PARTE II

O OUVIR DA LITERATURA PANTANEIRA

MITOS

MITOS GERAIS

BRUXA[1]

Por Vadô[2]

E eu sofri aqui tudo e hoje num tem mais a escravidão. Existe a escravidão, mas num é tanto assim, né? Mas hoje já tá tudo pra lua, tudo coisa voador, essas coisa... Num acredito! Aquele tempo existia, como a bruxa. A bruxa, em Cuiabá existe um homem que

---

1 Mulher encantada que assusta as pessoas com sua risada. Geralmente é encontrada em armazéns, embriagada e nua. O homem que a encontra quebra seu encantamento. Ela é também um mito ligado aos temores infantis, segundo o *Dicionário do folclore brasileiro*, representada por uma velha com cabelos longos e escorridos, magra, queixo pontiagudo e nariz grande. Na literatura regional, vários são os autores mato-grossenses que a registram: Hélio Serejo – *Abusões de Mato Grosso e outras terras* e *Lendas do meu rosário* –, Dunga Rodrigues – *Cuiabá, roteiro das lendas* –, Rubens de Mendonça – *Sagas e crendices da minha terra natal* – e Regina Lacerda – *Antologia ilustrada do folclore brasileiro*. Eles acrescentam ao mito o poder de transformar seus braços em asas e de voar em vassouras, quando não, transforma-se em coruja ou inseto. Ainda segundo esses autores, a bruxa é responsável por sugar sangue dos recém-nascidos pagãos. Para evitar isso, os pais devem deixar uma tesoura aberta debaixo da cama, jogar água fervida com erva de santa-maria no chão e/ou colocar nos pés da cama milho soboró ou um beija-flor seco. Por fim, cabe ressaltar a presença desse mito também nos contos populares brasileiros, conforme a antologia de Sílvio Romero (1954).
2 Osvaldo Pereira de Souza, conhecido como seu Vadô, nasceu em Poconé (MS), em 1930. Descendente de paraguaios e índios, morou em diversas fazendas

já morreu e, naquele tempo, casou cum uma bruxa. Com essa que passa por aranha. Que essa eu já vi, nunca acreditei, mas isso eu já vi.

Na Marilândia eu fui e João Manuel, o capataz, falou:

– Você vai atrás de Marco, que amanhã nós vai levar esse gado na ponta da mata e precisamos dele, que o Marco tá aí pra ponhar a bandeira lá na oração. É no campo do seu Joaquim – num saía de lá.

Bom, nós fomos. Fui eu e o rapazinho, chegamos lá falamos com o Marco.

– Ah! Fala pra ele amanhã que eu tô lá, madrugada eu tô lá.

Ele ia namorar uma menina lá e ela... Bom, ficamos por ali, escutamos alguma tocada, chegou nossa hora, viemos embora. Nós chega no galpão, escutamos aquela risada: quá, quá, quá! Eu falei:

– O que que é isso que tá ali?

Mas risada! De uma mulher!

– Isso é uma risada!

E luar claro. Onde é que nós vai? Porque tá assim: uooom! E: quá quá quá quá quá, quá quá quá quá quá! Eu falei pra ele:

– O que que é isso que tá acontecendo ali?

A menina falou:

– Isso é a...

Como é que chama? É a bruxa, num é bruxa é a... Ela tem um nome aí. Mas falei:

– Mas será, rapaz? O que que é isso?

– Mas é, Vadô!

E foi dando risada.

– Será que num é algum passarinho?

– E que passarinho que vai dá essa risada?

– É, é, é...

Que o homem quando tinha sete mulher, se uma num batizasse a outra diz que virava isso. Sete. Se o senhor tem sete filha, que uma num batizou, uma virava essa vagabunda, bruxa, essa... Num é bruxa, é um nome que tem.

---

no Pantanal, trabalhando geralmente como empreiteiro, capataz e/ou peão praieiro. Diz não ser praticante de nenhuma religião. Não chegou a completar seus estudos. A entrevista foi gravada em Corumbá, onde reside atualmente. Foi feita em duas partes: a primeira em 24 de fevereiro de 1997; a última, no dia seguinte, conta com participação de José Aristeu da Silva, seu primo. Ambas totalizam cerca de 4 horas e 30 minutos.

E também, se o senhor tivesse sete homem, sete homem só que um num batizasse o outro, ele virava o lobisomem. Eu conheci aqui um tal de Sirvino, que tá pra Campo Grande, tem um grande loja aí, que ia virar lobisomem. Ele conta, ele mesmo contava, porque sei lá, é uma coisa difícil de eu compreender essas coisa. E eu falo pro senhor, mas existe essas coisa, existe!
Passou rindo, mas isso num teve nada.

* * *

Mas em Cuiabá, eu quando era guri novo, o rapaz achou uma mulher, desencantou ela dentro do armazém dele. Foi dentro, ele chegou, achou ela, ela nuazinha, desencantou ela e casou cum ela. Desencantou e casou cum ela. O senhor vê como que é. Mas ele... Todo mundo, Cuiabá todo sabe desse acontecido, tudo sabe que casou. Ele fala mesmo que casou e tal... E a mulher também falou que era ele. Aí que está a coisa: como é que o senhor vai compreender?

COME-LÍNGUA[3]

Por João Torres[4]

A gente num vê. Deve ser uma alma encantada, né? Uma coisa invisível que cê num vê! É a tal da visão que a pessoa fala, né? Existe.

---

3   Aparece tanto na forma de homem como de mulher. Ataca animais e pessoas, arranca-lhes a língua para comê-la. Geralmente, o come-língua cometeu algum pecado: matou sua mãe ou comeu carne em dia santo. Karl von den Steinen, em *Antologia do folclore brasileiro*, relata a simpatia muito comum entre os ladrões de gado, cujo enterro da língua do animal roubado, com a ponta de fora, não deixava o dono descobrir o malfeitor. Parece ter sido uma lenda muito forte em Goiás, aparecendo na antologia organizada por Regina Lacerda (s. d.) e em Aparecido Teixeira, (1979). Zoroastro Artiaga, na antologia citada, dá dimensões monstruosas ao "arrancador de línguas", enfatizando que ele chegou a ficar conhecido como "King-Kong" goiano. Teixeira, apesar de não fazer comentários detalhados acerca de sua aparência, fala de um monstro com quatro metros de altura. O *Dicionário do folclore brasileiro* faz menção ao "papa-figo", mito com características parecidas, porém pertencente ao ciclo infantil – come o fígado de crianças. Weitzel (1995) registra a "comedeira de língua", mulher que pecou contra a mãe e foi amaldiçoada, passando a devorar a língua de animais.
4   João Torres é filho de paraguaio com brasileira e nasceu em Campo Grande (MS) em 1930. Morou em fazendas nos distritos de Taunay e Agaxi, vinculados

É, em Campo Grande existiu. Tinha uma coisa invisível também, quer dizer, na rua Vinte e Quatro tinha uma leiteria, a leiteria chama... o dono da leiteria chamava Vicentinho. Então, existiu um negócio ali, mas ele aparecia pras pessoa.

Inclusive uma vez, nós era guri, nós tava brincando cuma menina, ela chamava Eugênia, ela era bonita, uma loirona! E apareceu pra ela esse troço! E ele comia a língua das pessoas, de tudo! E tinha um senhor, o padrasto dessa Eugênia, era daqueles homem bruto, estúpido, sabe? Num respeitava essas coisa. Aí, um dia chegou um camarada e falou pra ele, chamava Filovão, falou:

– O Filovão, tem uma rês seu – tinha umas bezerra bonita, um gado bonito – tem uma rês sua ali, acho que tá morta!

Chega lá, tava sem língua! O troço tirava a língua.

Tudo bem, ele falou:

– Eu vou lá ver esse negócio! Se eu encontro cum esse cara, já dou um tiro nesse troço!

Mas ele comia mesmo! Então, essa mulher, esse leiteiro, nessa leiteria do Vicentino na rua Vinte e Quatro, dentro da cidade quase, madrugada tava tirando leite [como se estivesse ordenhando]. E a mulher botando no vidro pra repartir. Aí, chegou o camarada, um rapaz meio loiro, perguntou pra ela:

– Senhora pode me dá um litro de leite?

Ela foi lá e falou cum o marido dela. Aí tá, ele pegou a lata de querosene e virou tudo na garganta. Aí, a mulher falou:

– Meu Deus do céu! O homem bebeu tudo o leite! E agora? Como que nós vamos fazer?

Ele comeu a língua da mulher! Isso foi em 1900 e o quê? Acho que em 1938 mais ou menos. Aconteceu isso aí em Campo Grande.

Tudo bem, ele, o pessoal chamava de come-língua, come-língua, come-língua. Aí, uma vez que ele baixou lá numa sessão espírita, falou pro pessoal:

---

a Aquidauana (MS). Há mais de quarenta anos reside em Corumbá. Quando morava em fazendas, além de agricultor, ajudava seu pai a fabricar tijolos. Foi ferroviário a maior parte de sua vida, conhecendo e pousando em várias gares pantaneiras como a de Porto Esperança. É praticante da umbanda. Não chegou a completar o primário. A entrevista foi realizada na sua residência, em 8 de julho de 1996, e tem a duração aproximada de 2 horas.

– Cês me respeita que eu num me chamo come-língua não! Eu me chamo... meu nome é Faísca-da-Brasa-Preta! Ele diz que matou a mãe dele e ele vivia. Ele só ia ter salvação se ele achasse o punhal que ele tinha matado a mãe dele. Vivia assim, desapareceu lá em Campo Grande. Isso eu tenho certeza que a gente viu! Viu os animal que ele comeu a língua. Só comia a língua! Ele era assombrado, uma coisa invisível também, que cê num via. Aparecia pras pessoa assim, depende das pessoa que ele aparece. Existiu em Campo Grande, que é naquela região... como é que fala? Cidade Morena, naquela região ali pra cima. Existiu isso aí! Agora ver assim, eu nunca vi. E muita coisa que existiu na face da Terra, né? Acho que com o decorrer do tempo foi desaparecendo, sumindo, ou foi sendo doutrinado. Hoje existe tanta sessão espírita!

Por Fausto Costa[5]

Olha, eu sou católico. Eu sou católico que eu não deito sem fazer a minha prece e não levanto. Então, eu acho que isso aí ajuda muito, né? Inclusive eu tenho uma devoção, eu tenho devoção e eu acho que é assim.

Uma vez eu fui viajar, eu fui fazer uma viagem pra Chapada dos Guimarães, você já ouviu falar né? Conhece lá, né? Eu fui pra dentro de Chapada dos Guimarães, quatorze marcha, quatorze dias de viagem. É, nós fomos até cum cozinheiro meu e meu cunhado. Passamos pelo Mimoso, Santo Antônio do Leveger, passamos pela Palmeira, lá onde prendia gente, naquelas águas quente lá, né? Passamos com a boiada, atravessamos o asfalto lá no patrimônio de São Vicente. Não sei se você já viu falar? Lá pela estrada de Cuiabá.

Aí eu, antes de chegar ali, antes de chegar na Palmeira, era uma subida de serra. Aí, meu cunhado parou, fez o almoço dele, ter-

---

[5] Fausto de Oliveira Costa nasceu na fazenda Ipiranga, Pantanal do Paiaguás, em 1930. Trabalha com condução de gado, percorrendo vários lugares do Pantanal. É católico. Não chegou a completar seus estudos. Sua família reside na cidade de Corumbá (MS), onde foi realizada a entrevista, dividida em duas partes: a primeira em 6 de outubro de 1996 e a última em 12 de outubro de 1996, juntas somam aproximadamente 4 horas.

minou era duas horas. E eu tenho sempre este costume, quando eu chego na sestiada, eu vou ver o dono. Aí, cheguei lá, encontrei a dona, disse que sumiu a sogra dela, sumiu Sexta-Feira Santa, Sexta-Feira da Paixão. E eu fui lá, conversamos lá. Aí perguntei pro marido dela, o esposo dela, e tava meio desesperado, começou a chorar. E eu perguntei o que aconteceu.

– Olha, aconteceu uma coisa tão triste, que até hoje nós não conforma!

É que a vó do marido dela, disse que era uma mulher católica mesmo! Aí, quando foi Quinta-Feira Santa, ela pediu pra matar um touro assim, umas três rês, ela pediu pra matar o touro pra comer a língua do touro. Aí, o rapaz falou:

– Não, eu não vou matar esse touro, hoje não é dia de matar!

Aí ela falou:

– Mata o touro!

– Não vou matar!

Aí, quando foi na Sexta-Feira, o touro amanheceu morto dentro do mangueiro, sem língua! Aí foram lá e olharam, o touro tava sem a língua. E em volta do touro, era só uma espécie de um garrafão. Ela nem ligou, mas nem ligou!

– Morreu o touro! Morreu o touro!

Quando foi meio-dia, ela pegou a baioneta e foi lavar no córrego. Aí o neto:

– Não vó, a senhora num vai lavar essa baioneta.

– Larga e deixa pra mim!

Lavou e deixou. Ele foi por lá, almoçaram... Quando foi ver, tá só a baioneta derrubado. Campearam essa mulher véia uns trinta e pouco dia e num acharam ela! Nem notícia.

Aí, eu saí com a boiada. Encontrei o rapaz, ele falou:

– Eu vou levar o senhor, que aí a estrada é ruim, em seguida nós vamos indo que eu tenho que passar na Palmeira.

Aí me levou e começou me contar. Falou:

– Aqui, menino, eu já criei uns vinte cachorro, só faz uma corrida pra esse córrego pra nunca mais voltar!

Então, estes são os causo que a gente viu, passou. Foi acontecido, né?

DIABO[6]

Por Roberto Rondon[7]

(O violeiro e o diabo)

Quer dizer que tem as devoção que as pessoa faz pra Sexta-Feira Santa, né? Quem quer aprender a tocar violão, quem quer aprender a montar em cavalo brabo, pra quem quer fazer tudo, sabe? Simpatia pra mulher, simpatia pra tudo....
 É, diz que Sexta-Feira Santa é o dia, o dia que falam que o diabo tá, o dia da tentação, dia que o diabo tá solto, né? Então, tá tudo passeando, depois de quinta-feira pra sexta-feira é o dia mais perigoso, é na Sexta-Feira Santa, falam né? Então, tá tudo solto, andando. E os antigo que fala. Meu pai sempre falava pra nós, contava caso, falava, os velho também contava caso, e tinha muitas pessoa que têm coragem de fazer, né? Que quem quer ir conversar cum o diabo, né? [Risos.] Meia-noite, né?
 Por exemplo, falaram já, eu já ouvi muitos antigo falar. Meu pai, finado meu avô, tudo contava, né? Então, a gente ficava aque-

---

6 Existem várias simpatias sobre este mito, geralmente em forma de desafio. As pessoas procuram o diabo na intenção de realizar um desejo: tornar-se um violeiro famoso, um bom vaqueiro, ou enriquecer. Ele se manifesta como homem ou mulher, com chifres na cabeça e rabo. Às vezes, aparece montado num cavalo todo preto. É um mito mundial, presente no folclore brasileiro de norte a sul, inclusive em contos populares de vários países. Aparece também na literatura regional assombrando lugares, dando poderes a pessoas más ou fazendo pactos. Possui chifres de veado, rabo de cavalo e barbas de bode para assustar os caluniosos, segundo Dunga Rodrigues (1985), Hélio Serejo (s. d. (c)) acrescenta que ele gosta do barulho das telhas de zinco, pois o faz lembrar do inferno.

7 Roberto dos Santos Rondon nasceu na fazenda São João, perto de Cuiabá (MT), em 1956. Seus avós eram índios. Foi para Corumbá com nove anos, morou pouco tempo na cidade. Atualmente reside com a família na fazenda Nhumirim (Pantanal da Nhecolândia), onde é funcionário da Empresa Brasileira de Pesquisa Agropecuária (Embrapa). Já conduziu gado, mas prefere ser roceiro. Chegou a ir para a escola, mas por pouco tempo. A entrevista foi feita em duas partes: a primeira, em 15 de julho de 1997, em sua residência, e a outra próxima ao curral da fazenda, em 16 de julho de 1997. A duração da entrevista é de 2 horas e 30 minutos aproximadamente.

la roda, outras vez conversava com o irmão e ele contava o que acontecia. A pessoa falava assim:
— Eu quero ser é um tocador de violão, né?

Então, ele pegava o violão novinho, sem nem mexer cum ele, pegava, levava assim, longe da fazenda, num pé de figueira, onde num escuta canto de galo, nada, sabe? Aí, ele levava lá. Quando dava meia-noite, ele chegava lá, o violão tava afinado, já tava afinado lá. Aí, ele ia tocar pro cara lá.

Tocava com o diabo lá. Aparecia lá homem de chifre, lá pra ele lá. Aí, ele ia tocar cum ele lá, se ele resistisse tocar cum ele, tivesse coragem de ir lá, vencesse. Aí ficava o mais tocador famoso. Se num resistisse, podia desistir também, que nem galinha mais ele tocava, né? [Risos.]

Pra domar cavalo também, a pessoa ia lá, deixava a tralha de arreio dele lá, montado na figueira à meia-noite. Quando dava meia-noite, aparecia o cara com o cavalo preto dele, deixava o arreio lá, né? Aí, depois ele ia lá meia-noite, o cavalo tava encilhado lá. Aí ele mandava o cara montar, se o cara se segurasse, podia montar em qualquer rodeio que não caía, né?

Então é isso que falava, que aprendia. Muito antigo via. Outros falava que pega rabo de bugio, põe na cabeça do arreio pra num cair. Mas também tem uma, se a pessoa cair, tá certo, ele num cai do cavalo, mas se o cavalo cair cum ele, ele quebra o braço, quebra perna, porque o bugio segura a figura, porque o rabo do bugio ali, a pessoa num cai, né? Mas causo cair, ele quebra a perna, machuca, porque há muitos tipo de simpatia.

Por Vadô

Aliás, sabe um negócio que aconteceu comigo aqui dentro de Corumbá? Essa eu num contei ainda, vou contar pro senhor. Nós vamos lá perto do supermercado. Então, tem aquelas brincadeira, todo mundo falou:
— Ah! Num sei o quê!

Eu sou muito desconfiado, falei:
— Ah! Eu vou lá — falei — eu quero encontrar cum uma diaba, num quero encontrar cum o diabo, eu quero encontrar cum uma diaba, fêmea, eu quero transar cum ela! Falei meio ignorado, na burrage, né? Bom, e eu estava nisso, todo mundo, meu cunhado falava:
— Mas como? Ocê prefere encontrar!?
Eu falei:
— Que diabo, rapaz! Eu num sei por que tanto... Se tiver o diabo, eu quero encontrar cum a diaba, decerto tem uma diaba bem bonita pra eu pedi riqueza pra ela, quero pedi dinheiro pra ela, né?

Bom, tudo bem. Aí eu foi, tô lá naquele parque, que tem aquela cachaça alta, perto daquele bairro Popular que tem ali. Eu tô ali tomando umas pinga, eu tinha chegado da fazenda. E tomando umas pinga e tal, cantando, agora até que tá lá. Aí chegou outro mau elemento, já começou conversar ali, e falar bobagem, e querer ser o dono do bar já. O dono do bar falou cum ele, ele cresceu. Aí fui falar cum ele assim, e ele me deu um empurrão, me jogou pra fora, na calçada. Eu caí, caí. Eu fiquei quieto assim, falei:
— Vou matar esse cara, vou matar ele! E se vim o que for, vai ter fogo!

Esse eu falo, esse caso que aconteceu comigo. Foi lá, minha mulher gritava assim, ela viu que eu tava ruim, né? Nem veio falar nada comigo. Fui lá no guarda-roupa assim, passei mão num Tauru que eu tinha assim, trinta e oito, falei:
— Eu vou matar esse cara!

E vim. E assim, era mato assim, né? E tinha esse pé de cigarreira que tinha cortado o toco. E então, nasceu aquele broto e ficou duas forquilha. Tem o toco nessa altura [ergue o braço cerca de meio metro do chão]. Mas já tava assim e aqui ele fez aquela forquilha. E eu cum vontade de urinar e isso foi... E num agüentava. Tá... Aí eu encostei, entrei nesse mato assim, pra mim desabotoar a calça, né? Mas eu tava muito ruim e eu meti a minha cara na forquilha assim. E daí tá, né? Aí que eu olho bem assim, tá assim, vejo aquela coisa rindo pra mim assim, boca vermelha, bem vermelha. Mas isso eu conto o que que aconteceu pra mim. Veio cum aquela cara vermelha, aquela boca vermelha assim. O senhor sabe, aquilo o meu cabelo fez: fooooo! Meu corpo virou uma espuma, eu representava que meu corpo era... Urinei todo na calça! Voltei, num falei nada. Abri a porta, deitei na cama todo mijado e deitei e fiquei lá deitado. A mulher viu assim, passou a mão no revólver e guardou. Num falei nada. A mulher conta que diz que eu tava: tá tá tá tá! [Treme a mão.] Na hora deu uma coisa assim, meu corpo parece que eu tava nu, sei lá! Ou tava como lá! Meu corpo parece que era uma espuma, sabe? Fez assim: uoooo!

Esse é um caso que passou comigo. Ah! Nunca mais cê vê eu saí? Num saio, eu tomo pinga aqui dentro de casa... Num saio nem lá, mas num vou num bar, num...

José Aristeu:[8]

Era a diabinha que ele tinha pedido. Era feia é?

Vadô:

Puta merda! Aí outro dia eu falei:

– Mulher! Mas esse foi o ensinamento que eu tive, de tanto falar que eu queria a diaba, né?

E esse aí apareceu pra mim, falando! Aí ela falou:

– Ah! Esse é o diabo mesmo, de tanto cê pedir, cê ficar nisso, era tudo! E por que que cê num conversou cum ele?

Eu falei:

– Ah! Num deu tempo, né? Num deu tempo de eu falar cum ele!

Ah! Mas fiquei são, mas tudo urinado! Assim mesmo deitei na cama e fiquei quieto. A minha mulher diz que olhava assim pra mim, diz que eu tava tudo tremendo. É, esse causo que aconteceu comigo!

---

8 José Aristeu da Silva Nasceu em Poconé, em 1930. Morou em diversas fazendas, exercendo atividades como peão praieiro e empreiteiro. Há mais de vinte vinte anos reside em Corumbá. A entrevista foi realizada na residência de Vadô, seu primo, no dia 25 de fevereiro de 1997.

FADA[9]

Por Dirce Padilha[10]

Sem ser o currupira e o saci, existe mais uma. Só que ela é... como que se fala? É uma fada! Lá na fazenda do meu avô, ele saiu pra caçar, porque meu avô já faleceu. Faleceu já tem uns três meses atrás, sabe? E ele tava contando pra nós que ele saiu pra caçar, ele mais um colega dele, né? Pegaram dois cachorro e foram pra caçar caititu, que tava batendo muito, comendo muita mandioca, sabe? Aí, foram. Aí, chegando lá, o caititu entrou dentro de uma loca, sabe? Uma loca assim, vamos dizer, essa casa aqui [aponta para os arredores da casa], só que a portinha pequititinha, sabe? Onde eles entram tudinho lá pra dentro. Aí, meu vô entrou baixadinho, baixadinho. Deixou a espingarda dele lá fora com o colega dele, né? E entrou junto com a garrucha dele, né? E a faca na cintura [põe a mão esquerda para trás como se estivesse pegando uma faca]. Aí, ele entrou pra dentro da maloca e viu que tava tudo limpo, sabe?! E o meu avô não sabe pra que onde foi o catitu, não sabe pra onde que entrou, né? Ele viu ele entrando ali dentro daquela loca. Aí, diz que ele falou – cansado que tava, viu uma pedra assim do lado, né [aponta para direita], tudo limpinho!

– Vou sentar aqui um pouquinho, vou tomar um fôlego, né?

Cansado de correr atrás de bicho, né? Ele sentou e ficou assim [muda a expressão, como se estivesse curiosa]:

– Uai! Tudo limpinho aqui! Parece até que mora gente aqui [ar de interrogação], né?

E ele falou assim, né? Num tom alto, né? E ela virou e falou assim pra ele:

---

9   Mulher bonita e com poderes sobrenaturais. Aparece quando quer, por isso assusta as pessoas. É personagem constante nos contos populares, manifestando-se como boa ou má. Possui uma varinha de condão, com a qual realiza suas ações. Nos populares do Pantanal, entretanto, presentes na Parte II, ela não é registrada. Também não encontramos nenhuma menção sobre ela na literatura regional.

10 Dirce Campos Padilha é descendente de índio guató. Nasceu na baía do Mandioré, por volta de 1968. Na adolescência foi estudar na cidade, onde reside até os dias atuais. É dona de casa e filha de Natalino Justiniano da Rocha, outro entrevistado. Não chegou a completar seus estudos. A entrevista foi feita em Corumbá, em 9 de outubro de 1995, e tem a duração de 2 horas, aproximadamente.

– Uai! você está aí?
Ela falou, né? Eu acho que talvez ela não apareceu pra ele naquela, porque ele tava armado, entendeu? Deve ser, ou ele alembrou da faca na cintura, ou alguma coisa, né? Talvez ela queria falar com ele, ela era dona daquele lugar. E ele só escutou a voz, sabe? Voz de mulher! Porque fada encantada aparece quando quer, né? Aí, ele assustou e falou:
– Uai! Quem que é? Quem tá aí, né?
Aí, diz que ela ficou quieta, enjoou de chamar, mas ninguém respondeu, sabe? Ele só escutou neste tom, sabe? Diz que era uma voz. Uma moça muito bonita, sabe? Pela voz tão delicada! Aí, diz que ele saiu pra fora, comentou com o amigo dele:
– Lá mora uma moça, porque perguntou 'cê tá aí?', né?
Aí, ele saiu e voltou pra casa, ele falou:
– Eu vou voltar noutro dia, né?
Diz que ele foi lá, menino, enjoou de procurar o lugar onde ele foi, não encontrou mais, não encontrou! Talvez vai ver que era só pra ele, né? E ele não devia de ter comentado com outra pessoa, né? Enquanto não soubesse.

LOBISOMEM[11]

Por Airton Rojas[12]

Olha, assombração, eu nunca vi, né? Mas muitas pessoas conta assim, mas eu, pra falar a verdade, nunca vi a tal de assombra-

---

11 O lobisomem persegue as pessoas, assustando-as, ou rouba as carnes que ficam dependuradas no varal para secar. Acredita-se que, quando um casal tem sete filhos, o que não foi batizado se transforma em lobisomem. Alguns o associam a um cachorro grande, peludo e com poderes sobrenaturais, que desaparece e aparece quando quer; outros falam de um homem grande e peludo. Geralmente, aparece em noite de lua cheia, na sexta-feira. Câmara Cascudo registra-o em várias obras (1972, 1976, 1983b) e refere-se a ele como um "mito universal", que aparece em relatos da Idade Antiga. Vários dados sobre lobisomem estão presentes na literatura brasileira e regional. Nos apontamentos de autores mato-grossenses, ele se apresenta como uma pessoa anêmica, que invade os cemitérios para se alimentar de cadáveres. Rubens de Mendonça (1969) acrescenta que ele aparece na cor amarela ou preta.
12 Neto de paraguaios, nasceu no Porto da Manga em 1940. Morou em diversos lugares do Pantanal e atualmente reside na cidade de Corumbá. Exerceu várias

ção. Pior que eu andei nesse mundo! Viajei muito à noite, não vi nenhuma. Pessoas falava em tal lugar lá, parece num sei o quê. Parece num sei o quê! Eu cruzava e nunca vi, nunca vi! Agora sei que já aconteceu comigo, eu tinha ido no Porto da Manga. Aí então, tinha uma namorada. Montei no cavalo. Eu vinha todo dia e ficava. Aí então, eu vinha de lá uma hora, duas horas da madrugada, porque eu tinha que trabalhar no outro dia, né? Aí, quando foi um dia, eu saí de lá mais ou menos uma meia-noite. E tinha um mato pra atravessar, passar na estrada. A estrada de pó, estrada de bitola, sempre tinha bitola de carro. E eu andava só de galope, meu cavalo andava só de galope! Lua clara, rapaz, e ele vinha de galope e tinha luar grande, pra lá tem muito luar grande, né?

Aí então, quando vai nesse mato que eu escutei aquilo assim, que nem um cachorro que vem correndo, que vem com aquela canseira, né? Que eu olho assim, eu vi o cachorro! Um cachorro grande, no costado do cavalo assim, por exemplo, uma estrada que é bitola, uma estrada aqui, outra ali, assim [aponta para o chão indicando duas bitolas]. Largura do carro, ele do meu lado!

Aí, de onde apareceu esse cachorro? Não me deu medo nem nada. Eu sei que era peludo, tipo assim, quase como desse pastor alemão, só que era grande mesmo! Aí então, ele vinha, olhando pra ele, tinha hora me dava vontade de arrancar do revólver e dar um tiro nele, né? [Risos.] Falei:

– Bom, não mexeu comigo, vamos embora!

Aí, uma hora não sei o que que me deu, falei:

– Vou ver se é cachorro mesmo!

Pois eu joguei o cavalo pra cima dele assim, pois ele ali com o olho assim, pareceu do outro lado! Falei:

– Ai! Ai!

Mas continuei.

E tinha uma porteira pra passar. Pra chegar até aquela porteira. Ele sumiu assim, num piscar de olho. E sumiu! Bom, e não

---

profissões: mascate (no Pantanal da Nhecolândia), condutor de gado, pescador, guia turístico e, à época da entrevista, porteiro. É católico, mas se diz não praticante. Sua esposa é evangélica e conta freqüentar alguns cultos. Foi para a escola, mas não chegou a completar o primário. A entrevista foi gravada em Corumbá, no dia 5 de julho de 1996, e tem a duração de cerca de 2 horas.

apeei pra mim abrir a porteira, eu só de a cavalo mesmo. Encostei o cavalo, abri ela e passei e fechei.

No que galopei, outro pedaço assim, parece o cachorro de novo! Aí, eu tinha já chegado na porteira, pra chegar na divisa do campo lá de casa. Cheguei lá, passei na porteira, mas não apeei do cavalo, abria montado e fechei, e continuei a galopear pra chegar nessa porteira. O cachorro sumiu também!
 Lá adiante, aparece o cachorro! Mas ele não fazia nada e também não mexia comigo. Pra chegar em frente de casa tinha uma cancela. Aí, já limpo, né? Pelo gramado que fala, né? Ali já limpo, perto da fazenda, pra chegar ali o cachorro sumiu. Aí, apeei do cavalo, abri a cancela, passei. Aí, tirei uma água do joelho ali, que foi pra mim montar nesse cavalo. Quem disse que esse cavalo deixava encostar nele?! Cavalo manso que eu assobiava pra ele, ele vinha assim, não deixou eu encostar! Também não fiz questão, peguei ele, puxei, tinha um lugar certo da onde desarreava ele.
 Aí, desarreei ele, desarreei ele assim, ainda bati a mão assim, no pescoço dele [como se estivesse afagando o cavalo] pra ele sair dali. Mas quando eu bati a mão no pescoço dele, deu um assobio que aquilo me levantou pra cima! Eu vou falar pro senhor, num vi! Daí, não vi mais nada! Só vi esse assobio e acabou! Mas esse é uma coisa que eu digo, só a única coisa de visão, que eu vi, foi isso! Agora o que que era eu não sei! Nem idéia.
 Era que nem um cachorro, eu desconfiei que quando eu joguei o cavalo pra cima dele, pra ver se ele adiantava. Galopeava, às vezes, apurava meu cavalo. Aí, ele nem me passava e nem atrasava também. Se eu atrasava o galope, eu atrasava a corrida dele, ali do meu lado.
 Não tenho idéia do que que era!

Por Vandir da Silva[13]

Esse aí eu ouvi falar, agora será que... [riso]. Eu ouvi falar de um tio meu. Sabe que aqui na Alegria, acho que foi na Alegria sim,

---

13   Vandir Dias da Silva nasceu na fazenda Paraíso, Pantanal da Nhecolândia, em 1957. Morou a maior parte da vida em fazendas, exercendo a profissão de peão de boiadeiro, inclusive tendo conduzido gado para diversas regiões. Atualmente é funcionário da Embrapa, na fazenda Nhumirim ("morro-pequeno" em guarani). Visita sua família uma vez por mês em Corumbá. Não chegou a completar

ele tava atirando, diz ele, matou, diz que um porco. Daí, desceu o porco assim, na carreta. Ele que falou, né? Desceu o porco na carreta, e tava desencilhando o cavalo, e quando ele olhou assim, um cachorrão arrastando o porco. Assim sabe? Aí ele pensou que era cachorro. Olhou assim [olha pra trás], num era cachorro. Aí, saiu correndo daquele cachorrão peludo assim, né? Aí que diz que ele foi ver, num era cachorro! Era um bicho peludo, né? Aí que a turma falaram pra ele que era lobisomem. Eu nunca vi lobisomem, eu já vi contar. Conta história muito, né?

Por Raul Medeiros[14]

Eu vou contar uma história também, pro lado de Miranda, eu morava na fazenda com um tio meu, a fazenda chama Santa Rosa, e um rapaz, que ele tinha família, casado, era criação do meu tio, a mulher também, tinha uns três ou quatro filho, mas ele sempre ia na aldeia, da aldeia aí na Santa Rosa era quatro quilômetro, sujeito de coragem, corajoso mesmo! E tinha um picadão mais ou menos de uns oito metro de abertura na bera da cerca, a estrada era um picadão, cavalo dele bom, revólver bom, faca boa... E o sertanejo tem que ter pra andar no sertão, aqui proíbe arma, devia proibir esses ladrão, que tem aqui em Corumbá, de andar armado, bandido anda armado aí na rua, ninguém importa, agora na fazenda o camarada é obrigado a andar armado: uma faca boa, um revólver bom.

Então, ele, cavaleiro bom, vinha indo. Lá adiante apareceu um cachorrão na frente dele, um touro, um touro, um touro. Ele abria a porteira, ele mesmo voltou e falou:

---

o primário. Sua entrevista foi feita na fazenda onde ele trabalha e reside, no dia 15 de julho de 1997, e teve a duração de 1 hora e 30 minutos, aproximadamente.

14 Nasceu em Nioaque, no ano de 1915. Morou a maior parte da vida no campo, onde trabalhou com gado, conhecendo diversas regiões do Pantanal, principalmente a da Nhecolândia, onde morou por muito tempo. Dentre seus avós há índio, paraguaio e gaúcho. Desde 1959 tornou-se evangélico, mas antes era católico. Mora na cidade e ainda conduz gado. A entrevista, uma das mais extensas, está dividida em quatro partes: a primeira feita em 23 de setembro de 1995; a segunda, em 28 de setembro, a terceira, em 5 de outubro; e a quarta, em 7 de novembro. Todas, exceto a terceira parte que foi gravada nas fazendas Novo Horizonte e Rodeio, foram feitas na residência do entrevistado. A duração da entrevista é de 4 horas e 30 minutos, aproximadamente.

— O que será que esse touro véio tá fazendo aqui na espinhela hora dessa, na picada?
Aí, transformou num cachorro, num cachorrão policial. Esse espinhel uma hora dessa, esse cachorrão grande avançou nele! Quando avançou nele, ele atirou o cachorro, atirou, atirou, deu seis tiro, deu tiro aqui, o cachorro tá aqui, atirava aqui, o cachorro tava aqui [move o braço alternadamente para os lados]. Seis tiro ele deu no bicho, quando ele atirava aqui, ele tava aqui. Então, ele falou:
— Agora acabou as balas!
Ele falou assim:
— Agora eu vou ter que usar a faca, né?!
Aí, tirou a faca, né?
— Eu num vou correr dele, eu tô aqui mesmo!
Aí, entrou no mato e sumiu, mas ele num voltou, seguiu pra frente. E várias pessoa tava lá na fazenda e escutou tiro lá perto, daí uns mil metro mais ou menos. Aí falaram:
— Isso num é briga, isso é alguma coisa tá acontecendo!
Tiro de briga é mais rápido, o tiro né? São pra poder saí mais rápido o tiro. E acho que até num serve essa coisa de ficar muito afobado pra atirar, porque tem que atirar também quando tiver devagar. Essa, muito afobado, acaba a bala e num adianta nada. Então, foi isso que eu já ouvi falar e que aconteceu lá na fazenda! Tem o tal de lobisomem, eu nunca vi graças a Deus. Tal do lobisomem, tem andado bastante aí.

Por Silvério Narciso[15]

O pessoal conta causo de lobisomem, né? Mas nunca ninguém viu mesmo, né? Mas sempre falaram, né? Eu conhecia um

---

15 Silvério Gonçalves Narciso nasceu no Pantanal do Abobral, município de Rio Verde (MS), em 1940. Sempre realizou trabalhos com gado ou ligados à administração de fazendas. Diz sser católico não praticante. Não chegou a completar seus estudos. Reside na fazenda Leque, Pantanal da Nhecolândia, onde foi realizada a entrevista. Ela está dividida em duas partes: a primeira, feita em 16 de julho de 1996; a outra, no dia seguinte. O tempo de duração é de 90 minutos, aproximadamente.

rapaz que tinha o nome de Dionísio, que diz que ele virava lobisomem, né? Uma vez, diz que ele aperseguiu um rapaz que tava vestido, eles falava "baia", tipo um pala assim, um poitã que tinha, vermelho. E diz que o cachorro perseguiu o rapaz que tava vestido desse negócio. Aí, no outro dia, eles tão conversando com ele, foi olhar no vão do dente dele, tava cheio de pedaço do pala.

– Que negócio é esse? Isso no vão do dente, né?

O cara jogava o pala pra ele e ele mordia o pala, né?

– Isto no vão do dente, né?

Então, diz que ele jogava o pala nele assim [mexe o braço esquerdo para frente], ele mordia o pala, né? Então, por esse intermédio os cara aí descobriram que ele virava, era ele o lobisomem. Ele virava um cachorro, né? Era igual um cachorro andando. E ele era um homem muito esquisito, nossa! Ele num ajudava ninguém, ficava dum lado lá... Ele era pelado assim, dos dois lado [aponta para o cotovelo e depois para os joelhos]. Lobisomem, né? De andar assim. Um homem muito esquisito assim, num tem jeito, sei lá, vivia só escondido, só.

Até o rapaz, que é o meu concunhado, é o filho dele, sempre eu toco nesse assunto com o rapaz e ele fala:

– Ah! Num sei disso não!

Aí um dia ele falou:

– Não, o pessoal falava que sempre, o meu pai, ele virava lobisomem mesmo!

Diz que o lobisomem vira assim, né? Diz que o cara, já tem aquele troço que leva ele, sei lá, o espírito ruim, um troço, ele rola, né? No galinheiro, rola ali e já sai ali... Um bicho já. Diz que ele tem que andar sete légua e voltar sete, aonde ele tava, aonde ele mora. Aí, quando ele voltar as sete, ele volta tudo normal de novo. Assim que contam, né? Eu nunca vi esse lobisomem, nem quero ver.

Por Vadô

O causo é o seguinte: comigo aconteceu assim na fazenda, eu tomei conta da fazenda da Candelária, eu tava em São Camilo

depois vim pra Candelária, eu fui tomar conta da fazenda Candelária. Bom, lá eu trabalhei, tomava conta de duas fazenda, vinha pra cá, ia pra lá. Tô trabalhando e tal e coisa... Eu, o dia que eu caminhava na fazenda tinha um despacho no varal da carne. Aí o pessoal:
— Mas como que é?
Porque o gerente da São Camilo, que era o Benedito, achava:
— Mas o Vadô então tá vendendo carne, tá trocando por cachaça!
— Mas como? Eu sou criação da firma. Sou o homem da mais confiança que existe nessa firma, sou criação!
Aí bom. E tal e não sei que coisa...
— Era a Marquesa que está comendo esta carne! A Marquesa!
A Marquesa era uma vaca de Maria Udina, uma vaca velha. Quando ele comprou a Candelária, meu patrão Nesinho comprou a Candelária, eu vi que como num tinha vaca pra mim, trouxe essa Marquesa, que eu podia tirar o leite aí na porta! Aí na porta que tirava o leite. Bom, eu disse essas coisa e sumia essa carne.

O vaqueiro carneava, dava três dia, noutro dia num tava mais. Aí eu fui, falei:
— Mas como que pode ser meu padre!
Eu trabalhava com um senhor lá que era meu compadre, chamava Pico, seu José Mário.
— Mas como que tá sumindo esta carne? E não, é porque tal coisa, tal coisa tá sumindo...
Falei:
— O compadre, vamos suspender esse varal lá em cima [ergue os braços]. Vamos suspender!
— Ah! Sim!
E suspendemos. Depois que a carne já estava bem enxugada. Tinha a casa aonde eu morava a primeira vez, depois que eu comecei a tomar conta, eu passei pra casa grande e ele ficou naquela casa, que era o único meu companheiro, né? Que tinha ali na fazenda. Bom, ele morava mais embaixo, meu compadre, e eu mais em cima assim, do morro. Bom, pusemos a carne lá e tal... Jantamos e tal... Conversamos e tal... Jogamos baralho.
— Vamos dormi!

– Vamos dormi!
E é fazenda e tal... tem que correr essa cerca. Bom, aí fomos, ficamos tudo acomodado. Aí, antes disso existia – eu já tô conversando o senhor – existia um velho na beira do rio, esqueci o nome dele. E tem o Satu, que é o maior enfermeiro aqui de Corumbá, que até era parteiro! Fazia parto, essas coisa, que era dono do porto. Tinha o porto Candelária e tinha o porto do Satu onde nós pegava a carga, né? E sempre eu ia lá, o Satu falava assim:
– Olha Vadô, cê sempre vai na casa daquele homem lá, esse homem vira lobisomem!
Falei:
– Mas onde que já se viu, um homem virar lobisomem! Como é que pode virar? Se eu podia, eu virava Jesus Cristo!
Falou:
– Você num viu mas tem!
Falou:
– Cê num pode virar Deus, mas tem homem que vira lobisomem!
– Num tem!
– Tem!
Mas seu Satu é um homem sério, é um homem que, mais ou menos eu tava com vinte anos, vinte e cinco anos, ele já era um homem de cinqüenta e poucos anos, sessenta anos. Era o melhor farmacêutico que eu já conheci aqui de Corumbá! Que ele era, né!
– Então, você num tá me acreditando, Vadô?!
Falei:
– Não, tô acreditando. Tudo bem! Eu tô acreditando que existe esse caso, mas eu vou com ele ali!
Mas eu mesmo, na minha pessoa, eu num acreditava aquele caso. Falei:
– Como que pode ser um homem virar lobisomem?
Bom, aí fiquei com esse Pascoal, o nome dele chama Pascoal. Eu lá na Candelária, quando vinha ver a minha tropa, que era no Pantanal, fazia confinada com o seu Satu, que eu tinha rês, tinha boiada, essas coisa que vinha salgar. Eu chegava na casa dele, porque eu num tinha uma mandioca, num tinha uma coisa e ele tinha

tudo lá no porto, né? Tudo lá na casa dele. Antigo! Morador há muito tempo. Então ia lá, colaborava com ele, mas eu levava um pedaço de carne. E ele comendo só peixe, pescando só peixe no rio, falou:

— Mas eu já tô enjoado, seu Vadô, de peixe! Senhor traz uma carne, aí o senhor leva, né?

Bom, uma mandioca, uma verdura eu até levava, uma rapadura, ele fazia num saquinho.

Vai que vai, foi quando aconteceu isso. Que eu suspendi a carne e depois a carne secava eu levava pra outro quarto aonde morava esse companheiro meu, que era meu compadre, chamava Antônio. Então, pra guardar a carne, quer dizer, dormir aqui, lá tinha outra sala lá. E casa de fazenda é coisa assim, de barraco. Então ninguém coisa, né? Então tudo bem. Eu tinha a sala pra arreceber os patrão quando chegava. Meu patrão que era que me criou, que era pai do doutor Fernando, do doutor Nesinho, né? Então, tinha casa lá e morava lá com minha mulher. Aí eu falei:

— Vamos pôr essa carne pra lá!

Pus essa carne pra lá. E antes de pôr essa carne, eu tinha ido no porto, antes da carne secar. Conversei bem com o homem lá e tal... Ele falou:

— Oi seu Vadô, tá tudo bem?

Quando vi, soltava um pedaço de carne pra ele e coisa e tal... Aí, quando foi um dia lá, uma sexta-feira, sei lá? Eu escutei um grito do meu compadre, eu tava querendo dormi:

— Aoooh compaaaadre! Compaaadre!

Falei:

— Que que foi compadre?

— O lobisomem tá aqui me atropelando!

Falei:

— Mas aonde que esse lobisomem?!

Botei meu revólver na cinta, peguei uma vinte e dois e tem o cachorro que chamava Isquentão, cachorro brabo! Aquele cachorro, puta que pariu! Eu tinha uma dó desse cachorro. Saímos. Ele falou:

— O lobisomem tá batendo aqui em casa!

Fomos. E eu botava uma lanterna assim, eu via um troço preto, comprido, mas num sabia dizer o que que era! E botava a lanterna assim, com a vinte e dois, falei:
– Mas eu vou matar! O que que será?
Porco num era e fica naquela dúvida. Mas eu num achava ele no ponto. E eu com medo de atirar variando, acertar um cachorro daquele, né? Num podia ser assim! Então, tinha a cerca de piquete e um acurizal muito grande na estrada que vai pro porto, e esse bicho com esses cachorro ganharam aquele capão. Falei:
– Ah! Este tá roubado!
Ele falou:
– Num adianta ir lá que esse é o lobisomem!
Falei:
– Num é! Mas que lobisomem!
Viemos:
– Ah! Coisa e tal, que num sei o quê... é lobisomem compadre!
– Quando que vai ser!
Bom, tudo bem. Eu já tinha ido na casa desse homem, conversando com ele, nessa semana. Na outra semana que eu ia lá. Ia levar um pedaço de carne pra ele, e eu ia trazer uns quinze quilo de mandioca, tudo bem. Mas acabou aquele assunto de lobisomem, acabou tudo aquilo.

Quando foi a outra semana, eu falei pro compadre:
– Pico, vamos levar um sal pras tropa lá. Vamos apartar uns boi aí, nós precisamos de tropa gorda, vamos levar um sal! E vamos levar uma carne lá pro seu Pascoal, de lá, nós trazemos uma mandioca e nós passamos no porto do Satu, compra uma pinga lá e nós vem aqui no Pedro João – que é lugar que dava muito peixe – nós vamos pegar um peixe e vamos embora. Nós vamos comer essa mandioca, com esse tal de pacu e coisa e tal...
Bom, tudo bem! Quando eu cheguei lá na casa do homem, a cachorrada do homem saiu atrás de mim: au-au-au-au! E ele tinha um filho que mancava duma perna. Aí ele retrucou assim:
– Quem que está aí?
– É o seu Vadô papai.
Que era eu, né? Ele falou:

– Fala pra esse homem num pisar aqui no meu terreno, que eu num quero nem ver a cara dele!
Aí, meu compadre falou:
– Viu compadre, ele é o lobisomem mesmo!
Aí que veio aquele remorso em mim, acreditei no tal do lobisomem! Uma coisa que eu acreditei! Porque tava todo legal o homem. No fim de semana lá, eu conversei com o homem, tava todo alegre. Aí eu:
– Tá tudo bem! Num quer ver eu no terreno dele, aqui é propriedade dele, eu vou!
Peguei a carne, meu cavalo, fui até o Satu:
– Vou comprar uma pinga ali no Satu. Já pegamos peixe, vamos levar em casa pra comer! Nós come lá com farinha, sei lá o quê...
– Tudo bem!
Eu queria uma mandioca e num tinha, minha mandioca tava pequena. Eu tinha plantado, quando foi, eu dei mandioca pra todo mundo.
Aí eu vim, falei assim:
– Saturnino!
Ele falou:
– Que é?
– Eu tenho uma carne aqui pra trocar com mandioca, mas eu levei na casa do Pascoal, o Pascoal assim...
Aí contei o caso pra ele.
– Pois eu num falei pra você que ele virava lobisomem!
Aí que fiquei. E agora que eu quero que uma pessoa me diga, sabe seu... Eu sou um homem que contou as coisa, eu tô falando pro senhor. Como que este homem podia? Se num tinha ninguém, eu com meu compadre lá dentro da fazenda, sem ninguém, uma fazenda do outro lado, Candelária que chama aquela fazenda, que é do doutor Venâncio hoje em dia. Aí, eu vou no porto, sem ninguém saber, num foi publicado nem pro doutor Joaquim, não foi na fazenda Marilândia, que é do doutor Joaquim. E aí então, como é que pode surgir esta conversa? É uma coisa bem esquisita! Isso que num entra na minha idéia, uma coisa assim! E teve esse bicho! Teve esse bicho assaltando a porta. E eu saí cum a lanterna, num consegui atirar ele com vinte e dois! Meu revólver é bom, tem dois tiro, mas eu num consegui ele. Fugiu pro acurizal.

Bom, isso lá pra mim acabou tudo, agora já era.
– Como que pode um homem? Um lobisomem! Mas, um homem, acho que num pode virar? O quê?! Virar lobisomem? Quem dera eu poder virar Jesus Cristo! Mas assim, eu falando, né? Eu falando. Bom, tudo bem. Mas isso acabou entre nós ali. Só entre nós ali na fazenda, que num tinha ninguém pra saber e nem pra publicar pra ninguém. Era entre nós! E quando eu fui com esse pedaço de carne, como nós tinha combinado, e quando chegou lá, esse homem falou que não queria ver eu no terreno dele! O homem ficou zangado comigo e ficou brabo mesmo comigo! Porque ele é o dono e:
– Some daqui! Bota cachorro nele!
O cachorro, aonde que eu ia botar cachorro? Pra matar cachorro eu amarro o bicho. Trinta oitão, ia matar todos os cachorro dele. Só que eu também não ia fazer isso, sou um homem delicado. Tudo bem, né? Mas o meu compadre falou:
– Esse é o lobisomem!
E nós já tivemos a notícia de que ele virava o lobisomem. E nessas hora, eu acreditava na notícia de que virava lobisomem. Porque num tem...
E se existiu aquela coisa de ser lobisomem, era um lobisomem que virava então! Quer dizer, que o homem tinha poder de virar lobisomem. Mas existe, esse caso é assim! Eu conto pro meus patrão:
– Mas, Vadô, cê tá...
– Mas existiu esse caso comigo! Existiu! Esse caso existiu! Assino, escrevo, borro – falando – corto meu pescoço, corto tudo, mas é um caso que existiu na minha vida. Esse caso!
Era um bicho preto. Falar pro senhor, eu falar que eu vi a cara dele assim pra mim, olhando pra mim, não, num vi. Eu via ele, era um tronco preto, comprido, orelha grande. Os cachorro ia nele assim, ele batia em todos os cachorro assim, botava a vinte e dois nele e eu... Mas quando botava a vinte e dois nele, o cachorro subia nele pra acudir. A cerca era perto, mais ou menos cento e cinqüenta metro, e foi indo, foi indo, foi indo até ele ganhar o mato.
Eu falei pra ele:
– Vamos atrás dele?
Ele falou:
– Ah! Não! Dessa coisa preta num vamos entrar atrás dele!

E ele foi indo assim, onde que ele pegou essa estrada do porto. Pegou a estrada que nós ia no porto. Pegou a estrada...
Então, como que podia ser isso? Eu, se era um homem feliz, que acreditava nessas coisa. Bom, como eu tô dizendo, aí lobisomem, lobisomem. Mas eu, num tô acreditando, né? Aí eu pensava besteira:
– É urso? É coisa de urso?
Mas num é, porque na vila num tem urso, essas coisa, né? Quis enganar, depois eu até num dormi a noite inteira. A mulher dormia e tal e coisa... e eu ficava conversando cum a companheira dela, chamava Dominga, e conversando... De vez em quando falava:
– Eh compadre!
E eu já pulava, já pulava e já pegava a quarenta e quatro, rapaz!
– Agora vou matar cachorro, vou matar tudo!
Bom, aí logo veio a madrugada, todo mundo dormindo, aí veio a madrugada e tal... Aí foi tomando meu mate, tomei o meu mate, depois falei:
– Mas como compadre?
Eu falei:
– Mas como? Como que pode ser? Essa pessoa virar lobisomem? Ah! Eu num vi! Num vou achar que eu vou virá o quê?
Ele num virava toda noite, ele num batia lá toda noite, era só na sexta-feira. Sexta-feira que ele ia. Quando carneava, às vez passava aí. Mas quando eu carneava e deixava a carne quarta, quinta, na sexta-feira pra recolher – porque a carne tem que tomar sol! Cê estuda negócio de fazenda, cê estudou como tomar sol e tal. Aí sumiu uma manta de carne. Aí ele falava que era essa vaca que era da Matildinha!

MULHER DE BRANCO[16]

Por Vandir da Silva

Tem algum mentiroso que conta [risos], num representa, mas é. É, tem gente que tem muita história, sabe? Eu mesmo tenho

---

16 Mulher que se matou ou que morreu na hora do parto, e permanece no local assustando pessoas. Há muitos relatos sobre ela na literatura regional. Está

história, mas eu num sei nem contar como que era, mas tem muitos que chega na pousada, né? Jogam vira-bacha, jogam truco, né? Que jogam muito isso aí, né? Aí, começa, um já começa mentir pro outro. Conta história, outro já começa contar história da dele, mas isso é piada, né? Tem algum que é verdadeira. Outros acontece mesmo! Que a pessoa conta a verdade, né? E outros conta só pra sacanear com outro lá. Dando uma mentira ali, então usa isso aí muito. Conta piada, e nessa estrada assim, ou mesmo conduzindo o gado, viajando assim, um conta piada pro outro do lado de lá – "O Fulano..." – assim por diante! Vai indo e vai contando piada, até divertindo, né? Maioria só assim lá. Mas assim, que tem gente que conta história, tem! Por exemplo, aquele seu Sebastião [refere-se a Sebastião Coelho] que tava ali, aquele tem muita piada. Ele conta piada [risos]. Aquele conta. Tem piada grande mesmo! Como diria: é contador de piada.

Tem história bastante de assombração! História de assombração tem. Ah! Tem muito. É, lá onde eu trabalhava mesmo tinha uma fazenda, eu nunca vi, mas todo mundo contava. Um próprio primo meu também viu uma mulher que vinha dum cemitério pra um pé de figueira, mais ou menos uns setecentos metros. Ela saía, passava em frente de um galpão, onde a gente dormia, passava a mulher de branco, vestida de branco. Passava e ia esconder nos pé de figueira.

Quando foi um belo dia, meu irmão e meu primo ia chegando, viu aquela mulher, bonita! Aí falou:

– Puta que mulher bonita!

Achou que era mulher dum peão lá, né? Falou:

– Uai, que se tá fazendo aqui?

Falou pra ela. Aí, tentou seguir ela, tinha uma açougue mais assim, próximo né? Ele tentou seguir ela, seguiu ela um pedaço, quando ele andou uns cinqüenta metro, ela virou assim, a cara dela era só um oco, num tinha! Só aquele osso, só na cara dela. Aí quase caiu desmaiado!

---

geralmente associada a visões ou a almas "de outro mundo", que voltam para punir os pecadores. Sua forma é sempre de um vulto branco, como se a mulher estivesse vestindo uma longa saia.

Ele ficou assim, meio sem falar. Voltou, deitou na rede dele. Aí, outro viu ela sumindo, depois disso, o outro cara viu ela sumindo no pé de figueira.

Por Roberto Rondon

Eu já vi uma vez assim, era um tipo de uma mulher. Eu tava sentado na cama assim, apareceu uma mulher de cabelo comprido. E aí, eu num fiquei assustado não, porque aqui antigamente chamava "saia branca", aparecia uma mulher de branco, todinha de branco...

Fazia nada, aparecia pras pessoa aqui, toda de branco assim, saia branca, que chamava de vestido branco assim, cabelo comprido, mexia cum ninguém, parecia assim pra pessoa, via ela assim, tipo uma imagem, no rio, parada no alto, tipo uma santa assim, de grinalda. Bonita! Mas nunca fez mal pra ninguém, aparecia assim.

Ah! Ela é um troço assim, que eu num tenho nem imaginado, posso imaginar da onde que ela vem. Eu acredito que ela aparece assim, de repente aquele vulto, sabe? Tipo aquela imagem assim, de repente, que ela num prolonga muito tempo, sabe? Ficar prolongado o tempo assim. E se a pessoa vir assim, ela parada, se ficar olhando, tá quieta assim, tipo uma imagem mesmo, sabe? Parada, num conversa nada. E também, se a gente num perguntar nada, também, né? Ela fica parada, olhando pra gente assim. Olhava, ficava, né? Aí, cê via ela e num falava nada, ela ficava ali. Quando você virava as costa, ela sumia.

Diz que talvez pode ser alguma mulher que morreu antigamente aqui, cum o negócio de parto, né? Porque antigamente tinha isso, né? Mulher morria, dificuldade de condução, era difícil, né? Então, morria a mulher e a criança num agüentava, e morria, né? Então, enterrava por aí mesmo e aquilo fica. Então, acontece pra ela, pra aparecer uma assombração, mas num é, muitas vez aquela alma tá sofrendo, ela quer uma missa, pra pessoa celebrar missa pra ela, pra pagão... como se diz? Aquela alma pagão, né? Então, ela quer sair daquele sofrimento que ela tá ali, ela tá pedindo pra alguma pessoa que teve a coragem, pra fazer aquilo por ela. Aí, ela pega, eles pega o lugar dela, onde que ela merece. Aí, ela se livra, né? Ela num aparece pra ninguém mais, né? Eu acredito que deve ser isso, que fica aquilo ali. Tá penando, né? Aquela alma pagão, aí num aparece mais pra ninguém, que esse negócio que falam que aparece Sexta-Feira Santa, aparece tanta coisa, num sei o quê...

Por Natálio de Barros[17]

Aqui, bem aí nesse mangueral [aponta o braço para a esquerda], aí morreu uma moça suicidada. Ela era noiva, né? Toda a família não queria o casamento, porque o povo daqui é como morcego. Num sei se você já escutou falar? Povo do morcego: casa parente cum parente pra num esparramar riqueza. E aqui em Albuquerque é assim, num era riqueza, era pra num sair daqui. Aí começaram dar em cima. Já nos dia de casar, ela tomou veneno, suicidou. E eu puxava lenha de acha do Paraguai pros navio, quando eu ia passando, escutei uma gritaria aí:

– A fulana morreu!

Era pra morrer duas noiva, duas irmã aí. Uma tomou veneno, a outra não tomou. E ela ficou aqui nessa estrada, aqui [mexe o braço da direita para esquerda], vestida de noiva.

Quando é um belo dia, nós tamo deitado aqui, aí fora tava quente, num tinha energia, escutamos uma gritaria pra lá [inclina a cabeça para a esquerda]. Vinha um rapaz, meu vizinho dali, tonto, correndo na frente, gritando e a mãe e a irmã atrás dele. Pedindo, pelo amor de Deus que pegasse ele, né? Eu aparei ele aí. Corri aí na estrada, aparei ele. Peguei ele, falei pra ele:

– O meu filho, que que é isso? Volta pra trás, tá matando sua mãe!

---

17 Natálio de Barros Lima nasceu em Albuquerque, distrito de Corumbá (MS), em 1925. Filho de cearenses, trabalhou em atividades ligada à bovinocultura, estando à época aposentado. Reside onde nasceu. Sua religião é a católica. A entrevista foi realizada em 23 de julho de 1996, em sua chácara, e contou com a participação de sua esposa. O tempo de entrevista é de 3 horas, aproximadamente.

Ele desviou pra passar, eu pulei nele, agarrei ele [abre e fecha os braços]. Ele deu um salto pra cima, largou a cabeça no nariz, me quebrou o nariz. Aí, eu larguei ele. Sangue já tinha caído, né? Aí saíram cum ele, todo mundo, até a velha foi também, ela atrás dele lá. Ele caiu lá dentro e pegamos ele. Aí eu cheguei lá com nariz ensangüentado, com pano no nariz, falei:
– Agora ele vai me pagar!
Peguei, ele disse que era espírito que tava nele. Espírito de cachaça! Eu amontoei em cima dele uma hora, até acomodar. Aí, pegamos entre quatro e viemos trazendo ele. Aí, a Maria veio aqui em casa pegar um remédio pra mim, nós tava com ele deitado aí na baixada, a mãe dele, a irmã dele, mais um professor. Quando ela vai daqui pra lá, um sobrinho meu ia daqui pra lá, viu a mulher, esta mulher, esta mulher acompanhando ela [aponta o braço para sua esposa]. Aí chegou falou:
– Uai?! Mamãe não vem aqui!
Ela falou:
– Não!
Aí ele desconfiou, ficou quieto. Daqui a pouco ela pegou a mãe [refere-se a sua esposa] no braço...

Sua esposa:
Mas eu vi, eu senti. Eu num vi mas senti. Quando você encosta numa pessoa, você sente assim. Eu vinha vindo, quando eu vinha vindo, meu sobrinho tava junto com ele, eu vim pra pegar num sei o quê aqui. Duas laranjas, e quando andei um pedacinho, eu senti aquela pessoa, que encostou assim, meu corpo arrepiou! Aí eu comecei a rezar e vim embora!
Quando chegou bem aqui assim... Quando eles vinham vindo cum o rapaz, chegou neste lugar [aponta com as mãos juntas para o chão], que eu senti que ela me deixou, que eu senti que ela ficou, pegou a mãe do rapaz! Aí a mãe deu aquele grito, caiu lá, foi aquela coisa. Aí, teve que levar duas pessoa: levar a mãe e o filho carregado [risos]. Então, esse foi coisa que eu vi, foi a única coisa que eu vi na minha vida!

Natálio:
Esse meu sobrinho que viu ela descendo. Ele foi passear na casa do avô, que era meu pai, quando ele vinha de lá pra cá, viu aquela moça branca ali, bem há cem metro daqui. Aí ele falou:

– Alá! Uma menina dextraviada!
Quando ele chegou empariado com ela, ele viu, desconfiou que não era gente desse mundo, não. Mas o cabelo dele arrepiou [ergue as mãos sobre a cabeça], né? Quando ele empariou com ela. Quando ele empariou com ela, ele veio empariado com ela. Aí, o pé dele já não achava mais terra, ele levava o pé lá em cima e fazia assim [mexe os braços alternadamente de cima para baixo], e ela empariada com ele. Quando chegou nesse portão aí, que ele morava nessa casa aí de cima, ela falou pra ele:
– Foi a sua salvação!
Isso que eu tenho pra contar que eu vi, né?
Ah! Essas coisas assim, você não pode fazer o sinal da cruz. Que desmancha o patoá dele, né? Ele agarrou, tirou uma faca da cintura e pôs na boca, né? Ela falou:
– Foi a sua salvação, senão você ia ver comigo!
Aí ele chegou na casa dele, ele bateu na porta. Quando abriram a porta, ele caiu pro lado de dentro quase morto! Sem falar! Aí, vão pegar remédio pra ele. Passa álcool no nariz dele, até que cum muito sacrifício ele voltou. Aí, que foi contar a história, né?

Sua esposa:
Esse aí tem muita coisa, se esse rapaz viesse contar, cês ia ficar o dia inteiro. Umas coisa acontecido mesmo!

Natálio:
Aparecia vestida de noiva, chamava Estela o nome dela. Isso foi em 1948, 1947. Eu fui pro Exército. Saí no fim de 1948, foi logo que eu cheguei aqui. Não apareceu mais... Desde de que arrumaram aqui, que puseram a luz, sumiu, num apareceu mais, ninguém deu mais notícia!
Mas teve um professor aí, que disse que era enterro. Mas não era enterro! É a menina que morreu à noite. Armou uma rede bem aí, no meu quintal aí, pra ver se via ela, pra ela dar o enterro pra ele! Não viu nada!

Sua esposa:
Ela aparecia pra várias pessoa, viu? Ela passava a cavalo, ela montava na garupa de bicicleta... Esse da venda, né? Acho que foi ela que montou na garupa dele lá [aponta o braço para direita], deixou ele bem aqui de frente de casa! Isso era cedo ainda.

Natálio:
Esse que eu falei, que é muito velho também aqui. Ele saía aqui e ia comprar aí no Albuquerque. Quando ele chegou bem aí na baixada, ele viu que a bicicleta meio que atolou, ele pensou que furou o pneu. Ele olhou e tava ela na garupa dele. Aí, ele beradeou a cerca, porque as menina tão todas aqui, né? Ele:
– Certo ela vê aquele povo aqui, ela sai, né?
Mas ele não falou mais nada, acabou a fala dele. Aí, ele saiu aí. Quando chegou lá adiante [aponta o braço para a direita], ele perguntou até onde que ela ia. Ela não falou nada. Lá adiante ela desceu. Ele dormiu pra lá. Ele mora aí. Ele dormiu pra lá, com medo de voltar.

MULHER E OS LEITÕES[18]

Por Vandir da Silva

Meu pai também contou pra mim, uma vez, que lá na fazenda – é uma fazenda que ele trabalhava pra cima – diz que ele viu uma mulher que parece que abatia. Mulher que é... como fala? Aborta criança, sabe? Então, essa mulher abortava. Então, tudo as criança que ela ia ter, ela derrubava. Daí, diz que passou uns vários tempos, ela virou, passou a virar assim, porca. Diz que ela rolava assim, daí saía aquele monte de leitão atrás dela. Esse meu pai falou que viu, lua clara, diz que ele vinha vindo assim, diz que ele viu aquela mulher. Saiu assim. Chegou num pedaço assim. Rolou assim. Virou uma porca! Saiu aquele monte de leitãozada atrás dela!

Abortava as criança, quando ela via que tava perto de parir, derrubava. Então, ela abortava, sabe? Pra num mostrar pros pai. Aí, passou a virar esse tipo de bicho, é! E vinha vindo assim, já

---

18 Mulher que se transforma em porca, pelo fato de ter feito aborto. É acompanhada por leitões, que são os bebês mortos. Câmara Cascudo (1972) a registra como "porca dos sete leitões", e está associada ao diabo. Nos relatos regionais, porém, a que tivemos acesso, não encontramos essa ligação.

rolava, de repente ela rolava assim, virava uma porca. Saía aquele monte de leitão atrás dela! Esse meu pai contou pra nós.
Aí, diz que ele viu isso aí lá na... eu esqueci o nome da fazenda que ele viu, nasceu na beira do Taquari. Ele viu isso aí. Diz que uma mulher. Ele viu a mulher sair assim. Deitou. Já saiu cum um monte de leitão. Uma porca, ela, a porca, e o leitão.
Hoje, esse pessoal da antiga gosta dessas histórias, né? Aí, ele passa de pai pra filho, né? O filho tem algum que gosta, outros que num gosta, né? Tem filho que gosta, outro que não. Aqueles que gosta continua contando pra outro, né? Hoje já, acredito que daqui pra frente num... vai acabar isso aí! Porque os filho da gente, por exemplo, meus filho mesmo [risos], se eu contar pra eles, num credita, meus filho num acredita. Se eu falar pra ele, fala que é invenção, quer dizer, já têm estudo mais elevado, né? Que já têm outra cabeça lá, né? Que no livro já contou uma história diferente do que eu tô contando. Vai falar:

– Esse velho tá pensando pela batata da perna!

Hoje mesmo, meu pai, por exemplo, meu pai conta história pra mim, hoje eu mesmo falo assim:

– Mas será que é verdade?!

Por Manoel de Carvalho[19]

Olha, eu vou te falar uma coisa, mas eu não afirmo, não. Eu ia te falar muito, muito mesmo. Que antes tinha o saladero, era bem mesmo onde é esse aí. Onde é o Cimento, pra cá um pouquinho, onde é o Corpo de Bombeiro aí. Aí era o saladero. Então, naquela época, as coisa era muito fácil. As família antiga conta que eles vinha meia-noite, começava a matar o gado, meia-noite, né? Vinham aquelas mulher, criança e tudo. E vinham, pegava e eles falava: "chúria".

---
19 Manoel João de Carvalho nasceu em Cáceres, em 1912. Exerceu diversas atividades ligadas ao campo, e é aposentado como marítimo. Diz ser praticante do espiritismo. Morou no campo por muitos anos e atualmente reside em Corumbá, onde foi gravada a entrevista. Não chegou a completar seus estudos. A entrevista foi realizada em 6 de julho de 1996 e tem a duração aproximada de 90 minutos.

Mas então, eles davam naquela época, eles faziam um saladero que exportava carne pro exterior, então eles davam a frissura, por exemplo, coração, rim, bucho, cabeça, eles davam tudo. E o pessoal vinham à noite, uma porção de criança, mulherada, vinham pegar.

Mas aí, diz que saía, não sei se uma porca, nesse pedaço aí, corriam atrás deles com uma porção de leitão, mas ninguém sabia como que era. Toda vez que vinham, eu nunca vi. Mas essa história eu vi contar.

MITOS DA ÁGUA

BOI D'ÁGUA[1]

Por Dirce Padilha

E o bicho que eu vi, que eu falei pra você, que era um boi d'água, foi eu e uma colega minha, a Alexandrina, que vimos, sabe? A gente era muito curioso, o que via rodando no rio, a gente pegava a canoa e já ia ver o que que era, né? O que tava rodando. E esse dia, nós vimos esse volume na água e pegamos a chalana, e fomos atrás. Só que, quando nós chegamos lá, ela falou pra mim:
– Finca o arpão nele! Finca o arpão nele!
O arpão é [abre os braços] um pau comprido, com uma ponta assim, de ferro, né? Com um gancho, uma ferpa. Então, se você fincou, puxou, ele num solta mais, entendeu? Você traz mesmo pra fora d'água. Então, ela falou pra assustar ele com aquilo, né? E eu num finquei, porque eu fiquei com medo. Porque quando eu fiquei de pé na chalana, pra eu atuar ele, ele virou do nosso lado, com aquele chifre assim [abre os braços], na cabeça. Um corpo

---

[1] O Pantanal merece um estudo mais aprofundado acerca das relações entre o boi e o homem, pois ele não somente ocupa espaço no plano econômico como também no simbólico. Esse mito é conhecido por atacar as embarcações, sendo descrito como algo que fica girando pelos rios, à medida que é levado pela correnteza; por isso, há uma aproximação com o minhocão. Não encontramos registro na literatura regional.

grande menino! Era tão esquisito ele! A cara dele parecia como se fosse escama de abacaxi.
Até hoje eu num esqueço! Mas eu tive muito medo, sabe? Ele parou assim, a água estremeceu, tudo na água, por cima dele, na beirada da chalana, sabe? E eu gritava pra ela:
— Vamos embora, Alexandrina! Vamos embora, Alexandrina!
Ela também lembra desse caso, também. O que que aconteceu com a gente! Foi horrível!
Eu fiquei com medo sabe? Talvez que se ele saísse de fora d'água, talvez se eu usasse aquele pedaço de pau, eu acho que ele saía pra fora e embocava nossa canoa e a gente teria morrido afogado, porque eu num sabia nadar. Eu era pequena, ainda no rebojo, naquele rio fundo! Aonde meu! Ele matava tudo nós duas aí! E aí?!
Cê sabe que desde esta vez, a gente nunca mais ficou tão curiosa assim, pra saber o que acontecia!
E nós atravessamos o rio, né? Chegamos lá na casa da dona Catarina, eu cheguei lá, eu num conseguia nem sair da chalana de tão nervosa! Tão com medo que eu fiquei! A minha perna ficou bamba, sabe? Aí ela falou:
— Que que tá acontecendo, Alexandrina?
Desceu lá no porto e pegou a gente no braço. Aí que conseguimos ir pra casa. Eu fiquei tão passada, que o susto foi tão grande, menino! Cê penso?!
Ele, acho que tava tomando sol e tava rodando assim [faz um círculo com as mãos], o rio tava levando só com a correnteza, entendeu? Por isso que fala: "muita coisa grande fica no rio", né? Com a água, a gravidade da água se torna leve e vai rodando. Se encheu d'água vai rodando.

Por Natalino Justiniano da Rocha[2]

(Boi d'água e burro d'água)
Lá, nesse rebojo do Cantagalo, tinha boi d'água. Tinha o criador que cuidava lá. Então, o curral dele é perto do rio assim. Então,

---
[2] Natalino Justiniano da Rocha nasceu na baía Mandioré, Pantanal do Amolar, em 1942. Descende de guatós, por parte de mãe. Morou durante muito tempo em fazendas. Na realização da entrevista, estava morando com uma filha

quando ele levantou, tava um touro diferente no meio do gado dele, que ele falou:
— É o maior touro do curral!
Era diferente, não tinha chifre. Aí, ele falou:
— Ué?! Este touro não tem chifre, deixa quieto, ele vai cruzar comigo aqui!
Aí, o touro não cruzou com ele, ele sumiu. Aí passou um tempo, ele tinha um rebanho assim, tava tudo brigando, ele falou:
— Ué?! Que que será que tá tudo brigando aqui?
Aí ele foi espiar, era um burriquinho preto, assim [levanta o braço cerca de um metro] da água, tava andando no cavalo dele. É, esse aqui eu conheço: o burro d'água. A orelha passava o nariz. Assim que é!
Boi, eu não sei muita coisa, eu nunca montei. Quem monta é tudo piá, né?
Tudo que eu trabalhei, é tudo empreitada ou no contrato, nunca trabalhei com bicho. Meu serviço é material, serviço de campo eu não sei. No campo sai de casa meia-noite, chega seis hora da noite. O cara sai da fazenda uma hora da madrugada, vai chegar uma hora da noite... E não tem salário, é pouco! Que isso aí tem que ser hora extra. O cara chega oito hora da noite, os filho quer ver comida. Hoje em dia num tem mais. Acabou. Hoje em dia, só três peão têm na fazenda.

CAVALINHO D'ÁGUA[3]

Por Dirce Padilha

Esse boi d'água, menino! E não é só o boi d'água, não. Existe o cavalo que eu falei pra você. Muito fala que é o cavalo-marinho,

---

em Corumbá. Trabalhou como oleiro. Não chegou a freqüentar escola, mas sabe ler. Segundo ele, foi de um livro de histórias (não lembra o título) que aprendeu os contos. Gostava de ler a Bíblia também. Por problemas de saúde, sua voz é engrolada, dificultando bastante a transcrição. A entrevista foi realizada na residência de sua filha, Dirce, também entrevistada, em 30 de setembro de 1995, e tem a duração de 1 hora e 30 minutos, aproximadamente.

3 Burro d'água, conforme o relato anterior, cavalo-marinho e cavalo d'água são outras formas pelas quais o cavalinho d'água é conhecido. Ele é objeto de

mas num é cavalo-marinho, entendeu? Cavalinho existe no mar, que é um bichinho assim, né? Piquititinho. Com um biquinho, parecendo cara de cavalo mesmo. Mas esse, que eu falei pra você, é de verdade mesmo, é cavalo d'água, num é cavalo-marinho, só que ele tem mais ou menos um metro, quase dois metro de altura. É assim mais ou menos [demonstra erguendo o braço], baixinho! Ele é branco, tá? A crina dele [mexe no seu cabelo], o rabo dele é loirinho, menino! A coisa mais bonita!
A gente morava aqui no porto Barranco Branco, né? E abaixo da nossa casa, existia um campo assim, chamado rebojo – que eu falei pra você que é o ponto do rio, o mais fundo que existe, né? Ali, lancha que chegar ali, num souber passar nele, a lancha afunda, né? Então, ali que nós vimos ele, nós ia descendo pra pegar embaúva, que é uma frutinha que a gente pescava, pra pegar pacupeva, né? Pacupeva é peixinho assim, redondinho. Então, a gente ia pra pegar embaúva e escutava aquele barulho, pra relinchar, como se fosse de cavalos. E eu mandei essas criança parar, né? Eu falei:
– Pára de fazer barulho, que a gente tem que atravessar, salta por terra pra ir pegar, né?
Que por dentro do mato num passava, era muito fechado. Aí, ficamos escutando, né? Escutando de novo, né? E quando nós saímos, nós saímos em cima dele, menino, já! Porque nós vinha de canoa e a água corre muito, né? Porque o rio é descida e quando nós vimos, já em cima dele, menino!
Ele parou, ficou nos olhando assim [arregala os olhos], sabe? Correu pouquinho e caiu na água.
Então, era assim, de cinco horas pra lá que ele sai. Acho que é só pra tomar um sol da tarde, sabe? De manhã eu nunca vi, mas de tarde eu sei que ele saía lá! Agora eu num sei falar pra você se ele

admiração por dois motivos: não apresenta forma monstruosa e simboliza um estado selvagem e natural. Por conta disso, ataca os animais presos em currais próximos ao rio, ou seja, ataca aquilo que está domado. É um mito antigo. Borges & Guerrero (1972) apontam manifestações do "cavalo do mar" na cultura arábica e chinesa. Descrevem-no como um animal selvagem, que é atraído para a terra pelo cheiro das éguas. É também registrado por Câmara Cascudo (1972), como um cavalo trajando roupas de capitão. Em alguns Estados do Nordeste, o cavalo-marinho é empregado como amuleto contra impotência sexual. Não encontramos nenhum registro na literatura regional.

se alimenta de capim, ou se alimenta de carne, entendeu? Pra mim, deve ser que ele se alimenta de capim. Sai de noite pra pastar, né? E depois acontece isso.

Por Roberto Rondon

Lá na fazenda era muita coisa assim, rapaziada e a fazenda velha, né? Então, ele [o pai do contador] chegou de ver aquele cavalo marinho que fala, né? Aquele cavalo bonito da água, né? Que aparece assim, é muito difícil, mas tem. É muitos que acredita que tem, né? Porque, então, dentro da água tem muita coisa que a gente num sabe que tem, né? O mesmo que tem aqui na terra tem dentro da água, né?

Então, ele viu aquele. De tardezinha, ele ia apanhar água no rio, ele viu aquele cavalo marinho que subiu assim [ergue os braços], fora da água! Levantou até o peito assim, pra fora. Aí, ele olhou, ficou olhando, ficou encantado de ver como que era bonito, né? Aí, ele afundou.

Aí, ele contou pro pessoal, gurizada num quis mais saber de tomar banho no rio, porque todo dia de tarde a gente ia tomar banho, sabe? Bastante gurizada, ficar brincando na água, tomando banho, correndo... E os pais sempre falava. E a gente não acreditava. Depois que ele contou, a gente num quis saber disso, porque naquela época lá, tinha época demais de gente, gurizada, família, né?

Por Waldomiro de Souza[4]

Cavalo marinho apareceu no Porto Esperança! Na frente da casa duma tia meu.

---

4 Nascido em Corumbá, em 1936. Residiu a maior parte de sua vida na região de Porto Esperança, trabalhando em fazendas, nas lidas com o gado e de empreiteiro. Aposentou-se e está empregado como porteiro em uma escola em Corumbá, onde também reside. Não chegou a completar seus estudos. Diz ser católico não praticante. A entrevista foi realizada na sua casa em 13 de julho de 1996 e tem a duração de 2 horas e 30 minutos, aproximadamente.

O rio, por exemplo, vamos supor que é assim direto [traça no chão o curso do rio]. A vila do morador, tudo é na barranca, né? Barranca. Então é lá embaixo – nós morava mais aqui pra cima – que o rio ficava pra baixo, né? Mais pra baixo, morava minha tia cum meu tio, é irmão de meu pai e a minha tia é irmã de minha mãe.

Então, lá ela tinha uma parteira de carta, que tava pra cortejar ela pra ganhar neném, sabe? Então, a parteira saiu pra ir pra casa dela.

Bão, foi de tardezinha, fui barranquiar no rio, falei:
– Mais tarde eu volto, né? Pra tá ajudando minha tia pra ganhar neném.

De tarde, a tia saiu na porta da casa pra olhar a parteira, que ia indo pra casa dela, e eu na barranca do rio, tá aquela praia, aquela areia manteiga, bonita a areia, né? A barranca tava... Uma barranca mais ou menos dessa altura [indica a altura levantando a mão direita, cerca de um metro e meio], mais em baixo tinha uma praia bonita assim, cavalo marinho tudo riscado, as duas patas na praia de pé. O peito dele, daí pra frente a cabeça, o pescoço em cima da praia e a parte detrás tava no fundo d'água. Só viu a frente. Olhou assim, bem pra ela, aquele olho brabo assim, né? Ela falou:
– É um cavalo, né?!

Começou gritar pra criançada ver. Ele afundou. Quando o meu tio veio ver, só viu o rastro lá na praia. É um trapo mole igual uma raia. O pé dele é igual uma raia, é mole. Mas deixou rastro lá. Chama-se "cavalo-marinho", porque é tudo riscado. A gente vê no livro, é riscado, né? Tudo rajado.

Agora, minha mãe contava que tempo de criança, na fazenda, os patrão gostava de fazer o piquete que desse duas ponta de cerca na água, num é verdade? E gostava de encerrar a tropa pra salgar, comer sal, né? Então, dormia a tropa ali dentro, e o cavalo saiu de dentro d'água, e entrou no meio da tropa, e danou a surrar a tropa. Saiu de dentro do rio pra surrar a tropa dentro do curral. Corre a salgadeira de arame, né? Pois é. Ele sai de dentro d'água onde tem tropa. Ele vem no meio da tropa. Mas ele num conhece a tropa. E ele inventou morder, né? Foi pra morder a tropa. É um bicho brabo que num vacinaram!

Por Ana Rosa Pereira dos Santos[5]

Assombração eu também nunca vi. Agora, pra esses tempo que eu vi esse animal aí, no rio. E outro também que nós vimos, um outro lá. Assim, aqui em baixo também [aponta com o braço esquerdo para o rio], né? E eu num vou divulgar o que que era. Ele era um negócio assim, parecia que ele tinha aquele cabelo assim e afundava [ergue as duas mãos acima da cabeça e as abaixa]. Ele tava assim, na flor d'água, né? Agora, esse que passou por ali, eu vi bem que era um cavalo. Ele deixava ondas. Ele passava, ficava onda pra trás, parecia que era uma lancha que ia subindo! Eu olhei, meu olho é péssimo, e nesse...

Isso daí, tem um pescador também que tá aí pescando, teve uma época da pesca, né? Tava pescando, ele tava lá em cima assim. Eles também viram, ficaram cum medo. Eles correram. Eles viram isso.

Foi como eu tava contando a primeira vez, né? Eu tava sozinha, né? Esse aí [aponta para o marido] foi pegar uma madeira ali, onde tão aquelas árvore, uns poste pra cerca, né? E o menino tava festando lá pra baixo. De lá, ele veio, nós chamamos, né? E ali tinha uns menino que tavam lá naquele depósito, pra guardar alguma coisinha ali, né? Então, os menino tavam ali. Aí, eles saíram pra festar. Daí, eu falei:

– Eu vou limpar aquele quarto de se esconder ali. Porque tudo bagunçado lá! Sujo!

Então, eu tava lá arrumando, catando roupa deles, né? Aí, nisso eu escutei aquele barulho que fez. Aquilo parecia uma lancha que vinha: pahahah! Parecia que ia parando no porto, né? E eu num escutei urro de nada. Acho que... Num sei se... Madeira também num pode ser, porque veio urrando. Se é canoa?! Só se a canoa é muito grande.

Aí, olhei pro vão assim. Barroado, eu vi a onda assim [ergue os braços], levantava lá em cima! Aí eu saí pra fora, falei:

---

[5] Ana Rosa Pereira dos Santos nasceu na colônia Bracinho, às margens do Rio Taquari, Pantanal do Paiaguás, em 1941. Já residiu na cidade, mas passou a maior parte da vida no porto Santo Antônio, onde mora atualmente. É católica. Sabe ler e escrever. A entrevista foi realizada em sua casa, em 20 de fevereiro de 1997, junto com Wilton Lobo. Tem a duração aproximada de 1 hora e 30 minutos.

– Vou olhar aqui de fora, né?

Saí pra fora e fui na barranca. Quando fui na barranca e eu olhei, aí eu vi aquele negócio. A cabeça dele é assim [com as duas mãos procura dar forma à cabeça], era meio curva, parece de um cavalo. Quase da cor daquele lá, mais claro um pouquinho. Só podia ser cavalo, porque ele era... O formato assim, o pescoço dele de cavalo. Aí, ele afundava. Lá dentro ele trotava. Aí, a onda empurrava. Eu fiquei olhando ele até... Ele foi indo, foi subindo, foi subindo e vou olhando, eu. Té onde eu num vi mais. Só a cabeça e isso aqui lá dele [indica os ombros], assim...

Eu explicaria que pode ser um animal que eu num conheço, né? Nunca vi isso. Nunca tinha visto. Animal nenhum. Eu nunca tinha visto. Eu acho que ele existe, né? Eu vejo sempre os mais velho de que eu, né? Sempre falava que o que tem no seco tem na água, no rio. Então, eu acredito que existe esse bicho na água, essas coisas na água. O que tem no seco, tem no rio!

MINHOCÃO[6]

Por Sebastião da Silva[7]

Minhocão, eu vi só falar, mas num cheguei de ver, vi só falar. Minhocão, num dá pra analisar, porque nunca chegou uma pessoa

---

[6] Responsável por atacar embarcações, mudar o curso dos rios, derrubar barrancos, expulsar os moradores ribeirinhos e, por conseguinte, proteger o seu meio de qualquer transformação que o homem queira fazer. Aparece geralmente em águas correntes, em cor preta, e de tamanho grande, com a cabeça de cachorro ou de porco. Apresenta características iguais ao boiúna – mito de forte manifestação no Brasil, que significa "cobra grande". Está presente nos apontamentos de Saint-Hilaire sobre Goiás e Minas Gerais. Câmara Cascudo o registra também na bacia fluvial do Rio São Francisco. Em vários escritos que consultamos, tanto do folclore como da ficção regional, fala-se do minhocão. Um dos fatos mais conhecidos a seu respeito é o do Rio Pari, em Mato Grosso, que chamou atenção de diversos escritores.

[7] Sebastião Coelho da Silva é neto de baianos, nasceu no Pantanal do Paiaguás, colônia Bracinho, em 1941. Trabalhou de peão de boiadeiro em diversas fazendas, inclusive em Andradina, interior paulista. É atualmente evangélico, mas antes era católico. Não chegou a completar o primário. Aposentado pela

de contemplar direito como que é, né? Já viu ele no rio, rodando, andando ali, mas num pode ver a cabeça dele, o que ele é, o que que ele num é! Só vê ele andando no rio. Nunca vi falar que fizesse nada, né? Agora houve uma coisa que eles julga, porque no Rio Taquari, isso eu cheguei de ver, com meus próprio zolho! Parte do Rio, um recanto dele que forma aquele rebojo, aquela onda, um agitamento da água. Uma coisa que a gente num pode analisar! Aí deve ter alguma coisa, porque a água tá parado, parado! Você vai cruzando por ali, você dá um grito, um assobio, ela agita tanto que dá medo na pessoa! Isso eu falo, porque isso aí eu vi! Eu ainda era gurizote de doze ano, quando nós ia pra um bulicho pra fazer uma compra, tinha que passar beirando o rio, né? A estrada era beirando. Então, tinha que passar beirando ali e a companheira falava pra mim:

– Olha, passa lá, cê num fala nada! Passa quieto!

Mas o moleque, ele quer ver alguma coisa. Aí, quando tinha passado uma distância, eu gritava ou então dava um assobio grande ali. Aí, há pouco cê já via a água tão agitada, fazia aquele funil grande, mais ou menos de um, dois metro assim [faz um círculo no ar com a mão direita]. Funil de tamanho assim! Seja maior que uma parabólica dessa, né? O funil assim, diversos funil assim! E a água chicoteando de onda! Só de um grito, ou então de um assobio! Então, de conversar alto naquele lugar!

Aí, passa temporada ele acalmava, chegava lá tá normal. A água correndo, o rio corre normal, mas chega naquele lugar, se falar um grito, uma palavra, um assobio, qualquer coisa alta ali, ele já agitava!

Aí do Pantanal mesmo, aqui onde o Rio Taquari, que faz divisa cum a Nhecolândia e o Paiaguás. É nesse rio aí. E num é só um lugar, já tinha visto em outro. Outro lugar tinha isso também! Isso que o povo calculava, julgava que podia ser o minhocão, que mora naquele lugar, eles fala isso, mas num sabem o que que é, podemos falar que é ou num é, né?

Embrapa, reside em Corumbá. A última fazenda onde trabalhou e residiu, longe da família, foi a Nhumirim (Pantanal da Nhecolândia). Morou a maior parte de sua vida na área rural. A entrevista foi feita em duas partes, ambas na sua residência. A primeira realizamos em 6 de julho e a segunda em 3 de agosto de 1996, e totalizam cerca de 2 horas e 30 minutos.

Nunca ninguém viu, mas a água existia, essa. Porque isso eu contemplei cum meu próprio zolho. Eu fiz isso e aconteceu, passamos lá a água tava normal, quieta. Depois que passamos uma distância de uns vinte metro eu gritei e a água agitou! Agora num sabemos que que possa ser isso né?
   É, no mar existe, cês sabe disso, que tem esses animal no mar, né? No fundo do mar tem, esses animal que tem na face da terra, tem no fundo do mar! Então, algum já sabe pela ciência do homem, estudando, sabe que tem. Naquela época, falou pra pessoa... Então, ele acha que ele já é um troço, é diferente, tão diferente, é um troço maligno! Mas existe no mar. Então, eu creio que é nessa parte. A pessoa num entende. A pessoa num entende. Causo é esse tipo de julgar, analisar que vem fazer. Que muita pessoa, que num entende, vem contestar. Até no dia de hoje, que existe aí pelo campo, pelo mato, né? Tipo de coisa, mas num é, ele existe no mar, né?
   A gente fala que existe no mar, mesma coisa que faz como tem na face da terra, tem dentro do mar, né? Seja um cavalo, um boi-d'àgua, tudo tem! Mas eu num sei se é igual daqui da terra, ou se tem diferença!

Por Airton Rojas

Quer dizer, eu nunca vi, mas sempre contava esse causo, né? Mas agora, como o minhocão, ele tem no rio, nesse rio Paraguai tem!
   Olha, eu não dou certeza pro senhor, mas muitos falaram que era o minhocão. Como aqui mesmo, perto do porto da Manga, tinha um lugar lá, que tem até hoje, é o Barrancudo.
   Então, diz que vai cavoucando por baixo. Aquilo vai demolindo. Diz que vai cavoucando por baixo. Aquele troço vai caindo pra baixo, que fala. E tinha esse lugar que tava caindo lá!
   E caiu bastante mesmo! E o rio vai aumentando, vai larguecendo! Aí, um dia nós tava – eu tinha irmã minha de criação, que mora lá no Porto da Manga – nós tava tudo sentado ali. Luar claro, nós olhamos lá. Aí, tinha uma pessoa lá que viu, falou:
   – Alá! Aquele bicho lá tem um bocado de tempo lá rodando!

Aí, nós olhamos tudo. Passou assim, pertinho, rodando, luar claro... Tava tudo mundo ali fora sentado. Tava limpo aquilo ali. Aí, um daqueles falou:
– É minhocão. Minhocão! É minhocão!
Aí, pegaram um tijolo lá e jogaram. Só que foi aquele rebojo [ergue os braços]. Aquela onda! Aí sumiu.
Me falaram que era um minhocão, mas nunca vi ele assim no seco. Só falaram:
– É o minhocão!
E desde quando esse bicho saiu – que nós vimos ele saí ali – parou de cair a barranca! Até hoje parou de cair a barranca! Olha, à noite ele é preto. Ele é assim, tipo um... ele é grande! Ele é grande, mais ou menos uns três metros assim. E parecia assim, flutuando na água. À noite era um preto que lumiava na claridade da lua. Mas não vi a cabeça dele, nem rabo. Só aquele. O vulto preto! Ele tinha uma grossura boa.

Por Dinote[8]

No Pantanal ninguém faz nada. Hoje o cara tá com dez peão. O cara que tem três fazenda, tinha dez peão, hoje ele tá com três. E olhe lá, se ele não tiver com menos, Hoje ele tá com três.

Então, isso aí é a coisa que eu vivo no Pantanal. Vejo, o Pantanal tinha um valor! Os cara viu, eu já vi muitos bichos. Aí, eu passei a ver outro tipo de bicho. Via, há muito tempo via! E nós via anta – é como falei – cervo. O cervo, nossa! Hoje aqui é muito razoável você vê um cervo na beira do rio onde eu ando. Num é que é caçada, às vezes num tem, não existe caçador, só que o bicho sumiu!

---

8   Vandenir Vaz, conhecido como Dinote, nasceu em Corumbá, em 1941. Passou a infância e parte da adolescência morando em fazendas, à beira-rio. Trabalhou com gado e há 36 anos, aproximadamente, vem trabalhando com o transporte fluvial de pessoas e/ou mercadorias. Por ser piloteiro, passa a maior parte do tempo navegando pelos rios pantaneiros, mas fixou residência com sua família na cidade de Corumbá. Não chegou a completar o primário. A entrevista foi feita no porto de Corumbá, em 10 de julho de 1996, e tem cerca de 1 hora e 30 minutos de duração.

Pra cês vê, no rio, o minhocão que o pessoal fala, eu, uns oito anos atrás, nós vimos. Tudo nós daqui da lancha, não foi eu só que vi. Pra falar que foi só eu que vi. Todos nós vimos de manhã cedo! Tinha um rapaz, que cuidava do porto Duval, chamava Silvino, um senhor já de idade, sessenta, quase setenta ano que ele tinha, que ele tem, ainda é vivo, ele era porteiro que nós falamos. Porteiro quando cuida do porto da fazenda. Ele era porteiro do doutor Jairo, dono da fazenda Duval, no Rio Piquiri. Escapou uma chalana dele. À noite, bateu um temporal, escapou uma chalana, um bote de alumínio, esse bote aí. No outro dia de manhã ele pegou. Uma canoa vinha vindo, ele sabia que eu ia subindo daqui pra lá, ele vinha vindo, pra procurar o bote.

Chegou num certo lugar, ele encontrou o bote. O bote tava afundando com a proa dele aparecendo. Aí, ele parou ali, subiu no pé do arvoredo, onde tava enganchado assim, pra lidar com a coisa. Nessa hora nós aportamos, era um lugar meio estirão, que nós falamos. Nós vimos ele lá, lidando com a chalana, e quando nós chegamos, isso era mais ou menos sete horas da manhã, quando aproximamos dele, mais ou menos uns dez metros, nós vimos um bicho grande. Bicho grande mesmo! Que fez assim [levanta o braço como se o bicho fosse dar um bote], não sei se tava sondando ele pra pegar. Ele levantou, fez aquele lombo! Nós não vimos a cabeça dele, só vi o lombo dele [indica com o braço que o bicho mergulhava e emergia].

Foi umas três ou quatro vez no bote onde ele estava, em cima do pau, puxando. Nós vimos esse tipo de bicho. Mundo de bicho preto!

Não foi só eu que vi, não. Toda a tripulação da lancha viu. Era sete horas da manhã mais ou menos, e aí foi várias... A gente via. Pousava, nós tinha...

Tem um lugar aqui que nós falamos, que é aqui inclusive, em frente da reserva daqui de Mato Grosso, tinha um lugar famoso, que os cara não podia morar. Não podia morar porque, conforme eles faziam a casa, ia desbarrancando. O minhocão vinha, ia demolindo. Eles mudavam a casa pro fundo. Minhocão vinha, gostava daquele pedaço, mais ou menos uns trezentos metros de comprimento ali. Inté o fazendeiro foi e acabou com o porto. Nós falava "porto de São Camilo", que era do doutor Manoel Martins de Almeida, família, né? Que eles são tudo herdeiro.

Então, acabou com o porto por causa desse bicho que perseguia. Criança então, diz que não podia ver. Que quando uma criança ia lavar a mão, o bicho vinha e atropelava, derrubava barranco pra assustar criança. A criança corria, ia embora! Hoje é bem em frente da reserva de Mato Grosso, da reserva. Mas esse ninguém tinha... nego que via! Pescador via, via o minhocão lá. Mas eu nunca vi o que ele fazia de destruição, que ele fazia. Tinha o seu Zé Alves, que é um homem de sessenta, quase setenta anos hoje, que era um morador de lá, falou:

– Ah! Doutor Camilo, eu não vou mais morar lá! Porque conforme a gente faz a casa, ele vai indo. Vai destruindo. Vai destruindo o barranco, até chegar aonde a gente tá!

E aí largaram de mão! Mudaram. Ele mudou pra Corumbá, veio embora pra cá com a família. E aí ele parou, o bicho parou.

Você vê, uma coisa incrível! Aí, o bicho parou de atacar a beira do rio, que hoje só desbarrancou aquele, enquanto ele morava lá! Depois que ele mudou de lá, num desbarrancou mais!

Esse Pantanal de Mato Grosso é bem em frente da reserva de Mato Grosso, é aqui, é Mato Grosso do Sul que ele fica, mas é em frente da reserva de Mato Grosso, em frente da reserva de Mato Grosso. Cê já ouviu falar? Vocês já foram ver a reserva de Mato Grosso que temos aqui? Que falam Cara-Cará, o porto Cara-Cará, é bem em frente. Porque do lado de lá, subindo na esquerda, é Mato Grosso, na direita é Mato Grosso do Sul, onde geralmente era o porto São Camilo que eles falavam, que era do doutor Martins, Manoel Martins de Almeida, que tinha o Zé Alves, que morava lá.

Aí, foi até o cara desistir de lá. E mudou de lá, veio embora. Também, depois que ele mudou, nunca mais, nunca mais aquele bicho destruiu nada ali! Não sei se ele não gostava que ninguém morava ali, que ali era uma moradia dele, e foi... Acabou o trecho mesmo! Acabou mais de trezentos metros de barranco. Ele ia afundando, foi nessa situação aí.

Por Vandir da Silva

Ah! O minhocão aí no porto Santa Luzia, onde eu trabalhei e morei. Lá no porto, dois rapaz lá, saiu nadando, pensou que era canoa, vinha aquele troço preto, rodando, saiu:

– Alá! Uma canoa! Vai rodar, vamos pegar pra nós!
Saíram. Quando chegaram uns vinte metro, um deles viu que num era canoa, falou:
– Num é canoa, deve ser o minhocão! Vamos voltar!
Daí voltaram, nadando lá.
Antes de chegar na barranca, veio aquela onda! A casa dele tava, mais ou menos, como daqui naquele pé de manga [cerca de dez metros, aponta com o braço], longe da barranca. A água, a onda invadiu lá no retiro.
Eu nunca vi. E ele, o minhocão, aí pro Taquari, ele muda o rio! Ele muda o rio, ele vai cavoucando por baixo, por baixo, até que o rio vai noutro lugar! Já mudou várias partes do Rio Taquari aí. Muda mesmo! Ele muda mesmo! E só que num vejo quase ninguém falar nele. Mas que tem, tem!
Eu morei na beira do rio, eu vi esses cara falar, que ele só pára se você jogar vidro e cabeça de porco, ou arame farpado, aí ele pára de mexer naquela banda. Aí, na beira do rio, ele mudou muito!
Na casa onde nós morava, ele tomou conta. Lá onde que nós morava. Nós vendemos pra outro cara lá, ele desbarrancou! Ele jogou tudo a casa pra dentro do rio, e era mais ou menos como daqui [cerca de trinta metros] naquela casa lá! Ele conseguiu chegar lá, mas nós jogava sempre vidro, arame, sabe? Pra ele num vim, porque ele sentiu que corta ele, ele afasta! Porque arranha ele. Ele num gosta nada que, assim, corta nele. Diz que a cabeça dele parece uma cabeça de porco. Diz que, diz a turma aí que é, parece.
Se você jogar a cabeça de porco na água, de porco assim, ou vidro assim, coisa que atrai ele, ele num vai, ele num vai, ele muda pro outro lado. Porto Santa Luzia, ele mudou o rio lá. A casa era longe, cada pé de tarumeiro maior que aquele ali! Ele derrubou tudinho! Jogou tudo pra dentro do rio. Foi desbarrancando por baixo. Foi jogando. A dona jogava arame. Jogava tudo quanto é troço lá. Deixava passar tempo, ele vinha e ia mudando, e mudou mesmo o rio em vários lugar lá! Teve rio que era como daqui no manguero, longe! Ele trouxe mais pra perto. Ele muda mesmo o rio!
Que existe esse aí, todo mundo sabe, que tem esse aí no Taquari! Eu nunca vi, mas todo mundo fala. E eu falo, porque já vi a mudança do rio! Que o rio era num lugar, passou pra outro!

Virou tipo uma ilha, sabe? Só que essa ilha virou uma tremedal, num é chão firme assim, de passar, né? Ela virou um tremedal. Se animal entrar lá, ele cai lá, ele fica lá!

Por Dirce Padilha

O minhocão, o minhocão existe! Fala minhocão porque ele gosta de revirar terra, vai no fundo do rio, joga tudo que tem no fundo do rio pra fora, né? Tudo, tudo que você jogar! Caco de garrafa, se você jogar um porco no rebojo, ele joga o porco pra fora. Ele num aceita dentro do rio não! Joga pra fora! Vai lá, põe na barranqueira do rio mesmo! Caco de garrafa, se você quebrar uma garrafa e jogar dentro da água, ela amanhece pra fora da água. Lá, onde existe esse bicho, ele põe pra fora. Ele num quer essas coisa dentro da casa dele, entendeu? Ele bota lá na barranqueira, na beira do rio. Pra você ver que não é pra jogar na água, entendeu? Onde ele mora.

Esse minhocão, esse meu irmão Pedro já pegou ele numa rede. Ele tem mais ou menos esse tamanho aqui [abre os braços], nesse salão que nós tamo sentado nele, só que ele deve pesar mais ou menos umas três tonelada, menino! Que é muito grande! Os zolho são pequititinho, sabe? E o pêlo dele é muito fino, entendeu? E pequeno. Não tem braço e não tem perna, entendeu? Ele tem uma barbatana, entendeu? E num tem braço. Eu num sei como que ele faz pra botar as coisa pra fora, pra jogar o baceiro, revirar terra, tudo lá no fundo, num sei! Eu num sei como ele joga tudo pra fora. O dente dele parece menor de que leão-marinho. Leão-marinho é aquele bicho assim, que tem uma presa grandona, né? Só que um pouquinho menor.

Nós já vimos ele lá no porto de casa, lá tinha. Ele saía pra tomar banho de lua, porque nos dia de lua que ele saía pra fora. Ele num sai pra tomar sol não. É só à noite que ele sai. De dia você vê, mas você só vê água levantar. De dia você não vê ele não! E sabe que ele come gente, sabe? Mas, por exemplo, lá nunca apareceu pra pegar a gente, né? Existe o jaú que come, o jaú come gente mesmo! Esse come até cachorro, o que tiver na beira d'água, se ele tiver por perto, é uma bocada dele. Já era. Já foi! Que tem jaú muito grande.

Aqui, quando subiu uma vez a lancha do papai, você sabe que o minhocão, para mim era minhocão, né? Num vou falar que era arraia, porque a arraia, ela sai sim pra caçar, pra pescar de noite, né? Mas ela num ia revirar uma lancha. O minhocão sim, poderia sim. Ele está tomando banho de lua, poiado na água e a lancha passou por cima e ele assustou. Quando ele assustou, ele jogou a lancha pra cima assim [levanta os braços], sabe? E a lancha ficou naquele vai-num-vai, tudo mundo gritando dentro dela, sabe? Até que o bichinho diz que foi afundando e a lancha se normalizou sobre a água. Mas aconteceu isso aí! Foi quando aconteceu que afundou uma lancha aqui matando toda a família, inteirinha né? Sobreviveu só uma, assim mesmo que ela sabia nadar e subiu num galho de uma árvore.

Por Natalino da Rocha

Ah! Eu vou contar um caso. Pra cima tem um bicho. Ele é grande, né? Então, ele vinha atravessando o rio à noite assim, apareceu aquele batelão no meio d'água, tremendo o rio [treme as mãos]. Aí eu falei pra ele:

– Este é o tal de minhocão, que tá no rebojo! É o minhocão!

O minhocão desta grossura assim [abre os braços]. Igual um batelão, daqui ali. A água fica tremendo. Ele vai passando pela barranqueira assim [como se o barranco caísse] e metade do rio fica escumando, escumando. Isto aconteceu, perto da minha casa, lá tem uma lancha afundado.

Então, o cara vem de lá, pra ir com a lancha, fica com medo que tem um bicho dentro da lancha dele. Então num dá, porque a lancha dele é de madeira, já tá velho e num agüenta puxar.

Então, ia indo dois companheiro pra cima assim [aponta com o braço]. E aí, aí eles espiaram pra trás, que é pra num perder a canoa, né? Vinha tudo aquela onda. Chegou. Afundou a canoa.

Aí teve uns pescadores antigo, ia indo no meio do rio [bate uma mão na outra], kadf! Pulou lá em cima! Se fosse curta ela afundava, mas ela tinha comprimento, ela foi tap, tap, tap! Num sabia o que que era. Metia a luz, num tinha nada na água. Engraçado, o negócio tava no meio da água. Então encruzaram o remo na ponta da lancha, o negócio pulava. E lá no Mangueiral, agora nesta época vai ter, tem bastante bicho que sai assim [ergue um braço], desta altura da água. E lá pro lado do Cantagalo também tem bicho d'água, que é morador da água.

Por Manoel de Carvalho

Não, minhocão num é em fazenda. Minhocão é nesse rio Paraguai. Eu já vi, e muitos já viram. Eu, por exemplo, viajei demais de navio, eu andava na beira do rio, minha mãe morando pela beira do rio, eu mexia com canoa, essa embarcaçãozinha pequena...

Eu já vi ele fazendo o destroço na barranca, derrubando árvore, mas ele eu nunca vi. Ele fazia assim, aquele parecia um motor que vinha aí: tôtôtôtôtôtô... Aí, de repente, começava a mexer aquelas árvore assim. Na barranca de repente desmoronava tudo [levanta os braços e depois os larga]. Mas nunca vi ele. E num sei se alguém já viu. Só vê o barulho, porque nós conhecemos.

Eu conheci o rio daqui em Cuiabá, daqui em Cáceres. Aí, tinha um lugar que a gente conhecia, era cheio de vegetação na beira da margem, hoje tá desmoronado. Cê vê, a vegetação tá lá na beira do rio, em pé. Ele já desmoronou tudo aquilo e forma um poço, rebojo, fundo [gira o braço, apontando-o para baixo]. Mas a água começa a fazer assim... E tudo isso agora eu já vi. Conheço um lugar lá, mas de perto um poço, era uma praia, a gente podia parar, bonita aquela praia. Arenol. Aquela areia, hoje a gente chega lá e é um poço. Ele ia, acabou com tudo aquilo, virou um poço. Ele muda. Ele muda uma areia, alguma coisa, dum lugar pra outro. Assim que ele é. Mas nunca vi! Mas que tem, tem aqui nesse rio. Rio Paraguai.

Geralmente, quando a pessoa vê, ela foge dele, que num vai passar ali por perto. Então, não vai canoa nele, que ele tá fazendo barulho lá, fazendo aquela bagunça. Então cai fora, não vai lá. Agora, a minha mãe contava que aqui pra cima, no tal de Castelo, que nós vivemos muito, essa carcaça de navio ainda existe. Perto de Cáceres. Taí num lugar que chama-se Cambará, e esse navio chamava-se Cambará. E vi aí. E lá ainda tem. Ainda. Aparece na banda seca. Tem ainda. Aquela carcaça velha por ali, de madeira, de ferro. Então, ela disse que eles vinham descendo, que ele era passageiro, viajava daqui pra cá carregando passageiro. É, navio-passageiro. E de repente chegou num lugar. O navio parou. O navio era de roda de lado, num era de hélice. O navio parou. E no meio do rio. Parou e foi sumindo. Aí, a passageirada começaram gritar, um grita daqui, outro grita dali, aí foi, foi, foi... De repente, ele arreou [junta as duas mãos e as abaixa]. E quando fez o navio dar continuidade, lá vai de novo. Mas ninguém viu! Quem sabe o que é que tava acontecendo lá em baixo. Só ele tem essa formalidade. Mas ninguém vê. Tá lá no fundo. É um troço encantado, que nem eu nunca vi, né?

Eu, que tenho essa idade, e nunca ouvi falar que já viram. Mas eu sei que existe, que a gente já viu o barulho. Parece um motor de dentro d'água: tum, tum, tum, tum! Parece um motor que vem guiando. Ele tá lá no fundo e começa a soltar aqueles borbulho: baaar! E aí, de repente, aquelas água assim, aquela barranqueira começa a mexer assim, aí de novo: baaaaa! Tudo pro fundo. Quer dizer, que aquilo não deve ser uma... não é mesmo? Ninguém viu ainda. Porque que a história mesma, diz o que tem na terra, tem na água, né? Todo que existe na terra tem na água. Mas num é tudo que cê vê, não!

Por Silvério Narciso

É, esse negócio do minhocão aí, disse que derruba. Eu conheço um lugar do Rio Taquari, chamado Rebojo do Lara, que a água faz dois [abre os braços e os gira], no rio assim, uma volta seca, né? Então, eu acho que por causa de curva que faz na água, que dá aqueles dois, chega até de assobiar, cê escuta de longe, aquele assobio da água! Então, diz que ele mora lá, o minhocão. Já virou canoa, já virou lancha...

Um conta né? História disso. Mas eu acho que pouco num é. Às vez o pessoal facilita um pouco e entra nesse funil, né? E o funil vai, contorna as embarcação, aí já falam que é qualquer coisa. Já vi cara contar que já viu o bicho do carro, do carro de boi, do carro num sei quê. Um troço, sabe? Diferente. Num divulgou o que que era, né? Mas nunca viu uma coisa assim, pra ele falar mesmo. Sempre é dúvida, né? Então, são as coisa difícil de se contar, porque o pessoal num tem uma verdade, uma versão assim, que seja uma coisa certo, né? Esse do mãozão é mais ou menos uma coisa que aconteceu mesmo, né? Inclusive cê conhece pessoa, mas esse negócio do minhocão, raramente. As pessoa nunca viu. Eu vejo só falar esse causo por cima só.

Por Natálio de Barros

Minhocão, minhocão. Aqui perto desse Caraguatá, o pescador viu ele na barraca lá, o bicho. Diz que muito grande! Ele fuçando no pé da barraca e caiu na barranca do rio, que o Rio Paraguai aumenta. Assim falam, eu nunca vi, né? No Rio Paraguai. Agora no Rio Paraguai também tem muita visagem, né?

É gente que morre nesse Rio Paraguai e depois aparece. Aparece como assombração, espantando o povo, né?

Eu já vi falar foi só desse minhocão. Isso tem! Um rapaz que disse que viu ele. Ele viu ele lá perto da barranca. Foi chegando perto e viu que aparecia aquele mundo assim [abre os braços]. Só sei que ele falou que é preto, né? Parece esse búfalo assim. Tipo búfalo. Só que búfalo é um boi e esse é chato, né? Disse que tem uma tromba, como um elefante assim.

Acho que, pelo que ele falou, parece quase um boi, né? De vez em quando aparece gente assustado aí, com esses troço aí, que aparece na noite aí. Povo quase num gosta de pescar à noite por causa disso.

Por Waldomiro de Souza

Ó, o minhocão é o seguinte. Meu pai tinha carteira de caça e pesca, por isso que eu tive uma experiência... Por que o governo lançou esse decreto de todos pescador tirar carteira de caça e pesca? E por que que daí foi trocando, foi saindo esse governo e foi entrando outro, foi modificando, que hoje ninguém pode pescar e ninguém pode caçar! Matar um bicho pra comer, pelo menos, né? Mais é isso que eu acho. Eu acho que é uma coisa esquisita. Bom, aí meu pai pescava daquela linha, né? Era linha, num era náilon, né? É linha de algodão que fala, linhada. Assim como esse barbante [aponta para um fio de varal], né? Mas bem feito que era antigamente, a linha mesmo de pescar e carreriar no meio do rio cum chalana. Ele e mais outro companheiro de noite, né? Pegava jaú de cinqüenta, quarenta e cinco quilo. Aquele enorme de jaú! Então, ele puxava... Ele chegava de madrugada em casa, deixava o jaú tudo na praia lá, num cerco, pra de manhã tirar três pra ele vender, entregar no frigorífico.

Lá tinha frigorífico, fazia gelo. É, o frigorífico era movimentado vinte e quatro hora, dia e noite, né? E entregava qualquer hora o peixe. Então, ele chegou cansado, falou:

– Vou deixar pra entregar de manhã!

Aí, de manhã ele falou pra mamãe:

– Vai chamar a criançada pra ir lá ver o jaú que eu peguei.

Uma boca desse tamanho! [Afasta as mãos.] Mas bem larga, né?

Então, eles tão carreriando, numa dessa lá, em frente Santa Branca, na fazenda do Zé Feliciano, né? Lá o rio era mais fundo, fundo, né? Demais. Ele carreriando pra pegar o jaú, né? O anzol, põe a ponta de fora e a isca atravessa o anzol, uma isca inteira assim, uma sardinha, por exemplo. Cê abre, deixa a ponta de fora e vem de arrasto, de arrasto... E engancou no minhocão. Engancou no minhocão e o minhocão flutuou em cima, na flor d'água. E aquilo vinha que só uma tempestada! E aquela linhada dele é linha duro [como se estivesse puxando uma linha com força]. De noite, no escuro, ele falava pro companheiro:

– Toca aí, porque acho que vem um temporal, num sei o que que é! Que vem urrando aí!

Aí, o companheiro tocou assim, falou:

– Puta! É uma muda de onda que vem vindo ali, vai alcançar nós.

Ele falou:

– Mas a minha linhada tá peso, tá duro!

Ele falou:
– Isso daqui num é minhocão, não, que tá enganchado no anzol, que vem vindo no anzol?
Falou:
– Deus me livre! Se for minhocão, vamos torar a linha, né? Aí, diz que veio puxando, veio puxando... Mesmo assim veio urrando, veio urrando... Veio urrando atravessado.
– Mas que munda de minhoca! Tinha o tamanho de uma canoa. Aí, diz que quando chegou perto, que ele reconheceu que era minhocão, né?
– Vamos cortar a linha!
Passaram a faca na linha. Toraram! Aí, mandaram remo, foram embora, num pescaram mais. Foram embora pra casa.
Tudo isso aconteceu cum finado meu pai. Mas pegaram jaú! Isso que eu falo, pessoal fazia dinheiro. Cê vê, num existia um ladrão, né rapaz? Num existia nada. À tarde, era outro polícia na cidade! Todo mundo respeitava. O senhor num via saí uma facada, o senhor num via ladrão, falou! Cê podia largar as coisa aí na frente da cerca, ali. Uma mesa cheia de louça, um arame cheio de roupa estendida aí pra secar. Ninguém... Hoje num pode deixar uma roupa no arame estendido!

***

Ó, o minhocão, ela destruiu foi muita fazenda. Na beira do Rio Paraguai. Derrubou a fazenda numa noite, acabou. A fazenda chama Figuerinha, uma fazenda grande, bem montada, cum curral, brete, tudo. Bem feita, bem arrumada. Foi tudo numa noite, foi pra dentro do rio. Afundou tudo!
Ela vai derrubando a barranca. Vai derrubando a barranca e vai... [Passa um braço sobre outro e, à medida que fala, vai acelerando o movimento.] Foi comendo e vai destruindo tudo, vai acabando! Aquilo vai virando um mar. Ela vai derrubando tudo, aquilo ferve assim. Ferve! Aquela água fica... Parece um caldeirão que tá fervendo, quando ela tá trabalhando! Então, ela é bem malfazeja, é só pra derrubar o barranco. É porque ela num vai comer os objeto que ela derruba. Ela num come! É que ele dá na lua de querer derrubar aquela barranca, ela vai derrubando.

É igual porco. É um porco! Ela fuça, só que ela é cumprida igual um batelão, né? Um focinho de porco. Ela é um tourão. Minhoca, por isso que chama minhoca! É uma minhoca.

* * *

Olha, esse minhocão, meu pai não, meu pai ainda é mais novo. Meu tio, finado coronel Joãozinho, criou dezesseis filho, criou neto e bisneto, criou... Foi casando os filho dele e foi fazendo casa no costado, virou um quartelzão. Criou neto e bisneto. Os dois velho. Morreu de velho dentro duma casa. Ele falava que o minhocão é minhoca. Ela existe desde o começo que Deus botou o mundo, que fez o rio, o peixe, tudo as coisa no rio, saiu o minhocão. Saiu o minhocão, o minhocão.

Ele é fuçador. Aqui no chão, em tudo quanto é cidade, quando chove tem a minhoquinha, né? Do chão? Pois é. Aquela é do rio. Como tem o cavalo-marinho!

Por Vadô

Outro dia, foi dois dia de festa, dois dia de festa. Dois, três dia que nós ia embora pra buscar padre que tinha lá, pra nós fazer essa brincadeira. Não, mas diz que é, eu tô falando pro senhor, é realidade! O que eu falo o senhor escreve, eu assino. Então, o senhor vê como que é. Então tá.

Bandeira ficava quatro, cinco dia. Comia capivara, peixe, o que tiver, né? Ah! Nesse tempo, mandioca tinha todo dia na beira do rio aí. Passava aquela lancha aí, a Cabuxio, a Panamericana, tudo. No tempo que matava capivara, sabe? Matava jacaré. Matava capivara, tudo que tinha couro, né? O que cê queria, eles passava e comprava tudo! O que cê queria, pro tempo do Gataz velho, ele pegava uma carga e punha pra você. Ele punha uma carga aqui hoje, ele botava uma carga pro senhor que num custava nada. Hoje, se ele botar uma carga dessa, é vinte mil real! Botava a carga aí, porque sabia que a turma caía no Pantanal e catava os bicho que tinha por lá!

Aí, nós tomando umas pinga e tal... Aí o companheiro falou:
– Ah! Rapaz, eu tô cum uma fome muito forte! Eu vou matar qualquer uma capivara!
Falei:
– Vamos, eu vou cum você.
Outro falou:
– Eu também vou! Vamos caçar aí, matar umas capivara aí, lontra, qualquer coisa, né?
E eu tava enjoado dos remédio e bem passado da bebida. Pegamos essa canoa. Aaooô rapaz!
Fizemos a volta, tamo no Rio São Lourenço. Pegamos, demos a volta no Rio São Lourenço, uma boca braba! Enxergamos um bicho como daqui lá [inclina a cabeça para a direita e olha fixo para frente]. Uns três metro assim [levanta e desce os braços]. Ia longe! E afundava assim, essa canoa vai lá pra cima e vem, né? Aí ele falou:
– Eh! Vamos embora, deixa pra lá.
E esse rapaz caçava, esse que num quis pegar a bandeira, caçava também. Foi e atirou nesse bicho. Mas atirou: pá!
Daí, o bicho fez: bleee! [Mexe os braços abrindo e fechando as mãos.]
Aquela água! Aí jogou nós até pra cima, cum a canoa. Nós [ergue os braços] nadamos, mas como era perto, logo chegamos lá:
– Olha, vimos um bicho assim, assim...
Olha, vou falar pro senhor: tudo bem, amanheceu, aquela água ficou: blu, blu, blu [mexe os braços de um lado para outro, abre e fecha as mãos]. E a parede caindo, a parede caindo, a parede caindo, a parede caindo, a parede caindo. No Rio Paraguai, acima do Amolar. Caindo.
Aí o pessoal me disseram:
– Cê sabe o que que é? Esse é o bicho que ele atirou. Esse é o minhocão.
Aí então, passaram pra lá e vinha. Aí eu falei:
– Mas senhor...
Eu trabalho em fazenda, né? Rodeando, né? E passava pra lá, passava pra cá, daí eu falei:
– Olha...

Ele foi pedir auxílio, foi pedir auxílio. Aí, eu atirei o minhocão! Foi pedir auxílio. Mas isso tudo mesmo, a minha mulher sabe de muita gente que pode falar pro senhor, contar a verdade. Mesma coisa! Eu tô contando aqui uma coisa pro senhor, mas eu tô contando o que eu vi. Mas ninguém vai acreditar, vai falar que é mentira, que é essas coisa, que é essas coisa. Porque ninguém vai acreditar, hoje ninguém acredita nessas coisa! Hoje tem muitos rapazinho novo aí, num sei e tal e coisa... Num vai acreditar, né?

Mas o que eu vi foi isso, pois, olha senhor, o homem foi pedir o socorro, deram socorro pra ele, pegou a casa dele, mantimento dele, e quando foi doze hora mais ou menos a casa dele ó, o bicho tinha devorado tudo!

Isso é uma coisa que eu já vi cum esse meu filho, por exemplo, o senhor pergunta, eu tenho um filho instruído, na Marinha no Rio de Janeiro, tenente-coronel, tenho filha na faculdade... Tem esses meus filho que tá no quartel, tenho filha que tá estudando tudo pra fora. Eu, pode ser que eu num escreva o meu nome direito, mas criei tudo os meus filho, porque eu sei que precisa do estudo, né? Mas essas coisa tudo eu já vi, já vi e num vou mentir pro senhor, sou um homem escravo do que eu falar.

É, que o bicho aí, que nós temos que coisar mesmo, é o minhocão! E esse é o bicho mais doido aí. Que eu conheço de perigoso, na beira do rio, é só o minhocão!

MULHER-PEIXE[9]

Por Vadô & José Aristeu

Vadô:

Não, eu já vi falar, que no Mandioré, porque lá tem, como é que chama aquela baía que tem aqueles poço de assim? É Gaíba?

---

9 Habitante das águas, correntes ou não. A mulher-peixe, como também o cavalinho d'água, é objeto de admiração. Emite um canto que atrai as pessoas. Vários são os apontamentos acerca desse mito, que também é conhecido como

ENTRE HISTÓRIAS E TERERÉS: O OUVIR DA LITERATURA PANTANEIRA   171

José Aristeu:
 É Gaíba e tem a Beraba!
Vadô:
 Beraba! Lá o senhor tem uns poço de natureza. Pois é, e é tudo de fileira aqueles poço, mas aquela água limpa! Num tenho nem o que falar pro senhor! E lá dá muito aqueles cágado, aqueles cágado d'água dá. Quando eles vê o senhor [desce a mão direita], vai. Mas aquilo, dentro daquele poço, é tudo limpo como isso aqui! E tem árvore, tudo dentro daqueles poço! Aí que o pessoal falaram que viram essa mulher de cabelo comprido, metade peixe. Mas eu acho que isso aí é engano, né? Como que pode ter uma mulher morando dentro d'água?
José Aristeu:
 Mas isso eu cheguei de ver ali no Rio Paraguai, abaixo do Cercado, ali é um canal, quase na beira do rio aqui, pra baixo. Aí, eu vi na canga, ia descendo e fica um vão, na beira do barranco pra cá. E ali é. A água toda vida vai correr. Fininha! Mas corre! E aí, a canga atravessa o rio, fica só um canalzinho aí pra outro lado. E eu ia descendo, descendo de manhã. Aí vi aquele canto. Cantando. Parecia que tava rezando. Aí, eu fui lá. Uma pedra! Lá fazia uma pedra bem [abre os braços], como daqui, uma altura assim [levanta o braço esquerdo], até lá embaixo. E lá embaixo é uma laje bem lisa! Aquela laje, é como se tivesse uma porta.
 Eu vi essa mulher, bem branca, dos olhos bem verde, linda. A mulher linda mesmo! Bonita. Fala em boniteza, chega de ver, né? Ela penteando aquele cabelo comprido [passa a mão pela cabeça e a leva até a cintura]. E sentada assim, mas pra frente, pra lá, pro outro lado [aponta para a esquerda] e eu vinha por aqui [aponta para a direita]. E ela penteando aquele cabelão comprido dela e cantando aquele canto, parecia uma reza. E eu cuidava lá em cima, num cuidava na pedra. Cuidava lá em cima, ver se tem gente lá, né?

"sereia" ou "iupiara". Os primeiros remontam da antigüidade grega, na *Odisséia* de Homero, passando por todo o fabulário mundial. E também de norte a sul do país ouvem seu canto, conforme escreve Cascudo (1983b). Não encontramos, contudo, dados a seu respeito na literatura regional. Conforme Leite (2000), em sua tese *Águas encantadas de Chacororé,* o mito aparece como responsável por garantir boa pesca aos moradores.

Aí, o passarinho voou assim e eu espiei. Ela tava sentada penteando o cabelo, daí ela foi espiando assim, foi arriando pra baixo, foi arriando... Depois, quando ficou como uma distância lá naquela parede assim [aponta o braço para uma parede, mais ou menos quinze metros], ela desceu na água. Mas nem onda fez! Nada, nada... Só ficou molhado aonde ele tava sentada. Que ela tava tomando banho, né?

Agora eu num sei o nome dela. Cê encontra gente, que diz que viu. Mas ninguém sabe o nome dela, né?

NEGRINHO D'ÁGUA[10]

Por Dirce Padilha

O negrinho d'água, menino! Isso também existe, entendeu? São parecido com o macaco. Lá no porto de casa também já apareceu, brincando com o capim na beira d'água. Num pode vê a gente, ele pum! Vai pra dentro d'água, sabe? São pretinho, pretinho mesmo! Só aparece o olho e o dente de tão pretinho que eles são. E tem pêlo também, sabe? É gente como gente. Mas tem pêlo.

É parecido com o saci, porque parece gente, né? Mas só que tem duas perna, dois braço e são mais ligeiro. Ele leva pro fundo d'água também! Ele leva e mata afogado mesmo. Leva pra água, pro fundo d'água. Ele mora também no rebojo!

Cê acha que existe alguma cidade de dentro d'água, que a gente num sabe? Se existe, talvez pode ir pra lá e num matar, entendeu? Pesquisar como a gente pesquisa sobre a água, sobre os bicho que existe na água, entendeu? Eles também deve de ter curiosidade sobre nós, que vivemos aqui sobre a terra, entendeu? Pode pegar

---

10 Geralmente habita as águas correntes. É responsável por extraviar as crianças, que tomam banho em rios, e também impede o tráfego de embarcações. Um estudo mais completo sobre esse mito está em Teixeira (1979), que o relaciona aos duendes chineses, habitantes de rios, e ao cabeça-de-cuia do Piauí. Nos relatos de escritores goianos e mato-grossenses, o negrinho d'água é responsável por armar peças nos pescadores, cortando suas iscas e virando suas canoas.

pra levar pra pesquisar. Porque a gente num sabe a ciência deles, o que que eles pensam também, né? Mas que existe, existe! Criança pequeno, que vai tomar banho, de três, quatro ano, ele pega e leva pra fora, pra água. E ninguém nunca mais acha não! E talvez se ele matasse, você falou certo. Talvez se ele matasse, ela boiava, né? Mas só que nunca ninguém encontrou, entendeu? Ele levou e desapareceu mesmo! Agora se encantou pra virar como eles, isso também [faz um ar de interrogação] eu num sei. Fica pontinho, pontinho e sei não!

Por Natalino da Rocha

Então, o morador tava escutando o galo cantando no fundo d'água, falavam o rebojo do Cantagalo, né? Rebojo do Cantagalo e rebojo da Sepultura, indo pra Cuiabá. Então, agora emendou um com outro. Espia, assim que é água que vai borbulhando, dia e noite. Que troço perigoso aquele! Navio, pra passar, tem que apitar. Boieiro chegar: piiiii! [Como se puxasse uma corda de apito.] Lá é um buracão, um bacião que chegou aí [abaixa a mão esquerda até o chão], vai saí no rebojo do Cantagalo. É isso aí!
  Então, o senhor procura, é tudo água e tem muito negrinho d'água. O senhor sabe? Negrinho d'água é do tamanho dessa criança aí. Cabeça redonda. Cabelo [gira o dedo mostrando o cabelo, como se fosse encaracolado]. Então, ele abraça a canoa, ele quer vim pra morder o senhor. Mas ele não come coisa assim. Eles comem fruta, essas coisa que eles comem, qualquer coisa eles num come. Então aí, tudo vai, o senhor vai passar lá.
  Aqui no porto do Dourado, tinha uma lancha de uma captura antiga, primeira missão foi em 35. Então, chegou no Dourado, no meio do rebojo, a lancha ficou funda, não funda, funda, não funda. Então:
  – E agora?
  Não tinha nada!
  – Como que é isso?
  Então, saiu um da lancha, foi lá na casa de uma dona:

— Dona, a senhora não sabe alguma oração, alguma simpatia? A lancha não sai, não tem nada segurando, eu ligo o motor, ela quer afundar.

Aí, disse ela:

— Esse bicho-d'água, se passar ele... Aí, o senhor tem que caçar um cabeça de [incompreensível] ou cabeça de cavalo, amarra num arame, numa pedra e solta no rebojo. Amanhã a lancha solta. Que o rebojo, nada é limpo aí!

Então, eles foram caçar, acharam a cabeça de um cavalo. Então, apanharam ele, amarraram o arame na cabeça dele, numa pedra, e soltaram no rebojo. Quando amanheceu o dia, funcionou a lancha, a cabeça numa barranqueira. Como que isso aconteceu? O bicho tirou do fundo d'água.

Isso é assim! O rebojo é encantado de bicho d'água. Ele pode matar, agora pessoa num vai onde ele tá. Ele some e a pessoa no fundo, então ela morre afogado. É assim, que é.

Por Waldomiro de Souza

Negrinho d'água também apareceu. Esse foi minha tia mesmo que viu. Nós morava vizinho, né? A minha, ela criava um rapazinho moreno, bem escuro, sabe? Negrinho mesmo! Chamava Oscar. E o tempo tava feio, aquele temporal que vem, de chuva, de vento, né? E escuro, veio escurecendo e ela foi na beira do rio puxar a canoa, pra ficar amarrada na estaca, medo de escapar cum o vento, a onda, né? Tirou a canoa pra num raspar no seco. E tinha um ingazeiro assim, que fica o galho n'água, ingá, né? Que peixe vai e come a fruta. E ela viu um negrinho lá pulando assim, né? Na ponta do galho, dentro d'água. A metade do corpo dele assim, n'água e gritando, gritando cum a mão assim, batendo lá no gaio. Ela pensou que era o filho dela e ela gritava:

— Vem Oscar! Vem Oscar! Vem Oscar!

No que ela gritou "Oscar!", e Oscar vem descendo a barranca atrás dela, e aquele que ela viu lá na água num era. Porque aí que ela falou:

— Então é negrinho d'água!

Aí, ficou como negrinho d'água! Ela viu o cara lá na água e pensou que era o filho dela, ã? E, daí, apareceu ele: negrinho d'água, ã? Pois é.

***

Então, uma vez eu fui cum uma tia meu, né? De chalana de voga, fomos numa fazenda Conselho, sabe? Abaixo de Porto Esperança, quase um meio dia de viajar [abre e fecha os braços como se estivesse segurando um remo]. Lá tinha um filho dela, que era encarregado da fazenda. Nós chegamos lá, fomos comer uma feijoada de carne seca, gorda, né? De feijão. Almoçamos, aí viemos embora de tarde. Tá de subida de água acima, né? Vinha passando por baixo das moita de ingazeiro, que fica caído na beira d'água assim, né? Nós passava por baixo cum a chalana. E numa dessa, nós vem. Viemos antes já de escurecer e o negrinho d'água tava subindo no galho e pulou n'água. Aí, vinha atrás da chalana querendo segurar na beira da chalana, atrás. Tudo isso foi visto mesmo! Gente mesmo, né? Bem pretinho! Pois é, da água também. Essas coisa só vive n'água.

SERPENTE ENCANTADA[11]

Por Dirce Padilha

Olha, lá [na baía Mandioré] tem tanto bicho feio, dentro daquela água, menino! Lá tinha uma serpente, que mora lá, sabe?

---

11 Serpente grande, guardiã de baías ou lagoas. Apesar de, na nossa coleta, aparecer em um lugar específico e de ser mencionada em um único relato, características creditadas às lendas, existem várias manifestações de cobras grandes e/ou rãs protetoras de baías, no Brasil. Assim, pelo fato de se manifestarem em vários lugares, com características mais ou menos comuns, podemos enquadrá-la como um mito. Cascudo (1983b), explica que essas serpentes são verdadeiras "mães d'água", atacando e matando banhistas, virando embarcações; à noite, iluminam as águas com seus olhos de fogo. Tal mito também é conhecido, em algumas regiões do Brasil, como "boiúna". Não encontramos dados sobre a serpente encantada na literatura regional.

Tinha uma pedra grande que tem lá, tinha um marco que divide o Brasil com Bolívia, né? Então, debaixo daquela pedra mora uma serpente. Ela sai pra tomar sol. Só num tem duas cabeça, né? Mas existe uma cobra muito grande, uma sucuri muito grande mesmo, se você vir, você assusta. Ela é assim [olha ao redor e aponta para um tronco], da grossura dessa árvore assim, desse pé-de-pau aqui, essa armação aqui. Grossa mesmo, menino! Ela sai e fica tomando sol. Ela engole um boi inteiro daquele lá. Porque meu avô tinha, quantas vezes vovô num achou ela engolindo o bezerro lá?!

Ninguém se atreveu a matar porque, se matar ela, a baía seca! Eu acho que ela é dona da água. Existe o mistério lá por causa disso. Que se matar ela, ela vai secar.

E cê não sabe o que que aconteceu. A minha tia, que mora em casa, ela num gosta de santo, sabe? Num acredita nessa coisa de imagem de santo, que santo faz milagre, que santo é isso, santo é aquilo, né? Cada um acredita como quer, né? Cê sabe o que que ela fez quando ela chegou lá no meu avô? Pegou tudo aqueles santos que tinha lá e jogou lá na baía. Você acredita que a baía secou?! Uns tempos atrás, não dava pra você atravessar do outro lado. Que secou tudinho! Criou um pasto enorme, menino, lá. Depois com o tempo que veio a água de novo.

Eu acho que tem alguma relação sim. Eu acho que sim, menino! Porque secou a água ali, entendeu? E a serpente, ela é muito grande e ela fica em cima das pedra, tomando sol. Aí, quando ela percebe que tem algum movimento, algum barulho, ela desce pra baía [aponta o braço para baixo]. E é aonde vai morar.

Eu acho que ela que faz esse [abre o braço imitando uma onda]. Venta muito e cria aquelas onda grande assim, sabe? Vai, ela caminha mais de dois metro pro seco assim, menino. Leva tudo o que tiver em torno dela, da baía, leva tudo. É água, é pedra, tudo vai pra dentro, num tem coisa não!

O minhocão, ele tem pêlo, sabe? A serpente já não tem. A serpente tem escama. A cobra tem uma escama, né? Num tem pêlo.

MITOS DA MATA

ALMA TRIPA[1]

Por Vadô

E todo mundo já ficou com medo, a comitiva inteira, só porque soube que era coisa... E tudo olhava:
– Ah! Mas é aquele lá?
Mas era grande!
– Aquele é o tal do fantasma que tinha visto. Chi! Porque tem, por aqui fala que tem a alma tripa, tem num sei o quê. Tem assim... Diz que essa arma tripa, sei lá, que ele anda. Eu já vi o grito, eu já vi. Eu já vi um grito. Coisa que eu vou te falar.
No São Camilo, na fazenda São Camilo, na olaria, nós fazendo turno. Nós acordava à meia-noite pra amassar barro, pros cortador

---

[1] Alma penada responsável por assustar animais e pessoas. Emite um grito pavoroso para quem caminha pelas matas. Há uma certa semelhança com o tibarané, alma de bugre que pede um pedaço de fumo, presente na versão de José Mesquita, em *Antologia ilustrada do folclore brasileiro*. Para Hélio Serejo, (s. d. (b)), o tibarané é um pássaro encantado, que grita à noite. Outra semelhança encontrada é com o pé-de-garrafa, que também emite gritos pelas matas e enlouquece os viajantes, conforme Teixeira (1979).

fazer o tijolo pra levantar a casa de São Camilo. Era o Mané, um tal de Lopes e uma porção de gente. Então, eu fui ajudar, né? Bom, e tamo no vento sul. Aquela penumbra de fogo. Hora de dar comida pro cachorro, né? Aí eu levantei, só que ainda num era a hora de coisar, né? Eu levantei, fui urinar. Deitei cum aquele frio que tá e deitei cum aquele frio que tava!

Aí, tinha o Bastião, um parente meu que era filho do Chico Tonho, também trabalhava lá, levantou pra urinar. Levantou e eu sei que ele urinou e depois veio na beira do fogo. Aí que ele viu assim: booom! Vou te falar sô, esses cachorro tudo volveram, tudo por baixo da tarimba do Mané, do Lopes, que tava ali. Aí, o Bastião veio tão apurado, chegou de lá e num achava a entrada do mosquiteiro, que arreou a parte do mosquiteiro. O que que ele fez? Ele meteu o dente ali no mosquiteiro: raaá! Rasgou e entrou de atravessado, ficou cum o pé dele pra fora. Aí que o Mané falou:

– O que que é isso, Tião?

E ele fica quieto, Tião quieto lá.

Mas um grito! Barbaridade! Num sei o que que era. Mas gritou, um grito estranho. Esse eu já vi, já vi sim, esse eu já vi. O povo fala, diz que é alma benzida, né? Porque escutei esse grito.

Outro dia foi lá, falar até pro meu patrão, falei assim:

– Esse grito, o boi que escapou do curral.

Nós num amassamos o barro nesse dia, que o boi arrombou o arame e era um tal de lavrado e bordado! Boi manso que rodava o engenho! Ah! Vou te falar: arrombou, foi embora. Esse que eu escutei, um grito, né? Quer dizer...

CURUPIRA[2]

Por Dirce Padilha

E esse... Como é que fala? O cabelinho enroladinho, o loirinho, que é o currupira. Uns fala currupira, mas acho que ele deve ter

---

2 Responsável por extraviar crianças nas matas. Há diversas formas pelas quais ele se manifesta: anão loiro, de cabelos encaracolados e portando uma bengala

outro nome, porque..." "currupira", né? Nem sei o que significa essa palavra, "currupira", né? Ele é piquititinho, ele deve ter mais o menos assim [levanta o braço direito, cerca de meio metro do chão], um, não chega a ser nem mais um metro de altura, menino. Ele é tão piquititinho, com o cabelinho todo enroladinho, como se fosse uma boneca. Ele é branquinho e tem uma bengala de ouro. Ele fica subindo assim, nas árvores [olha para cima], né? E eu nunca vi, essa história foi minha mãe que contou, né? Quando ela morava em Cuiabá, né? Ela contou, que ela saiu pra brincar com as criança, né? Aí, entraram ela mais as irmã dela no mato, né? Aí, ela olhou pra cima assim, viu aquele bonequinho balançando, balançando na árvore, sabe? Ficando grudado no pé e balançado. Balançava, pulava de um galho, pulava de outro, pulava pro outro, né? E só que ele diz que tem um porém, se você ir pegar a bengalinha dele, ele desencanta, sabe? Diz que a bengalinha dele, eu acho que faz ele ficar encantado, ela diz que é todinha de ouro, menino! Deve ser uma coisa bonita, né?! Se é todinha de ouro, né?

Aí, mamãe diz que viu. Ela e uma irmã dela, chamada Mariana. Falou:

– Mariana, olha lá o que que tá na árvore, Mariana!
Mariana diz que:
– É mesmo!

Olharam pro pé da árvore, onde ele tava, tava aquele coisa brilhoso, né? Eles diz que ficaram com medo, não sabia se ia, corria pra pegar, ou se não pegava. Ela ficava com medo de pegar e acontecer alguma coisa, sabe? Aí, quando o menino viu ele, diz que ele

---

de ouro, como bicho peludo, espírito invisível, ou ainda como índia ou índio velhos. O curupira, em forma de índia velha e soterrando mineiros, é encontrado em Rego (1993). Já em Torres (1980), "kurupí" é um índio velho, responsável por castigar quem derruba árvores e por fertilizar animais e plantas. Um dos primeiros registros brasileiros é do século XVI, feito por José de Anchieta, conforme registra Câmara Cascudo (1956). Desde então, inúmeros folcloristas se debruçaram sobre esse mito. No geral, vamos perceber que há uma confusão entre ele, o saci e o pomberinho – indiretamente com o mãozão, por raptar crianças. Isso se torna latente nos relatos de Sebastião da Silva e Vadô. Para alguns, curupira significa "criança do mato": "curu" de guri, criança, e "pira" de mato.

pulou naquele coisinha, na bengalinha dele, e pum! Desapareceu! Por isso que ela fala que disso existe mesmo, como o saci existe!

***

O meu avô, ele viu. O meu pai, ele também viu esse currupira. Ele foi saí pra olhar passarinho no milharal, né? E viu, diz que o menininho chamava ele do outro lado do arame, sabe? Mas ele, como ele já era bem entendido, ele num foi, não. Porque se você chegar perto, ele pega.

Como perto de uma fazenda aqui, eu esqueci o nome dela, porque meu avô que contou, né? A dona tinha chegado, sei lá, e tinha uma criança que tinha mais ou menos um ano, um ano e meio por aí. Era até um menino. Aí, acho que ela desceu pro porto pra lavar roupa, né? E esqueceu do menininho sozinho em casa. O currupira apareceu e levou o menininho embora, entendeu?

Que passaram vinte e cinco dia procurando e num acharam o bebê da dona. Foram achar o bebê dentro de um buraco de tatu-canastra. Sabe aquele tatuzão? Então, dentro daquele buraco. Só que o menino num falava. E se escutava, isso eu num sei, se escutava. Porque se você falava com ele, num respondia, quer dizer, que o menino num escutava, né? Então, o currupira tirou o poder dele de falar e de escutar, entendeu? Porque ele achava que talvez nunca ia encontrar o bebê dele naquele buraco, né? Só que o bebê estava alimentado, ele alimentava através de frutas, né? Que ele comia. Pegava no mato e levava pro neném comer. Então acharam ele desse jeito.

Tava bem o neném, só que num falava e talvez num escutava, porque falava com ele, ele num respondia, né? Tava calado. Ficou mudo pra sempre. Nem médico num resolveu o problema dele. Por isso que fala:

– Foi esse currupira que levou ele pra dentro do buraco!

Por Vadô

É, mas cê falou em saci, ninguém acredita. Não, num é saci, eu tô mentindo pro senhor. Eu vi o tal do currupira, o tal do

currupira. Eu tava tirando madeira em São Camilo, divisa cum Triunfo, no rio. Ele falou pra mim assim:
– Num é mais hora de trabalhar, cê já pode ir pra sua casa! Eu tava cum meu cavalo amarrado, fui lá, encilhei de qualquer jeito. Vou te falar, eu deixei machado, deixei tudo! E já vi, já vi. Falou pra mim que num era mais hora de trabalhar. Eu vi aquele vulto. Falou que num era mais hora de trabalhar.

O currupira é um trocinho pretinho desse tamanho [levanta um braço mais ou menos um metro do chão]. Esse num faz mal a ninguém! Ele que gosta de pegar criança.

Cê num vê o pomberinho? O pomberinho cê num conhece, mais ele assobia: fiiiiii! O senhor que conhece, tem uma coisa perdido, uma coisa que vai te irritar, o senhor oferece uma carteira de cigarro pra ele e pode deixar. No outro dia, cê vai lá que cê num acha cigarro nenhum. Eu fez aí pra procurar um cavalo, aí na fazenda Santa Maria.

E tava tirando uma madeira pra fazer o retiro. Então, eu falei pro Zé Maria, que ele é meu sobrinho, falei:
– O Zé Maria, nós vamos tirar essa madeira aí.

E eu tinha feito um negócio cum esse tal do currupira. Tudo bem. E eu tava cum uma carteira de cigarro e cum uma caixa de fósforo. Bom, mas num paguei ele. Num fiz o cumprido cum o que era. Isso que eu falo pro senhor, daí que eu fico pensando.

Então, deixei em cima da pedra, uma pedrona larga, e o garrafão d'água aqui. Tomamos tereré, tudo aí, deixei meu cigarro tudo aí [aponta os braços para o chão], por cima. Tava tudo aí. E saí, fomos tirar madeira. Aí o Zé Maria falou:
– Então, olha aqui, vamos tomar mais um tereré que a madeira meu aqui já tem tantos caibro, tantas ripa, tantas linha...
Eu falei:
– Bom, então já vai dar. Vamos limpar agora a estrada pro trator entrar.

Já tinha uma picada velha pro meio, que eu mesmo tinha feito. Aí eu falei:
– Tudo bem, vamos lá!
Aí, tomei o tereré e tal, cum ele ali, falamos:
– Num quero mais, né? Ó, vamos limpar a picada, depois nós volta tomar tereré.
Aí, vou no cigarro, que eu tô procurando aquele cigarro.

– Aonde tá o meu cigarro? Onde que ele tá? Mas eu deixei aqui.
– E eu vi que cê deixou aqui!
– Mas onde que tá o meu cigarro?
– Aí, foi acha...
– Meu fósforo, tudo sumiu daqui, Zé Maria?
– Uai?! Eu num sei, rapaz, onde tá isso!?
Aí, foi achando que era o pomberinho. Aí, foi lá adiante da pedra assim, mais ou menos assim [aponta o braço para a direita], achei cigarro assim: um, dois, três, quatro, num achou? Num achei a carteira não!
Ó, esse caso aconteceu comigo, falei:
– Mas como?!
Esse caso foi sucedido comigo, aí em Santa Maria. Pergunta seu Zé Maria, eu tava cum o Zé Maria e outro rapaz, tirando madeira pra fazer retiro.
O pomberinho nunca vi. O pomberinho eu vou te falar que eu nunca vi, esse eu vou falar pro cê que eu nunca vi, mais ele assobia. Ele grita quase arfando assim. E hoje... Não, quem pegou foi o currupira.
Porque aí tem uma família que mora aqui, que é tudo crente, que conta pro senhor como. Que até tem mulher já de filho, tudo conta pro senhor como que é na estrada de Nhecolândia aí, que apareceram lá pra roubar... Porque ele pega, diz que ele pega criança. Agora, a mim, nunca me pegou, mais eu sei de outros caso.

CHEFE DOS BICHOS[3]

Por Roberto Rondon

Quando a pessoa ia assim, pro retiro, viajar lá pra fazenda, matava uma bezerra pra comer de tarde, quando ia pegar gado brabo, bagualhar, a pessoa falava:
– Bom, hoje Fulano, hoje você vai pegar uma novilha!
Matava a novilha, comia, acabava no outro dia, pegava outro, mas só que tinha muita onça aquela época, né? Era perigoso, tinha

---

3 Espécie de "pai do mato", castiga aqueles que fazem mal a árvores ou animais. Cascudo (1983b) compara essa entidade ao Mapinguari, espécie de "bicho-

muita onça, se a pessoa vinha pro retiro sozinha, tinha que vim armado. E quando ele voltava da fazenda do retiro, ele via a batida da onça por cima do rastro do cavalo dele. Se vinha cum carro de boi, tinha todo o gado, que encarava também os bois de carro, pra bater nos bois de carro, surrar. Então, o carreiro, que é a pessoa que ia no carro, tinha que levar uma espingarda, uma vinte e oito pra atirar o touro, pra assustar! Muitas vez atirava no cupim, pro touro assustar, correr, né? Pra num bater nos boi de carro, né? Então surrava.

Então, aquela época era muito perigoso, tinha muito animal brabo assustando. E tinha um que assim, queixada também brava. E naquela época que acontecia, tinha uma pessoa que gostava de caçar, sabe? Gostava de caçar assim, matar porco, queixada, aquelas caça de desperdiçar, matar touro, jogar fora, sabe? Que, hoje em dia, eu digo que se a pessoa pensasse de o tempo antigo dele, sentar e pensar assim. Por exemplo, se uma pessoa desse antigo, que morou num lugar desse de fartura, pelo que ele fazia, pra pensar hoje, deve sentir, sentar e chorar, né? Porque aquela vez ele matava, desperdiçava, jogava. Então, muitos falava pra ele:

– Ah! Fulano, num faz isso, tudo tem seu dono, né? Num pode matar assim e deixar!

Falava:

– Ah não! Eu vou pra matar!

Aí saía pra caçar.

Aí, um dia que foi, matou oito queixada, mas saiu sozinho no campo, de canoa. Matou oito queixada no campo e deixou. Pegou só duas, pôs na canoa, quando ele chegou na canoa, chegou um marrado de negão assim, monstro! Chegou perto dele e falou assim:

– Ó, rapaz!

Aquilo ele vinha tocando, sabe? Vinha tocando aquele bando de queixada perto do rapaz, que tinha no mato. O caçador vinha tocando aquelas queixada e você via, tinha porco mancando, porco cego, porco troncho mancando, perna quebrada. Aí, ele chegou, falou pro rapaz, falou:

– Ó, tá vendo aquele no rio que tá mancando?

---

homem". É também na forma de um bicho que Rodrigues (1985) registra o pai do mato. O chefe dos bichos também é personagem de alguns contos populares, conforme apresenta a coletânea de Romero (1954).

— Tô.
— Aquele que tá cego?
— Tô.
— Aquele que tá machucado?
— Tô.
— Então, tudo isso é malvadeza, a pessoa que faz, que atira, que machuca, que põe cachorro, que corta, tudo isso... E você matando, desperdiçando... Tudo tem seu dono! Eu sou chefe dos bicho! Agora você vai pegar tudinho aqueles lá, trazer nas costa e pôr pra levar, pra aproveitar.
Falou:
— Mas como que eu...?
— Não, vamos!
Levou o cara lá, pegou, foi jogando por cima dele, ele caiu, caindo, num agüentava, levou lá na canoa. Aí, tirou um pito grande assim [indica o tamanho abrindo as mãos], bateu na canela do rapaz, falou:
— Vou lhe partir!
Bateu aqui [aponta a mão para a perna]. Aí, o cara gritava assim, falou:
— Bom, isso aí é pra nunca fazer isso! Porque todos os animal têm dono!
Aí, ele levou tudinho, chegou na casa dele, mostrou pra mulher dele. Nunca mais ele foi matar bicho à toa.
É um negão alto, grande. Era o dono dos bicho todo, das criação toda. Chama o chefe dos bicho, o chefe dos bicho, né? Como é o nome. Porque tudo tem seus dono, né?

CHEFE DOS BUGIOS[4]

Por Roberto Rondon

Porque tinha outro que vive também nas caça do bugio, né? Como eu tava dizendo pra você aquela hora, o negócio de caça de

---

[4] Macaco grande, protetor dos bugos. Câmara Cascudo, em *Dicionário do folclore brasileiro*, acrescenta que é muito comum a crença de que os macacos, principalmente nos continentes americano e africano, eram gente no passado.

bugio, que tira o couro dele. Então, o bugio, muitos diz que antigamente era gente, né? Muitos fala, mas a gente num acredita, os antigo fala que o formato é quase igual, né? Que quando ele tá dando de mamar o macaquinho, o bugiozinho, você vê que ele põe no colo também, né? Dá de amamentar o bichinho aqui no braço também, mesma coisa de uma senhora, né? [Como se estivesse segurando uma criança no colo.]

E então, as pessoa atira ele, faz tanta coisa, que quando ele tá lá em cima da árvore, que a pessoa atira ele, se der tempo dele pegar assim, por exemplo, uma folha verde e mascar e colocar na cintura dele, ele num morre na hora, não. Ele se escapa! Atirar ele lá em cima, ele pega uma folha verde e masca, ele tampa ali [indica debaixo do braço]. A pessoa chora de ver isso, né?! É uma tristeza fazer um negócio desse, né? Porque gente maldoso faz isso. Dá muita dó!

Então, o cara gostava de matar, era dois compadre, gostava de caçar e tal... Saía pra matar o bugio. Quando foi um dia, aí ele falou assim:

– Tá escutando o bugio urrando longe, né?
Falou:
– Vou lá, vou matar um bugio!

E saiu daqui. Aí, chegou lá, olhou lá em cima, tava bastante bugio de roda dele, um bando de bugio nas árvore. Aí, o bugiozão lá urrando e tal. Aí, o rapaz falou aquilo lá, "que eu vou matar", e o bugiozão tava cum o filhotinho no braço, e a bugia tava junto. Aí, ele olhou lá em cima, falou assim pra bugia, falou:

Segura aqui que eu vou descer lá embaixo,
vou ver se esse caboclo é macho!

Falou pra bugia segurar o filhotinho, que ele ia descer lá embaixo, ver se esse caboclo era macho.

O cara quando ouviu, escutou ele falar aquilo ali, ele largou dali, foi embora, nunca mais.

Esse mito foi colhido, numa versão bem parecida, por Álvaro Banducci Júnior, em *Sociedade e natureza no pensamento pantaneiro*, que leva em conta a simbolização da relação entre pai e filho.

Passou o bugiozinho pra bugia, falou:

Segura aqui Mané que nasce
Vou desce lá embaixo
pra ver se é macho!

Trovou, né? Tá, ele largou. Largou de mão, nunca mais quis matar bugio!
Por isso que eu falo, tudo tem seu dono, né?

CHEFE DOS PORCOS[5]

Por Roberto Rondon

Cada bando de bicho. Se você matar porca de leitão no campo, deixar tudo... E já aconteceu causo de pessoas matar porca de leitão, porca prenha, talvez tá amamentando, tá gorda, a pessoa mata, num sabe, né? E larga, né? Aí, quando chega fim de noite, não no mesmo dia, mas um dia acontece, o pessoal acostuma fazer isso. Aí, que quando menos esperar, de noite ele tá deitado, aparece aquela porca gritando assim, roncando assim, aquele bando de leitãozinho gritando na porta da casa da pessoa. Já aconteceu isso cum uma pessoa.

Eu acredito que é os dono dos porco, é que quando ele vem procurar o que matou, então vêm os filhotinho pra procurar, substituir a mãe que matou. Então, vem procurar, no cara que matou, a mãe dele pra sentir ela no coração. Que é uma coisa que ele num pode se fazer, que não pode ser matado, desperdiçado, fazer uma coisa disso, né?

---

5 Aparece aqui numa personagem feminina. Trata-se de uma porca caçada que, junto com seus filhotes, atormenta o caçador. É um mito que assombra os caçadores de animais prenhes e que não aproveitam a carne. Difere-se da porca e os sete leitões pelo fato de não haver nenhuma menção ao aborto. Banducci Júnior (1995) menciona o dono dos porcos, entidade defensora de todos os animais.

Então, eu acho que é isso, porque tudo quanto é criação, tudo quanto é bicho, tudo que tem aí na Terra, tudo tem seu chefe, tem seu dono, né?

MÃOZÃO[6]

Por Raul Medeiros

Olha, eu aqui na Aliança, perto da Aliança, num sei se é vivo o capataz, o Bastião Rocha, que era capataz da Aliança nessa ocasião, ele tá pra Campo Grande. E tem o João Agripino, e o filho dele pediu, pro seu Chico, pra fazer uma roça aí no campo da Mangabinha, é pertinho da Aliança, divisa da Mangabinha com Aliança, daí é três quilômetro, e logo é o capão. Aí, Chico falou:
– Pode ir plantar agora!

Aí, foram lá, fizeram acampamento e tal, mas quando começaram a limpar, choveu de pedra em cima deles! Num teve jeito, largaram de trabalhar, pararam de trabalhar. E aí, quando eles voltaram pra casa deles, aí era umas seis hora da tarde mais ou menos, começou a atirar pedra na casa dele, chamou o capataz. Pedra daí da beira do Capivari, que tinha um rio que chama Capivari.

Então, umas pedra, umas pedra branca que fala. Ela vai, quando vai, ela vai quebrando. Isso eu já vi também! Foi isso. Já ouvi muitas histórias do pessoal do Pantanal.

E aí no campo, aqui também na Santa Maria, fazenda que era do Vanderlei, tem um lugar lá que o camarada num trabalha, cê fica lá, num trabalha mesmo! Se ele vai lá, toma pedrada, sai de lá de qualquer jeito. Tem um tal do "mãozão", que fala, aí no Pantanal,

---

6 Entidade protetora dos animais e das plantas, também semelhante ao pai do mato. Pelo poder de extraviar as pessoas, é confundido com o saci. Alguns contadores, na lenda do menino perdido, amparado por uma anta (presente na reunião de lendas), atribuem ao mãozão a responsabilidade do extravio. Na maioria das vezes, manifesta-se como um bicho peludo, semelhante a um macaco. A história mais comum é a do paraguaio que o desafia e apanha, presente também nos relatos de Banducci Júnior (1995). O autor comenta ainda sobre um capão, onde muitos acreditam ser lá a moradia do mito.

que já sumiu pessoa aí. Várias pessoa variado. E tem um mistério na fazenda Berenice e Camponer, essa parte aí: Santa Maria. Tem um mistério principalmente nesse capão da assombração! Aí na Santa Maria, aí num trabalha. Saí apedrejado de lá. Num trabalha. E são as coisa que eu já ouvi falar, e eu nunca vi, mas o pessoal contam! Esse tal de "mãozão" que fala, camarada diz que é um monstro! Isso é, se o camarada facilitar, ele leva, ele vai levando. Isto que eu tenho ouvido falar no Pantanal, essas coisa aí! Baita de um animal! Um monstro cabeludo, um macacão, espécie de um macaco grande, é o que diz o pessoal, assim que eles diz. É um animal muito feio, deformado, cabeludo, feio, isso que eles dizem que é.

Aí, esses tempo, na fazenda Camponer sumiu um rapaz, procuraram até, num acharam nem caveira, nem nada, acharam o animal dele depois de uns doze dia que ele tinha desaparecido, ultimamente só acharam o rastro dele, mas ele mesmo num acharam. Tinha um, também outro aí do Taquari, que veio para fazenda Santa Maria, acharam só o cavalo, nem nada dele acharam, sumiu. Até hoje ninguém sabe pra onde foi, nem caveira, nem coisa nenhuma. Ficou desaparecido muito tempo! Tem acontecido isso aí, é um mistério! Lá nesse capão, lá dá assombração, ninguém trabalha, num adianta ir lá, que sai apedrejado de lá. Larga, ele abandona o serviço, num trabalha!

Por Roberto Rondon

A gente lembra das luta antiga dá até vontade de chorar, porque aquela época era tão bom, hoje em dia não, é tudo mudado a vida da gente. O que a gente passava! O que a gente passou! Aquela luta! Menos as desconfiança que tinha na fazenda, né? Os caso que tem, que falam de assombração, tipo mãozão, que comentaram muito ele, que existe por aí, que falam que carrega gente, que pega pessoa.

Quando eu trabalhava lá na outra fazenda, eu via sempre pessoa comentar, sabe? Eu trabalhava na fazenda Ipanema, mas o patrão arrendava na Santo Estevão. Então, eu tive lá seis meses, sabe? O rapaz que tava lá, tava de férias. Então, essa época encheu tudinho, sabe? Encheu, eu fui pra um mês. Aí encheu, eu tive que ficar seis meses lá. Fiquei lá preso, sem poder sair, era só avião. Mas o avião lá, uma vez que o patrão lembrava de ir lá, né? Aí, ia lá. Faltava as coisa lá, e eu com família, criança e mais um outro peão lá pra me ajudar. Também tinha que se virar, mexer com boi de carro, pra ir salgar o cocho, trazer lenha e tanta coisa! Lá dentro da água, e muitas vez num tinha, faltava muita coisa lá, sabe? Tinha que se virar por lá mesmo. Tinha lugar que atolava muito e tinha que andar no campo, ver se num tinha gado morrendo, atolado lá no campo. Muitas vez eu via urubu assim, daqueles capão lá, que era tudo cheio, né? Andava a cavalo, falava:

– Deve ser algum boi que morreu atolado lá!

Chegava lá, aquela estiva de jacaré morto, só cadáver deles, fresquinho, empilhado assim [indica a altura com a mão direita, de um metro mais ou menos], trezentas, quatrocentas, seiscentas caveira de jacaré da hora, fresquinho, que coreiro matava por lá, né? Matava e a gente num via. E eu saía pro campo, muitas vez tava até arriscado tomar um tiro uma hora ali, né? Num tava sabendo, o que eu tava fazendo é isso, era minha obrigação, andar no campo, né? Percorrer a área das invernada, mais oh! Um cara que tá caçando os jacaré, num quer saber, tá achando que a pessoa tá rondando ele, procurando ele, né? Pra ver, contar, investigando. Então, ali é a luta. Que muitas vez cê tá andando lá, fazendo seu serviço, tá arriscado a tomar um tiro, né?

Muitas vez eu saía pro campo de manhã cedo. Eu e o companheiro chegava lá na sede, a mulher perguntava:

– Vocês saíram pra cá pra esse lado?

Falava:

– Não, nós tava pra esse outro rumo ali.
– Ah! Eu escutei tiro aqui pertinho!

Falava:

– Não somos nós, não! Era jacarezeiro, né? Coreiro.

Então, pois é, quando começou secar e baixar água, dava pra viajar a cavalo de lá pra cá. E a pessoa tem um capão grande lá, no caminho que fica no campo de Santa Maria, é um mato muito grande, lá pro lado de Santa Maria, São Pedro. Passa o matão e vai embora, sabe? Só que é cortado, cortado no meio, onde tem o varador de passar com gado, com carro, né? Mas o matão vai embora. Então, esse fala: "é o mato do mãozão", que fala. Diz que aparece um homem muito grande pras pessoa, né? E a pessoa quer dormir lá, é só ir lá. E pra andar lá dentro do mato, ele aparece mesmo. Se perde lá dentro do mato.

Então, tem um bugre velho, que eu conversava com ele, sempre ele falava que quando fosse entrar no mato – ele tinha que cortar um pé-de-árvore pra tirar um cabo de enxada, um cabo de foice qualquer – ele tinha que pedir licença, sabe? Pedir licença lá pro dono do mato, tudo tem dono, né? Então, ele chegava, pedia licença pro:

– Dá licença pra eu cortar um cabo de enxada, qualquer coisa!

Aí podia cortar que num acontecia nada, né? Mas se a pessoa chegasse entrar no mato assim, ir lá cortando pé-de-pau, fazendo bagunça lá, ele extraviava a pessoa. Fazia a pessoa ficar perdida, assustava a pessoa, a pessoa perdia o juízo. Num acertava ir pra fazenda, voltar de novo, ficava perdido lá no mato. E cada vez ia seguindo pra mais longe ainda, ficava extraviado de uma vez!

***

São os donos da mata. E esse mãozão que tem lá, o que fala que é dono da mata lá. Quando a pessoa duvida assim, que entra no mato lá, o mato desanda bater uma ventania! Você pode passar por ali, o mato tá quieto, tá parado, mas se você desandar lembrar dele, falar assim, o mato desanda a ventar, desanda a tremer a folha dos pé, das árvore, né? Aquele vento forte, até assobia lá dentro do mato!

Eu já passei por lá várias vez, mas nunca fiz nada, nunca aconteceu. Porque tem um rapaz, até era conhecido meu, sabe? Ele passou por lá, ele tava trabalhando nessa fazenda, aí ele tava lá. Aí, ele passava por lá, essa época tava cheia, era beira do riozinho, o mato, né? Fica bem na beira do riozinho. Aí ele foi, falou pros companheiro dele, tão tudo no mato, aí ele foi, falou assim:

– É aqui que é o mato do mãozão?
Aí o rapaz falou:
– É aqui mesmo, é aqui. Nesse mato aqui que ele mora!
Ele falou:
– Ah! Mas será que existe mesmo?
Ele falou:
– Existe, tem, já correu atrás de muita pessoa, né? Se a pessoa duvidar, ele se perde aí dentro desse matão! Ele carrega ele!
Ele falou:
– Ah! Desandou debochar, sabe? Ele falou:
– Ah! Mas será que tem mesmo? Se tiver, se existe o tal do mãozão, eu quero ver!
E falou:
– Se tiver, então eu quero que ele vem tomar tereré aqui, junto cum nós!
Tão lá amontoado dentro da água, tomando tereré, né? Com a cuia da água.
– Então, se ele tiver, eu quero que ele venha aqui, tomar tereré junto cum nós!
E tavam conversando, dali há pouco desandou tremer os mato lá, aquele vento forte, sabe? Desandou ventar, tremer aqueles galho de pau e o cavalo dele desandou assustar! Largou até a guampa de mate dele lá!
Aparecia. Num chegou de ver, porque, com o barulho, ele foi embora, né? Num duvidou mais, nem lá ele num passou mais também!

* * *

E tinha um paraguaio que ele trabalhava lá nessa fazenda, ele era empreiteiro, tava tirando poste. Então poste, cê sabe, tem que derrubar muito, andar muito no mato, né? Tem que derrubar muita árvore pra cortar, fazer poste, rachar, né?
Aí bom, ele tava lá, e é acostumado a andar, caçar sozinho, às vez, entre dois, três companheiro dele pra caçar. Aí, ele tava lá caçando, diz que paraguaio é meio brigador também, né? Aí, ele tava lá, caçando...

Ele era meio malvado também, o paraguaio. Aí chegou lá dentro do mato, tava andando ali, correndo atrás de porco. Aí, ele viu um porco lá:
– Ah! Vou matar aquele lá, na foice, né?!
Num tinha arma.
– Vou matar na foice!
Correndo, o cachorro correndo. Aí, ele ia matar. Quando chegou lá, diz que já não era mais porco, era um bicho preto, grande sabe? Foi crescendo...
Aí, o cachorro largou também, desandou a uivar, ficar com medo, aquele lado que tinha tremido de quando ele tá com medo assim. Mesma coisa de um cachorro que quando nunca viu onça, quando ele vê uma onça assim, que ele desanda sentir o cheiro dela, o cachorro desanda tremer tudo, ele corre, fica assustado, arrepia tudo, né?
Então, aquele latido feio. O cachorro largou do negócio lá, aí ele falou:
– Ué? O que que tá acontecendo?
Falou o paraguaio, falou que:
– Se há algum bicho aí pode aparecer, que eu vou... Aparece aí pra mim, que eu num tenho medo!
Pulou um homão lá. Primeiro apareceu aquele vento forte, ventar de assobiar assim, desandou tremer aqueles pé-de-árvore assim! Aí, apareceu aquele monstro de homem ali pra ele, apareceu, pulou ali na frente dele, falou:
– É você mesmo que eu tava querendo!
Falou pro paraguaio, aí o paraguaio falou:
– Mas o que que você quer comigo?
Falou pro tal do mãozão. Falou aí:
– Você diz que num queria encarar outro homem aqui do mato, eu sou o dono daqui do mato, pra você entrar aqui, você tem que pedir permissão pra mim, porque eu que mando aqui nessa mata! A mata é minha!
Aí, falou pro paraguaio, ele falou:
– Faz tempo que você anda cortando pau aqui, cortando árvore aí, desperdiçando madeira, você num sabe que tudo isso é vivo? Essas madeira, né? Tudo isso é vivo, as árvore que tem aqui, você

corta um pé-de-pau aí, ela chora! Você corta tal coisa aí, ela senti! São todos vivo igual você na Terra!
Aí falou pra ele:
– Oh! Mas você tá conversando demais pra mim!
O rapaz falou pro mãozão. O mãozão falou:
– Mas, mas o que que você tá pensando? Eu sou o rei aqui do mato, sou dono daqui rapaz!
Falou pra ele e foi nele. Foi nele, vai daqui, desandou brigar os dois lá, lutando. E vai daqui, vai dali... Por dentro do matão tem aquelas espinha, aquela aguateiro alto assim, né? Ele batia daqui, dali, rolando... Ele entrava no paraguaio, o paraguaio pulava pra lá, pra cá. O paraguaio com uma foice querendo acertar ele, num conseguia, né?

Até que uma hora desse, ele pegou o paraguaio com a mão dele assim no braço, levantou o paraguaio pra cima, pôs no chão e pisou nele [levanta o braço como se estivesse erguendo algo, abre a mão e pisa duro no chão]. Surrou bastante ele! Bateu bastante no paraguaio. Aí, deu um assobio assim, apareceu outro, outro companheiro dele, do mãozão. Aí ele falou:

– Ah! Agora deixa comigo, agora eu que vou acabar de acertar com ele!

O outro companheiro dele falou. Aí ele falou:

– Não, pode deixar, esse aí já tá dominado, num vai fazer mais nada pra ninguém!

Deixou ele lá desacordado. E o pessoal lá procurando ele, sabe? Companheiro, de lá do acampamento, procurando ele. Ele apanhou bastante. Ainda carregou ele muito longe dali daquele mato, ficou extraviado, foi aparecer outro dia lá no acampamento, perdido. Assim mesmo que foram atrás dele, procurando, pegando batida dele assim, no lugar assim, de varador de areião, atravessando, até que conseguiram achar ele. Tava passado de uma vez. Tava passado. Extraviado da mente de uma vez!

E esse mãozão, que anda aí nesse lugar, é só a pessoa duvidar! Dizer que existe, ele tem. E todas pessoa que passa por lá, fala a mesma coisa: "que é um monstro de homem", sabe? Que tudo tem seu dono! Tudo tem seu cabeceira assim, que toma conta do lugar, da área. Então, quer dizer, que este é o dono do mato, o tal

do mãozão. Mas existe ele lá, é um bicho, um monstro de homem, muito grande. E que se a pessoa duvidar, só ir lá e falar que quer encontrar. Tem muitas pessoas maluco já. A pessoa quer ser brabo, tem aquela roupança, fala:
– Ah! Eu vou lá, eu quero conhecer ele! Ver se isso é verdade! Quando chega na beira do mato, que escuta o barulho do vento, sai correndo, nunca mais volta!

Por Valdomiro Lemos de Aquino[7]

Olha, na parte do mãozão, já vi, já aconteceu na minha presença, né? Essa parte na Berenice, que nós tivemos cavoucando um poço pra dar água pro gado.

Então, ficou um rapaz pra trás. Esse rapaz foi pra chegar no ponto onde a gente estava. Ele ia indo, olhou, subiu por detrás dele. Aí, ele olhou um monte de homem preto! Aí, ele bateu nele com uma faca que ia levando, o camarada, o preto avançou nele, derrubou ele, coisa e tal... E por ali, e dali ele já saiu meio desnorteado, né? Num sabia, já tava fora de si.

Aí, nessa hora veio o gerente, passou por lá de jipe, achou ele, pôs ele no jipe, então retornou cum ele pra fazenda, mas ele já tava fora de si e num conhecia as pessoa que tavam com ele. Depois perguntou quem que era aquele pessoal que estava ali. Aí, as criança falou:
– É o Teodoro, o papai.

Eles levaram lá na fazenda, deixaram ele lá, mas ele já ficou desnorteado!

Foram apanhar a gente, tava fora da fazenda. Aí, chegamos lá, tivemos por lá, descuidamos dele um pouco, ele correu, foi pro

---

[7] Valdomiro Lemos de Aquino nasceu em 1936, no Pantanal do Paiaguás. É descendente de mineiros. Sua religião é a católica. Sempre morou no campo e atualmente reside na fazenda São Paulo, Pantanal da Nhecolândia. Não chegou a completar seus estudos. Seu Valdomiro se apresentou como cunhado do rapaz que foi capturado pelo mãozão. A entrevista foi realizada na residência de sua filha mais velha, que mora na cidade, em 21 de dezembro de 1996, e tem a duração aproximada de 60 minutos.

mato [aponta o braço para frente]. Aí, pegamos na batida dele, foi correndo ali atrás no jipe, sempre cercando, fazendo aquela encruzilhada no rumo que ele foi. E achamos dentro de uma mata escondida da gente. Chegamos onde ele tava. Quando ele viu a gente, ele assustou com aquela cara feia assim, que ia vim em cima da gente! Aí, falamos com ele. Chegaram nele, tiramos a faca dele e jogamos a faca dele fora, ele correu pra frente, correu... Aí, corremos atrás dele e pegamos ele, e forcejou escapar, e mostrava que o companheiro dele tava na frente [aponta com o braço para frente]. Falava:
– Meu companheiro taí, alá ele!
Mas a gente num via. Aí foi, tirei do revólver, dei dois tiro, pro pessoal do jipe ver aonde a gente tava. Aí que ele zangou. Ele forçou pra escapar de nós. Dois rapaz que tava segurando ele. Tivemos que forçar mesmo, senão ele ia escapar. Daí fomos cum ele pra fazenda. Aí, nós ia passando no mato, ele foi, falou:
– Minha matula tá bem aqui ao lado!
O rapaz foi, desceu, foi lá, tava o chapéu dele e o ovo de ema dentro do chapéu. Isso foi uma tradição do mãozão, o que aconteceu.
Isso deve ter acontecido em 61, 62...

* * *

E outra parte do mãozão, que eu sei, foi lá na São Pedro, né? Tava um rapaz tirando, pegou empreitada pra tirar madeira, pra fazer curral, cerca. Ia ele todo dia, ele ia no mato. Trabalhar na mata, só ele, sozinho. Aí, quando foi um dia, ele foi-se na mata, tava trabalhando lá, cortando a madeira, lambe que lambe aí, ele voltou, chegou a hora de almoçar, ele foi lá onde tava o animal dele, ele almoçou, aí voltou novamente. Tava lá dentro da mata, cortando a madeira. Tava muito quente, ele foi, tirou do chapéu e foi abanar assim [abana-se com a mão esquerda]. Foi abanar e tava um cachorrinho do lado dele. O cachorrinho disse que rosnou assim, ele olhou pra trás, tava aquele bruto de homem por detrás dele, mas num tinha cabeça, mas ele num tinha nada... [passa a mão sobre sua face], num tinha nada. Aí, o camarada foi e falou pra ele:

– Faz hora tô mandando cê embora. Você tá aqui ainda! Aí ele quis olhar o camarada, o preto. Aí, ele empurrou ele pra sair do mato. Ele pegou, saiu tudo, o camarada tinha bastante de coragem, saiu andando. Ele ia andando pro lado do animal dele. Ele queria olhar pra trás, pra ver o preto, né? Ele encostava a mão nele e falava assim:
– Ah não! Vamos embora! Não olha não!
Aí, ele chegou onde tava o animar dele, encilhou ligeiro o burro que ele tava nele. Encilhou, montou, no que ele montou, diz que saiu, apareceu outro preto bem na frente dele. Falou então:
– Por que cê num parou mais um pouquinho?
Tinha água, ele montou e meteu o burro dele dentro d'água. Aí, diz que saiu aqueles dois homem, homem andando a pé pra ir pro mato, mas duma perna só, né? Aí ele saiu andando por dentro da água e olhando. Mas num tinha cabeça, ele num via olho, num via nada, né? Naquela visão, né? Aí, foi e viu aquelas duas sombra dentro do mato, dois homem, né? Era assim, cabeça [passa a mão sobre sua face], não tinha feição, num tinha olho, boca, não tinha nada, né?
Esse foi de dia. Ele amanheceu no outro dia, aonde ele encostava nele, diz que num batia duro, né? Mas ele queria olhar pra trás [volta a cabeça para trás]. O outro só encostava nele [leva sua mão para frente]. Falava assim:
– Não, vão embora!
Parecia que ele tinha tomado uma surra, aquele nele tava tudo doído [leva a mão ao ombro], a parte do ombro dele, na onde encostava nele. E esse foi um camarada conhecido meu, ele até é casado com uma sobrinha minha. Foi acontecido aí no São Pedro. Foi na fazenda do Maciel de Barros.
Isso já foi mais pra cá. Isso já foi, deve ser em setenta e... Não, isso já foi em 85 aí. Não faz muito tempo.
Num é pra todas as pessoa que aparece, né? Acho que tem muitas pessoa que deve criticar aí, por isso ele deve aparecer, né? Eu nasci, me criei no Pantanal, nunca vi nada. Eu não sou camarada do raivoso, mas não sou muito medroso também. Mas nunca vi nada e não quero ver também. Mas tem muitas pessoa que eu conheço, já viu, mas eu nunca vi. Eu olho no Pantanal, ando num lugar feio, né? Passo no lugar perigoso, mas nunca vi não.

Lugar perigoso no Pantanal cê entra dentro duma mata, lugar sujo, que cê vai passar e cê tá sozinho. É, pra lá tem onça, não é bastante, né? Mas tem lugar que tem ela e cê corre perigo, cê andando e onça pulando em cima. Isso é uma coisa perigosa que pode acontecer, né? O mãozão, isso é uma parte que faz o mal pras pessoa, né? Ele pega a pessoa, desnorteia a pessoa e a pessoa sai andando por aí. Tem pessoa que se perde na mata, fica três, quatro dia perdido, né? Quer dizer, é judiação da pessoa...

Por Fausto Costa

Já existiu muito peão, inclusive peão que trabalhou comigo, quando passava aí nestes pedaços da Nhecolândia, ele num dormia. Ele saiu correndo de um porco, assim que ele conta pra gente, né? Tô contando o que ele contou. E era um capado vermelho, aí ele rodou, o cavalo rodou com ele e ele já foi correndo na frente do porco, daí ele extraviou. E tinha dia, diz que, ele bolava com uma anta, tinha dia que era cum esse porco, tinha dia que era cum outro bicho. E acho que passou vinte e um dia, num apanharam esse bicho! E aí, a turma procurando ele e acharam ele. Laçaram ele, laçaram ele como quem laça boi, e ele num tava bem. Diversas vezes com pessoas lá, porque, quando eu passo com boi nesse pedaço aí, meus peão não apeia, de jeito nenhum, tem medo das alma...
Esse é um... Como eu posso dizer? Esse é um espírito. Tem que ser mal, porque bom não pode ser. Se fosse bom, fazia bondade, né? Tem que ser mal, espírito mal, que vive zanzando aí, pra levar as pessoas lá. Parece que padre já teve lá, né? Esse povo da Nhecolândia aí, diz que conta esses causos, né?

* * *

É, pois é, o mãozão aquele dia eu te falei um pouco dele, porque do mãozão eu num sou muito... Coisa que é mais pro lado de Nhecolândia, que eu falei pra você, né? Mas então teve muitos causos do mãozão, que já pegou muita gente, já sumiu. Depois pegaram ela, e, por exemplo, já teve pessoas aí, que já sumiu e não apareceu mais. Eu conheço aqui um vizinho meu, que mora na fazenda, que sumiu pra esses lado aí. E não apareceu mais. Não sabe se foi ele ou morreu. Mas não acharam. Acharam só o cavalo.

Por Vadô

Eu sei que esse tal do mãozão, esse mãozão na Nhecolândia, eu já debati cum ele. Eu num tô acreditando nesse tal de mãozão, mas também eu fui no hospital e eu vi o rapaz que estava amarrado no hospital, por causa do tal de mãozão. Mas eu num acredito muito no mãozão. Só acredito porque eu, na Santa Natália, com o meu cunhado, fazendo uma cerca, já perto de chegar no fim da cerca, do jeito que nós tamo ali conversando, turma tudo ali e a rapaziada tudo ali. Um tá fazendo buraco, outro tá aprumando, o outro furando. Aí um falou:
— Alá, lá vem o capataz; tá montado a cavalo lá! Vem lá o capataz.
Aí eu falei:
— Mas vem o capataz lá?
Aí, eu olhei assim, e vi aquele vulto, um homem como tivesse montado. Aí tal... Tava ali, tal...
— Ah! Ele vem agora mesmo, arruma o tereré que nós vamos tomar um tereré cum ele ali!
O capataz muito legal, né? Então, tamo ali, tal... E eu olho ali e nada do capataz chegar. E eu tava reparando nos poste, que tava tudo capaz de caí.
— Rapaz, ele vai refugar, ó aquele poste, ele refuga, hein?!
Já tinha refugado trezentos poste! Eu falei:
— O capataz — é o Bertoldo — vai refugar esses poste, hein?
Falou:
— Não, olha, esses poste aqui tá tudo bom, seu Vadô! Agora ele pára aqui e vai...
Aí, depois vamos chegando pra pedra. Mas eu vi, eu num vou falar pro senhor que eu vi o cavalo empinar. Era mais ou menos onze e pouco e nós trabalhando no sol. E nós olhava assim, eu olhei assim:

– Ó!

E eu vi um homem, uma pessoa cara grande, corpo representava uma pessoa que tava montada num burro. E olhava pra nós assim. Eu falei:

– Turma, o que que é aquilo lá?

– Ah! É o Bertoldo.

Falei:

– Mas seu Bertoldo já devia qualquer coisa tá aí. Eu tô precisando mostrar essa cerca aí e tal...

Aí teve um que falou:

– Ó seu Vadô, acho que aquele é o mãozão!

Quando falou que era o mãozão a turma toda: uá!

– Aoô! Seu Vadô, eu num vou mais! Vamos embora!

Aí fomos e eu olhava. Depois, um jatobeiro dessa grossura [abre os braços indicando a largura da árvore], que só via a linha e a linha passava encostado nele. Aí, eu olhei bem assim, também num vi mais! Eu falei:

– Então vamos embora!

Aí então, o meu cunhado falava que era o mãozão. Porque, o senhor fala em mãozão, vai que tem um ali! Bom, a luta vem. Esse tal de mãozão! Porque eu num acredito nessas coisa. É o caso que eu tô contando pro senhor do lobisomem, porque esse caso aconteceu. Esse caso eu até assino, escrevo e assino, que esse existiu mesmo! Isso é uma coisa que existiu na minha pessoa assim, que aconteceu! Mas eu num acredito no tal do mãozão!

Mas passado um tempo, daí um pouco, um companheiro veio e falou:

– Oi seu Vadô, eu vou ver o meu irmão que o mãozão pegou! E agora pegamos ele aí e tá no hospital.

Cheguei lá, tava o homem amarrado. Falei:

– Mas isso num é coisa de louco não!

Eu falei. Aí ele falou:

– É Vadô, cê toma cuidado cum o mãozão que me pegou.

Eu num falei nada também, fiquei só olhando pra ele. Mas só comigo mesmo:

– Mas num pode ser!

Mas eu, por acaso, vou dizer:

— Eu, no caso do mãozão...

***

Agora, tem um paraguaio aí, que mora ali, ele cum os companheiro me contou. Nós sentamos aí, nós tomando cerveja, ficamos aí proseando. Aí, deu uma hora ele:
— Nós apanhamos do mãozão!
Falei:
— Você apanhou do mãozão? Que mãozão que é esse?
Ele:
— Ah!
E o capataz num me fala isso, o chefe do serviço. Puxa vida! Ele até quis brigar comigo no Paraguai. Falei:
— Mas como? Eu quero saber!
Pois é, ele foi na fazenda, aqui no Costa, numa fazenda em Nhecolândia, o capataz levou ele no campo pra tirar madeira, pra fazer a cerca. Falou logo pra ele:
— Ó, aqui, hora que cê quiser ir pro açude vá, tem muita madeira. Mas lá ninguém tira madeira, porque o mãozão ataca lá! E bate em quem tirar.

Os paraguaio, eles achou que era mentira, né? Quando foi num sábado de tarde – eles me conta assim, eles que me conta, esse caso é eles que me conta – ele falou:
— Ó, vamos – paraguaiada toda viaja do lado cum facãozão. Ó, vamos ver esse negócio da madeira. Esse homem num quer que tira madeira lá e vamos lá ver, porque eu sou malandro e ele diz que tem muita madeira.

Onde eles tava tinha madeira, mas num era, daquele lado tinha muita madeira, mas ninguém tirava. Assim que ele me contou. Então, tudo bem. Depois do almoço, eles almoçaram, descansaram e vamos lá. Amolaram o facão, botaram os revólver na cintura e foram lá. Atravessaram tudo assim, sabe? Mas que ele chegou numa área assim, num cerrado, que madeira de vinhático, mas que tinha barbaridade! Ele que me conta, esse causo é ele que me conta, ele que me contou. Então, ele falou:

– Esse homem num quer que tira madeira aqui e tal... Vamos tirar madeira aqui, vamos fazer logo o carreador aqui, porque vamos tirar madeira aqui. Vamos ganhar isso aí.

Então, ele diz que já fizeram o carreadozão pra varar. Passaram a bambuzada, derrubaram e puseram madeira pro trator entrar lá e trazer a madeira.

– E no domingo, na segunda-feira, nós vem aqui e vamos tirar madeira aqui. Nós tira aí cum quatro dia, nós tiramos madeira e nós vamos contar isso aí, vamos ganhar essa madeira aí. Que madeira tá aí pra tirar.

Quando foi na segunda-feira, eles arrumaram churrasco, quebraram o torto, tomaram mate, quebraram o torto e levaram um churrasquinho pra eles comer lá, até meio-dia. E depois ele vinha no barraco acabar de fazer o acampamento.

Bom, ele me conta que eles entraram, entraram lá e falaram:
– Mas que Ave Maria! Vinhático lá!

E o paraguaio com o machado e já amontoando assim. Mas pra aquele vinhático ele tinha um machado daqueles rachado. Vinhático é uma madeira mesmo de lei e é uma madeira muito macia. Eu vou te falar, onde tem vinhático, pra furar, pra tudo, o senhor entra onde tem vinhático, o senhor ganha dinheiro cum poucos dia de preparo.

Ah! Quando ouviu assim, tinha um gritando lá:
– Aaaaaah rapaz! Aaaaah rapaz!

Acho que já viu aquele mundo de homem! Aí que ele mostra, tudo arranhado. Claro, a coisa diz que batia a mão, ele já soltava pra lá [aponta o braço para frente]. Aí, já num tava ele de facão. Diz que dava num, dava noutro, dava num, dava noutro. Desgraçado! Num era cum chicote, era cum um ramo de mato verde: chop, chop! Depois que eles num agüentaram mais, ele largou, correram tudo!

É o paraguaio que me conta isso. Eles largaram tudo, ficou machado, ficou facão, ficou churrasco, ficou a vasilha d'água. E aí pra ele vim pegar outro dia? Pensando, vieram tudo engarupado assim. Ele olhava a madeira lá, tudo assim, quando que ele ia! Falava:
– Puta merda! Isso é forte demais!

Diz que batia aquele vento: fixi, fixi, fixi! Eles já ficaram assim, fazia aquele barulho, aquele urro: uuuu! Ah! Mas diz que eles juntaram só o que eles tinham e largaram tudo a madeira que ficou aí, largou e foi embora.

O paraguaio me conta, ele mora ali. É, ele conta, mas eu, num entrou na minha idéia isso aí. Eu num tinha acreditado.

E eu fui trabalhar na Santa Natália, eu falei lá pro motorista. Falei:

– E esse mãozão aí, que cês fala que dá no mato?

Ele:

– Ah! O mãozão tem feito coisas aqui! Que coisa que o senhor num acredita! Que o mãozão existe, o senhor num sabe.

– Mas existe esse mãozão!?

Eu também num quis teimar, num quis teimar, mas num acreditei. Eu num acreditei nessas coisa de mãozão. Mas todos fala que trabalha cum essa coisa aqui, ele conta, ele fala pra mim que o mãozão é isso, que o mãozão é aquilo, que o mãozão é assim mesmo. Esse rapaz, que eu vi no hospital, diz que o mãozão que pegou ele. Inclusive, um rapaz que eu trabalhei muito tempo no São Camilo, que o mãozão robou o filho dele, coitado! Eles fizeram comitiva de tantas fazenda lá, a cavalo, pra pegar ele. Depois que entrou no laço, caçando num largo, que meteram o cavalo nele e jogava laço nele e tal... Eu sei que pegaram. Isso tava cum uma semana.

PÉ-DE-GARRAFA[8]

Por Natalino Justiniano da Rocha

Aí, teve sete companheiro, também, né? Então, lá é assim que é [pega um graveto e desenha na terra uma encruzilhada], um rumou

---

8 Monstro que ataca as pessoas no mato. Alguns dizem que sua pegada é semelhante ao fundo de uma garrafa, daí o nome. Também há várias versões sobre sua forma. Rodrigues (1985) fala que o cheiro de enxofre anuncia sua chegada,

pra cá, uma encruzilhada, pra saber que já passou, você deixa uma marca, uma cruzeta aqui [finca o graveto no meio da encruzilhada que desenhou no chão]. Que se tem a cruzeta, o senhor já passou, e se não tem, ainda não passou, né? Então, esses três companheiro passaram e esqueceram de botar a cruzeta. O homem, que tava sozinho, chega:

– Aaaaã! Aaaaã! Companheiro?

Responde o outro, lá doutro lado:

– Companheiro, companheiro!

Quando chegou assim, era um bicho, um tal de pé-de-garrafa, já ouviu falar? Tem o pé de garrafa. Então, ele tava com uma garrucha de dois cano. Então ele foi... um pé de araputanga, grande assim [abre os braços]. Ele rodeava assim [faz círculos com a mão] e o bicho acompanhava ele. Aí então, ele voltou assim [faz o círculo em sentido contrário] e encontraram os dois. Quando ele abriu a boca pra gritar, ele: kaaaá! [como se estivesse atirando]. Saiu os dois tiro, o bicho caiu pra trás assim [joga o corpo para trás] e num morreu, foi embora pra diante e ele, que atirou, ficou louco e fugiu pro mato!

Então, anoiteceu:

– Cadê o companheiro?

Os companheiro, noutro dia cedo, pegou os cachorrinho dele, ponharam a matilha pra lá, pra cá, o cachorro foi achar ele no meio de um gravateiro. O homem saiu de lá, nem tinha o que comer, né? Aí, corre daqui, corre dali, alcançaram ele, pegaram, amarraram ele assim [põe as duas mãos para trás], levaram ele pra casa, tava com a língua seca de sede, sem ver água.

Então, passou seis mês sem poder falar. Aí, nesse dia é que ele foi falar:

– Um bicho assim, assim...

---

possui corpo peludo, dentes de caititu, um pé só, braços de macaco e olhos de fogo. Teixeira (1979) afirma que, dentre outras composições, o pé-de-garrafa é um monstro com um chifre na cabeça, um olho na cara, com uma mão e um pé. Por fim, Alfredo Marien, no conto "Era um poaieiro", de *As selvas e o Pantanal*, e Hélio Serejo (s. d. (b)) descrevem-no como um macaco grande, responsável por deixar os poaieiros perdidos na mata.

Por Vadô

O pé-de-garrafa, eu já vi. Isso foi na Bolívia, fomos pra tirar mel na Bolívia. Então, nós trabalhava lá, fomos lá na beira dum corgo. Nós tinha tirado um caga-fogo, a madeira chama caga-fogo, que queima tudo a gente, né? E boliviano sabe. Depois que tirou mel e tal e coisa, eles pega tudo aquilo, borral, tudo e põe numa lata e faz aquela coisa assim, pra tomar, né? E nós tava naquela água e nós tudo na beirada. E eles normal, tudo os boliviano normal, bebendo aquela água salgada. Aí eu vi. O boliviano falou:
– Pera Vadô! O que, que que é aquilo?

Ele olhou assim: era tipo dum homem, bração grosso, meio assim, amarelo, mas cabeludo assim [aponta para a cintura]. Aí, o boliviano num falou mais nada, foi lá e pegou – e tudo eles armado, que tava armado. Isso que eu falo: armado! Mas pegou e saiu tudo abaixadinho assim e fomos embora. Eu vi esse homem, esse troço tipo dum macaco, grande mesmo assim, né? Aquele troção, né? Aí corremos, saímos na estrada e mandamos, mandamos... Mas eu num tava sabendo. Depois que ele chegou lá, ele tá contando lá pra dona, a velha Ester, que era boliviana e que era dona lá, de tudo na vila.

Então, aí que falaram pra ela, eu num entendia, que eles falava um outro nome, né? E então, aí que me falaram, eu trabalhava cum o Bianqui, Bianqui falou:
– É pé-de-garrafa! Vai andar por aí à toa!

Esse pé-de-garrafa, pessoal conta, porque na estrada, numa parte de Bolívia, de Tocavaca, um lugar aí, Tocavaca pra cá, eu esqueci o nome desse lugar, sabe? Então, esse tal do pé-de-garrafa... lá tinha ferro assim, e coisa que tinha, né? Mas tinha uma parte, que era mais ou menos umas quatro, cinco légua que ele tinha lá, era um coisa, né?

Então tava acampado o pessoal da companhia, tava acampada nesse lugar. Então assim, então de vez em quando sumia uma pessoa, sumia uma pessoa. Aí tá:
– Fugiram, fugiram... Tá bebendo, tá num sei o quê... Fugiram!

Mas depois pegaram, falou:
– Mas como que essa pessoa... é onça que tá comendo? Fugiu por quê? Como quê?
É que andou sumindo gente, dormindo, que dormia no barracão, né? Aí eles botaram guarda, botaram guarda. Aí que viram esse tal do pé-de-garrafa. O pessoal fala que é o pé-de-garrafa, porque ele pegava, levava e comia. Aí, foram em Reboré, foram em Reboré. Lá, falaram cum a polícia, vieram dois caminhão cheio de polícia. Tudo cum metralhadora, arma mesmo, né!? Que era companhia, né? E vieram. Aí pegaram essa batida, pegaram a batida. Vai por ali, vai por ali, vai por ali... Já tinham visto pra onde que o bicho correu, né? O bicho correu, o bicho correu. Deu o alarme. Aí, levantou todo mundo e o bicho foi seguindo assim. Aí foram em Reboré, falaram lá, vieram dois caminhões cheio de polícia! Aí pegaram a batida. Aí atravessaram o corgo pra subi a serra e já foi achando pedaço de roupa. Assim o pessoal conta, esse que o povo conta, o que me contaram, o que o pessoal falava tudo, que tinha esse cara e tudo lá ficava assim.

Aí, ninguém queria trabalhar pra engenharia, teve que vim gente aí de duas companhia pra poder tocar o serviço. Porque era um lugar que ninguém quis parar mais. Aí que foram, aí diz que atravessou num sei quantos quilômetro, que subiu assim [aponta o braço para cima], numa árvore, chama "óleo de copaíba", que fala na Bolívia. Fala "óleo de copaíba", que tira óleo dela. E tinha aquele mundo de ninho! De lá que eles viram aquela cara assim, aquele orelhão, olhando... Aí puseram logo metralhadora, aí acabaram. E derrubou, mas tinha osso de gente, né? Aí que foram achar, depois que matou, diz que um troço muito feio, né?

Então, sei que a polícia acabou, derrubou o gado estourado na bala, metralhadora: trararará! Fizeram uma guerra contra tudo! Imagina dois caminhão de polícia, a polícia tá atirando naquele bicho, derrubou ele lá. Diz que a bala num entrava nele, mas que ele ficou tudo acabado, né? Na bala. Aí que fizeram aquele monte.

E aí? Aí queriam levar esse bicho lá pro Reboré, né? Pra ver, né? Pra visitar, né? Mas ele era muito... Aí falaram lá pra companhia, aí que foram lá, pegaram uns burro, que encilharam, que botaram na chincha, que arrastaram e levou. Foi esse coisa, foi lá pra Reboré, o tal do pé-de-garrafa.

Mas eu num cheguei de ver ele assim, falar que eu vi ele e tal assim, que eu tava... Não, nunca vi. Isso que eu falo. Mas o conto é da turma toda, né? Eu trabalhava lá com o Bianqui, mas longe desse lugar, eu era empreiteiro, né? Eu tirava o dormente, né? Essas coisa. Mas esse aí, diz que é o tal do pé-de-garrafa. Agora, eu falar pro senhor que eu já vi ele assim, nunca vi ele assim, nem depois de morto. O pé-de-garrafa!

Porque isso é uma coisa que talvez o senhor conta aí e ninguém tá... Como eu mesmo, é difícil. Agora, vi esse na vila São Tomé, na beira daquele corgo. Viram o boliviano correndo, correndo e eu peguei, era gurizão, então peguei uma batida dele e saímos na estrada de rodagem e descemos, fomos lá pra casa da mulher. E tudo mundo ficou cum medo disso, depois, vou te falar pro senhor... Tudo dormia numa casa que tinha pouca gente, ia dormir tudo lá na casa dessa velha, por causa do pé-de-garrafa. Mas eu falar pro cê que eu vi ele assim, essas coisa assim, não. Vi esse bicho, diz que é o pé-de-garrafa. Vi ele assim, só de costa assim, né? Aquele troção andando, até meio arcado assim. Só sei que é cabeludo, né? Amarelado como o pêlo desse cachorro assim, mas cabelo assim. Nossa! E aquele bração, e aquele cabeção. Eu fiquei assombrado...

Só tem uma perna? Sabe que eu num vi, isso eu num posso falar pro senhor. Que o pessoal fala, diz que tem uma perna só, né? E outra perna, diz que é fundo dum garrafão, diz que ele num anda, diz que ele bate essa [bate uma perna na outra], diz que ele bate nessa aqui e dá um salto. Porque eu num vi, num vou falar pro senhor que eu vi, porque se eu visse, eu falava: "não, é assim, assim, assim". Esse aí foi...

Agora, vi ele assim, daqui mais ou menos assim [aponta o braço para frente], né? Mas tava na bera do corgo, ele ia passando assim, passando assim. E o boliviano viu, jogou até tudo que tava aí. A garapa que ele ia tomar, ele num tomou, foi saindo. A estrada tava mais ou menos assim, uns quinhentos metro, saímos na estrada e corremos mesmo! Se é o pé-de-garrafa, existe! E eu vi! Vi ele assim. Num vi ele de frente, olhando pra mim, não. Vi ele, que um boliviano mostrou pra outro, ele ia mais ou menos uns cem metro longe dele. Aí saímos, pegamos da lata, machado, a tinta e eles armado. Por que que num atirou nesse bicho? Armado de fuzil e num atirou no bicho. Mas aí, eu vou te falar: eu num saía mais! Eu num saía mais pelo mato! Medo dele. Porque essas coisa que eu falo pro senhor, coisa que a gente vê assim, coisa assim. Usa negócio de alma, essas coisa.

PÉ GRANDE[9]

Por Natalino Justiniano da Rocha

Agora eu vou contar do fantasma, agora [muda a expressão facial]. O que que aconteceu comigo, o fantasma. É uma base de meia-noite mais ou menos. Então, eu corri, que eu vi que os cachorro tava tudo embolado na porta de casa, tremendo de frio. Um bicho de pé, dessa grossura [indica a grossura do pé com as mãos], pulou de lá [aponta para cima] assim, fundo, bem na porta de minha casa assim. E minha casa tremeu [treme as mãos], parecia que ia cair! Aí, os cachorro, abri a porta, entrou pra dentro, foi tudo pra dentro. Então, ficou tudo calmo, a coisa acalmou.

Aí tinha outro, eram doze companheiro, tava um de assim [aponta para direita] outro de assim [aponta para esquerda], tava sozinho, né? Então, quando foi três hora da tarde, deu uma chuva assim e tava escurecendo, era lá pra cima da Mata da Poaia. Aí então, vinha um gritando de cima da morraria:

– Aaaaaaaah!

Chegou, pulou a pinguela, passou pro outro lado e foi e viu o acampamento do homem. Chegou assim, ele tinha um cachorro assim [aponta para baixo] pequeno, o cachorro tava tremendo de frio [imita o cachorro]. Então, subiu num pé de figueira grosso [abre os braços, indicando a largura da árvore]. Chegou lá em cima e o cachorro tremendo assim [imita novamente o cachorro]. Aí ele num sabia se... [imita o homem fazendo apontaria], o bicho era do tamanho de um pé de bocaiúva, o pé dele era desse tamanho assim

---

9   Monstro semelhante ao pé-de-garrafa. Ataca os moradores do mato e caçadores. Apesar de os aspectos desse mito serem parecidos com os do mito anterior, o contador não o chama pé-de-garrafa; por isso, o nome foi sugerido por nós, uma vez que ele acentua o fato de o bicho possuir o pé grande. Não encontramos outras referências sobre esse mito.

[faz o gesto abrindo as mãos sobre seu próprio pé], dessa largura assim. Então, ele pegou um espeto de churrasco, engoliu e jogou o espeto de pau assim. Espiou lá dentro, meteu a mão lá, apanhou meia arroba de carne, pois ele comeu tudo [como se o bicho estivesse comendo], jogou o saco pra lá, apanhou outra meia arroba de carne e engoliu tudo. Aí, arrodeou a casa, ninguém. Arrodeou e ele lá em cima [aponta o dedo para cima], espiando o bicho. Então, ele pegou a rede do homem, kaaaá! Arrebentou a rede do homem e ele saiu, pela mesma partilha. Pulou o córrego outra vez e sumiu. Aí, ele pegou a lanterna dele e foi avisar os companheiro. Aí os companheiro pensou que era bicho que vinha chegando:
 – Num é, é eu!
 – Eu quem?
 – Fulano.
 – Ah bom!
Aí chegou:
 – Que que é?
 – Um bicho lá assim, assim... Comeu tudo o que é meu, comeu meu churrasco quente, minha bolsa de sal, comeu e arrebentou minha rede, comeu e...
 – É verdade?!
 – É verdade!
 – Então nós vamos lá amanhã cedo!
Foram onze pessoa lá. Chegando lá, tava o rastrão dele, voltaram, andaram umas três léguas, acamparam outra vez, ficaram por lá. E aí, depois disso tinha outro... lá é assim, pra esse mundo lá!

* * *

Aí passou, tinha outro, sete companheiro também, no fundo da mata. Lá, essas hora, já num anda mais no mato, porque lá é escuro, a mata lá é escuro. Então, os companheiro foi dois apanhar água. Mas só pode demonstrar com sinal assim. Ele tava enchendo a água, o garrafão de água assim [junta as mãos como se estivesse segurando uma garrafa]. Quando ele virou pra trás, o bicho pegou o companheiro [abre os braços, como se estivesse abraçando alguém], chupando o companheiro e jogando pedaço. Então, ele largou o garrafão e correu, ele tava com um garrafão grande na mão. Então, ele correu. O bicho jogou o companheiro.

Ele entrou num pé de araputanga cavoucado. O bicho chegou. E taaaá! [Imita o homem fazendo mira]. Na boca do bicho. Então ele saiu assim. Então, escutaram um tiro, vieram com o fogo, nesse tempo não tinha lanterna, com fogo alumiando.
– Que é?
– É eu que tô aqui! [Fez sinal de silêncio.]
– E o outro companheiro?
– O companheiro tá pra lá, tudo espedaçado!
Amanheceram sentado, só fogo tava aqui [faz um círculo com os braços]. Ficaram sentado... Aí, quando olharam, só um pé do companheiro, tudo chupado. E o cachorrinho pegou o rastro do bicho e foi seguindo. Na base de um quilômetro mais ou menos, viram uma taperinha antiga, assim.
– Aqui que foi acampamento, aqui. Fica quieto que nós não vamos poder falar.
Então, quem matou o bicho ia na frente. Então, a mulher do bicho saiu de dentro da casa e veio encontrar o povo aqui, com duas argola dentro da boca. Então:
– Mata ele!
O homem ficou espiando, aí foi por cima do outro [fez gesto de alguém que mira]: taaá! Derrubou o bicho. Matou o bicho! Aí ele foi lá, tava o marido do bicho morto, a grossura do bicho [abre as mãos], o rabo do bicho daqui até na ponta do pé [aponta para a sua nuca até o pé], o pé dele, do tamanho de um tamanduá.
Aí, tiraram a argola da boca dele, da mulher dele também tirou e levaram pra casa, pra mostrar o bicho que foi.

POMBERINHO[10]

Por Vandir da Silva

Muitas coisas a gente vê aqui! A finada minha sogra viu o tal do pombeirinha.

---
10 Anão que toca flauta e assobia, responsável por encontrar objetos e animais perdidos. Caso o pedido se realize, é comum o pantaneiro ofertar a ele um gole de pinga e um naco de fumo. Apresenta algumas características que o

Ela contou a história. Ela contava muita história. A sogra já morreu. Quando era passado, diz que lá no Paiaguás, na colônia São Domingos aí, eles moraram muito tempo lá. Lá, diz que ela tinha um poço, era muito difícil água lá, né? Tinha um poço, lua clara, diz que ela desceu lá, olhou aqueles dois baixinho. Diz que cada um com corotinho daqueles de cabaça, conversando. Diz que na bera do rio. Diz ela. Eu tô falando por ela, não tô certo de nada! Aí, diz que ela viu aqueles dois descendo lá, apanhando água lá. Aí, ele subiu um serradão que tinha assim, foi embora. Esse ela contou, num tenho nada confirmado se é verdade, ela contou isso aí. Com o tempo ela contou, confirmou isso aí pra nós, né? Que viu, né? Agora eu nunca vi.

Ela falou que era dois anãozinho. Deve ser um macho e uma fêmea, né? Sumiu. Parece uma gente, mas pequena, só que é bem pequeno! Foi embora, num fizeram nada pra ninguém!

Que aqui, por exemplo, nós pantanoso, eu mesmo já fiz, eu perder uma arma, aí cê vai lá e faz uma devoção cum ele, pombeirinhos. Cê faz:

– Se você me achar isso aqui, eu te dou um corte de fumo, um gole de pinga!

Aí dá certo! Por exemplo, muito tem fé, dá certo. Cê vai lá, põe um fumo lá, um gole de pinga lá, e faz o pedido pra ele, que faz achar aquela arma, aquele objeto que cê perdeu. E muitos acham! Por exemplo, na fazenda que nós trabalhamos aí, faz peão perder revólver correndo atrás de boi aí, num sabe mais nem onde que tá! Sabe que correu aqui, mas num sabe onde que caiu o revólver. Faz pedido, vai lá, pede. Leva lá no campo, faz o pedido e dá certo!

---

aproximam muito do tibaraná, por também assobiar na mata e procurar objetos ou animais, porém este último assume a forma de um índio velho ou pássaro. O pomberinho é, conforme descreve Torres (1980), um duende que se transforma em homem velho, tem mãos peludas, ronda as casas e assombra quem fala mal dele. Ainda segundo esse autor, a palavra vem de "pombeiro" (espião de polícia), acreditando haver alguma relação com os bandeirantes, que buscavam índios para escravizá-los, ou com espiões brasileiros da guerra com o Paraguai.

O cara vai, ele fala assim pra ele, que faça que ele encontre o revólver, em tal lugar. Aí, o cara vai e dá certo, vai lá e encontra o revólver em tal lugar. A pinga deixa, a pinga e o fumo, cê deixa num lugar lá. Cê faz, larga lá. Muito faz, eu mesmo cheguei de fazer isso, né? Mas é como diz o outro: "esse é devoção de nós pantanoso aqui!", que cada um acredita no que faz! Mas é, usamos esse tipo de pessoa aí, até hoje tem gente que faz isso, qualquer coisinha, puta!
— Pombeirinha faz favor, pelo amor de Deus, faz eu achar esse objeto!
E às vez dá certo! O cara, na hora que você vai, ele pensa muito, dá certo naquilo!

Por Vadô

O pomberinho, ele é um amigo da pessoa. Vale porque eu num vi o pomberinho. Num vou dizer pro senhor que eu vi o pomberinho, porque quando a gente encontra cum o pomberinho é essas coisa, mas certo sinal ele dá. A gente num compreende o que ele faz mais. Porque eu já vi de caso de assobiar aí. Aí o companheiro fala:
— Isso é pomberinho, seu Vadô, que chama o senhor pra conversar cum ele.
— Mas como que eu vou conversar cum pomberinho? Como que eu vou conversar cum ele? Por que que ele num aparece aqui no meu barraco pra conversar comigo?
O pomberinho, todos falam. No dia que esses rapaz novo, de vinte ano agora, como o meu filho, esse aí, o pomberinho pra ele num existe. Ele já tem outra coisa de agora, mas nós antigo temos. Já conhecemos certas coisa.
O pomberinho é uma coisa que ele avisa, ele assobia assim: nham, nham! Toca até flauta: tim tim, tim tim! O senhor escuta demais, mas ele num faz a maldade. Ele avisa certas coisa. Quando vai chegar uma visita na sua casa, pra preparar de noite, ele vai e assobia.
Eu num compreendo, sabe, essas coisa. Mas porque o pessoal todo fala, os antigo, mais ou menos, mas ele é o pomberinho.

SACI[11]

Por João Torres

Então foi esse! É a vida! Nessa fazenda Laranjal, quando nós fomos pra lá, era bastante assombrado! Fica na saída que vai pra Nioaque. Eu não sei agora, parece que era antigamente. Era fazenda Laranjal, mas ela tinha o nome, depois mudaram pra Vista Alegre, quando era do seu Nestor, era Vista Alegre, agora num sei. Porque diz que venderam lá, modificaram. Então, era mesmo, rapaz, assombrado mesmo! Cê via gongonado, mas se num via ninguém, cê só via gongonado, cê num via ninguém! Tudo bem, então tinha lá a linha de telégrafo, que vai pra Nioaque, que foi o Lopez, aquele paraguaio, que ainda fez isso aí, fez essa linha, e era assombrado aquela estrada ali! Tinha um pé perto dos nossos galpãozão, da nossa olaria ali, tinha um pé de tarumazão, grande lá!

E tinha uma velhinha que morava ali perto, de vez em quando a velha escutava caí aquele pé de tarumã, quebrava tudo! No outro dia tava em pé. Quando num era o tarumã, era os nossos galpão. Falava:

– Ah! Amanhã os menino num trabalha, caiu tudo o galpão!

Quando é de madrugada nós tava trabalhando, tudo.

---

11 Criança negra, travessa e protetora das plantas e animais. As definições e os aspectos do saci se confundem muito com o tibarané, curupira e pomberinho, por assobiar, proteger a natureza, guiar as pessoas e encontrar objetos e animais perdidos. Para alguns, ele é unípede, para outros, bípede que pula em uma perna para não deixar rastro. A literatura sobre o saci é uma das mais vastas. Cascudo (1983b) lembra que, na origem, o saci é uma ave que assume várias formas. Em muitos locais, principalmente no Norte do país, trata-se de um ente ornitológico. Indo mais ao Sul, ele assume a forma de um moleque ágil. Não à parte, Teixeira (1979) associa o saci ao ciclo de histórias do ramãozinho, duende que assusta pessoas e trança a crina ou o rabo de cavalos. Por fim, há o assobio, capaz de amedrontar ou avisar. Serejo (s. d. (a)) decodifica assim o assobio do saci: três vezes, é doença grave; duas, há ladrão de cavalo próximo; uma, haverá festa boa em breve.

Tudo bem, isso foi muito tempo, aquilo ali a gente sabia que existia alguma coisa ali. Uma noite, nós tava de fogo no forno e eu levantei pra ir olhar o fogo, né? O forno atiça pra num deixar apagar, quando começa sair cum pouquinho fogo, vai esquentando devagarzinho.

Aí, quando eu cheguei na manga da fazenda, ali tava cheio de gado. Eu vestido cum aquela capa preta de noite, aqueles touro atropelando. E eu tinha um medo, tenho até hoje, eu tenho medo de andar de noite! Aí, eu custeei a cerca assim, cheguei lá na olaria, tirei a capa, botei em cima das contraboca do forno, aticei aquele fogo. E tinha um que pisava, era tora mesmo, era tronca mesmo, que cê trazia pra botar no fogo. Aí, eu lutei sozinho, coloquei, suspendi ela em cima dum rolete. Quando eu montei em cima da tora, pra puxar ela mais rápido, deu um assobio em cima de mim! Que é esse moço que o senhor tá falando: o saci, o pessoal fala "caipora", mas deu um assobio em cima de mim, rapaz, eu fiquei quieto ali! De noite, né? Fica quieto.

Aí, eu fui levantando, olhando, de noite cê num vê nada. Que cê vai vê? Aí, o cabelo já foi crescendo [levanta os braços para cima da cabeça, indicando a altura do cabelo], peguei aquela tora, empurrei de qualquer jeito, vesti minha capa, fui embora!

Quando eu ia chegando em casa, ele assobiou outra vez. E esse assobio me acompanhou muito tempo. De uns tempo pra cá desapareceu daqui! E, então, se você tiver andando no mato, se pisa no rastro dele, cê se perde. Cê se perde mesmo!

***

Eu foi uma vez, era o mês de junho, trabalhava lá, eu cum primo do Jair aqui, aí fomos caçar:

– Ninguém tá trabalhando, vamos caçar!

Aí fomos. Ele pegou a espingarda, meu filho, até hoje eu nunca usei arma, nunca usei arma, num sei. Aí, nós saímos, nós dois. Andamos, rapaz, temperamos uma garrafinha assim [abre as mãos dando o tamanho de uma garrafa], de pinga cum cravo, canela, aquela coisa! Tomamos nós dois, toramos naquele campo! Ele achou uma seriema, atirou a seriema, matou. Peguei, amarrei na cintura, fomos andando...

Cê sabe, quando nós demos por fé, nós tava perdido! E na beira do rio Taquarussu, nós já tava lá na beira do Rio Taquarussu! E pensava que tava naquele campo. Aí, já era de noite e ele na frente... Ele andava, andava, andava, andava. E voltava no mesmo lugar! Andava, andava e andava. No mesmo lugar! Aí, eu falei pra ele, já pensando isso:
– Se cê pisar no rastro dele também – do saci – cê se perde! Tem muita gente que acha que isso é lenda, mas ele existe, ele é invisível. Cê num vê, mas ele existe!
Aí, eu falei pra ele passar pra trás! Ele passou pra trás. Eu já sabia um pouquinho de simpatia, né? Ele passou pra trás, aí fomos embora, saímos do campo! E aí, rapaz! Cansado que nós tava, eu queria pousar e ele também. Mas nós tinha medo de falar um pro outro que queria pousar naquele frio danado.
Fomos embora. Chegamos em casa era mais de meia-noite, o pessoal tava lá, esperando nós... Já procurando a gente, pra ir procurar nós! Procurar onde?
Então, ele existe, ele é bacana! Ele te orienta se você tiver no mato, ele te orienta, ele te ajuda! Cê vê ele assobiar, você presta atenção pra alguma coisa, algum perigo que vai te acontecer. Algum bicho do chão, que é cobra. Cê pode prestar atenção que ele te cuida de você!
Senhor sabe que tudo tem o seu dono. Tudo tem o seu dono! O mato tem os seu vigia, a terra tem o seu dono. Então, tudo tem o seu dono, as rua têm dono, tudo tem dono! Então, quando o senhor for entrar no mato, senhor benze seu corpo, pega umas folinha verde, vai de fasto pro mato, sem olhar. Pega umas folha verde e enfia na sua cintura, acabou! Essa é a simpatia, num tem perigo! Nem de bicho do chão, nem de nada! Pede proteção, vai embora! Essa que é a simpatia que a gente sabe pra entrar no mato, porque o mato tem dono. Tudo tem dono!
Só que essa alma do saci, num sei por quê? Até hoje, pelo tipo que a gente conhece, pelos livro no estudo, é lenda, né? Fala: "isso aí é uma lenda que existiu". Mas existe mesmo! Ele existe, num sei o porquê, até hoje. Num sei se é mais preso aqui, na vida terrestre aqui, do que nos espaço. Até hoje vive aí, só que ele num faz mal a ninguém. Num faz, se você num abusar dele! Xingar ele, querer

mal ele, falar o que cê num deve pra ele. Aí ele vai te dar uma lição! Que existe! Aqui mesmo, logo quando eu aposentei, tentei estudar. Eu ia nesse colégio aí, Ciríaco de Toledo, ali. Professora começou, falei: – Ah! Professora, a senhora tem nos seus livros como isso aí é uma coisa histórica, mas isso aí existe sim! A senhora começa perturbar muito, ele vem aqui e espalha cum tudo esses aluno seu, que tem aqui dentro [risos]. E viu?

* * *

Então, nessa região em Campo Grande, quando eu me entendi por gente, tinha um senhor, ele criava bastante. Tinha uma moçada na casa dele, bastante. Eles gostava de ficar criticando cum isso aí. E a casa era grande, né? A cozinha era grande! Quando foi uma noite, rapaz, deu um assobio dentro dessa cozinha que largaram de panela cum tudo [risos]. Correram tudo, abandonaram! Quer dizer:
– Eu vou ter mostra que eu existo, né!?
Só que ele é de paz! Num é de ficar perturbando, nem nada. Se você tiver, por exemplo, dentro de uma mata perdido, cê pode socorrer cum ele. Pede por ele que ele vai botar você lá fora da mata! Eles são dono do mato! Tô falando pro senhor: tudo tem o seu dono! Tudo tem o seu dono! Nós aqui, por exemplo, senhor acredita que o senhor tem um guia, que chama anjo de guarda, seu? Pra quem que o senhor pede? Por ele. E eu sou chegado no Nosso Senhor! Porque na vida que a gente levava naquelas fazenda, aquele servicinho, sem nem ter amizade, nem nada! Mas eu recorri a Deus:
– O meu Pai, Senhor vai me ajudar!

Por Dirce Padilha

A gente parava no caminho pra matular, né? Fazer aquela fogueira e assar carne seca, enquanto isso, eles tavam contando, né? Sobre as histórias que tinham no Pantanal, né? Que aparecia lenda, tudo isso que a gente escutava, sabe?

Por exemplo, eu lembro de uma, que tinha um pé de manga, esse era de um... como fala? De um tratorista que tava contando pra gente, né? Que nesse pé de manga, eles foram brincar de pegador, sabe? À tarde, quando tava sestiando, era mais ou menos meio-dia, por aí. Eles saíram pra brincar de esconder assim, pra ver quem achava um ao outro, catar manga, né? Aí diz que eles viram um saci, eles tavam contando. Eu acredito que existe, porque eu também já vi, né? Então, eles corria de um galho pra outro, né? O saci corria de um pé, escondia no outro, sabe? Mas quando eles vinha correndo assim [junta e separa as mãos], eles num via que ele num tinha a outra perna, sabe? Era uma perna só, de boné e fumava um cachimbo, né? Aí, pra todo mundo num se perder, pra ninguém sumi. Eles tiveram que saí dali dando a mão assim, uma com a outra, pra sair do mato, sabe? Pra poder ir pra embarcação deles.

Eu vi quando a gente tava morando, já num tava na casa do pai, porque tava cheio na casa do pai, sabe? Nós fomos num lugar chamado Figueira. Então lá, nós fizemos nosso barraco de palha, né? Porque tinha muita acuri, né? Nós fizemos nosso barraco de palha lá, e a gente tava lá e a mamãe falou assim cum meu pai:

– Olha criança, a gente vai deitar um pouquinho pra descansar, porque o sol tá muito quente, pra gente ir pra roça, agora vocês num saem pro mato, né? Ficam brincando [aponta o braço para o chão], aqui mesmo, perto.

Aí, saiu eu, mais a minha irmã Valdete e o Ramão, que é o caçula, nós fomos. Saímos. Caçar goiaba, né? Porque é goiabal que tinha, né? Nós saímos pra pegar goiaba. E a gente foi aprofundando mais no mato, mais no mato, mais no mato, pro fundo, né? Escutamos aquele barulho assobiando, sabe? Aí eu falei pra Valdete [fala baixo e expressa uma fisionomia de curiosidade]:

– Escuta!

Aí, ela ficou escutando. Aí, o Ramão já começou a chorar, porque ele era muito pequeno, né? Começou a chorar. Aí, eu falei:

– Vamos voltar?

E quando a gente já ia voltando, bateu um vento forte, menino, que parece que a árvore ia caindo tudinho, uma em cima da outra, em cima de nós, sabe? E a gente saiu correndo, correndo, correndo... a gente tinha que atravessar um corixinho, sabe? Onde corre água rasinho, né? E vinha aquele menino pulando atrás de nós, menino! Tinha uma perna só. Sorte da gente é que a gente passou aquela água ali, menino. Porque se a gente num passasse aquela água, eu acho que ele pegava a gente. Ele num passa sabe por quê? Porque, no caminho onde a gente passou, a gente fez uma cruz, entendeu? O caminho é assim, né? [Mexe o braço para frente e depois da esquerda para direita.] A água corria assim, né? E quando a gente passou, a gente fez uma cruz na água. Então, por isso que ele num conseguiu passar pro outro lado, ele ficou lá, onde ele tava. Aí, quando nós chegamos no canto da roça do pai, um caiu pra lá [lado direito], outro pra lá [para frente] e outro pra lá [lado esquerdo], sem fala. Todo mundo mudo, sabe? Ficamos mudo! Só fazia assim [como se estivesse ofegando], porque távamos com a garganta seca, né? Num tinha água pra beber, num deu tempo nem de beber, porque nós fomos caçar goiaba, né? Papai falou:

– Uai?! Que que aconteceu, criança?

Pegou Valdete, pegou Ramão, Ramão num sabia falar, ficou mudo! Depois de horas e horas e horas que eles foram voltar a falar, do que nós vimos lá no mato.

* * *

Eu estava na fazenda lá. Quando o papai foi fazer um tijolo, aí no Sansaruê. Nós saímos pra pegar maracujá e tinha demais maracujá, sabe? Então, era assim, um banbuzal, sabe? E ali, naquele pé de bambu, tinha demais de maracujá. Então, a mamãe falou assim:

– Vai, criança, vai pegar pra gente fazer doce pro Natal, né?!

Era aniversário até de papai, dia 25 de dezembro, era até dia 23, pra pegar os maracujá. Aí, a gente tava subindo lá em cima, sabe? Eu escutei aquele barulho como se fosse assim, alguém tossindo, sabe? E num tinha ninguém, porque criança lá era só a gente mesmo, né? Meus irmãos tava tudo comigo, aí eu falei [diminui o tom da voz]:

– Escuta aí! Fica quieto que vem gente!

Falei assim, mas aí ele falou:

– Mas num tem gente aqui! Papai tá cortando tijolo, mamãe tá cortando tijolo, o pessoal de lá da fazenda num vai vim aqui!

Porque era longe, né? Longe mesmo! Pra ir lá em casa tinha que ir a cavalo, né? Aí eu falei:
– Então vamos descer e vamos correr!
Falei assim pra eles, né? E essas criança tudo pequena, um engancha o cabelo no arame e outro engancha um vestido, eu falei:
– Fica quieto! Porque, perigoso, né? A gente num sabe o que que é!
E nessa hora, ele tava montado num porco, entendeu? Eu num sei se ele tinha duas perna, porque ele estava sentado num porco. Existe um outro é... como que fala? Eu esqueci o nome desse que tava montado no porco, sabe? Mas pra mim era o saci, porque ele tinha o boné vermelho, não vi se ele tava com o pito na boca, entendeu? Mas ele tinha o bonezinho vermelho. Eu desci da árvore e essas criança saíram correndo na frente. E eu num queria deixar o saco de maracujá, eu voltei pra pegar. Quando eu voltei, já dei de cara com ele! Ele passava por debaixo do arame.
Só tinha um. Montado no porco, menino. É um porcão preto, sabe? E dizem que esse que é o dono da mata, né? Eu acho que ele foi lá bravo, porque a gente tava pegando demais maracujá, decerto. Acho que ele num gostou, né? E saiu lá, pra assustar a gente. Aí, eu vi e eu gritei, sabe? Eu joguei os maracujá e saí correndo. E eu vi que era ele. Ele parou e ficou me olhando, né? E eu gritei pra essas crianças:
– Corre, corre! Corre senão vai pegar, né!?
Também a gente nunca mais foi lá! Deixamos o saco de maracujá com tudo lá e viemos embora pra casa.

Por Waldomiro de Souza

Saci-pererê eu já vi no campo, mas ele corre de um pé só, o outro pé levantado, né? Eu já corri a cavalo atrás dele, mas num pega. Pois é. E ele me castigou. Eu era leiteiro lá na fazenda, ele me catava tudo as corda do curral, escondia. De manhã cedo eu ia tirar leite, num achava uma corda. Como é que é! E eu corri atrás dele, então ele me castigou. Ele pegava a tropa, trançava tudo a crina do cavalo. É! Aquele eu já vi.

Eu tinha um filho que ele chorava. Nós ia na fazenda, num tinha banheiro, então nós almoçava e depois saía assim, no campo, né? Nos algodoal, atrás da moita, fazer serviço. E daí, vem ele. Ele corre pra trás duma moita – nós fazendo serviço – e ele foi ali atrás duma moita de serviço e tinha aquelas flor e ele enfiava o dedo naquela...

– Meu filho, num enfia o dedo nessa flor que marimbondo te pega! Que sempre tinha um marimbondo dentro dela, né? Aí, que eu tô lá atrás da moita, fazendo serviço, ele chorava.

– O que que foi? O guri tá chorando?

– Tem um gurizinho ali me chamando, falando pra mim: "venha cá, guri, venha cá!". E eu num vou lá, não.

Aí que eu procurei, que eu vesti a roupa e fiquei de pé, aí num vi. Mas que que é? Um gurizinho saindo correndo pra lá, pulando num pé só. Falei:

– Ah! É saci-pererê mesmo!

Esse eu já vi aqui pro lado da Faia. É numa fazenda aí, eu vi correndo no campo. Fui tomar conta da fazenda do seu Antônio Ribeiro. E eu correndo cerca assim, meio-dia, né? Um sol quente. Ele saiu num galpão assim, saiu correndo no largo. Ele pula dum pé só, mas ele pula! Cum esse pé só aqui, ele pisa aqui, pisa ali [aponta a mão para baixo de um lado para o outro]. O senhor num pega o batido ali. E outro pé, ele segura assim [segura seu pé por detrás], ele anda cum pé só no campo. Tem dois pé, mas ele só corre cum um. Pra cê ver como que é a coisa, né? É danado! Pois é isso aí, cara.

E tropa então, ele trança o cabelo da tropa! Crina comprida ele trança. Comprida, igual gente que trança assim, vai trançando, mas bem trançadinho e amarra. Rabo dos animais, ele trança no campo. Eles são campeirinho, né?

Na fazenda, a gente faz devoção, né? Pra ele cuidar a tropa e a gente vai campiar campo, acha tudo, né? A devoção: pega um copo de pinga põe aqui na janela, pro lado de fora, no parapeito cum pedacinho de fumo, né? E fala que isso aí é pro campeirinho. Aí, ele vem aí de noite pra apanhar e beber. Também o dia que faltar, cê cuida cum ele! [Riso]. Num pode faltar, num pode fazer devoção cum ele e negar. É, todo dia tem que ter ali o pedaço de fumo. Ele leva o fumo e a pinga. Ele bebe a pinga e o fumo ele leva. É, mas também cê pede pra ele cuidar a tropa, ele cuida, num perde um cavalo. Pra ele cuidar a tropa.

Por Vadô

Nós temos essas coisa, o senhor num vê o saci ou o currupira, é que é difícil de conversar cum o senhor assim, uma coisa pro senhor acreditar. Mas ele é um homem rei dos cavalo. Cê vê esses cavalo colhudo, esses pastor que anda no campo, eles pega, ele monta noutros cavalo e ele trança a crina. Esses cavalo apeado, tudo ele trança a crina dele, tudo a crina deles trançado, dos cavalo. Ele trança tudo a crina, o saci.

Ele monta no cavalo, trança a crina do cavalo, trança. Esse, eu trabalho em fazenda há muitos anos, mas quem que trança a crina desse cavalo? Eles fala:

– Ó, cê num sabe? É saci! Olha, mas é!

Agora, esses causo, eu num posso dizer pro senhor que eu já vi o saci. Quer dizer, o currupira eu já vi. Já viu eu tirando madeira na mata. Falou pra mim:

– Num é mais hora de trabalhar.

Olhei assim e vi aquele troço, aí eu parei cum o machado e fui. Segui meu caminho. Tem passado muitos causo comigo. Cê sabe por quê? Porque eu num acreditava! Porque às vez a gente num acredita e tem!

Como eu, que eu vou falar uma coisa pro senhor, eu fui uma pessoa que eu vou lhe falar, agora eu vou garantir, por exemplo, eu, se o senhor falar em Deus pra mim:

– Mas que Deus? Onde que existiu Deus? Se existiu Deus, Deus já morreu e deixou o mundo pro homem viver. Acredito na terra, mas em Deus num...

Existe, hoje eu acho que existe o Deus, porque existe o milagre. O senhor sabe que existe o milagre? Existe! Existe como esse causo que eu tô contando pro senhor. Existe o milagre. Existe. Quer dizer, que Deus num é pra todo mundo! Quer dizer, ele, acho que é um pouco dono de tudo, né? Mas que existe Deus!?

Sabe por quê? É o causo, hoje já tem, hoje já é... Naquele meu tempo, o senhor num usava um óculo, o senhor num usava um relógio, você num tinha uma botina, você num tinha uma camisa, num tinha um sapato, num tinha nada. Aquele tempo era tudo mundo descalço e tudo mundo era honesto. E as gurizada de hoje, esse negócio de colégio, já tão sabendo várias coisa que eu num sei. Eu vou falar, que eu tenho esse guri, tenho minhas filha tudo aí, eu num sei o que que eles pode falar, às vez fala coisa aí e já fala:
– Não, essas coisa é assim, essas coisa é assim, isso é assim...
Já tão tudo sabido até pra... Sei lá o que a sabedoria dá! Naquele tempo, como eu falei pro senhor, era um tempo...

LENDAS

A MULHER QUE A TERRA NÃO QUIS

A LENDA DO CORPO SECO

Por Roberto Rondon

Antigamente, tinha muitos fazendeiro bom e tinha muitas pessoa ruim também. Então, tinha uma fazendeira que tinha uma fazenda. Ela ajustava o peão. O peão trabalhava com ela, aí quando o peão ia embora, pedia a conta assim. Ela falava:
– Não, mas você num vai! Você trabalha comigo tantos anos, você é bom peão, como que você vai, vai embora, né? Você num pode ir embora!
– Não, eu vou! Acerta minha conta, eu vou embora.
Naquela época tinha capanga, né? O guarda-costas do patrão, da patroa. Então, tá acertado tudinho a conta dele.
– Então tá aqui seu salário! Aqui!
Dava pro cara, o cara pegava o cavalo, porque geralmente toda vez, naquela época, cada um tinha o seu cavalo, né? Não dependia de fazenda, falava:
– Vou embora amanhã!
Pegava o seu cavalo e ia embora, né? Aí, a pessoa pegava o cavalo dele, ia embora, quando ele chegava lá, chegava na porteira pra abrir – antigamente era só porteira, num existia portão, num existia nada disso, era só porteira de vara, de correr vara –, quando

ele chegava na porteira, que apeava pra abrir, o capanga chegava e pá! Matava ele! Matava, arrastava pro lado da porteira, pegava o dinheiro e entregava pro patrão de novo, pra patroa, né? E toda vez que acontecia isso. Acontecia. Então, com o dinheiro de um empregado, às vez a pessoa pagava dez, quinze empregado assim, acontecia mesmo. E tinha um capanga só pra isso, né? Chegava lá, pá! Matava e pegava o dinheiro de volta.

Aí ela, a mulher, essa que fazia isso, era uma fazendeira rica, muito rica, né? E ela tinha empregada que ela criava, empregado bonito pra criar assim, bastante né? Pra ensinar a trabalhar. Mas era malvada! Mas ela, as menina que ela criava assim, que ela pegasse, ensinava costurar, fazer bolo. Uma vez que ela tava fazendo bolo assim, falou pra menina ficar cuidando aí. E ela tava cuidando lá. E ela contava tudo o que ela fazia. Contava tudo, tudinho a quantia que tinha ali. Se a pessoa mexia, ela chegava lá e contava, deixava, falava:

– Oh! O castigo!

Aí, um dia ela chegou lá, olhou. A menina pegou um bolo, tava comendo. Ela chegou, pegou, pôs a mão da menina na chapa, queimou, saiu com couro, com tudo a mão da menina. Só porque comeu um bolo, sabe? Essa que fazia isso aí com os empregado dela.

Aí bom, tudo isso ela fazia de malvadeza, sabe? Ela pegava o empregado assim, mandava encilhar um cavalo, saía a andar cum ela no campo, olhar gado e tudo. E ela cum o revólver na cintura. Aí, chegava assim, tinha dia ela falava pro peão, falava:

– Ó, Fulano, a patroa fala! Ó, você vai me levar hoje na entrada, você vai me levar hoje pra Corumbá, na praia! Você tem que ir, Fulano. Tá?

Num vai pra ver! Ela punha o trinta e oito dela na cintura e tinha que ir, né? Ela ficava pelada, tomando banho na praia, falava:

– Olha aqui fulano! Olha aqui!

Quem que vai olhar, né? A pessoa olhava, ela pá! Matava, deixava lá mesmo, né? Então, isso ela ia fazendo, levava. Cada vez ela fazia um, experimentava cum um, a fazendeira, levava um peão, levava outro, levava outro.

Aí, tinha um que trabalhava no gado, sabe? Lá na fazenda. E o peão trabalhava no gado e era uma fazenda grande. Também de

tempos atrás. Nessa época, então trabalhava no gado lá, e vai daqui, vai dali... E tinha um homem que morava assim, uns quatro, cinco quilômetro de longe da fazenda. Morava na roça, também – era sitieiro lá. Morava, tomava conta da roça. Muito grande, a plantação dele da roça, né? Aí, ela foi lá montada, falou:
– Ó, arruma sua mala, vai me ajudar a trabalhar gado lá!
Falou pro roceiro.
– Ah! Mas eu nem sei muito mexer cum gado, lutar!
– Ah! Cê vai, cê é peão pra isso.
– Tudo bem, eu vou, sou empregado, né?
Aí levou. E a mulher dele ficou lá – mulher, filho, tudo lá na casa. Aí, tão lá mexendo, trabalhando gado, dois, três dia. Tava tudo bem. Aí, quando foi um dia lá, tinha um touro bravo, já tinham laçado ele, ele tava muito bravo, sabe? E ele tava lá no curral, o roceiro. Ele foi mexer cum o touro lá, o touro pegou ele pelo meio, imprensou ele na vara de carandá, matou ele. Quebrou tudo ele, deu cabeçada nele, matou! Ela tava lá no mangueiro também, só mandou arrastar fora do curral.
– Arrasta ele ali, pra lá, deixa ele lá!
Um vinte metro pra fora do curral. Deixou ele lá e continuou o trabalho, do mesmo jeito, sabe? Depois de uma semana, ela pegou o cavalo e foi lá no retiro, na casa do finado. Falou:
– Ó, seu marido morreu lá! O touro matou ele lá! Agora você vai carpir aqui a roça pra pagar a conta que ele tava devendo.
Ficou ela na fazenda, no retiro lá, trabalhando cum os filhos pra pagar a conta do marido.
Mas também, essa dona era tão ruim, sabe? Era uma dona muito triste. Quando ela foi ficando velha, foi indo, você vê o que ela criou. Foi aprendendo trabalhar, mas só que não podia sair de lá, que ela mandava atrás. Se fugisse, que era menina, fugisse dela, ela mandava atrás. Pegava, deixava no cadeado, na corrente, na fazenda, se fugisse dela. Se era homem assim, rapaz fugisse, mandava atrás. Mandava surrar. Se quisesse zangar, ela mandava até matar. Se quisesse enfrentar o capanga dela, mandava fuzilar!
Aí bom, foi passando, passando a época, passando, passando... Aí, ela foi ficando velha, foi adoecendo, ruim, até que um dia ela morreu, sabe? Morreu lá na fazenda. Chamaram reunião, tudo.

E sempre ela falava, quando ela morresse, tinha que ser enterrada na fazenda, num queria ir pra cidade. Bom, o marido dela já tinha morrido, já tinha falecido, aí ficou só ela, né? Aí morreu tudo. Levaram ela lá no cemitério, fizeram o buraco lá, enterraram ela lá. Quando foi o outro dia, amanheceu fora do buraco, amanheceu fora do buraco! Aí, foram lá de novo, cavaram mais fundo, enterraram de novo. Aí, o outro dia, amanheceu fora do buraco de novo! Fizeram umas três vez isso, sabe? Mas ela era tão ruim! Então, tinha muito castigo pra ela pagar, né? Pecado que ela fazia, a terra não aceitava ela, não aceitava! Aí, que que fizeram cum ela? Pegaram ela assim, pegaram bastante monte de bastante lenha, fizeram aquela caieira de fogo e jogaram ela de cima pra poder queimar! Pra se livrar dela. Nem a terra num aceitou ela! Muito ruim que ela era de coração, muito malvada, judiava muito.

E que tem muita coisa também que fala de assombração! É desse termo que acontece dela, né? Ela morreu nesse estado, então ela fica sempre naquela área, daquele lugar, assustando as pessoa. Aparece pra um, aparece pra outro... Ela já apareceu pruns quanto lá. Aquela dona de lá. Então, sempre aparece a pessoa morta num lugar assim, ela sempre fica passeando ali, aparece para um, aparece pra outro. Então, a pessoa assusta, né? De ver aquilo ali, nunca viu, né? Mas sempre aparece, que fala assombração, né?

Por Vadô

Porque tem encanto. É uma coisa, né? Porque essa dona de Cuiabá, rica, dona da usina Itaici. A usina maior que tinha em Cuiabá. Isso tudo tá em Cuiabá. Pode ir lá, pergunta sobre a doninha do Aricá. Cê num viu falar nessa mulher? Era a doninha? Não num é a dona do Aricá. Como que chama ela? É, olha, num sei que lá do Aricá. É, mas essa que eu tô falando pra você é do Aricá. Eu num sei que lá do Aricá...

Que tinha um tal de Novardo, que pedia passagem! Esse é causo mesmo que existiu, né? Botou muito nego louco. Canoeiro que atravessava, ficou louco. Tentava passagem e ia lá, chegava lá, falava:

– Ah! Novardo, cê num me pega agora!

O canoeiro via sua canoa afundar! Olhava pra trás, tinha gente! Pois é, mas esse é um causo sô! Um causo acontecido! Essa mulher, a terra num comeu ela. Secou! Ela fica no tal do João Mirim. Lá que puseram ela encostada. A unha dela cresce, o cabelo dela cresce! O pessoal dela vai lá, cortar a unha.

Num sei, faz muitos ano isso, né? Esse acontecido. Mas quando eu ainda morava em Poconé, eu via muito falar em João Mirim. Ia muita gente de Cuiabá lá, pra ver essa. Mas esse causo existiu! Esse causo, é causo que existiu!

Acabou a usina dela, sei lá o que que foi. A história dela é que ela era uma mulher muito cruel, muito malvada. Empregada dela, ela botava gasolina e atacava fogo! E o sujeito que não trabalhasse, tinha o tal do tronco. O tronco! E tinha uma baiona preta. Então, ela falava assim:

– Você já quer ir embora?

– Ah! Que eu quero ir ver minha família...

– Então, atravessa essa baía! Se você atravessar essa baía, cê vai embora!

Essa baía, vou te falar! Piranha tá acostumado a comer gente. E teve dois que atravessou! Por milagre de nosso Senhor Jesus Cristo, ele atravessou! Depois que ele atravessou, foi um tal de Novarto ir atrás dele. Que era outro carrasco! E era o dono da usina, casado cum... Como eu vou lembrá o nome dela?

Partia atrás pra matar. Quando esse Novarto foi, atravessou atrás desses dois, os capanga dele, no atravessar, bateram na pista ali, sabe o que encontraram? Encontraram foi uma onça muito braba lá! Que eu vou te falar! Que quase acabou cum esse tal de Novarto.

A turma ia lá pro mato e a onça aqui. Acabou cum ele. O que salvou ele foi que ele caiu no batelão, a turma andaram por lá, num acharam ele, voltaram. Deve tá rolando lá!

Esse da usina, diz que era assim! Mas esse causo é um causo que cuiabano conhece! Sabe que esse causo existiu mesmo! Existiu esse homem e ele botou muito canoeiro louco! Eu era criança quando ouvia falar nesse pessoal, era criança. E eu num via, mas ouvia falar nesse pessoal. Era criança assim, mas lembro! E depois que eu vim pra Cuiabá, esse causo corria.

BENZEDEIROS FAMOSOS

A BENZEDEIRA DE POCONÉ

Por Roberto Rondon

Como lá lembrava o caso antigo também, de no tempo do finado meu pai, minha vó, sabe? Lá pra lá. No começo, onde nós morava antigo, onde eu nasci e nosso irmão, lá tinha um homem, ele contava pra nós que nessa época, lá em Poconé, tinha uma fazendona da Doninha, chamava Doninha. Essa dona, ela era benzedeira, era curandeira, curava cum raízes de árvore, de pau, da erva do campo, curava câncer, curava vários tipos de doença, sabe? Era benzedeira mesmo.

Então, sempre o pessoal ia lá, era muito procurada pelo pessoal da fazenda. Meu pai várias vez ia lá, sempre ele tava indo lá passear. Ele ia nessa dona. E então, falava essa mesma coisa de meia-noite ir lá no pé de figueira. Por exemplo, a pessoa leva, procura uma cobra, dessas cobra perigosa, cobra grande, venenosa, e vai lá no pé da figueira. Tá lá uma cobra. Então, ele pega um fio de uma corda e ele amarra aquela cobra no meio, mas amarra mesmo! Porque ela é lisa, ela escapa, né? Ela vai se coçando, ela escapa, né? Então, você amarra ela bem no meio, faz uma cintura nela, e deixa ela lá. Aí, na hora que você voltar lá, ela já escapou dali, num tá mais ali no pé da figueira. Já foi embora. Aí, você pega aquele fio, você carrega ele [como se levasse o fio enrolado no ombro], e pode pôr onde você quiser, leva pra onde você quiser. Você vai com ele no bolso. Por exemplo, se a pessoa assim, formar uma briga lá, tal... E você tá ali junto, a polícia pega a pessoa, prende você, prende a pessoa na cadeia, qualquer lugar, no cadeado, na grade, qualquer lugar, sabe? A pessoa se escapa. Pode for onde for! Só sei que ele viu. Chega, o cadeado abrindo assim. O cadeado abre sozinho.

Esse o meu pai contava, ele diz que ele viu o cara fazer isso. Porque lá na onde eu tô falando, que tem essa dona, Doninha que era benzedeira, tinha. Já morreu, né?

Então, o pessoal acreditava muito nela e tinha muitas pessoas que num acreditava, sabe? Pegava o pessoal do Exército pra desfilar pra cidade. Saía de avião lá por cima, helicóptero, pegava bomba, jogava por cima da casa, pra ver se realmente era verdade, sabe? Num acreditava no que era, que acontecia cum ela. Falava:

– Tá iludindo o povo!

Era mentira, o quê? E sempre querendo tirar ela dali, né? Pegava bomba, saía de avião, jogava em cima da casa. A bomba caía e estourava uns cinco metro fora dali. Aí, pegava de novo uma outra lá, soltava de helicóptero, jogava lá de cima, estourava lá fora, de outro lado, sabe? Então, ela sabia várias coisa.

E os filho dela, tinha dois filho, dois que morava cum ela, era muito bagunceiro, sabe? E bagunçava mesmo a cidade! Brigava, matava e surrava a pessoa até! Que polícia num tinha vez cum ele, ia pegar ele, brigava cum polícia, atirava a polícia, trocava tiro. Aí, quando ele fazia toda essa bagunça na rua, aí ele ia embora pra casa dele. Ia lá pra casa dele. Depois, meia-noite, duas hora da manhã chegava na casa da mãe. Aí tava lá! Quando dava outro dia, o carro da polícia ia lá atrás dele, chegava lá, tal... Aquele tempo tinha muito movimento de carro, né? Então, a polícia chegava lá, perguntava pra mãe dele:

– Cadê Fulano, tá aí? Sabe onde que ele tá?

– Quem?

– Seu filho. Ele fez uma bagunça lá e nós viemos prender ele.

– Ele tá. Tá aqui viu? Tá aqui em casa. Cê quer falar cum ele?

– Chama ele lá! Vamos prender ele!

– Tudo bem! Fulano, Fulano, vem cá!
– Que que foi?
– Tão atrás de você aqui.
– Ah! Tá!
Saíram lá:
– Que que cês bagunçaram lá? Fez de luta, vamos levar você pra cadeia, você vai ser preso!
– Tudo bem!
E ia embora. A hora que eles iam saindo, a mãe dele falava pros dois assim, falava:
– Pode ir, meu filho, a sua mãe vai esperar você cum janta aqui! Tal hora você tá aqui, pode ir.
E ia embora os dois, num apanhava, num acontecia nada. Chegava lá, ficava na cela lá, entrava. Quando era tal hora assim, soltava eles lá. De lá da casa dela, ela soltava eles, e ainda saía mais gente que tava na cela deles!
Tinha muita coisa, né? [Risos.] Tinha muita coisa. Aquela época que tem, que acontecia, que a pessoa num acredita e tinha.
Essa dona sabia coisa, negócio de remédio pra benzer, né? Por isso que eu falo: o que tinha antigamente, naquele tempo, hoje em dia num volta mais, né?

Por José Aristeu

Isso aí é causo que a gente conta assim, numa reunião, né? A gente em casa às vezes junta cum um vizinho, a gente conta um, depois conta outro, outro conta, a gente conta! Você sabe que já aconteceu tal coisa assim, né?
Como antigamente existia! Que agora num existe mais! Mas isso faz muitos anos que eu num conheço! Mas acho que nem existe! Em Poconé mesmo, desde 44 que eu vim, nunca mais voltei pra aqueles lado. Cuiabá, eu já fui umas três vezes, já fui pra lá, mas Poconé, nunca mais eu fui! Mas naquela época existia uma dona, perante a Deus, ela que era a médica da comunidade, do pessoal, do aleijado, de um cego, de um doente, perante a Deus e Nossa Senhora!

Então, ela curava. Gente ia lá, ia doente, como eu cheguei de ir lá por intermédio de Santo Amaro, porque o povo é devoto de Santo Amaro, né? Mas o que o povo fala, a gente num pode ter certeza, né? Então, eu fui. Meu avô trabalhava com lavoura e tinha gente que trabalhava com eles lá, empregado, companheirada assim. E a velha chamou a gente pra tomar chá. E tavam cortando arroz. E o arroz, bateu vento, tava deitado. E tava um leitão por baixo daquelas palha de arroz, comendo o arroz. Eu peguei o leitão, joguei no ombro e fui pular um passador que tinha assim, de arame. Aí, eu fui pular e bati no chão, ele veio com a boca e pegou na minha orelha. Aí, só o que bastou. Eu cheguei em casa com dor de cabeça, febre. Eu fiquei quase uma semana: num comia, num bebia, só queimava com febre. Aí, acabou minha vó me levando lá.

Ela fez oração, o remédio dela era só água mesmo. Então, eu vi coisa que ela falou, que ia acontecer e que vem acontecendo, né? Então, a gente conta assim. Conto, eu conto pro povo, num conto pra gurizada porque num adianta. Eles diz que isso é bobagem, é ilusão, foi outra era. Hoje em dia, quase não tem direito de falar com seu filho! Que cê vai falar uma coisa:

– Ah! Isso já foi. Acabou...

Então, ela falou na presença de todo mundo. Aquilo lá era um pomar dela, era um pomar que ia embora assim: laranja, manga, tudo. E lá dentro daquele pomar, ninguém limpava ou passava a vassoura, ninguém nada. E era limpo. Limpo! Podia contar as folha! Aí assim, na frente era um corgo, pois é corgo d'água. Quando muita vez vai uma gente que tá com fé, com uma crença, pra fazer uma cura, receber uma cura, uma oração... E outro vai pra ver se existe, pra ver se é verdade, se é realidade, se é uma verdade ou não. Isso aí até hoje acontece, até cum médico. Então, aqueles era descrente, ia mangando, num seguia pra frente, só seguia pra trás. E aquele corgo tava cheio. Quando chegava aquelas pessoa assim, ela fazia fé pra pessoa ir, aquela água baixava que a pessoa atravessava! E aqueles que era descrente, ficava lá pra trás, chegava no corgo tava [levanta o braço], né? Travessava a hora que ela dava licença! Aí, a água abaixava e a pessoa passava.

Chegava lá, ela contava do começo ao fim! Da hora pra entrá, o que ia acontecer, o que não ia... Ela foi presa em Cuiabá, foi pra

São Paulo. Teve revolta contra ela! Porque ela fazia aquele negócio de caridade. Então, os médico achavam que ela num era assim. Cada ignorante naquele tempo! Aí, tinham as duas mesa grande. Todo mundo que queria, levava uma garrafa, um litro pra pôr água! Era um remédio que ela dava. Eles bebia aquela água pra uma dor de cabeça, uma febre, uma dor assim. Era só tomar um gole daquela água, cum a fé em Deus, você ficava bom. São. Melhorava! Também em Poconé, naquela época, num tinha médico.

Ela punha no meio daqueles litro um litrão grande, aí ela rezava, tirava aquela reza. Falava aquela oração que ela fazia, e naquela garrafa ela punha a mão assim, naquela boca daquele litro. Aquela água ia fervendo, naquela garrafa que ela punha. Aquela água vinha fervendo. Daí, todos nos litro seco – os que punha lá – vinha crescendo a água ali. Vinha fervendo, crescendo, até ficar na mesma posição. Todas as garrafa ali. E o litro dela ficou também! E aquela água fervia na boca daquela garrafa! Passava ainda acima [põe um dedo sobre o outro dando a distância, cerca de dez centímetros] da boca daquele litro. Num derramava uma gota d'água! Quando ela acabava de rezar, a água ficava naquele normal. Aí, ela passou aquele litro e falou:

– Olha meu povo, cês tão vendo esta garrafa? Cês tão vendo esta água nessa garrafa? E coisa e tal...

Todo mundo tava vendo, ela falou:

– Aqui é um sinal. E vai ficar. Que a santa tá dizendo que vai chegar uma época de haver muito campo, tudo torrado! E vai chegar a época de quem esperar a cheia, vai ver seca, e quem esperar a seca, vai ser cheia!

Já passamos, a cheia já deu. Muitos que era rico, ficou pobre. Morreu muito gado, criação, animais, tudo morreu aí, por esse mundo de meu Deus! Pra onde a gente andava, via bicho morto por cima d'água. E aí, ela disse que vai chegar a época de haver muito sinal na terra e muito sinal no céu. Quem prestar atenção vai ver!

Pra mim é uma história e vai ficar como história pra todos nós. Mas foi uma realidade, porque eu vi! Eu tinha o quê?! Tinha nove anos naquela época. Nós guarda! Tem até hoje a mesma coisa, igual a que tá dentro de um caderno. Que existiu, mas isso a gente num esquece!

A DOMADORA DE CAVALOS

Por Vadô

Mas isso eu já vi também. Ó, eu conheci uma Nhá Maria dos Santos. Essa Nhá Maria dos Santos tinha um tal de João Coisa Ruim. Esse homem, em Poconé, num tinha ginete igual a ele, aquele pegava qualquer cavalo aí. Xucro! Ele montava! Ia na festa e o cavalo pulava cum ele no meio da festa. E ele montava no cavalo pra fazer graça. E ele deixava o cavalo pular, o cavalo pulava assim! E ele é um hominho porcaria! Cê conhece seu Zé? O Coisa Ruim? Pois é, mas essa Nhá Maria dos Santos é que tinha um papo assim: rá, rá! Mas a Maria dos Santos era mulher danada! Mas é uma mulher danada!

Então sô, outro lá, ele foi montar, ele falou:

– Ah! Que pedir licença pra senhora, nada! Sou o senhor das minhas pernas!

Aí, ele pegou o cavalo e montou. Quando o cavalo rodou com ele assim, aí: tebef! Montava, aí: tebef! [Sobe e desce a mão.] Levou três tombo! Aí ele falou:

– Ah! Dá licença, dona?

– Pode montar, meu filho. Agora cê vai!

Mas cê já pensou? Como que é?!

Esse pessoal de agora num sabe, se eu falar isso pra eles, eles num acredita, uns acredita, outros não. Como esses milionários mesmo, tem muitos que acredita, rapaz! Tem outros que num acredita, que tem muitos que já viu coisa. Tem muito fazendeiro, esses homem que anda aí, que sabe.

O DONO DAS COBRAS

Por Roberto Rondon

Porque mó desse meu cunhado, que morava na fazenda cum nós. E nessas época, tinha muita coisa importante, tinha muito assim,

benzedor antigo, né? Curador que falava, né? Benzia mordedura de cobra, mordedura de arraia, mulher quando ia dar à luz assim. Então, só mostrava a reta pra pessoa, ele falava:
– Tal hora eu vou fazer a benzeção, o pessoal vai sentir lá!
Como lá mesmo na fazenda, tinha um velho chamado seu Agostinho, cobra pegava no cavalo de manhã ou depois do almoço, ia lá, falava pra ele, falava que reta que tá, que direção que é, falava:
– Tá nessa direção aqui?
Falava:
– Seis hora eu vou benzer daqui lá, pode ver que vai sentir a reação!
Quando dava seis hora, você via que o cavalo modificava, era mordida de cobra, mordida de arraia, era qualquer coisa, dor de dente, qualquer coisa benzia. E esse meu cunhado foi lá na casa do velho, passear, sabe? Era fazedor de laço, fazia corda, fazia tanta coisa e contava causo. E o bugre lá, morava sozinho, longe da fazenda, sabe? Uma casinha velha de palha, aquelas casinha barroteada, cum barro ainda, sabe? Fazia aquelas ripinha assim, barroteava de barro, fazia ficar igual à casa de material. E aí, passava a cal nela, ficava uma cabaninha, sabe? Lá sozinho.

E ele gostava muito de contar caso, esse velho. Aí, o meu cunhado foi passear lá, ele era muito unido, ele e o outro amigo dele, que quando eles chegaram de sair de uma fazenda assim, que eu me lembro, antes de casado, que eles era solteiro, e se saía de uma fazenda, ia procurar serviço em outra fazenda, que num tivesse serviço pros dois, aí ele num trabalhava. Tinha que ser pros dois, eram igual dois irmão.

Aí, eles foram nessa casa, desse velho lá. Chegou lá, tavam conversando cum o velho – naquela época era mais mate quente, né? Tomaram um guaraná ali, tal... Aí desandaram a conversar cum ele lá, tudo. O velho tava conversando cum eles ali, tudo. Aí, ele deu um assobio, o velho deu um assobio. Aí, o velho deu um assobio lá. Apareceu cobra de todo tipo: cobra grande, pequeno, de tudo quanto era tipo! Venenosa, sem veneno! Aí pareceu, desandou a andar por ali, sabe? E ele sentado ali, junto com o velho, desandou correr. Subir pra cima. Aí, o velho falou pra ele:

– Não, num precisa assustar, não. Isso é só minhas criação! Num assusta não!

Desandou subir pro pé dele assim, por cima do pé dele, andar assim, entrar dentro da casa assim. Aí, eles cum medo, nunca tinha visto isso, né? Aí, ele falou:

– Num assusta não!

Aí, teve por ali, andando por ali uns vinte minuto, quinze minuto ali. Aí falou:

– Bom, cês tão cum medo, né?

Pegou um chicotinho de corda, um reiozinho, saiu tocando elas:

– Vai embora, vai passear, pode ir, vai embora!

Saiu tudinho, esparramou no campo de novo, tudinho as cobra. Mas num fez nada pra eles ali.

Por isso que eu falo, a pessoa tudo tem um jeito de sobreviver e entender os animal! E tudo tem seu lado bom!

Agora, num sei que envolvimento que ele tinha com as cobra. Que envolvimento que ele podia ter? Porque antigamente a pessoa tinha muito segredo de saber, de ir lá fazer as coisa assim, né? E se a pessoa queria saber uma posição, queria saber uma simpatia pra montar num cavalo brabo, pra qualquer coisa, então a pessoa perguntava pra ele, ele falava:

– Você tem coragem?

– Ah! Num tenho!

Então, isso num era de destrinchar pra você. Aí perguntava pra outro: "eu quero ensinar fazer montar num cavalo brabo", "eu quero aprender tocar violão", "eu quero isso e aquilo" e ele falava:

– Tá eu vou te ensinar, mas eu quero ver se você tem coragem!

E um dia ele fez cum um homem lá. Ele tava lá conversando lá. Aí, ele falou:

– Puxa, quando que cê vai me ensinar fazer isso? Eu quero aprender uma reza, eu quero uma simpatia!

Falou:

– Tudo bem, eu vou ensinar pra você uma benzeção.

Era de tardezinha. Foi passando, passando. Quando foi à noite, o cara falou:

– E daí, você num vai me dá, num vai me ensinar a oração e tudo assim?

Aí, ele falou:
– Ah! Tá tudo bem! Eu vou te ensinar, mas primeiro você vai lá no mangueiro de trabalho! Que é o curral de trabalhar gado, sabe? Tinha um couro de boi especado, sabe? É, o couro de boi é especado em cima da vara do curral, sabe? Da mangueira de trabalho, carnearam, espicharam, lá mesmo deixaram especado, sabe? Aí, ele foi e falou pro rapaz, falou:
– Ó, você vai lá, num tem aquele couro lá especado?
Ele falou:
– Tá.
– Você chega lá, pega lá, tira só o lombo. É que é o meio do couro, sabe? Pra fazer chicote, né?
– Corta só o lombo ali do couro e traz pra mim aqui!
E falou:
– Vou deixar no sereno pra mim fazer chicote amanhã, né?
Mas é que ele queria experimentar o rapaz, pra ver se ele tinha coragem, sabe? Aí:
– Tá!
O rapaz falou:
– Tá, eu vou lá!
Fica perto do galpão. Saiu correndo. Foi lá. Quando ele chegou lá, que ele foi levar a mão assim, que ele iluminou, tava uma cascavel de comprido, no meio do couro – e cascavel é uma cobra perigosa, né? Batia, caía né? Quando ele foi levar a mão, alumiou, tá a cascavel ali. Aí, ele largou, voltou lá, falou:
– Ah não! Tem uma cascavel estirada lá.
Falou:
– Ah tá! Esse num vai me servir, num vai ter coragem, porque eu fiz pra experimentar você! Você num teve coragem, então num vai adiantar!
Porque se ele pegasse ali, era pra ele chegar e pegar na cascavel, pegava, a cobra picava ele. Aí, ele ia lá, ele benzia e sarava. Então, através dessa picada dela, ele ia ensinar a simpatia pra ele, ia passar pra ele através dessa picada da cobra. Mas num resistiu. Chegou lá, falou que tinha uma cobra lá, ficou cum medo.
Era o mesmo velhinho que chamou a cobra, que tomava conta das cobra. Já morreu! Era uma pessoa comum, mas era muito

esquisito, sabe? Que, naquela época, tinha muita mistura de negro cum índio assim, e ele era um índio velho, sabe? Morava sozinho no mato, vivia assim, desde que foi pego. Brabo sabe? Então, ele num gostava de misturar cum gente. Morava sozinho e era daqueles esquisito, sabe? Que muitas vez a gente escutava. Às vezes, criança que chegasse perto corria dele cum medo, rindo do jeito dele. Então, ele falou pro rapaz:
– Você pega lá, que eu vou te ensinar!
Aí, o rapaz num resistiu, num teve coragem de pegar, ficou cum medo. Falou pra ele:
– Ah! Eu num vou pegar lá não, porque lá tem uma cobra lá!
E largou de mão, porque se a pessoa faz isso, então ele aprende, né? Porque tem, tem muitas coisa que acontece assim, que é dos antigo.

Por Wilton de Arruda Lobo[1]

Eu num acreditava em simpatia, mas num deve duvidar de nada! Eu vi um camarada pegar um cavalo xucro, cavalo brabo mesmo! Ir lá e trazer ele aqui, e montar, e o cavalo num fazer nada, e outra pessoa num chegar...
Eu já vi um camarada que era benzedor de cobra, e daí, por exemplo, ele ia benzer o cara e tava o ferido da cobra. E ele dava um assobio, aí parecia um lote de cobra. Com aquele assobio que ele dava! Aí ele falava assim pras cobra:
– Pode embora! A criminosa fica aí!
Ele num sabia qual é que mordeu, né?
– A criminosa fica aí! [Aponta com a mão aberta para o chão.]
E ele também num gostava que matava as cobra. Aí, aquelas cobra saía, ia embora! Aí ele falava:

---

1 Wilton de Arruda Lobo nasceu no Pantanal do Paiaguás, em 1938. À época da entrevista, residia num sítio na colônia Bracinho, onde trabalhava com condução de gado. Há cerca de 18 anos é evangélico. Não chegou a completar seus estudos. Seus filhos residem na cidade, para onde vai com freqüência. A entrevista, com duração de cerca de 1 hora e 30 minutos, foi realizada no porto Santo Antônio, colônia Bracinho, Pantanal do Paiaguás, em 20 de fevereiro de 1997, e contou com a participação de Ana Rosa.

– Agora, você nunca mais vai morder ninguém! Pode sumir daí!
A cobra sumia.

E eu pensava que era aquelas história que eu via os antigo contar, os pais... E eu pensava que era história, um dia eu vi! A gente num acredita em certas coisa, rapaz, mas é verdade! Vi o cara fazer isso. O camarada tá ofendido, passando mal e ele benzia. Ele era um pretão velho, já morreu. Eu num sei, acho que ele era mineiro. Ele anda assim, andava... Era meio andarilho, um troço assim. Era benzedor. Esse homem era brincadeira, viu!

Desse cavalo, que eu tô te falando, cavalo brabo que ninguém encostava nele, ele encostava mesmo! Num tinha problema. Ia lá, pegava, trazia, montava, num fazia nada cum ele!

O MATO DO ESQUECIMENTO

Por Dirce Padilha

Olha, eu poderia contar das caça que a gente fez na fazenda, né? Saindo assim, no campo pra caçar, pra colher mel, pra pegar porco pra criar, né? Eu, meu irmão, mais os colega dele e minha mãe, nós saímos no campo pra caçar. E a gente, quando vai pra caçar, tem de dormir, estender é... Como é que fala? Um jirau, pra você ficar sondando, pra quem vem ali. Por exemplo, tem um pé-de-árvore, tá caindo fruta, todo dia um porco, ou sei que lá, vem ali pra pegar. Então, cê tem que fazer um jirau meio alto, pra dormir um pouco na árvore, né?

Jirau é um acampamento que você fica lá em cima. Então, tá protegido do bicho do chão e outro, né? Aí, você arruma o mosqueteiro e fica bem equipado lá em cima, arma bem e fica sondando. E fica ali, olhando a hora que ele vem pra atacar, entendeu? Pra comer.

Então, a gente fazia isso, punha o jirau lá em cima e fica sondando. Boa lanterna, você precisa disso. Quando sai pra caçar, você precisa de uma boa lanterna, né? Então, essa hora a gente alumiava em fila os boi assim, vindo pra comer, sabe? Em seguida, veio o porco, veio a onça pra descer, porque era descida dela pra beber água.

Então, a minha mãe, boa atiradora, o meu irmão também atira muito bem, né? Deu um tiro nela. Ah! Menino, mas eu acho que pegou de raspão, num pegou no lugar certo pra matar, sabe? Porque se ela sentisse nós lá em cima, talvez ela ia catar nós lá, né? Nós éramos quatro. Derrubava o jirau lá e a gente caía. E aí? Até correr, ia correr pra onde? Num tinha pra onde correr! Então, tinha que matar ela, pra depois a gente pegar o porco, entendeu? Talvez o porco não veio aquele dia por causa dela, que tava ali, né? Desceu pra beber água. Sentiu ninguém. Veio, né?

Ela saiu dando pulo, miava lá pro meio do mato, menino! Nós ficamos com medo de descer, nós descemos só no outro dia, sete hora da manhã, o sol já tava alto, sabe? Aquela solzera e nós tivemos que ir correndo pra ir pra casa, sabe? Mamãe só deu um tiro, mas só pegou de raspão na bicha. E a bicha saiu toda cavalgando e quando ela é atirada, você leva cachorro. Puxa! Aí que ela fica uma fera mesmo! Lá dentro do mato. É perigoso matar mesmo!

Então, nós fomos embora, mamãe deixou ela machucada e nós fomos embora pra casa, né? Aí, antes de chegar em casa, nós saímos pra pegar um porco e esse meu irmão aí, ele perdeu-se no mato, entendeu? Ele caminhava e quanto mais caminhava... No mato, existe uma folhinha que chama orelha-de-onça, sabe? Aquele matinho é encantado. É encantado e faz você esquecer. Se você esbarrar nele, você esquece, não sabe o caminho de volta pra casa. Pouco existe, mas existe aquele mato, se você encostou nele, você não sabe voltar mais pra casa. Você fica esquecido, entendeu? Você pode caminhar, você pode passar perto da casa, mas você num reconhece o local que você esteve, entendeu? Você só lembra que entrou na mata, mas num sabe voltar pra casa. Ele, acho que esbarrou nisso aí!

Ele devia de voltar, ficou caminhando pelo mato, foi entrando pra mata e já era quatro e meia, deu cinco e meia, nada! E subiu na árvore, e gritava, e nada! E aonde?! Tão longe e o vento contra, né? Você grita, grita e ninguém escuta, né? Nós já tava preocupado, porque ele num voltava pra casa. Porque existe um lugar certo, né? Por exemplo, estamos aqui, um vai pra lá [aponta a mão para a esquerda], outra sai pra lá [aponta a mão para a direita] e nós marcamos no relógio a hora que a gente vai se encontrar ali, né? Aquele horário você num pode falhar, você tem que tá ali! Entendeu? Então, se acontecer alguma coisa, você tem que dar um tiro ou você tem que dar uns fogos pra saber o local aonde você está, né? E ele, nem isso ele fez. Você sabe o que ele fez? Subiu numa árvore, num pé de piúva muito alto, que é a árvore mais alta que tem no Pantanal, esse pé de piúva, né? É o mais alto que tem! Quando subiu lá na copinha, dormiu, menino, lá na copa da árvore, da piúva! No outro dia, com fome, já de manhã, ele desceu e viu uma fumaça. Aí, ele caminhava um pouquinho, subia na árvore pra ver onde tava a fumaça. E onde era nosso acampamento. Ele esqueceu a espingarda, esqueceu sapato, esqueceu facão, esqueceu tudo no mato! Chegou lá em casa quase morto de fome, cedo porque não tinha água pra beber.

Na orelha, que num pode encostar nela, entendeu? Que se você esbarrar nela, você fica também esquecido, entendeu?

Por Vandir da Silva

Existe uma mata aí, que é na vizinha aqui, que num é bom facilitar lá, que cê num volta mais, sozinho num volta mais!

Deve ser encantada ela, que se você entrar lá, cê num volta mais. Assim sozinho, quando você vai de dois... Que aqui também tem um, tipo um mato que eu mesmo já fiquei perdido numa fazenda, que eu trabalhei lá. Trabalhei dezesseis ano lá, eu fiquei perdido lá! Mais de três hora perdido! Saía no mesmo lugar, no lago que eu conhecia, e voltava pro mato de novo! E coisa que eu tinha morado dezesseis ano. Eu sabia, conhecia tudo lá. Saía no lago onde que era o cocho, que o gado comia sal, eu chegava lá, achava que tava errado, voltava pro mato de novo! Fiquei umas três hora assim, perdido. Até que eu sentei, deixei passar tudo. Eu sabia que tava perdido, mas:

– Num tô perdido!

Aí, vim de novo no mesmo rumo, saí em cima do cocho. Eu sabia que eu tava aqui, mas, dentro da minha cabeça, num era pra mim aquilo. Saía lá, olhava:

– Num é!

Voltava pro mato!

É um ramo que tem no mato, que cê esbarra nele, se fica [gira o dedo, dando a entender que as coisas ficam confusas]. Perde a noção. É uma planta, cê esbarra nela, cê psiu! [Cruza os braços dando a entender que saiu da realidade.]

Aconteceu comigo e com o capataz, que tinha num sei quantos anos lá. Se perdeu também. Na mesma mata. O capataz ficou mais tempo que eu. Fiquei três hora só perdido. Ele ficou muito mais! Ficou quase dia inteiro perdido. E ele morava mais de vinte ano lá. Perdeu na mata assim, no cerradão! Ele falou, ele também falou, eu acredito que sim, que eu bati nesse ramo. Daí, esse ramo desnorteou minha cabeça! E ele também, ele falou a mesma coisa do ramo. Pra mim, eu vi uma flor bonita, num sei se foi nessa que eu perdi. Uma flor bonita mesmo! Tipo um cipó. Dali pra frente, num sei mais nada. Aí perdi, num sei nem onde que eu tava. Saía na mesma estrada que eu conhecia. Eu olhei:
– Mas num é!
Voltava pro mato, falava que eu nunca tinha passado ali. Desnorteou de uma vez a minha cabeça! Eu saía na estrada que eu tinha passado. Oh! [Dá um piparote, indicando que havia muito tempo.] Mas eu jurava que ali num era a estrada, voltava pro mato de novo! Fiquei três hora perdido. Até que eu consegui beradiar uma cerca e sair nesse cocho. Já tinha voltado duas vez nesse cocho, mas achava que num era, voltava pro mato. Aconteceu comigo isso aí! De ficar desorientado, sem saber onde eu tava. E num é só comigo, não. Vários aqui, viu? Perde mesmo! Eles têm um ramo no mato, se cê entrar, ele extraviava.

Por Roberto Rondon

E outros fala que tem um cipó também, que a pessoa pula ele e a pessoa se perde, sabe? Fica perdido lá, porque aconteceu mesmo e acontece.

E tem um rapaz, que saiu uma vez lá, entrou nesse mato, caçando, correndo atrás do porco, ele perdeu. O porco apareceu assim, ele num tava enxergando o porco, o porco correu, entrou no mato. Ele entrou atrás do porco. Daí, o porco sumiu dele, ele ficou perdido, ele carregou ele desse mato. Andou noite inteira dentro desse mato. Quando ele foi acordado, ele já tava extraviado de uma vez! Veio parar perto de outra fazenda, perdido sem saber. Aí, acharam ele, foram procurar ele, tava perdido, fora de uma vez, sabe? Afastado.

ENTERRO

Por Natálio de Barros

Ó, você já escutou falar essa coisa de enterro? Já? Pois é, tudo lugar velho tem enterro! Que de primeiro ninguém tinha banco pra pôr o dinheiro. Então, ele guardava no chão. Fazia uma caixa de cimento. Ali ele enchia de dinheiro ali. Às vezes morria, num dava pra ninguém, mas ficava a alma dele ali procurando um pra dar. E aqui no Arbuquerque, foi arrancado bastante enterro! Deixou bastante gente rico!

É, quando nós morava no meu campo, do outro lado, tinha uns caçador de couro de jacaré, onde tinha uns rapaz. Rapaz instruído, né? Rapaz gente de família boa tirando couro de jacaré pra lá. Ele fez um ranchinho aqui no Caraguatá, num capão que tinha lá.

Aí ele vai, amiga com uma boliviana aqui do Arbuquerque. Mas ela num era do Arbuquerque, mãe dela é que veio pra cá. Casou cum rapaz aí e trouxe essa filha. Já tinha essa filha. Ele amigou com essa boliviana.

Um belo dia, ele escureceu e num amanheceu. Foi em Corumbá e comprou umas dez casa. Pôs um armazém muito bom. Aí foram lá onde ele morava, tava o buraco e os pedaço do pote onde ele tinha arrancado o enterro. Isso é coisa que eu vi, falo provando, né? Num é conversa de outro não!

Morreu, mas deixou a viúva rica, né?

***

E teve outro camarada aí. Ozébio chamava ele. Largou um enterro aí adiante, onde era o quartel. Tinha um nortista aqui, que hoje até o filho dele é gerente de banco em São Paulo, encontrou aquele horror de ouro, né? Aí o camarada sabido falou pra ele que o governo toma.
– Cê num sabe mexer com isso! Você me dá e eu vou trocar!
Aí, ele saiu por aí. Fez o que quis com o dinheiro do coitado, comprou umas cinqüenta égua. Deu umas dez égua velha pro coitado e ele ficou cum a grana do rapaz. Chamava Ozébio esse rapaz. E o que ficou com o dinheiro, Horácio, também já morreu. Já morreu os dois. O Ozébio mora em Cuiabá, ainda não morreu. Horácio já morreu, morava em Campo Grande. Daqui foi pra Campo Grande. Então, muitas pessoa...

A menina, filha do Arbuquerque, o marido dela era da Marinha e tava no Rio. De lá, ela sonhou com um enterro aqui, ela veio aqui só arrancar. Arrancou o enterro e levou.

Aparecendo você não arranca, né? Tem que sonhar. O dono do enterro aparece aí no sonho e fala pra você. Marca um lugar direitinho, você vai lá e cavouca.

***

Ouro. Muito ouro. É, porque aqui nessa reta de Aquidauana, que sai pra Nhecolândia, onde o doutor andava de primeiro. Camarada sonhou com um enterro. Aí o outro escutou ele falando, foi lá. Foi lá e arrancou. Mas só tinha carvão!

Aquelas tora de carvão assim [abre os braços indicando a largura]. Largou lá e foi embora. Aí um condutor convidou ele em Aquidauana, falou assim:
– Cê não quer ir comigo buscar uma boiada lá no Paparitanco?
Quando chegou nessa chácara abandonada, que ele sonhou, ele sai correndo da boiada dele e entrou na chácara assim. Quando ele entrou aonde ele tinha sonhado, aquele negócio tava amarelo assim. Brilhando. Aí ele já desceu do cavalo. Tirou a mala. O peão anda com o mosqueteiro e rede, né? Por causa do mosquito. Enrolou tudo aquilo na mala, pôs na garupa do cavalo, alcançou o condutor e falou:

— Ó, me deu um negócio ruim. Acho que tá acontecendo alguma coisa em casa, não vai dar pra mim seguir! Muito bem, buliou pra trás, quando o condutor chegou em Aquidauana, lugar mais limpo! Já não tava mais lá, onde ele morava. Quer dizer, que ele é que sonhou com o enterro, não foi o que cavoucou. Então é besteira. O enterro é pra quem sonha com ele, né?

***

E aqui ainda tem. Em cima desse morro, meu pai enjoou de contar que ele achou um tacho. Tacho de dezoito lata de guarapa, que aqui fazia muita rapadura, com a asa de fora. Com as duas asa de pegar, pra tirar ele do fogo, né? E o resto cimentado por cima dele. Nunca vi falar quem tirasse esse enterro. E esse meu irmão tá aí, que eu fui chamar ele e num estava lá, ele foi nesse morro caçar e achou uma moringa. Uma moringa dessas grande, de pescoço assim [põe a palma da mão sobre a outra indicando a altura da moringa], o pescoço de fora. Ele pegou, fez uma cavadeira com madeira e começou cavoucar ali e tirou ela. Num pedaço de uns dez metros, os cachorro fecharam a coação lá. Ele largou a moringa lá onde ele ia e saiu fazendo picada, até onde tava os cachorro, pra dar volta, pegar e vim embora com ela. Um pedacinho que ele foi assim [aponta o braço para a direita], os cachorro ficaram quieto. Parece até o cão, né?! Ele voltou, já num achou mais a moringa.

Que num era pra largar, né? Diz que quando é assim, cê passa a faca no dedo pra saí uns pingo de sangue e põe assim. Aí acabou o encanto, né? Dizem, né? Nunca fiz isso. Mas já escutei muita gente falar. Num quer perder, procura um jeito de tirar um sangue e fazer uma cruz em cima. E pode ir embora.

***

Eu tive trepado num enterro, pra lá dessas casa aí [aponta o braço para a direita]. Ele cimentado com a grade assim [abre os braços dando o tamanho do quadrado], no mato, eu trepei ali, ia passando umas moça pra pegar água. Aquele tempo pegava água é na lata! Iam lá na baía pegar água.

Aí eu falei:
— Passando elas, eu vou ficar com meu enterro, né?

Deixei elas passar. Aí eu tive trepado ali, vi umas madeira que tinha em roda. Daí fui pra casa e contei pro pessoal, voltamos lá e num achei mais! Não pode contar, não pode. Nunca mais achei. Fizemos uma roça aí em cima. Nada. Desapareceu! Morou muito fazendeiro, né? Esse pessoal que era dono do Mato Grande, seu Magalhães, né? Esses eram dono de tudo esse mundo de terra aqui! Esse pessoal enterraram muito dinheiro aqui. Naquele tempo num tinha banco, né? Sempre tinha que guardar na sua casa.

Ele pessoalmente pensava em voltar. Mas acontece que o camarada faz uma caixa de cimento, né? Faz a caixa de cimento. Ali em cima, ele põe uma camada de carvão, que o carvão conserva o ouro, né? Bom, eu vou te dar logo uma experiência. Você quer guardar um queijo numa fazenda? Num vai fazer queijo dois meses ou três. Você mói o carvão, passa a graxa do gado nele, aí cê passa em roda do queijo [esfrega uma mão na outra]. Ele fica seis mês e num estraga! Então, todos que já tem enterro... a camada a chegar, onde tá o dinheiro, é carvão que tem. Quando ele chegar no carvão, já começa a trabalhar com cuidado, né?

* * *

Aí nessa subida, um cunhado meu muito ambicioso... Um irmão meu sonhou com o dinheiro e foi com ele lá tirar. Quando ele chegou no carvão, já um negócio quadrado no cimentado, ele sentou de lado aí, com a caneta, e foi fazendo a conta, que que ele ia fazer da vida dele. Quando ele foi cavoucar, num achou mais nada. Mudou de lugar! Depois outro pareceu e tirou, que sonhou cum ele. Só que num pode fazer cálculo de nada, né? Depois que tirar, aí você faça o que quiser, né?

Tem um rapaz que comprou um aparelho que atrai ouro. Nunca tirou nada. Ele vivia nesse mato cavoucando ouro. Acha bronze, ferro, lata, essas coisa assim. Mas ouro, vai morrer cavoucando nesse mato e não acha nada.

Aí, esse meu genro, esse investigador do Exército, vem me contando aí, tava comendo um churrasco, ele contando do aparelho dele. O genro foi falou:

– No Exército tem mais de mil. E, quando nós vamos fazer instrução, leva o aparelho pra ver se não tem bomba, né? Já enterrada lá, pra matar nós, né?

Então, cada um leva um aparelho e passa no mato, lá onde vai acampar. Agora, nunca arrancaram um enterro. Então, um enterro é aquele que o dono amostra pra você. E sonha, né? Esse é que é o enterro de verdade. É que você vai tirar.

IMAGENS DE SANTOS ENCANTADAS

SÃO SEBASTIÃO

Por João Torres

Porque aqui no Maria Coelho, aqui em Maria Coelho, quando nós começamos viajar pra cá, nós tinha um condutor de trem que era muito mentiroso. Gostava de mentir! Então, ele falou que ali no posto telégrafo tinha um São Sebastião que era encantado.
Aí tudo bem, um dia nós fomos lá. Aí, um dia nós chegamos à tarde ali em Maria Coelho, tinha caído um trem na nossa frente, falei:
– Agora tá na hora, vamos lá ver o santo!
Aí fomos. Chegamos lá, era um santo grande, rapaz! Desse tamanho [indica com a mão, cerca de um metro de altura] assim! Pesado! O rapaz que morava ali, o telegrafista, fez um rancho pra ele, atrás da casa dele ali. Ficava ali. Aí o mesmo homem falou:
– Num adianta senhor levar ele daqui, ele volta! Levaram ele lá pra Albuquerque por quinze dia. Terminou o prazo, num trouxeram ele, veio amanhecer aqui! Aí, levaram ele lá pro Generoso Ponce, na estação ali do Leotério, ali na fazenda do Leotério. Também pra desmanchar a casa, pra ver se desencantava. Num adiantou! Venceu o prazo, queimaram o barraquinho dele, mas foi ver, tava lá no meio das palha! Num disse que num ia embora mesmo dali!

Diz que era São Sebastião. Aí, apareceu um esperto. Desceu o pau na imagem do santo! Cê sabe por que que era pesado? Porque tinha libra dentro dele! Quebrou ele, tirou, o santo ficou só os pedaço dele lá!

A SANTA DO TAMENGO

Por João Torres

Como depois acharam aquela santa também, que acharam aqui no Tamengo, ali, pra trás da prefeitura, num sei se o senhor ouviu falar nisso aí?
Tinha uns menino que ia pescar, era filho de crente. Ia pescar, diz que o guri sempre viu uma claridade dentro daquela fonte. Mas eles tinha medo, né? Ficava quieto.
Quando eles ia embora, eles guardava a varinha de pesca deles ali. Até que um dia foram pescar e chegaram lá. Num daqueles deu coragem. Daí, ele entrou dentro daquela gruta. Era uma gruta, a boca era pequena, mas lá dentro era um salão! Tava lá uma santa, que eles puseram o nome da santa de Santa do Tamengo.
E veio muita gente, de São Paulo, tudo pra visitar a santa, né? Tinha guarda da prefeitura tudo cuidando.
Mas, decerto, o camarada que fez isso, achou que tinha na cabeça... Quebrou a santa também! Mas num tinha nada!
Até nós fomos lá passear, cum a dona Aida lá. Ela queria trazer o santo de lá pra emendar:
– Num vai levar, nós já temo a imagem de São João aqui!
E aí acabou! Eles apelidaram ela de Santa do Tamengo, puseram o nome dela de Santa do Tamengo. Se era daqui do Brasil, se era do Paraguai? Os gurizinho foram lá, diz que entraram, viram aquela claridade, aí viu a santa! Foi lá, e chamou o pai dele, e mostrou. Aí, que foi divulgado tudo aquilo ali.
Muita gente, tudo pra ver a santa! Mas o esperto chegou lá e quebrou a imagem, pensando que tinha libra dentro da santa! E era bonita, a gente foi lá também! Era um salão, rapaz, lá dentro! E num era calor lá dentro! Muita coisinha ainda que aparece, né? Abriram mais aquele buraco, pra entrar mais gente lá dentro.

O HOMEM ONÇA

Por Dirce Padilha

E tem outra... Mais história. Aqui na fazenda Santa Teresa, né? Eu já morava ainda aí, eu tinha mais ou menos dez anos, eu morava na fazenda Santa Teresa, né? Então, eu conheci um moço chamado seu Leôncio. Olhe só, já começa assim "Leôncio"! Esse moço, ele gostava de morar sozinho. Tinha a casinha dele, ele morava sozinho. Ele lá. Vivia com a rocinha dele. Carne, ele num queria nem saber de pegar na fazenda, sabe? Ele morava sozinho, caçava pra ele só.
Então, ele virava onça! Ele tinha uma cara tão feia, menino! Tão feia! A presa dele você num vai acreditar, parecia de onça mesmo! Então, ele saía e matava bezerro na fazenda. Atacava os peão que vinha à noite pelas estradas. Comia mesmo! Mas só que ele num morreu, não. Ele virou onça mesmo e depois num conseguiu desvirar. Onça, ela só tem três dedo, né? Com uma pititinha [aponta para o antebraço] assim, que fala o perdigueiro dela. E essa onça tem cinco dedo. Ela carrega um touro de uma tonelada e meia nas costas. E leva pro outro lado pra comer.
E ele desapareceu! Procuraram ele pra tudo quanto é canto, o pessoal da fazenda gostava muito dele, né? Procuraram a fazenda inteira, o gado inteiro e num achou, entendeu? Só achou a batida da onça na casa dele, mais nada! Ele virou a onça e tá morando até

hoje no mato. Num morreu não! Se ele é encantado, como que ele vai morrer?

Muito difícil ele conversar com alguém. Ele num gostava não, nem criar cachorro ele num gostava. Ele gostava era de ficar solitário mesmo! Solitário! Decerto pra ele num ter... Como que se fala? Medo né?!

LUGARES ASSOMBRADOS OU ENCANTADOS

A TERRA

Por João Torres

Essa fazenda Laranjal mesmo, tinha lá na fazenda do Chiquinho Anderson, atravessando o Rio Taquarussu, do outro lado, quando era época de quaresma, você escutava grito, mas se num sabia quem que era.
Inclusive, até uma vez, um sujeito saiu pra caçar. Saíram de tarde. Daí, uma cobra mordeu um companheiro dele. Ele voltou, largou o colega dele e foi. Foi acompanhando esse grito. Amanheceu o dia andando lá! Mas num conseguiu achar. Então, são coisas encantadas. Sei lá o que que pode ser isso aí, que acontece nesse mato aí? E só que a gente num pode duvidar disso aí!
Esse irmão meu mesmo, esse mais novo, esse viu. Eu nunca vi nada, que eu nunca duvidei cum nada, mas de jeito nenhum! Tenho medo! Tudo existe, meu filho! Tudo mundo! Isso aqui chama mundo, o mundo. Tem de tudo nesse mundo! Então, tem essa estrada que eu tava falando lá, que vai de Aquidauana por beradiando a linha telegráfica, que vai pra Nioaque. Acho que ainda existe até

hoje. Então, tinha uma descida lá, que tinha gente ali que num passava. Diz que tinha um gemido muito feio. Ah, eu nunca vi nada! Tinha medo! Eu passava por ali a cavalo, benzia o meu corpo e atravessava. E esse irmão, cum esse negócio de carreira de cavalo, se saindo lá, pra ir pra lá, num sei pra onde, Lagoa Cumprida. Lá naquelas carreira tem cancha de cavalo. Saí de lá, aí um dia eu falei:

– Ah! Eu num vou atrás de cavalo de ninguém! Trabalho de semana inteira, dia de domingo se deita pra descansar!

Parecia uma coisa! Ele foi sozinho, o meu irmão, esse mais novo.

De volta, ele se perdeu do pessoal. Os outro colega dele veio na frente, ele veio atrás, e nós tinha um cavalo que tinha tido uma bicheira no pescoço. Sarou mas ficou roncando, ainda roncava. Aí, ele veio atrás do pessoal. E o pessoal já passou naquela descida ali e viu esse troço. E o Ramão, meu irmão chama Ramão, vinha vindo mais ou menos atrás. Ele viu também, ele viu aquele troço, que diz que cresceu do lado do arame assim, abaixou e formou aquele mundo de troço! Que cresceu [ergue o braço direito indicando a altura], atravessou o arame. Ele num viu pular o arame nem nada, passou na frente dele. Aí, ele apurou o cavalo dele. Quando ele foi, ele ia alcançando o pessoal, aí ele escutou quando o camarada falou:

– Num atira ainda não!

Aí que ele falou:

– Mas por que que vocês vão me atirar?

De medo iam atirar ele. Pensando que era o bicho que vinha atrás dele! Assombração!

Quem que sabe que bicho era esse! Era invisível, cresceu. Ele falou que ele saiu umas três vez superior ao tamanho do cavalo dele.

Aí, atravessou na frente dele, numa cerquinha de arame, sumiu. Agora quem que sabe que que é isso aí?

Então, são as coisa que a gente fala, às vez, se vê. Hoje, os filho fala pro pai que tá traumatizado cum isso tudo. Como é que era antigamente?

Por Vandir da Silva

E tem um rapaz também, nessa fazenda mesmo que eu morei, trabalhei: Promissão, lá na Promissão. Lá também tinha um cara, era tal de Silvino, sei que ele era Lopes. Matou um cara, ele matou um cara. Minto, deu num boliviano! Naqueles boliviano que tinha, né? Deu nos boliviano. Aí, o boliviano foi. Ele era muito malvado, sabe? Aí o boliviano foi noutra fazenda, que tinha próximo a Santo Antônio, e pegou uma vinte e dois que tinha deixado lá, e veio de noite. Ele tava jantando no comedor, com a luz assim, sentado. O boliviano lá do escuro atirou ele, matou ele. Aí ele ficou – diz que é ele, todo mundo fala que é ele – assombrado!

Tem uma época lá, que ele corre atrás dos cavalo com reador, cê escuta bem o estralo do reador: tá, tá, tá. De noite! E a tropa na frente correndo, que a tropa dispara uns setecentos metro mais ou menos. Começa a correr, volta assim, ela só pára de correr quando ela entra num pé de manga que tem detrás da fazenda. Aí, ela pára de correr. Quando ela tiver correndo, o reador tá comendo, sempre! Mas num vê nada. Cê num vê nada! Só vê aquela tropa correndo e o estralo de reador. Pode ter alguma coisa, que ela faz uma volta assim. Quando ela faz essa volta, a tropa esconde ali, que é entre um galpão e um cercado dum elo [descreve o local fazendo um círculo com a mão]. Então, a tropa entra ali e pára, aí num corre mais. Mas quando ela tiver na direção do campo, ela tá correndo e o reador comendo!

Eu mesmo cheguei de ver um cavalo lá, eu cheguei pertinho dele, mais ou menos assim, ele foi crescendo, foi crescendo, foi crescendo! Eu era gurizote, tinha uns quatorze ano. Ah! Corri muito! Larguei até panela de leite. Eu ia cedo, de madrugada, meu pai mandava eu ir cedo pra levar a lata de leite, pra o curraleiro tirar o leite pra nós, né? Se eu quisesse ir no campo, tinha que fazer isso, né? Então, eu levantava cedo, primeiro que meu pai, pegava a latinha, guardava lá pro manguero, deixava lá pro leiteiro tirar, né? E nesse dia eu vi o cavalo lá, falei:

– Ah! O cavalo, vou tocar ele!

Fui pra tocar o cavalo, aí quando cheguei assim, mais ou menos uns trinta metros, aquele cavalo foi crescendo, foi crescendo! E eu vi que ele tava comendo folha de manga, lá em cima. Falei:
– Ah!
Eu num parei mais, larguei a panela de leite e corri! Cheguei lá na fazenda, avisei os peão lá. Chegou lá, num tinha nada! Eu num sei. Sei que apareceu ali. Ele foi como cavalo normal que ele era, quando foi chegando mais perto, ele foi crescendo, foi crescendo e o cabelo também foi crescendo na cabeça! E não tive outro jeito: ó [abre e fecha a mão dando a entender que acelerou]. Num vi terra, corri! Larguei a lata de leite lá. Daí que voltei, chamei os cara. Daí voltamos, mas num tinha nada, num via nada, nada. Aí, eu num sei que que era, pra mim, na minha mente, aquele cavalão cresceu demais. Mas chegamos lá, não vimos nada! Num tinha cavalo nenhum. E é assombrado lá! Lá é assombrado!

Por Dirce Padilha

À noite não dá pra você distinguir o que é, sabe? Aparece pra você, mas você não sabe, vê o rosto, os olhos, entendeu? Porque ele num aparece totalmente perto de você, ele aparece assim [estica o braço esquerdo], mais ou menos dois, três metro longe de você, entendeu? Mas pra lá aparece.

Assombração, a gente diz quando a pessoa morre, volta pra aparecer pra aquela pessoa, né? Lá na casa do pai tem! Existe, porque eu já vi, aparece.

Eu acho que num aparece pra assustar, não. É porque às vezes chegou aquela hora, de noite é hora de nós estarmos descansando e eles começam a andar, porque eles são das treva, né? Então, eles começam a sair. E se você sair nessa hora, é claro que você vai ver lá fora, né? Que aquela hora é hora que eles estão andando. Eles aparece, em qualquer lugar eles aparece.

Aqui em Corumbá mesmo, na minha casa eles já apareceram, eu já vi. Então, à noite é hora que eles tão andando, entendeu? Porque é hora que tá todo mundo em silêncio. Todo mundo tá descansando. É a hora que eles saem pra [mexe o braço em ziguezague], sei lá, pra aliviar um pouco. Eu não sei depois de morto como que é, né? Então, é hora deles saírem, nesse horário.

Aqui em Corumbá, eu morava aqui na Cabral, né? Ali ao lado do hotel. Eu morei oito anos ali, naquela vila. E eu tinha só uma cadela. E só tinha o Evertom e a Everlaine, e meu marido trabalhava, né? E trabalhava à meia-noite. E eu saí pra ir na cozinha. Eu fui pra ir pra cozinha, né? Que quando eu voltei, a luz já tava acesa, entendeu? Num apareceu no escuro, apareceu no claro. A luz estava acesa no corredor e eu vi. Mas num falou comigo, entendeu? Só ficou me olhando. Eu saí da cozinha e já dei de cara com um homem que tava na porta. E o muro lá de casa não tem como ninguém entrar, porque a minha cadela não deixava ninguém entrar, entendeu? Ninguém entra! Aí, eu fiquei olhando, sabe? Parece que meu pêlo levantou tudinho assim [ergue a mão sobre o braço], sabe? Pra sair fora da pele. O meu cabelo foi pra cima [ergue a mão sobre a cabeça]. Eu assustei, num falei nada, só fiquei olhando, né? Aí, num demorou muito, ele foi desaparecendo.

Na minha frente, desapareceu! Aí, eu fiz assim [como se estivesse espevitando], né? E entrei pra dentro, e quando cheguei lá na sala, sentei meio assim [ar de ofegante, com a mão no peito], com o coração batendo, né? Rápido! E meio com medo, que depois eu fiquei com medo de sair pra fora, né?

Bom, ele chegou do serviço e eu tava contando pra ele o que que tinha acontecido lá em casa, né? Ainda ele falou:

– Ai Dirce! Você acredita muito nisso, vira que mexe você tá me contando umas história aí...

Eu falei:

– Bom, se não apareceu pra você paciência, né? Mas um dia você vai ver. Você vai ver, depois você vai me falar que é verdade mesmo!

Aí, um dia eu tava deitada na minha cama, né? Era mais ou menos assim, depois do almoço. Eu tinha mania de deitar pra descansar. Agora num dá mais, né? Porque agora eu tenho mais filhos, num dá pra deitar, pra descansar. Eu estava deitada como o pé pra porta, né? Mas só que não apareceu o corpo, sabe? Eu já sabia que a vizinha do lado, o marido dela tinha matado ela enforcada, sabe? Eu acho que eu fiquei com aquilo na mente, na cabeça. E eu tava deitada assim, e olhei pra porta, e apareceu só a cabeça. Bom, num me deu medo, né? Porque eu até pensei que fosse assim. Só na minha imaginação, entendeu? Porque na imaginação você imagina um monte de coisa. Eu vi, ela toda sorrindo pra mim com os cabelos voando, sabe? Mas só que eu tentei me levantar. Mas eu num conseguia me levantar! Eu acho que, com aquela força deles, você fica anestesiada. Eu tentei me levantar e não consegui me levantar da cama. Eu acordada, eu não consegui me levantar. Aí, simplesmente eu fechei os meus olhos duro assim [fecha os olhos], quando eu abri, já num estava mais, sabe? Aí, eu levantei da cama e fui procurar um remédio pra mim ver o que que é isso. Aí, me falaram que naquela casa, tinha muita coisa que é negativo com positivo, sabe? Então, acontecia aquilo ali. Você escutava passo pra cá, mexia com carrinho, balançava na rede, sabe? Tudo isso! Lá em casa acontecia.

Por Raul Medeiros

Em 1938, eu fui aqui de Aquidauana pegar uma tropa de Bela Vista e chegamos numa fazenda abandonada. E sempre nós parávamos ali. Aí, chegando ali naquele lugar, tava limpo ao redor da casa e nós paramos num manguero velho, num curral velho. E aí, começamos desarrear nossos animais. Chegou um senhor, eu fui falar com ele, falei:

– Cidadão, eu conheço aqui muitos ano, viajo aqui sempre e agora tamo parado aqui pra descansar um pouco os animais, pra prosseguir a viagem, comer alguma coisa...

– Não, não, pode parar aí e vamos assar churrasco lá na fazenda, lá na casa, deixa esse churrasco pra depois!

Então, nós tínhamos requeijão, rapadura, levamos pra comer com o cidadão. Chama seu Aristide Aristimunha.

Aí, passou tempo, eu ia de Aquidauana pra Maracaju trazer uma tourada, eu e mais três companheiro, e ficamos numa fazenda velha, também abandonada, perto de Aquidauana, chama Cachoeira. Lá, onde eu disse a primeira vez, chama Cachoeirinha. Então, o cidadão estava lá. Eu cheguei, era uns quarenta e tanto animais que tavam lá, eu tava levando uma tropa de burro, cavalo. Nós éramos quatro e tinha carreta, carreta pequena, carregava nosso mantimento pra viagem, as mala, essas coisas. Aí, o cidadão disse pra mim assim:

– Olha, tá pelado o campo aqui, o senhor manda levar a tropa pra outro campo, é daí uns três quilômetro. O senhor deixa os animal que vai viajar amanhã. Os boi de carro e a tropa saem daqui cedo e vai pegar. Daí, quando chegar lá, a tropa já tá pronta!

Eu concordei, aí ele tava de animal encilhado, fazenda velha e abandonada, suja em volta. Atrás da casa tinha um mato de goiabal, bambu... Aí, ele falou assim pra mim:

– Pois é, o senhor me conheceu em 38 naquela fazenda velha, eu aqui num tenho gato, num tenho cachorro, num tenho galinha, minha criação é cavalo e gado. Eu tava deitado nessa casa, meio-dia mais ou menos, descansando, e a casa deu um balanceado, parecia que ia cair. Sair pra fora. E a casa do mesmo jeito. Me incomodei com isso. Incomodei. Quando foi à noite, caiu as vasilha na cozinha. Eu fui lá, tava do mesmo jeito.

Ele subia na casa, fechava a porta. Corria pra lá, corria pra cá, balançava a rede dele... E rezava e não adiantava nada. Rezava o que sabia. E embaixo, tinha umas tapera na beira do corgo, quando falava na casa era lá, nas tapera. Lá era buzina, violão, sanfona, grito, quando parava lá!

Estava ele na casa – ele me contando essa história –, aí abriu uma porta e fechou, eu falei:

– Ei! Aqui num é teu lugar, vai embora! Sai daqui, Satanás! Vai procurar outro lugar pra encher, vai arrumar outra encrenca pra lá!

Atrás da casa era um mato, aí fez:

– Anh! anh!

Falei:

– Vai com Deus!

O velho quase num dormiu a noite inteira. O cozinheiro deve tá vivo, chama Aristide Aristimunha. E aí, essas coisa a gente ouvia, aí contam de fantasma, de coisa...

Muitas outra coisa que contam. Num sei, eu graças a Deus num vi! Tem uma coisa é um fantasma, que existe é fantasma, porque se num fosse assim, se Jesus num falasse quando chegou o tal de discípulo:

– Veja, eu num sou fantasma! Toca em mim, eu não sou fantasma! Fantasma existe, porque mesmo na Bíblia Sagrada existia. Deus deixou o dia pro homem trabalhar e a noite pra descansar. Se ele sair à noite, tem que fazer na barraca dele ou num lugar separado. E não sai porque de noite é cobra, é lacraia, é aranha caranguejeira e fantasma, tudo quanto é coisa. De noite ele anda, então pode existir o fantasma também! Esse que eu vi lá em Bela Vista, na zona de Bela Vista, Nioaque. Essa zona foi muito falada, muito falado. Ernestino falava pra mim, meu pai. Esse que eu vi aqui na Santa Maria, na beira do Taquari, esse lugar aqui é assombrado!

Por Roberto Rondon

Aparece sim, em vários lugar tem esse negócio de aparecer assombração. Aqui mesmo, tem um lugar, que antigamente falam, que passava fora de hora, de noite, ele corria atrás das pessoa. A pessoa ia a cavalo, ele corria atrás. Era um homem no costado do outro. Se você corre a cavalo, ele tava junto com você também.

Eu nunca vi e nem desejo ver também, né? Já muitos vi, carro fora de hora, eles passava, correndo, em terceira, quarta ali. Quando chegava ali, morria, amortecia abaixo do carro, fazia parar.

Então diz, teve esse lugar de assombração, que fala pra assustar o pessoal. Um dia, tinha dois velho que tava caçando de noite, de tardezinha. Eles iam passando lá, o cachorro correu na baía, desandou a acuar lá, latir, latir, né? Aí, os dois olharam, falou:

– É um porco, né? Vamos matar ele, né?

Quando tava perto pra chegar, né?

– Vamos matar ele!

– Vamos!

Se foram lá pra dentro. Aí, a cachorra desandou a uivar, uivar, desandou latir feio, né? Parece que tava apanhando assim. E aí, aquele bicho veio crescendo, crescendo, crescendo, assim. Só de cê olhar, já tava maior do que o cachorro. Aquele bicho preto, grande! Aí, o cachorro largou dele, nem quis mais comer.

Eles viram aquele bicho feio, feio e o cachorrão grande foi crescendo, nem atiraram ele, nem fizeram nada, largaram o demônio. Era o cachorro grande. Tudo os cachorro ficou cum medo dele. E representava o porco na beira, saindo da baía pelo mato. O cachorro atropelou ele e foi crescendo aquele bicho feio. É outro bicho, já é diferente, aquele é da água, esse é daqui de cima, que sempre parece lá. Ali parece de vários tipos, parece tipo um veado assim, né? Que às vez, a pessoa vai passando, parece tipo um veado berrando atrás da pessoa. Assim, por trás do cavalo, parece de vários tipo, não é só desse tipo. E tem muita coisa que a pessoa num acredita, né? Mas existe, existe bastante coisa que acontece!

Olha, eu não posso dizer que é lobisomem, porque eu nunca vi. E porque falam que o lobisomem, ele anda sete légua, né? Sete légua pra ir e pra voltar. Mas eu num posso dizer que é lobisomem, eu falo que é assombração, sabe? Porque aqui, todas as fazenda antiga têm muitos lugar que ninguém passa, né? No mato assim, lugar isolado, então deve ser alguém dono daquela área ali, sabe? Alguma assombração, como se é que diz, toma conta daquela parte ali, né?

Então, vamos dizer que aquilo ali é dele, ninguém mexe. Ninguém pode envolver. Sequer vai mexer então, pra saber que tem uma coisa que guarda esse lugar, né? Então, ele apresenta um cachorro, uma onça, algum outro bicho, pra pessoa respeitar aquele parte dele ali, né? Então a pessoa fica cum medo e fala:

– Puxa! Eu vim aqui e num tinha isso antes!

Então, ele é o dono daquele lugar, né? Deve respeitar aquela parte, né? E aparece cachorro, aparece tipo de uma pessoa assim também.

Por Manoel de Carvalho

Agora, outra coisa, muito tempo eu viajava nessa estrada Urucum, de caminhão. Nós vínhamos com o caminhão carregado de verdura, vem muita banana, mandioca, melancia, tudo nós tra-

zia daí. E chegou aqui, bem por aqui, nessa direção. Até quilômetro quatro aí, o caminhão acabou a gasolina, era meia-noite e essa estrada era muito visonha ainda, não tinha esse morador que tinha aí.
Aí, o companheiro muito carregado de coisa, ali dentro, e eu falei:
– E agora?
Eu falei:
– Bom, você fica aí!
Eu peguei uma faquinha assim [abre as mãos e dá o tamanho da faca], eu falei:
– Eu vou buscar gasolina!
E longe! E o caminhão era dum concunhado meu. Morava pra lá da rua Sete, na América, passando ainda a Major Gama, depois da Sete, né? Ali ele morava, numa casa velha, depois reformaram, tem um sobrado lá. E eu cheguei lá, peguei a gasolina e voltei. Mas, quando eu vinha descendo, aí nessa estrada de Urucum, tem um pé de figueira grande, que já cortaram, então o pé de figueira assim [aponta o braço direito para o chão à sua direita e depois à sua esquerda], aqui formava um buraco assim, um rego que era pra correr água pro asilo. E venho vindo. De longe eu vi uma pessoa sentada. Virada com as costa pra rua. Eu vinha vindo, vim vindo, vim vindo. Quando cheguei assim, eu vi que era uma mulher, mas o cabelo da mulher batia lá embaixo! Um cabelo comprido! Eu parei [movimenta a cabeça como se estivesse espiando]. Aí parei. Aí, eu quis olhar, eu quis ver, mas eu não vi o rosto! Aquele cabelo comprido, que batia ali embaixo [aponta com a mão para o chão]. Quando eu fiz assim, eu senti: parecia que eu enfiava o chapéu de palha na cabeça, ele ia cair [ergue as duas mãos acima da cabeça].
Aí, eu [bate palma] larguei. Ainda fui olhar. Diz que num presta a gente olhar, mas eu olhei! Andei uns quinze metro pra cá. E olhei pra cá, mas num vi! E eu acredito que num... porque se fosse pessoa desse mundo, ele tinha falado alguma coisa, que eu olhando, né? Mas eu também num falei, não. Eu só olhei assim, aí o cabelo arrepiou, aí chegou o medo e eu foi embora. Esse é a única vez na minha vida que eu vi isso! Esse e o barulho do cachorro. O tal de minhocão fazendo bagunça, esse já vi. Eu tava contando do jacaré

que pegou no meu cunhado, esse eu já vi, de sucuri que enrolou no menino...
É, muita coisa diz que tem na mata. Uns diz que tem uma assombração, vê grito, outro vê num sei quê. Outro vê isso e aquilo, mas é sempre assim, mas não se sabe o que é, ninguém sabe o que é. Vê dar grito. Mas me disseram que viram, esse não ouvi falar. Diz que parecia que tava um pessoal batendo um machado, de repente viu a árvore caí, viu o grito, mas não tinha ninguém, tudo aquilo é uma formalidade, sei lá! E num entendo dessa parte aí. É assombração, porque a visão, alguma coisa deve ser isso aí!

Por Fausto Oliveira

Ah! Tem fazenda aí que o senhor vê, tem peão que, quando assusta, fala:
– Eu vi o gado ali sentado!
Num faz dia mesmo, teve um peão aí, que ele saiu de madrugada, quando foi vê, tinha um preto no costado dele. Quando ele virou pra ver quem era, tinha sumido. E diversas vezes...
Aconteceu um causo com um cunhado meu há muito tempo. Ele pousava num galpão e aí na ida, o peão armou a rede dele e desatou. Ele caiu três vezes, aí na volta, quando vinha vindo toda a comitiva, inteira, pra pegar outra boiada... Porque o nosso sistema é assim, quando chegava aqui, embarcava ou entregava, nós já sabia o dia que tinha que pegar outra boiada.
– Tal dia cê tem que tá em tal lugar pra pegar mil boi, mil e duzentos.
Aí nós já vinha contado certo. Aí chegamos nesta fazenda, era perto da beira do rio. Já era quase dez horas, falei:
– Não vai dar pra atravessar, vamos pousar aqui!
E aí, esse meu cunhado falou:
– Não, hoje eu vou armar minha rede aqui e eu quero ver, quero que me derrube.
Armou a rede dele ali. Caiu. Tornou armar a rede, falei:
– Sai daí, rapaz! Já chega!

Falou:
– Não, agora eu quero ver!
Passou o laço no caibro, né? Caibro é aquele que desce assim. Aí, ele deu uma laçada no caibro. Falou:
– Agora eu quero ver!
Eu sei que até parece uma mentira, mas ele, se ele tivesse aqui, ele ia confirmar. Saiu. Enrolou a corda no lado. Era assim, passou a volta em cima. Saiu a corda com a volta. Daí, ele mudou, falei:
– Não, fica aí agora!
Num parece mentira!

Por Vadô

Em mata já vi gritos. Ah é! Já vi muita coisa! Sabe o que me assombrou? Foi o tempo que eu tava assim, cum dezoito anos mais ou menos. Era valentão nesse Pantanal! Eu era assim. Então eu vim pra campanha de São Camilo aqui, que eu vim trabalhar cedo. Então:
– Vadô, você vai agora?
– Eu vou depois da janta.
Aí jantei, lembro que tinha na fazenda meu cavalo. Cheguei lá, peguei meu cavalo, já tava encilhado! E peguei outro, puxando. Bom, e foi... Passa Ipiranga, entro no campo do Sacramento, do campo da Sacramento tem que varar duas légua pra pegar o campo da Marilândia, da Marilândia é perto, né?
Aooooh! Quando eu avisto, tinha aonde nós churrasquiava. A estrada passa aqui, tinha os carandá feito cruz, nós churrasquiava. Carandá era madeira pra fazer curral de Sacramento. Foi o Carapé que tirou os carandá de lá, e eu ajudei puxar. Carapé é um paraguaio. Trabalhador mesmo, barbaridade!
Então, a gente vinha puxando essa madeira de Sacramento, foi tudo que sobrou, e eu vinha pra Marilândia, pra acompanhar o serviço. Rapaz, aí eu vi uma vazante de mata assim, antes dessa vazante, o meu cavalo foi. Aaooooh! E sentou. Sentou no buçal assim, escapou a ponta da minha mão. Eu falei:

– Vou perder o cavalo!
Fui, fui, peguei esse cavalo, amarrei a chincha. Vou falar pro senhor. Olha, antes de tudo isso, eu vi umas vara lá, bateu seis vezes: pam, pam, pam! Falei:
– Ué? Que que é isso?
Aí, virei meu cavalo. Assoprando assim ó, começou forte. Eu cum três oitão na cintura, falei:
– Vou balear essa porcaria tudo aí!
Falei:
– O que que tá acontecendo aí? Que que foi? Quem bateu aí? Apresenta pra mim aí!
Meu cavalo fazia: arh, arh, arh! Aí eu vi um vulto de branco saindo assim, num queria sair. Num falou nada comigo. Meu cavalo empinava na rédea e se eu soltava a boca do cavalo aqui, o outro tava na chincha e eu apurado já. E esse cavalo, falava cum ele, apertava a perna, e tava puxando assim, e o troço entrou num capãozinho pequenininho, sumiu.

Aoooh rapaz! Que eu vi aquele troço ali, mas bateu na vara de carandá: pá, pá, pá! Eu virei cum a mão no trinta e oito cheio de bala enrustida, mas num deu pra mim... Quando eu vi assim, o cavalo soprava e eu catava a rédea.

Bom, aí segui a viagem, moço. Olhava pro meu cavalo, o cavalo soprava, arrastava, soltava aquele negócio. Que monta na garupa, porque tinha muito causo que eu via falar assim, mas eu num acreditava. Mas cedo pulou na minha garupa, digo:
– Cê num vai fazer comigo!
Tirei minha faca, armei, tirei minha facona. Aí, botei na cintura, falei:
– Ah! Que faca num faz, mas eu quero ver!
Aí rapaz, tinha um pedaço assim, que tinha um varador pra varar. Do campo do Sacramento pra Belém, era dois mil e quinhentos metro. Aí pertinho! Mas eu já fiquei cum medo de pular naquele varador. Dizia:
– O que que eu vou fazer?
Rapaz, tô cum medo dos cavalo espalhar, cavalada tudo bobo. Vai espalhar aí, vai soltar, vai assustar, vai correr. E agora? Aí andei bem, quando chegou no Pivã, eu bati no meu revólver assim, puxei

o revólver: pá, pá, pá! Dei seis tiro! Aí tirei as casca, enchi outra vez e bati: pá, pá, pá! Assim é melhor pra mão! Tirei aquelas casca e enchi o resto. Falei:

— Agora eu vou brigar até cum o diabo, né? Se ele aparecer aí, vou brigar cum ele, porque ele pode me vencer.

Mas eu cum medo! Eu tava falando aquilo, mas da boca pra fora, porque eu tava cum medo, estava mesmo! Tava cum medo, apavorado, dele saltar naquele capão. Puxa vida! Que já tinha me acontecido, que já tinha visto, né? Cheguei assim, benzi o corpo, rezei uma ave-maria, um padre-nosso, sabe? Meu cavalo passou. Falei:

— Ah! O cavalo passou!

Que eu ia puxando, né? E era um cavalo, porque lá cê tem que levar dois cavalo. Um dia cê monta num, outro dia mesmo cê põe na tropa o cavalo. O senhor trabalha até meio-dia, de meio-dia pra tarde é outro, né? Porque senão num agüenta, né? Tudo bem, então por isso que eu levava dois cavalo. Achei que eu quando passei escutei: uó, uó, uó! Meu cavalo fazia: fop! Eu falei:

— Fica aí cum Deus!

Aquela época deu trabalho, sô. Aoooh! Nunca mais passei nessa porteira. Nunca mais! Por isso que eu falo pro senhor, que tem casos aí que ninguém acredita!

***

Em Poconé, tinha um fazendeiro que mudou a fazenda da beira do Cipó – cê num sabe esse causo? Que tinha aquele tipo daquela mulher, que pegava gente. E aí conta! Então, ele mudou a fazenda, sumia gente ali e dava grito, mas ninguém sabia, ninguém podia saber o que que era! Ali tinha essa mulher, uma mulher que vinha e sumia com a gente, num sabia se ela comia, que que ela... Essa fazenda era um troço encantado mesmo!

Bom, e vinha esse homem que trazia carta. Nesse tempo, tinha aquele burro e outro, que ele levava a carta de burro, num sei da onde. Aí, levava pra cidade, né? Passou lá, o fazendeiro falou duma carne e tal... O fazendeiro arrumou uma carne pra ele e falou:

– O senhor vai pousar?
– Não, eu vou subir!
– Olha, é melhor o senhor num pousar lá! Lá tem sumido toda gente. E aí eu num quero mais, como eu queria a fazenda de lá. Lá que eu ia fundar a fazenda! Agora tô aqui!
Ainda num era casa de tudo, mas era casa de palha, essas coisa, né? Aí, como começou acontecer isso, ele tirou tudo, foi fazer num outro lugar. Ia fazer a fazenda porque tinha corgo. Corgo corria. Corgo, né? Tinha árvore de altura.
Bom, e veio esse homem montado naquele burro. Aí ele falou:
– Olha, é melhor o senhor pousar aqui!
– Não, isso eu num acredito! Essas coisa...
– Olha, eu tô falando pro senhor. E tô comentando com o senhor, eu também num acreditava, mas agora eu tô acreditando, porque tem acontecido cada causo por aí!
E lá tinha piquete, tinha tudo. Ele tava formando uma fazenda ali, já tinha cerca, tudo feito ali! Aí, ele mudou, porque tava sumindo gente mesmo, rapaz! Mulher de grito, a mulher lutou com ele até ele mudar. Pra ele mudar. Passou uma légua pra longe do lugar onde ele tinha e tal...
Bom, e esse camarada falava:
– Isso tudo é bobagem!
Chegou nesse lugar lá, onde foi o retiro, falou:
– É aqui mesmo!
Tinha a casa boa, né? Essas coisa tudo. Onde era a fazenda, tinha água, porque lá era o corgo. Aí então, puxou a água pra tudo aqueles piquete, de dentro daquele corgo. Puxou pra tudo: dentro daquele rego, aquela valeta. Fez aquele açude, tem água mesmo!
Bom, aí ele falou:
– Vou assar um churrasco e tal...
Pegou fogo, deitou fogo e tal... E pôs o churrasco ali. Tava querendo escurecer. Aí, ele foi no corgo, tomou um banho e veio de lá pra comer. Tá cortando o churrasco, quando assusta, diz que ele viu aquele barulho assim, viu o burro: raaaá! Ele olhou assim [mexe a cabeça de um lado para outro], num viu nada, né? Aí, passou a mão na quarenta e quatro, botou uma bala na agulha:
– Vamos ver o que que vai dar isso aí!

Aí, ele ficou pensando.... Mas aí sentou e cortando o churrasco. Tá cortando o churrasco. Diz que quando assusta, ele olha por detrás dele assim, que ele olhou assim, diz que era uma mulher muito linda! Uma mulher muito linda. Aí, ele falou pra ela sentar, tipo de uma tarimba, um jirau ali. Ela sentou ali. Tipo da mulher distinta! Vestido comprido, cabelo comprido!
Ele tá ali, ele falou:
– Mas que mulher! Da onde que vem essa mulher?
E ficou naquilo. E cortando o churrasco... Aí, convidava ela pra comer, ela só sacudia a cabeça que não. Uma mulher bonita dessa! Chegou assim pra encostar nela. Foi passando a mão naquele cabelo dela... Aoô! E a noite vai chegando:
– A noite vai chegar, pode ficar aí!
Ele tava ali e ele oferecia uma coisa, rapadura, essas coisa que sempre carregava e ela sempre sacudindo a cabeça que não. Aí, diz que ele foi fazer uma conceguinha nela, fazendo uma conceguinha nela e tal... Querendo agradar ela.
Sujeito besta! Eu já tinha ó, dado no pé! E ele agradando. Diz que aquela mulher era linda, né? Diz que ela fez aquele ameaço de ri, ele viu aquele dentão! Aí, diz que ele falou assim:
– Aoô! Tô com uma dor de barriga!
E saiu, né? Pegou essa estrada, num pegou nem o burro! Deixou aí! E a rede dele tava armada já, né? E pegou essa estrada, num pegô nem o burro! Porque ele falou:
– Se eu pego o burro aqui, vai dar tempo de escurecer mais!
Pegou essa estrada e mandou...
Eu sei que ele já tá correndo mais ou menos uma légua e essa fazenda ficava há uma légua e pouco, né? Diz que ele escutou aquele grito:
– Que dor de barriga é essa?!
Quando ele chegou na porteira, ele num agüentou chegar na fazenda, ele já tava morrendo de cansado, né? Aí, ele caiu na porteira, você sabe que cachorro é um troço que incomoda, né? Aquela cachorrada: au, au, au! E ele largado ali. E a cachorrada tá acuando ele... E o pessoal já tinha jantado, tinha vindo todo mundo no galpão, né? Aí, diz que o capataz:

– O que que esses cachorro tá acuando? Será que num é onça?
– Ah! Sei lá!
– Mas esses cachorro num acua assim!
Acuando e ele deitado no chão, a cachorrada tudo de roda nele: au, au, au! Aí:
– Vamos lá?
– Vamos!
Tudo cum quarenta e quatro, passa a mão na faca...
– Ih! É um homem!
Aí, pegaram ele, mas ele num falou nada. Tava como morto, diz que ele abria o olho malemá. Pegaram ele e levaram lá no galpão. Deram água pra ele, fizeram um chá pra ele. E ficaram aquele pessoal ali, tudo pensando o que que era. Falou:
– Será que esse homem...
– Ah! Ele veio lá do corgo! Lá do corgo! O sujeito correu de lá, escapou dessa vez!
Bom, aí o pessoal tudo:
– Deixa ele aí!
Botaram ele na tarimba, cobriram ele e o pessoal foi. Dormiram. De manhã cedo, levantaram pra tomar mate. De manhã cedo, na fazenda, foram tomar mate. E tão tomando, conversando sobre isso e o homem tá aí. Aí vieram olhar ele. Ele já tava mais ou menos, né? Acabaram de tomar o mate, aí bate o sino pro café, foram tomar café. E o capataz veio. Começaram perguntar pra ele como que foi, como que é. Aí, ele passou contar o causo:
– Nós num vai correr pro campo! Nós vamos lá!
Arrumou toda a comitiva e foram pra lá. E o homem foi também. Arrumou um cavalo pra ele, arreio, ele foi.
Mas chegando lá, a rede dele, toda estraçalhada! Rasgada! Só o arreio que tava lá! Mas o que tava ali dentro da coisa, tava enfiado assim. Mas aquela rede dele tava toda rasgada! Que ela rasgou, sabe lá como! Que ela rasgou no dente! Porque tava toda esfarrapada. No dente, sei lá?! Aí ele pegou o burro dele, foi pro meio da comitiva.
Rastro de nada. Aí ninguém mais pousava nesse lugar, só passava no caminho de dia! Que era encantado lá!

Por José Aristeu

A gente vai passear lá pro centro da cidade. Era uma gleba longe lá da beira do rio e nós vai sempre. Mas minha vó... porque eu fui criado cum avó, né? E aí nós ia fazer campo, mandava nós fazer campo. Nós vai. Ficava, andava por ali. E aí nós vem de lá, já era cinco e pouco, né? Tinha um varador enorme. Era um varador, lá tinha uma poça d'água e nós entramos lá de noite. Nós vai indo, vai indo. Vai indo lá e eu vi uma pessoa assim, do lado, de pé, vestido de branco. E nós ia indo e ele ia virando as costa assim, de frente pra banda do mato.

Aí, andei um pedacinho assim, eu falei pra Vadô:
– Que será que é isso aí?
Falei:
– Vamos dar boa noite pra ele.
Falou:
– Não, vamos largar mão disso, num sabe o que que é, né?
Falei:
– Pode ser até uma assombração.
– Que assombração, nada! Deixa disso aí.
Gosta de caçar tatu à noite, aí saí. Eu voltei, voltei e dei boa noite pra ele. Falei:
– Boa noite!
Ele ficava quieto.
– Boa noite!
Ficava quieto. Aí eu falei:
– Cê num tem língua, engoliu a língua?
Aí ele tava quieto lá, né? Eu disse:
– Fala, rapaz – era um homem, né? – fala, rapaz!
Aí, ele foi virando assim, foi virando pra meu lado. Quando ele virou assim, a frente, que era a frente pro meu lado assim, aquela boca dele vermelha, dentro dos olho dele era um buraco, né? Mas aí já num vi mais nada, né? Aí eu falei:
– Vadô, num é gente!
Quando eu falei "num é gente", o Vadô já tava correndo na minha frente e eu fui. E ele corre e eu correndo. E eu correndo e

ele vai. E eu quero pegar ele e ele num me alcança... Eu num alcançava ele e ele vem...

Aí, nós ia chegar no outro varadorzinho, era uma meia subida assim – pra chegar no outro varador que tinha –, aí veio um vento por trás, um vento, aquela zoada, mas vento mesmo! Chegou e tum! Lá foi eu cum ele, tudo pro chão.

É, caiu e eu escutei naquele tombo, que a gente ia tombando assim, eu escutei uma voz falar, falou isso:

– Nunca mais cê mexe cum quem tá quieto na bera da estrada.

E nós levantamos na mesma dor, num teve nada. Corria. E grito, um gritava da frente, outro de trás. Era aquele grito danado:

– Me espera!

E:

– Já vou!

– Me espera!

– Eu já vou!

E vem...

Eu sei que, quando nós chegamos lá, chegamos quase noite, caímos lá. Aí falar o quê? Chamar o que que era, o que que num era, o que que foi. Ninguém podia falar nada, porque tava morto, né? Cansado de correr.

Bom, aí cum muito custo conseguimos contar o caso, quando melhoramos. Tomamos água e fomos contar o caso. Aí, nunca mais nós fomos passar aquela hora e brincar cum quem tava lá por perto. Se a gente fosse brincar lá, num passava por lá.

É, lá é serra, né? Então, aquele lugar vive sempre cum assombração, alguma coisa acima, né? E sempre o pessoal falava que existia aquilo lá, mas num sei, porque criança sabe que já tem medo e tal... Mas é sempre naquela chapada. Andando por Poconé.

E aí, depois disso, a gente via muita coisa lá, que corria, né? Na ponte que tem, do lago, vindo do campo várias vez. A gente andava a cavalo, passava de a pé, às vez num via nada. Era uma serra assim, assombrada, né? Aí a gente falava em assombração e eu num lembro um nego que num acreditava que existia.

E já aconteceu, tudo isso aí. E que acontecia cum a gente aí nesse Pantanal!

A ÁGUA

Por Dirce Padilha

Aquela baía é tão misteriosa, menino! Uhnn! Baía do Mandioré. Lá o meu avô saiu, pra ir lá na baía do Morro do Louro. Fala "louro" porque tem muito pé de louro, não. É porque tem louro muito não, é pé de louro mesmo. Então, ele saiu pra ir pra lá. E no meio da baía tinha uma pedra, sabe? E ele tinha que ir por ali, por aquela pedra, porque o lugar é mais raso. E ele viu uma mulher sentada em cima daquela pedra, os outro fala que é sereia. Ela tinha um cabelo comprido, meu avô falou, e sentada na pedra. Quando ela deu com ele, ela pulou na água e nunca mais apareceu. Mas quem vai pra lá vê coisa! Você vê barco andando cinco horas da tarde, você vê barco andando sozinho.

Agora até que tá tendo turista, sabe? Mas a baía é muito engraçado, menino, ela é muito grande. Você olha, você não vê fim nela. Parece um mar mesmo, sabe? Azulzinho! É bonita que é! Existe muito encantamento naquela baía. Existe tanta coisa, né? Você senta cinco horas da tarde, senta na varanda, fica olhando pra baía, você vai ver que coisa bonita! Bonita mesmo!

Já morreu muito alguém lá. Inclusive, ano passado, morreu dois rapaz que foram pra lá. Dois boliviano, sabe? Lá na fazenda da minha vó, virou uma capitania, sabe? Então, os pessoal tavam de serviço, e os dois num sabia nadar, e saíram pra... como é que fala? Saíram pra pescar. E saíram de bote. A baía tava tão brava, que embocou a chalana e matou. Conseguiu escapar um só, que bateu um braço, bateu outro braço, alcançou, né? Deixou que a onda levasse ele e encostou. E saiu no seco e foi avisar o pessoal, mas o colega dele morreu, porque tentou grudar no barco, né? E o barco com o motor ligado levou ele pro fundo da água. Inclusive é isso que eu tava falando pro cê, que a partir de cinco hora da tarde, se você ficar sentado na varanda, você vai ver o motor, que o rapaz estava nele navegando, pelo mar, lá na baía, até sumir. E num tem ninguém pilotando ele. Ficou encantado aquele lugar lá. Cê vê coisas: gente andando na beira da baía, entendeu?

Lá, agora quase num tá morando ninguém. Num tem ninguém na fazenda lá, onde tava a casa, que eu falei pra você, só tem um velhinho que tá morando lá. Eu fui o ano passado pra lá. Fiquei quase um mês lá. Só que tá muito difícil as coisa. Tem o avião do pessoal da fazenda que vai duas vez por semana, pra olhar como que tá na fazenda, porque tem gado ainda na fazenda, né? Mas num era como era antes, não. Ficou totalmente diferente depois que a gente veio de lá pra cá. Acabou! Pessoal que tinha lá mudaram de lá pra cá. Venderam o que tinha. Um investiu bem: comprou casa, comprou vila, tá bem né? E nós num compramos nada, porque o vovô acabou com o dinheiro que tinha. É isso aí! Agora tem que trabalhar pra sobreviver. Mas eu gostaria, sabe, de ter um sítio pra morar, pra lá num dá mais pra nós, porque eu também tenho filho, tá tudo no colégio. Lá num tem. Olha, quando eu vim de lá, eu tava com doze anos, quando eu vim de lá, né? Eu aprendi assim: "a, b, c...", acabou! A minha vó que me ensinava assim, na hora vaga dela que me ensinava.

* * *

Mas num lugar aqui pra cima, por exemplo, pro Alegre, lá pra cima mesmo, pra cima onde a gente morava, existe uma baía que você vê marca de carro, tá? Pegada de gente. E atravessa o corixo, por dentro d'água, sai no Pantanal, entendeu? E você num sabe pra onde que vai.

Talvez um carro que chega, mora dentro da baía, entendeu? Dentro de alguma cidade debaixo da terra. Que ela vem como se vai pra água, entendeu? Depois, ela sai lá na frente. Talvez pegando alguma coisa e trazendo pra cidade deles, né? Então, quem desapareceu ali nunca voltou pra contar história, do que ele sobreviveu lá, entendeu? Talvez num deixam pra ninguém descobrir o segredo.

Já pensou se um dia isso acontecer?! Num vai haver mais segredo, porque quem vai pra lá pode voltar, pode contar! E pode mostrar o caminho como vai lá, né? Por isso que neste caso num tem que haver a pessoa voltar pra contar, entendeu? Porque o que vai, vai mesmo de uma vez, não existe mais volta! Nem pra contar história mesmo.

Por Vadô

Pois é, aí tem, pois aí tem! Porque lá, nessa baía lá, o senhor vai de canoa beradiando, mas ali o senhor dá um assobio, aí dá um grito ali [mexe os braços para cima e para baixo alternadamente], essa baía é assim.
Essa baía da Gaíva.
José Aristeu:
É a Gaíva lá em cima, entre Acurizal e porto Índio, lá é assim!
Vadô:
Lá é, ferve a água! Cê pode ir lá e gritar! Lá, se o senhor der um grito ali, essa baía embrabece duma hora pra outra. Num sei o que que é! De canoa, a canoa cum aquela margada joga o senhor lá no seco! E vai peixe ficar lá. Quando ela tá meio baixo, fica preto de urubu! Que a margada vem, joga o peixe lá, lá na areia. Tem uma areia! Uma beleza assim! O peixe vai lá, com a onda que vai, né? E quando volta, fica lá pintado, pacu, piranha. Então, fica assim de passarinho: urubu, carancho, essas coisas toda, comendo esses peixe!
Pois é isso que eu não sei! É encantada essa baía! É encantada. Ela é bem encantada! Porque os poço, que eu falo pro senhor, é tudo cheio daqueles cágados d'água, vai tudo naquele poço, mas o senhor não vê nenhum. Quando eles vê os barulho do senhor, faz... Mas é limpo, eu fiquei admirado. Falei pro Marco:
– Mas, Marco, e isso aqui?
Falou:
– Ah! Vamos ficar quieto! Num vamos puxar esse assunto aqui, vamos só andar. Vamos lá pra casa de fulano de tal...
Que ele morava por lá. Mas ele falava que tinha dia aí, que era aquilo: aaaaaaah! Aquele canto! Cê num vê!
Aí no Dourado, pra baixo do Rebojo, pois é, ali o senhor vê cantar galo. Uma espécie de galo: caaa, caaa! Com galo, uma coisa assim, sabe? Que não dá pro senhor falar assim, pra certas pessoa.
José Aristeu:
Mas eu creio que o Rebojo Cantagalo tem o nome de Cantagalo por causa de galo! Toda sexta-feira fica parado ali, fica galo cantando, só na sexta-feira! É quando canta, né? Toda sexta-feira cê pode parar por ali, que cê escuta galo cantar. Reza, tem reza. Eu já parei por ali.

O MENINO E A ANTA

Por Sebastião da Silva

Maioria do povo, eles tavam contando da proeza de trabalho, era aquela alegria que aconteceu cum ele no trabalho, que que ele fez, que que ele passou na luta do trabalho, às vez, o peão tá sozinho, mexendo com uma rês lá dentro do mato, só ele sozinho ali, e aquela dificuldade, aquela luta. Num demora, tá em perigo até de ficar por baixo da rês. Mas ele ainda tá cum aquela vitória, ele ali vai, conta pra turma, aquela risada, alegria do povo. Ver como que a pessoa passou, pra depois tá livre ali. Então, tudo isso é o papo do povo, e outro chateando o outro, pelo que ele passou também da luta, né? E assim vai aquela risada, aquele causo, aquela época, né? E agora mudou muito, né? Agora a pessoa já tem que contar muita coisa da novidade de cidade, né? Nessa época, num tinha novidade de cidade, o povo de maneira nenhuma, era pouco que tinha ao menos um radinho pra ele escutar um programa pelo rádio, num tinha também, era muito difícil. Ia ver um jornal, num via nada. Ali, só pra ver a novidade de trabalho, da luta dos animal do campo, né? Tá lutando, correndo atrás de touro brabo, de boi brabo aí, troço selvagem, de repente cê sai em cima de um lote de porco brabo, tá até misturado num meio dele ali. De repente, cê correndo no mato atrás de um boi, cê sai até de atravessado por perto de uma onça, e assim vai levando aquilo.

Histórias, às vez trazia pra muita gente o medo. Que a pessoa aquela época acreditava em tudo só no falar, né? Fala que existia um troço mal em tal lugar e ele ficava com aquilo na mente. Às vez, até por uma sombra, ele falava que era assombração e corria muito longe, né? Na fazenda Berenice dextraviou um rapaz no campo. Passou mais de mês perdido no mato, doido. A turma conta que foi um tipo de male que apoderou tanto dele, que ele viveu dextraviado no mato. Custou muito pra eles achar. Quando eles acharam o rapaz, foi uma dificuldade pra pegar ele. Correram no mato atrás dele como fosse até um animal selvagem! Pegaram ele, tiveram que trazer pra cidade, pra tratar tudo. Ele tava fora da mente duma vez! Ver, louco duma vez!

Diz que houve um tipo dum bicho que ele viu lá. E andou em cima, montado no bicho no meio do mato, dum lado pra outro.

Ninguém num sabe. Só falou que era um bicho, que ele andava montado nele. Então, houve muita dificuldade pro povo, muita emoção pro povo, pra poder adquiri ele de volta, né? Correram muito, muita gente perdida pro campo. Dextraviado, caçando e num achava, né? Quando foi um dia, ele apareceu. Conseguiram achar, no campo, sem comer e sem beber nada! Vivendo por lá pro mato! Aí, conseguiram pegar ele, mas pegaram ele como se fosse um animar, num aceitou ninguém. Teve que pegar na marra mesmo! Louco duma vez! Tratou bastante, veio num repouso muito grande, melhorou bem. Mas num ficou com a idéia mais natural que ele tinha, né? Num é mais o que ele era!

Por Airton Rojas

Olha, aqui na Nhecolândia, aconteceu um caso, até um caso interessante! Não foi só com uma pessoa, da pessoa sumir, andar no campo.

Então, esse rapaz, num lembro quantos dias ele ficou no mato, ele ficou fora da idéia de uma vez. Então, ele conta: ele não queria ver gente mais, não! Conhecia mais ninguém!

Eu sei, diz que tinha um bicho, esse que dava de comer, pegava. Sei que aparecia com fruta, aparecia fruta, uma coisa pra ele comer. Ele comia, eu sei que...

Aí, um dia acharam, pegaram ele. Ele tava doido demais! E já aconteceu com uns quantos! Umas quatro, cinco pessoas que sumiu assim! Mas aparecia e parecia assim, variado! O povo já botou esse nome, esse tal de mãozão:
– Olha, cuidado com o mãozão! Cuidado o mãozão né?
Eles não falam nada, nem como era, nem como era nada. Eu sei que quem acompanha esse rapaz, que era meu amigo, quem acompanhou ele era uma anta!
Ele, rapazinho novo, dormia assim, deitado em qualquer lugar. Você sabe, no mato, né? No meio do capinzal assim, ele dormia. Mas diz que nada mexia com ele. Sei que dormia tranqüilo.
Noutro dia, já achava fruta. Pra lá da Nhecolândia, tem muita fruta, né? Pra lá, tem época que tem a tal do arixicum. E aquilo cheira, às vezes comida até de boiadeiro. Ela dá uma fruta grande assim, igualzinho uma ata. Aquilo, quando tá madura, desde longe o senhor sente o cheiro dela. Aí que se o senhor levantar o nariz, vai direto, né?

Por Roberto Rondon

Tem um guri também, que era pequeno, eles falam que aqui tem muita coisa, sabe? Tem o mãozão, falam que tem esse tal de negrinho do pastoreiro, o pessoal fala que é um gurizinho pequeno, sabe? Um negrinho. Então tem muito negócio! Esse guri, quando era pequeno, ele andava lá na casa dele brincando. Aí, ele ficava, saía sozinho pro mato assim, pra brincar, correndo, tudo. Um dia, ele tava fazendo malcriação pro pai dele, o pai dele falava:
– Ah! Eu vou surrar você!
Então, tinha vez ele corria, escondia do pai pro mato, ficava de tarde. Aí ele voltava de tardezinha, ficava ali perto da casa brincando sozinho. Aí ele saía, ia pro mato. Voltava. Ia. Voltava. Até que um dia ele foi e não voltou mais. Ficou pro mato extraviado, ficou uns três dia assim, mãe ficou desesperada, pai. E mandaram o pessoal da fazenda desandar a procurar e nem via. Só via só rastro dele. Só batida. Tinha às vez que encontrava o rasto dele assim, batida dele e tinha uma anta, sabe? Junto assim [indica o

rastro, apontando a mão direita para o chão]. Tinha lugar, ele montava na anta pra atravessar, muitas vez ele ia de a pé e a anta junto com ele. E sempre procurando, procurando, procurando e não encontrava.

E aí, outro dia ia outro pessoal, todo o campeiro da fazenda, de outras fazenda, reuniram lá e foram atrás dele, só via batida. Aí, um dia viram ele. Quando viram ele assim, que o pessoal viram, que ele viu o pessoal atrás dele, que ia pra pegar ele, né? Ele correu. Correram. Cercaram o capão assim. Fecharam o capão de cavaleiro. Ficou tudo rodeado o capão pra hora que ele saísse, pra pegar ele pra laçar. Porque todo mundo lá ficou olhando lá. Quando ele viu, que deu pro pessoal montado lá, ele correu do capão pra outro mato lá, num conseguiram pegar ele. Tinha um negócio, que enviava ele! Carregava ele! Alimentava ele, ninguém sabe de que que ele se alimentava, porque falavam que ele comia mel, alguma outra coisa, fruta, né? Mas então, ele ficava naquilo, só no mato mesmo. Aí foram, foram... Foram prosseguir pra poder ver se conseguia pegar ele. Até que um dia pegaram ele.

Pegaram ele, tinha um rapaz que ele fez um negócio lá, rezou lá, tanta coisa. Aí pegaram ele, laçaram ele, levaram ele pra casa, mas deixaram ele preso, porque ele só queria voltar de novo pro mato, num queria ficar na casa, sabe? Queria ficar no mato, que ali era melhor pra ele. Lá no mato. Que ele vivia melhor do que na casa dele. Então, ele queria voltar. Aí levaram ele, deixaram ele preso e tudo.

Aí desandaram perguntar pra ele o que que ele fazia, o que ele comia, como que era lá, no que que ele dormia. E ele num falava, num falou pra ninguém! Aí, ele foi pra cidade, levaram ele lá, levaram ele na igreja, mas ninguém falava nada. Ele num explicava nada pra ninguém. Porque, se ele soubesse, o negócio que carregava ele, falou que no dia que ele falasse pra alguém, ele ia voltar pra pegar ele. Então falou:

– Se você contar algum dia pra alguém, seja lá onde você tiver...

Que ele era novo, né? Falou:

– Até você ficar homem velho, se você contar pra alguém o que você passava, o que que trouxe você, o que que aconteceu, eu vou buscar você onde você tiver!

O bicho falava pra ele! Então, ele num contava. Cê vê que ele, hoje em dia, estes tempos atrás, ele era rapaz feito, pai de filho, ele bebia, o pessoal dava bebida pra ele, pinga, ele bebia até ficar bêbado, pra ver se confessava ele, pra ver se ele contava. Ele não contava o que que acontecia com ele, o que que ele passou!

É, o pessoal fala que esse tal de mãozão que tem, esse tal de negrinho do pastoreio. É o negrinho do pastoreio, eles falam que é uma criança pequena, um neguinho, né? Um guri pequeno, pretinho, e o mãozão é um monstro de homem que tem, grande, né? Porque quando ele vai passando assim, aquele mato desanda tremer, aqueles pé-de-pau, aquela ventania, sabe? Como eu tava dizendo.

Aí então, eles falam que era esse que carregava ele, o mãozão, o negrinho do pastoreio que protegia ele, sabe? Diz que ele num contou, a turma até hoje conta como que é que era o passado dele lá.

HISTÓRIAS DO VAQUEIRO GLUTÃO

Por Vadô e José Aristeu

Vadô:
 O senhor num conheceu o Joaquim da Costa?
José Aristeu:
 Não. Vi falar.
Vadô:
 Pois é, aquele homem era assim: homem baixote, cabeludo, bigodão. Ele comia o lado de uma bezerra de ano! É, comia!
José Aristeu:
 Todo mundo fala!
Vadô:
 Tá aí, é, aí tem o filho do seu Juliano que pode... tá aí também. Mas um lado, que doze homem num comia! Repartia no meio e mandava pra ele, né?
José Aristeu:
 Deixava ele comer cum paçoca, cum tudo!
Vadô:
 Cum tudo! E tomava aqui mais duas chaleira, mais ou menos, de mate. Mais ou menos, a lata dele é aquela lata de litro que trazia a banha. De dois litro!
José Aristeu:
 De dois litro!

Vadô:
   Ele carregava na garupa. Furava o chão assim, e lá, ele fincava uma estaca, e aqui, uma forquilha, e punha aqui. E a lata tinha aquele arame e punha a lata. Ele lá longe, num misturava! E tomava duas lata daquele, antes de churrasquiar, cum quatro litro d'água! Depois que ele comia um pouco. Aí, ele tomava mais...
José Aristeu:
   Forte! [Risos.]
Vadô:
   Uma lata daquele, mas uma lata daquele! [Risos.] É! Mas é, rapaz! Como que era esse homem! Ele morreu aí, esse homem que eu tô falando pro cê, que eu tava conversando agora mesmo, contando o caso do guri.
José Aristeu:
   Ahã!
Vadô:
   Esqueci o nome dele. Que morava desse lado aqui.
José Aristeu:
   Que morreu sentado, ele, né?
Vadô:
   Pois é, mandou os guri juntar bocaiúva. Juntou a bocaiúva, tinha aquelas cuia. Aí, assou mais de meio saco de bocaiúva, que lá tinha muita bocaiúva. Molecada juntava muita lá. Bom, aí mandou tirar a carne daquelas bocaiúva tudo, aí pediu. Aí, a dona deu mais ou menos uns três quilo de farinha pra ele, né? E o Antônio Leandro tinha pescado muito peixe, tinha feito aquele panelão pensando que ele ia comer. E depois ele comeu, e diz que morreu, né? Aí, pediu leite. Aí, foi aquela meia lata de querosene de leite.
José Aristeu:
   Foi no Descalvado?
Vadô:
   Não, foi no Bonfim.
José Aristeu:
   É?
Vadô:
   É, foi no Bonfim.
José Aristeu:
   Que ele comeu?

Vadô:
É, lá no Bonfim.
Aí misturou tudo aquela comida, rapaz! Aí, ele foi levar lá pra falar:
– Ah! Eu ainda tenho um peixe aí, o senhor...
– Ah! Mas é bom – falou – me dá tudo!
Panelão que tinha feito, que ele comia muito, né? Ele chegou, deram a panela pra ele, ele limpou! Ele comia o lado de uma bezerra de ano, né?

José Aristeu:
Ele ia pescar, tinha mulher, ele ia pescar, matava sessenta piranha, cortado no meio, dá cento e vinte pedaço. Trazia num plástico. A mulher cozinhava e ele falava:
– Ó mulher, vou lá na roça arrancar mandioca, cê vai cozinhando o peixe!
Daí, vai arrancar mandioca. Pegava um saco! Ia lá na roça, pegava e arrancava uns pé de mandioca e punha no saco assim. Aí chegava, descascava, ele mesmo descascava aquela mandioca, ia descansando e jogava num plástico. Aí a mulher vinha, lavava e ele ia pra roça. Cozinhava aqueles tacho de mandioca. E fazia aqueles panelão, na véspera cozinhava tudo. E ela às vez comia e às vez num comia, né? Aí ele foi lá chamar ela, ia lá chamar, porque às vez tinha.
Agora, quando ela pegava gravidez que ia ter filho... Tinha parteira, aí que nascia a criança, levava pra ele vê:
– Ó seu Joaquim, nossos parabéns! É um menino.
– Vamos ver ele aqui, eu vou adorar ele!
Enquanto a mulher tava cum dor, diz que ele tava afiando o facão na pedra. Quando nascia a criança, ele pegava a criança duma perna assim, metia uma pancada no meio assim, e rachava da cabeça até o vão da perna, na cabeça que rachava, né?
– Por que isso, seu Joaquim?
– É pra num nascer, num ficar raça ruim no mundo!
Então era assim.
E o peixe, ele chegava, a mulher falava pra ele:
– Tá pronto, seu Joaquim, a comida!
– Antonia, já comeu?

– Já!
– Então come tudo!
Vadô:
Pois é, ele é assim.
José Aristeu:
É. Aí a mulher comia, num agüentava comer tudo e daí? Chegava o produto!
– Tá danado!
– O que que é?
– Num quer comer, tá danado? Tivesse que esperar!
Quando ela esperava, ele comia tudo. Num deixava a mulher comer, né? [Risos.]
Vadô:
Pois é, esse churrasco dele, lá no acampamento, se ele pedia:
– Vamos... vamos!
Ele convidava!
– Então vamos, vamos churrasquiar?
Aí, a turma aceitava, alguns só que ia lá. Aí, então:
– Vamos cortar então.
Chegamos, cortamos um pedaço, ele falou:
– Ah! Pode comer tudo, num tô mais cum fome não.
José Aristeu:
É?!
Vadô:
Onça virava a cara pra ele, tinha medo dele. É. Qualquer um touro desse no curral ele laçava. Cê jogava o laço nele, que podia quatro, cinco vaqueiro num sustentava o touro, mas ele sustentava! Então, o laço arrebentava.
Onça virava a cara pra ele, tinha medo dele! Ele limpava, pra matar onça assim, ele limpava tudo embaixo assim, fazia o cigarro, punha e nem aí! Ficava cheirando a pituca assim. Daí ele dava um tiro só lá na onça, quando a onça caía no chão, ele ia pegar nas arcada. Era homem macho! Ele amarrou a mulher dele num caraguateiro, com uma formiga mais doída que Deus criou. É!
Um homem cruel!
José Aristeu:
É, mau conduta, né?

Vadô:
   Um homem ruim!
José Aristeu:
   Diz que eles, quando vieram duma comitiva aí, ele contava, o pessoal que conta aqui, os antigo que conhecia ele, né? Então conta, a gente sabe por conto do povo. Eu num conheci.
Vadô:
   Eu que cheguei de conhecer ele.
José Aristeu:
   Eu conheço só por conto. Assim, ele contava que ele trabalhava, tava numa mata, antigamente que existia aquelas mata de poaia, tirar borracha. Então eles tava tirando madeira, abrindo estrada, e o chefe dele veio pra cidade. Ele foi fazer compra, ele já tava cum pouco mantimento mesmo. Veio pra cidade fazer compra e num voltou mais. Ele num voltou e o pessoal lá, tava comendo o que tinha e acabou. Ficaram esperando, tudo mundo morrendo de fome. Porque aquela época, sabe como que era, né? Era tudo, cê vai, vai; cê já tá lá, num vem, né? Quando num dá pra combinar só pra vim! Num sai, num saía.
   Então, ele diz que ficou naquele lote, era parece que uns vinte e poucos homem que tava lá. Mas falava:
   – Quer saber uma coisa? Vamos embora!
   Fugiram, saíram, vieram embora procurar socorro, né? Ficou ele e um outro companheiro dele, mais a gente que tava morrendo lá, que morreu, né? E eles tinha um quarenta e quatro e tinha três bala. Aí, falou pro companheiro:
   – Tonho, agora o que nós vamos ficar fazendo aqui? Nós num têm nada! Tudo mundo já foi embora, vamos embora também!
   Aí, diz que saíram por aí, sem direção. Aí, ia e ia... E os companheiro tudo morto de fome, e já matava qualquer coisa, porque só tinha três bala, né? Tinha as três bala, mataram um bicho, comeram, assaram, comeram e vieram vindo. Enquanto tinha aquilo, tavam comendo. Acho que se largar ele pra comer, ele comia tudo! Aí que o companheiro morria mas ligeiro, né? [Risos.] Aí, diz que vieram. Quando restava uma última bala, aí ele carregava o companheiro, que o companheiro já num tava agüentando mais andar! Cansado, estrupiado, um monte de árvore que tem no mato, né? Então, ele carregava o companheiro pra num deixar.

Aí, diz que eles chegaram numa poça, numa lama lá, acharam uma lontra, mataram e acharam água lá, raparam, sei que chuparam aquele lodo. Tomaram a água e assaram aquela lontra. Uma banda daquela lontra comeram. Sei que:
– Ah! A outra nós leva!
E levou. No pouso, eles comeu aquele resto e a água. Aí, no outro dia saíram. Aí, vem vindo, vem vindo... Eles saíram assim, num campo mais aberto, tinha pouco gado, essas coisa tinha.
– Deve ser fazenda! Vou achar uma casa por aí.
Acho que vieram vindo, aí o companheiro gritou que num agüentava mais, falou:
– Cê vai e eu vou ficar. Aí, se você sair nalguma casa, cê volta, vem me buscar ou então me deixa morrer por aí mesmo!
Já tá mesmo no fim da vida, né? Ficou. Aí:
– Cê vai embora, num vou te acompanhar, porque num agüento mais!
Acho que carregou ele até um certo ponto aí. Aí, ele cansou também, parou e deixou ele.
– Cê fica aqui, eu vou ver uma casa!
Aí foi. Diz que ele foi até uma pedaço assim, diz que viu movimento. Aí, ele subiu, viu uma fazenda, um pedacinho de casa. Aí, ele voltou pra pegar o companheiro. Chegou lá, achou o companheiro já quase morto. Aí ele pegou o companheiro e trouxe até um pouco. Daí ele cansou também. Aí ele:
– E agora?! Largo cê aqui e vou lá, mas se eu ir lá, até chegar aqui, cê já morreu! Se você morre, eu acabo de matar!
Pegô o revólver: tá! Matou o companheiro! E foi embora, saiu. Quando saiu, andou mais ou menos umas duas, três légua, saiu numa fazenda. Matou o companheiro pra num ver sofrer!
Ficou trabalhando aqui nessa fazenda. Daí que ele saiu, ele foi pra Poconé, de Poconé veio aqui, ficou aí pra essa beirada de rio: Amolar, Cáceres. Mas disse que ele era assim, esse sujeito. Nunca deixou filho. Mulher dele, dava na mulher.
Aí no Amolar, quando chegava criançada, tão fazendo arte, ele chegava no porto, falava:
– Huuuum!
Quando ele falava "huuum", esses piá sumia, num queria ver a cara dele!

Vadô:
  Rapaz novo, que passava na frente dele, ele falava:
  – Huuum! Tá dando mala impressão, passa pra trás!
  Mas era homem valente! Mas ali era! Olha que ele faz essa malvadeza aí!
José Aristeu:
  Acho que ele era um homem assim, sei lá, um homem bom! Eu num conheci ele, conheci ele por conta do povo!
Vadô:
  Trabalhou na Ipiranga sô. Mas que era assim, ele era! Uma banda de vitela ele comia. Mas eu cheguei de conhecer ele, quando chegou.
José Aristeu:
  Também se ele comia... Cruzava no manguero lá e batia lata até a hora que terminava. É. Até a hora! Não largava, não largava. Torete de três ano, quatro ano assim, ele jogava o aço na cabeça.
Vadô:
  E ninguém montava sem pedir licença pra ele! Falava pra ele:
  – Dá licença, seu Joaquim?
Ele:
  – Huuum! Pode montar!
  Mas se num pedisse, era só montar e cair! Só montar e cair!

CONTOS

CONTOS MARAVILHOSOS

DURINDANA E PATRÃO
Por Natalino da Rocha

História é um, causo é outro, né? Eu sei história também. Vou contar uma história, pode? Vou contar uma história de um acontecido. Então, lá tinha um homem. Esse homem chamava Durindana Ele foi andando e encontrou outro homenzinho:
– O que cê tá fazendo?
– Ah, tô arrancando esse pau aí!
– Como cê chama?
– Chamo Ranca-Jatobá!
Então, ele levou pra casa dele. Chegou lá, ele encontrou outro:
– E o senhor?
[Incompreensível.]
Então, levou ele lá pra casa dele:
– Amanhã, eu vou caçar com um companheiro, pra trazer carne pra nós comer, o senhor fica aqui!
E atrás da casa, tinha um buraco escuro, que ninguém via o fundo. Então, eles foram... Quando chegou nove hora, chegou o Patrão, disse assim:

– Bom dia!
– Bom dia!
– Tem comida pra me dar?
– Tem!
Então ele comeu.
– Tem mais?
– Tem!
– Tem mais?
– Num tem, que eu tenho um companheiro pra comer!
– Nem do bem, nem do mau, nem do bem, nem do mau!
Então eles enrolaram, o Patrão amarrou o Ranca-Jatobá e botou ele debaixo do cocho e comeu tudo a bóia, jogou as panela tudo pra fora. Durindana chegou:
– Fulano?
– Senhor?
O Durindana não via nada, porque ele tava amarrado debaixo do cocho.
– Fulano?
– Senhor, o Patrão me chegou aqui, me comeu tudo a bóia e me amarrou debaixo do cocho!
– Mas o senhor, não dava pra desamarrar?
– Num tenho força!
– Ah! Mas amanhã é eu que vou lá! Vou ficar aqui, vou amarrar ele!
Ficou, quando foi outro dia [risos] o Patrão:
– Bom dia!
– Bom dia!
– Tem comida pra me dá?
– Tenho!
Comeu.
– Tem mais?
– Tenho.
– Ainda tem mais?
– Num tenho, é que eu tenho um companheiro pra comer...
Ficaram tudo embolado, derrubou, amarrou o Ranca-Jatobá no cocho, comeu tudinho, jogou as panela pra lá. Chegaram os dois:

– Cadê o Ranca-Jatobá? Fulano?
– Senhor?
– Vem aqui!
– Mas num dá, tô aqui amarrado! É demais, eu num tenho força!
– Todo dia é a mesma coisa! Então, eu que fico, cês vão! Tá bom!?
Então, o Durindana amolou a espada dele, e ficou pensando o que que ele ia fazer com o Patrão, que o Patrão tinha força! Num demorou, chegou o Patrão:
– Bom dia!
– Bom dia!
– Tem comida pra me dar?
– Tenho!
E aí comeu.
– Ainda tem mais?
– Tenho
– Tem mais?
– Num tenho, que eu tenho um companheiro pra comer, o companheiro enfiado lá! [Aponta o braço para trás.]
Num demorou, o Patrão agarrou o Durindana. O Durindana passou a mão na espada, enfiou no vão das pernas do Patrão, o Patrão caiu lá [aponta o braço para frente].
– Ai, ai, ai, ai!
O Patrão falou com o Durindana, o Durindana falou com ele. Aí ele veio outra vez, aí o Durindana [levanta e desce o braço], arrancou a orelha dele assim, né? Tirou a orelha dele, pôs no bolso, ele, o Patrão, foi pro buraco. Então o Durindana falou:
– Eu vou fazer uma roldana, vou ver o que que tem nesse buraco aí.
Então, ele fez uma roldana e colocou na boca do buraco assim. E desceu lá embaixo. Então, chegou lá embaixo. Era uma cidade lá embaixo. Tava três tias do rei ali. Falou:
– Mas o senhor veio aqui? Ah!
Eles conheciam o Durindana, né?
– Mas o senhor veio aqui? Ah! O senhor é perigoso.
– Num tem problema não, ele não vai fazer nada, né?

– É, vai matar o senhor!
– Num mata!
– Então, nós somos três aqui. Então, cada uma de nós vai dar uma xicrinha assim pro senhor. Aí, ele vai falar assim pro senhor: "Alá Durindana! Se eu apanhar batido na porta da minha casa, eu mostro quem eu era!". Aí o senhor responde assim: "Alá nego diabo! Se eu apanhar a guia da mão da moça donzela, eu mostro quem eu era!".
Ah! Aí então, na mesma hora, chegou o Patrão assim. Chegou, repetiu com as três mulher:
– Aooooô Durindana! Se eu apanhar batido na porta da minha casa, eu mostro quem eu era!
Virou o Durindana:
– Alá nego diabo! Se eu apanhar a guia da mão da moça donzela, eu mostro quem eu era!
Aí o Durindana kaaaá! Jogou ele lá na frente, ele caiu!
– Alá Durindana! Se eu apanhar batido na porta de minha casa, eu mostro quem eu era!
– Alá nego diabo! Se eu apanhar a guia da mão da moça donzela, eu mostro quem eu era!
Ele pegou outro pau, veio de lá, kaaaaá! Foi lá, aí:
– Alá Durindana! Se eu apanhar batido na porta da minha casa, eu mostro quem eu era!
– Alá nego diabo! Se eu apanhar a guia da mão da moça donzela, eu mostro quem eu era!
Aí ele grita, o Durindana jogou ele assim, né? Atacou e arrancou a orelha dele e pôs no bolso. O Patrão sumiu. Então, aí o cara foi lá, ele sacudiu o cabo, viu o que tem em cima, né. Aí ele puxou a roldana, as três filha entraram e levaram ele lá, e ele ficou, ficou...
– E agora? Como eu vou subir?
Num deixaram ele mais sair.
– Mas num é nada, eu vou ficar aqui mesmo!
Então, aí ele ia indo, aí ele pegou o documento dele:
– Tá aqui! Arranquei a orelha do nego diabo.
– Uéh! Mas por quê?
– Tá aqui! Arranquei a orelha do nego diabo!

– Que é que... desaparece daqui!
O Patrão tava sem orelha, apareceu, ele falou:
– O senhor sabe que eu posso levar lá em cima?
– Ah! Então o senhor me leva lá em cima, porque eu não tenho como!
– Então eu levo o senhor [dá a entender que ele sobe nos ombros do Patrão]. Segura bem, não segura na minha orelha! Aí, kac, kac, kac!
Chegando lá em cima:
– Agora eu quero que o senhor me leva eu lá [aponta com o braço para frente], porque eu num vou mais achar o acampamento.
Então, apareceu o carro, entraram dentro do carro e puxaram. Quando ia chegando na praça, parecida com um jardim, aí vinha um carro parecido, ele conhecia o nego velho [abre a mão como se fizesse sinal de pare]. Parou lá:
– Essa é minha noiva.
Pegou a noiva, colocou dentro do carro e levou. Aí, ele casou com ela. Passado um tempo, teve um filho velho. Botou o nome dele de Joãozinho. Aí então, toda vez o nego diabo:
– Me dá minha orelha?!
– Ah! Num dá! Nada feito. Então, eu quero assim: você me dá uma boa garagem, um bom estofado pra mim, com carruagem, dinheiro, tá?!
Aí apareceu um mundo de dinheiro pra ele, ficou rico o Durindana. Aí então, o Joãozinho criou, ficou um rapaz formado e aí o Durindana:
– Esse aqui eu vou dar pro cê, que você casa, que você precisa de alguma coisa. O Patrão vai pedir a orelha, mas você num dá, não.
Então, o Patrão veio. Aí, o Joãozinho – o pai morreu – aí o Joãozinho com pouco tempo casou e aí o Patrão veio, né?
– Joãozinho, eu quero minha orelha!
– Eu posso dar, o senhor me dá casa, com bom carruagem e dinheiro também, aí eu dou!
Aí o Patrão trouxe tudo pra ele, ficou bom o Joãozinho. Aí o Patrão veio. O Joãozinho, tava chovendo, ele tava andando assim, quando viu de lá debaixo abanando o pé assim [mexe o pé]. Ele conhecia, sabia que era o nego, vinha buscar a orelha dele. Então:

– Eu quero minha orelha!
– Então, o senhor ficar lá mesmo!
Ele pegou aqui, jogou a orelha lá, deu pro Patrão. Foi embora o Patrão, nunca mais viu! Assim que foi.

JOÃO E MARIA ABANDONADOS

Por Natalino da Rocha

Eu vou contar outra história, que eu tava contando. O pai tinha doze filho. Então, ele não podia mais. Então, o que eles fizeram? Combinaram a mãe com o pai. E agora, o que ele fez? A bóia não tá dando pras crianças. Aí eles resolveram:
– Olha, sabe como que a gente faz? Você leva a trouxa com o mais velho, fala que vai tirar mel no mato, deixa ele lá. Cê fala: "cê fica aqui que eu vou lá", pra num matar, o senhor não faz o serviço, assim, né? Pelo menos não é o senhor que matou.
Então vai. Foram. Quando deu dez hora, ele chamou:
– Papai!
– Que papai, agora ele tá longe!
Aí a irmãzinha falou:
– Joãozinho, cê sabe o caminho pra voltar?
– Eu sei.
Então voltaram pra trás. Chegaram em casa era seis hora da noite. Ainda tavam comendo. Aí então, acabaram de comer, ele falou:
– Viu como hoje eu fui, nós tamo comendo mais, senão não dá pra comer!
Aí, o Joãozinho falou com a irmã:
– Ah! Então vamos embora, Maria!
Ele pegou a irmã dele e foram. Então, ele subiu numa madeira, assim no alto [levanta o braço], de longe o Joãozinho viu uma fumaça. E falou:
– Cê fica aqui, Maria, eu vou ver o que que é isso lá!
Ele foi lá. Chegou lá, era uma mulher velha, era gigante. Tava assando um bolo e tinha um gato pequeno, o gato: "miau!", ela

dava o bolo pro bicho, então pegava: "miau!", ela tinha um sacão de bolo e levou lá pro armário dela [aponta o braço pra cima].
— Ah! Amanhã eu vou com você!
— Num dá! Você é muito rebelde.
— Ah! Eu vou!
Aí o Joãozinho disse:
— Tá bom!
Foi, quando chegaram lá, o Joãozinho falava:
— Miau!
A mulher dava o bolo pra ele. A mulher achou graça, a mulher abriu o olho:
— Ah! É meu netinho que tá aqui!
Ela pegou:
— Vem aqui!
Levou tudo pro armário, fechou lá. Então, tava com uma semana, e a mulher engordando pra comer eles. Aí, ela achou um argola, amarrou no rabo do gato:
— Meu netinho, põe o dedo aí.
Ele botava no rabo do bicho.
— Magro, magro, magro!
Aí, noutro dia:
— Magro, magro, magro!
Depois:
— Magro, magro, magro! Aí não dá mais, cês vão apanhar lenha pra mim! Traz pra pôr nesse fogo aí.
Então, aí foram. As duas crianças tavam chorando, tavam chorando. O lenhador falou:
— Por que cês tão chorando?
— A velha mandou apanhar lenha.
Aí ele falou:
— Ah! É assim mesmo. Não é nada. Pode apanhar a lenha, ela vai acender a fogueira, vai mandar cês dançar. Vocês fala que não sabe, fala pra ela dançar. Aí, empurra ela e fecha a tampa do forno. Ela vai falar: "água meu netinho!", cês responde: "azeite meu avô!". Acho que ela vai comer vocês! E assim, não come. E a hora que fecha a tampa, depois de três dia, o senhor abre a boca do forno, vai sair três cachorro, um chama Cata-Vento, Mão-de-Ferro e Leão.

– Tá bom!
Aí, a velha:
– Dança, meus netinhos!
– Não sei, vovó, a senhora que sabe, dança pra nós vermos!
Então a velha dançou, eles empurraram a velha lá. A velha caiu lá e eles fecharam a velha lá. E ela gritava:
– Água, meu netinho!
– Azeite, meu avô!
– Água, meu netinho!
– Azeite, meu avô!
Então, ficou quieta. Aí, passando três dia, abriram a tampa. Saiu três cachorro. Então o Joãozinho falou assim:
– Maria, vamos correr o mundo!
– Ah! Vamos!
Andaram bastante, saíram num lagão. Viram uma casa. Foram olhar. Fechada a casa.
– Ih! Aqui tem dono, tá fechada a casa!
Então, o que que a Maria fez? Apanhou a corrente, passou no ouvido dos três cachorro e foi abrir a porta da casa antiga. No que ela abriu a porta, saiu um gigante lá de dentro!
– Quem é você? Ah! Entra aqui. Tá você só?
– Não tá eu e meu irmão.
– Ah! Fica aqui comigo agora. Ah! Eu vou comer eles agora!
E os cachorro, amarrado. Então, aí o gigante:
– Pra onde que ele foi?
– Foi por aqui!
E o gigante sentia, seguiu o Joãozinho. E o Joãozinho onde tava? Lá em cima, com a espada dele lá. Então, ele chacoalhou a madeira assim [como se estivesse chacoalhando a árvore]. O Joãozinho caiu:
– E você?
– Eu? Eu o quê?
Ele não falou o nome dele.
– Eu vim aqui pra te comer!
– É! Pro senhor me comer, o senhor me dá licença pra eu gritar três bicho.

O gigante não sabia o que ele tava gritando, né? Era bicho! E ele gritava o nome dos cachorro.
– Cata-Vento, Mão-de-Ferro, Leão!
Ele gritando e os cachorro escutou o chamado do companheiro. Aí, os cachorro kaaá, kaaá! [Movimenta os braços, indicando um tumulto.] Os bicho arrebentou, sacudiram e foi assim, ele matou o bicho. E aí, ele foi pra casa dele, chegou lá, encontrou Maria, ele disse:
– Agora, Maria, você pega o que é teu, eu o que é meu. Esse é meu colega [apontando o dedo para baixo], meu cachorro, meu amigo. Se não fosse ele, o bicho ia me comer. Você, que é minha irmã, soltou o bicho pra mim!
Então:
– Haaaa-haaaa-haaa! [imita um choro desesperado].
Ele não queria mais ela. O Joãozinho encontrou um varador, sumiu. E a Maria saiu pra cá. Então, o Joãozinho chegou, tinha uma moça amarrada num pé de jaca assim [põe as duas mãos para trás]:
– O que cê tá fazendo, aqui?
– Ah! Eu tô amarrada aqui, sou filha do rei!
Mas criança.
– Por que cê tá amarrada?
– Aqui todo mundo, quem tem família, tem que dar um pra o Bicho-d'água, pra beber!
– Uéh! Aqui é assim?
– É assim! Não pode beber água, não tem água e se não der, ele vai devorar você!
– Ah! Eu vou soltar você!
– Você garante minha vida!
– Eu garanto!
Então, ele soltou ela e ele ficou assim [põe as mãos atrás da cabeça e joga o tronco para trás]. E pôs a cabeça no colo dela e falou:
– Olha, se você escutar qualquer rumor, onze hora, escutar rumor, você me avisa.
Tá, quando deu onze hora, deu aquela ventania que deu...
– Joãozinho, lá vem o bicho! [Como se estivesse acordando alguém.]

Então, ele, com os três cachorro dele e a espada dele, foi e defendeu. O bicho com sete cabeça! Chegou um, pega um, o outro pega, os três cachorro [mexe os braços alternadamente], um vai daqui e ele com a espada [levanta o braço direito]. Matou o bicho, tirou as sete parte, pôs no bolso dele. E aí a Maria, a filha do rei, tirou o anel dela do dedo e falou:

– Isso vai ficar com você, pra lembrar de mim. Isso aqui é um lembrança que você pode casar, você que me salvou a vida! Esse anel, o que você pedir ele dá!

Então aí, ele saiu do reinado do rei, assim [aponta o braço para a direita], e os cachorro dele acompanhando ele. Então, a Maria pegou [aponta com o braço para a esquerda], foi direto no casa do pai, era longe.

– Papai, lá vem Maria!
– E agora? Escapou! Ela deve ter escapado por um acidente!
– Mas como?
– Ah! Vem vindo aí!

Chegou a menina:
– Um moço assim, assim, ele que me salvou a minha vida. Matou o bicho.

Aí, vai o Patrão lá, pra apanhar água, pra beber água. Chegou lá, viu o bicho, puxou, tirou um pedaço da língua, tirou sete pedaço e foi lá e apresentou pro rei:

– Seu rei, já matei o bicho, trouxe o pedacinho da língua, tá aqui!
– Olha! Tô espiando...
– É, só que não é ele, é um moço assim: ele é branco e tem três cachorro grande assim. E meu anel tá no dedo dele. Esse Patrão não, ele não é!

Aí, ia passando um camarada assim [aponta o braço para frente], chamou ele.

– Escuta, o senhor não viu alguma pessoa estranha por aí?
– Vi lá, tinha um homem que tinha três cachorro assim, assim, assim...
– Pois é esse, vai lá, fala pra vim aqui!

Lá foi ele. Veio o Joãozinho com os três cachorro dele e ficaram aí.

— O senhor que é – e o Patrão aí – o senhor que matou o bicho?
Virou a Maria:
— Ele que matou o bicho!
Foi olhar no dedo:
— Ó, meu anel no dedo dele aí! [Mostra o anel do seu dedo.] Aí, o Joãozinho meteu a mão no bolso e tirou as sete ponta, tirou e botou assim.
— Ah bom! Agora eu sei que é o senhor que matou o bicho.
Aí, ele foi pro pátio dele, quarenta soldado atendeu ele na mesma hora.
— É pro cê ir no campo, pega quatro cavalo pra mim!
Foram lá no campo, pegaram quatro cavalo. É daquele cavalo que num conhecia flor, né? Amarrou Patrão, um braço em cada cavalo [abre seus braços] e levaram...
— Pra nunca mais mentir pra mim!
Tocou o cavalo e espedaçou o Patrão!

JOÃO E A PRINCESA FUGITIVA

Por Natalino Justiniano da Rocha

Então, tem outra, o da Mariazinha também. O rei tinha uma filha antiga, era assim, dos trinta anos mais ou menos, mas ela saía pra passear e o pai não queria que ela saía pra passear. E ela ia pra tudo quanto é farra! E ninguém num dava conta, num sabia como que ela ia. Então falou:
— Quem achar minha filha na farra, se casa com a minha filha!
— Ah! Eu vou descobri!
Puta! Tinha bastante gente, rapaz novo chegava debaixo do sobrado, dormia, a moça descia, num sabia. Era pelo anel [indica o anel em seu dedo], o camarada dormia, ela falava:
— Ó meu anel, me leva eu na casa de outro!
Sumia, já tava lá! E o Joãozinho tinha o anel dele. Então aí, o Joãozinho escutou essa notícia que tava saindo no rádio, que é

essa moça. Que quem descobrisse, era pra casar com a filha do rei.
Ele foi se apresentar pro rei:
— Eu ouvi uma notícia que o senhor tá chamando.
— Ninguém descobriu ainda, quem descobrir vai casar com a minha filha.
Ele foi debaixo do sobrado e ficou quieto. Aí, a moça escutou o rumor, ele falou:
— Ó meu Deus, não deixa eu dormir enquanto a moça não descer.
A moça chegou:
— Joãozinho! Joãozinho!
O Joãozinho ficou quieto, a moça saiu dali:
— Ó meu anel! Me leva eu na casa de outro!
Então sumiu a moça.
— Ah! É por aí que ela vai. Ó meu capote, me leva eu não casa do outro da filha do rei!
Não demorou, tava a moça lá [agita os braços], dançando. Então, a moça foi, tomou banho, deixou a roupa pendurada. Ele entrou lá dentro — a moça não viu o Joãozinho. Ele entrou lá dentro, apanhou a roupa da moça, botou no capote dele. Aí, tava dançando, cantou o galo, ela falou:
— Eu vou noutra festa!
Ela saiu do banho e falou:
— Ó meu anel, me leva eu na casa da gata!
Aí, sumiu a moça outra vez. O Joãozinho falou:
— Ó meu anel, me leva eu na casa de outro onde tá a filha do rei!
Chegou lá e a moça tá: paá, paá! Ela foi, tomou banho, trocou, botou a roupa outra vez, o sapato e tudo. Ele pôs na sacola outra vez. Então aí, o galo cantou, cantou.
— Vai cantar mais duas, eu já vou embora.
Então, o Joãozinho falou:
— Ó meu capote, me leve eu na casa do rei!
Então, ele chegou na frente. A moça chegou, ele tava dormindo lá.
— Eu num falei que ele ia cair no sono!
E ele tava dormindo tranqüilo, porque tava com tudo o negócio da moça ali [aponta a mão direita para debaixo do braço es-

querdo]. Então, quando amanheceu, deu sete hora, o Joãozinho tocou lá [como se puxasse uma corda], levantou o pai dela.
– Senhor!
– Vamos ver aí!
Ele sentou, tirou o negócio [como se tirasse algo de uma sacola].
– Eu tenho um negócio pra dar pro senhor. Não é isso? [Aponta o braço para o chão.]
– É! Tudo isso.
– Tudo é dela! E isso aqui é da primeira casa que ela foi. Então, tá aqui a prova!
– Ah Bom! Fulano!
– Senhor!
– Vem aqui!
– Cê tá vendo isso aqui!
Aí ele descobriu. Casou com a filha do rei.

JOÃO E O GIGANTE

Por Natalino Justiniano da Rocha

Então, agora tem outro. É do gigante também, dessa eu sei! Então, o gigante tava sumindo com o povo do rei. Vai daqui, dali, não achava uma pessoa pra achar isso, aquilo.
– O que que podia tá acontecendo?
Aí, o Joãozinho foi:
– Eu não falei, mas sou capaz!
– Como?
– O senhor me dá um saco de estopa.
Então, ele foi, deu um saco de estopa pra ele. Ele subiu num pé de aroeira, assim [aponta o braço para uma árvore próxima]. E era malhado do jeito que... Era o lugar que dormia o gigante. Então, ele encheu o saco de manga e subiu. O gigante chegou seis, sete hora da noite. Ele viu bem o gigante. Pegou uma manga e atirou! [Como se estivesse jogando algo com força, depois leva as duas mãos ao rosto como se estivesse com dor.]

– Puta! O que cê tá fazendo?
Jogou outra.
– Ah! O que tá acontecendo?
Ele atacou tudo [como se despejasse o saco de manga], caiu em cima de tudo. Ele correu, desceu, pegou as duas espadas do gigante e levou, pra toca do rei. Aí, tinha outro, o nome é João, era irmão do Joãozinho, mas num gostava do Joãozinho. Queria que matasse o Joãozinho. Então, o João falou:
– Chama o Joãozinho pra ver se ele é capaz de pegar o rebanho do senhor, que está com o gigante!
– Então, manda chamar o Joãozinho!
Chegou o Joãozinho:
– Você é capaz de pegar o meu rebanho, que o gigante pegou?
– Num falei, mas eu sou capaz!
Então aí, ele foi. Aí chegou, ele falou:
– O minha chave! Eu vou entrar pelo vão da chave!
Entrou pelo vão da chave, foi lá pra cozinha do gigante, chegou lá, tava o papagaio. Ele falou:
– Papagaio, onde que tá a chave do seu pé?
O papagaio:
– Por aqui tem gente! Fria que é!
Então, o gigante levantou, viu lá:
– Você tá mentindo! Cadê?
Espiou, num tem ninguém.
– Você tá sonhando!
O Joãozinho sumia, era encantado, sumia. Aí o gigante foi dormir.
– Mas onde que tá a chave do seu pé?
– Aqui tem gente, fria!
O gigante levantava e nada. Três vezes levantou.
– Se você num parar, eu vou te despenar todo!
Aí o papagaio:
– Aqui tem gente...
Ele levantou, arrancou tudo as pena do papagaio e jogou pra fora. Aí, o Joãozinho foi lá:
– Papagaio, se você contar, eu te dou uma bolacha. Tá?

– Tá! A chave da porta tá na sacola lá no canto, ali [aponta com o braço para direita], tá as sete chave.
Ele foi lá, apanhou. Abriu o portão, tirou o rebanho e deixou aberto o portão, e foi embora. Quando amanheceu, o gigante foi lá:
– Cadê meu rebanho?
– Eu num falei pro senhor que tinha gente aí!
Passou dois dia, foi encontrar com o rei:
– O Joãozinho falou que é capaz de encontrar o cobertor do senhor, que o gigante levou!
– O Joãozinho falou?
– Falou!
– Então, manda chamar o Joãozinho.
– Num foi, mas sou capaz!
Então, quando anoiteceu, ele foi lá, já tava dormindo, ele virou um baratão e puxava o cobertor, puxava o cobertor do gigante.
– Ah! Tá puxando a coberta do gigante!?
– Num é! É você mesmo!
Ele puxava outra vez. Aí, ele pegou com a mão e jogou na sala. Aí, ele pegou o cobertor, colocou no capote e foi embora.
– É esse mesmo?
– É!
Aí, partiu lá outra vez, o João:
– O Joãozinho falou que é capaz de trazer o gigante mesmo aqui!
Chamou o Joãozinho:
– Escuta, você falou que é capaz de trazer o gigante aqui?
– Eu num falei, mas sou capaz! O senhor tem trator bom?
– Tenho! Vai lá e escolhe o trator que cê quiser!
– Esse aqui serve!
Então, ele pegou o trator, apanhou o machado, o facão e falou:
– Eu vou lá, na casa do gigante!
E o gigante junto com a mulher dele, sentado lá, na sala dele. Ele ouviu o carro passar, deu sinal [abre a mão] pro Joãozinho. Ele não sabia que era o Joãozinho, e era ele. E ele pintou o cabelo, o Joãozinho, ficou com cabelo branco. E o Joãozinho era novo, era um rapaz novo, tinha vinte ano. E tava de cabeça branca.

– E o senhor, onde que é que o senhor vai?
Falou:
– Eu vou lá, apanhar lenha [aponta o braço para frente].
– E não dá pro senhor me dar uma carona até pra lá, pra cima do rio?
– Ah! Dá!
E era isso que o Joãozinho queria.
– O senhor vai pro rio?
– Vou!
– O senhor me dá carona?
– Dá, dá!
Ele foi, ligou o trator e o gigante entrou dentro do carro. Aí, atrás do Joãozinho [como se o Joãozinho estivesse dirigindo] foi, perguntou pro Joãozinho:
– O senhor não conhece um moço que chama Joãozinho? Esse é apanhador das coisa alheia [abre e fecha a mão], minha. Acho que é ele que apanhou meu rebanho. Eu quero achar ele, que eu vou na casa dele.
O Joãozinho:
– Ah! Dá pra fazer isso! Como não!? Ele apanhou os negócio do senhor, nós leva!
Ele vai indo, tá falando [como se estivesse dirigindo]:
– Levou meu rebanho, eu despenei meu papagaio, meu cobertor...
Aí, tá indo...
– Ele tá aqui no quintal do rei!
– Ah! Num tá!
– Eu que chamo Joãozinho, o senhor não falou que ia me comer?
– Ah! Eu tava brincando!
Ele foi lá, avisou o rei. Chegou o rei:
– O senhor que pegou meus negócio assim. Agora o senhor não vai fazer mais!
– Ah! Eu num vou fazer mais isso, seu rei!
– Pois é! Num vai fazer mesmo mais!
Pegou, chamou quarenta soldado:

– O senhor vai pegar lenha, pra encher uma carruagem de lenha, porque eu vou comer o gigante assado hoje!
Aí, kaaá, kaaá! [Como se estivesse batendo em alguém.] Cabeça ficou sem couro, esse, esse e esse... Acabou!
Cê vê, às vezes a pessoa fala qualquer coisa, que num sabe quem que falou, vai ver, tá lascado!

CONTOS HUMORÍSTICOS REPRESENTADOS POR ANIMAIS

O URUBU E O CACHORRO

Por Benedito Conrado de Alencar[1]

Seguinte, mas isso não é gente, é cachorro. O cachorro saiu, tava cum fome, né? Tava cum fome, saiu pra aquele campo assim. Chegou:
– Eu vou arrumar um jeito de comer, né? Porque aqui num tem. Qualquer coisa por aqui.
Aí, ficou andando no campo. Aí, viu uma roda de urubu, né? Aí falou:
– Eu vou lá, tem coisa, né?
Chegou lá, diz que tava toda a urubuzada [faz um círculo com o braço] na carniça, né? Aquele urubu tudo ali. Aí, ele chegou com gentileza, né? Cum o urubuzão, o urubu rei, chegou assim e falou:

---
[1] Benedito Conrado de Alencar nasceu em Barão de Melgaço (MT), em 1916. É cururuzeiro do grupo "Violeiros do Senhor". Exerceu várias profissões ligadas ao campo. Atualmente reside em Corumbá. Não chegou a completar seus estudos. A entrevista foi realizada na residência do líder do grupo, Agripino Soares de Magalhães, junto com seus outros parceiros, tem a duração de 2 horas, aproximadamente.

> *Dá licença doutor preto*
> *na mesa do seu almoço.*
> *Dá licença seu doutor,*
> *que eu quero o meu osso.*

Aí, o urubu virou pra ele e falou assim:

> *É, eu tando na minha mesa,*
> *ninguém vem prevalecer,*
> *mas como é cum minha licença,*
> *eu digo que pode roer!*

Aí, diz que ele chegou e vem, né? Aí, quando ele encheu a barriga dele, ele correu atrás do urubu. O urubu voou e sentou lá no galho [aponta o braço para cima]. Ele falou:

> *É, bem compadre que a cara disse:*
> *cachorro num tem ação!*

Aí, virou daqui:

> *Cachorro num tem ação,*
> *mas é na boca de tu.*
> *Mas quero que você me diga,*
> *qual é ação de urubu!*

Ele pegou! [Risos.]

CAUSOS

BOIS E BOIADAS

Por Roberto Rondon

O prazer do boiadeiro é sentir aquele cheiro de poeira por detrás da boiada, aquilo vai indo, conversando cum a boiada, tudo alegre, cantando, outros vai, vai cantando, contando causo, sabe? É tão bonito a vida do boiadeiro. E a pessoa conhece muito lugar, sabe?
   Viajando assim, porque ele vai viajando, cada dia é um que toca a tropa no pouso, sabe? Ele vai fazer um pouso numa fazenda, um dia é um que toca a tropa, tem dia é outro e é muito bonito a vida de boiadeiro. E tem a regra também de tirar comida na hora do ponto de almoço, de o peão chegar na hora que tá pronto o almoço, lá no ponto de almoço, sesteado, ele num pode tirar o chapéu, porque se ele tirar o chapéu, ele paga um frango no outro pouso. A pessoa tem que pagar um frango. Chega lá, o cozinheiro já vai lá e compra um frango na fazenda. Aí ele no final da boiada já desconta na conta do peão, tem que pagar o frango.
   Tem muita regra, o cozinheiro fica lá só buringando lá, num pode tirar o chapéu e também a tampa da panela num pode tirar de uma vez. Destampar, tem que segurar cum uma mão aqui o prato, tirar a comida dali, tampar. E tem tudo isso a regra.
   Como eu mesmo, uma vez nós fomos levar um gado aqui da fazenda pra outra, lá perto do porto Rolão, lá do Taquarireiro, divisa

da zona do Paiaguás. Uns três dia, quatro dia, por aí. Nós fomos, fomos entre três pessoa, mas era só touro, touro controlado, era vinte touro, manso, sabe?

Nessa época, era tudo cheio aqui, a água mais rasa era na barriga do cavalo e no lugar de pouso aonde você chegava, sabe? Aí, nós fomos, saímos daqui, pousamos numa outra fazenda aí na frente, que chama São Francisco, fica perdido no caminho. Saímos, era só água, lugar de nado. Muitas vez você ia andando dentro da água assim. Pesava, a gente não conhecia direito a estrada, né? Cê ia andando assim, você olhava aquela água tava preta assim. Cê entrava a cavalo ali de repente. E eu que ia na guia, na frente, ia de ponteiro. Atrás vinha outro senhor, ele vinha por detrás lá, tocando o gado. E eu na guia.

Quando chegava assim, num lugar fundo, eu não conhecia, metia o cavalo assim. Quando cê assustava, já tava nadando, molhava tudo a roupa, a mala. Fazer o quê?! Eu num conhecia, né? A gente foi, foi, foi. No segundo pouso que a gente chegou lá, a gente já chegou perdido. Em vez da gente pegar o lugar certo da estrada, nos perdemos. O lugar muito apagado, num tinha estrada, né? Então, a gente foi mais ou menos calculando a reta assim, aquele estrada de gado, que ia no cocho comer sal. Então, a gente pensava que era o caminho, que ia pra fazenda, né? Aí, foi andando, andando, e sei que a gente ia saindo lá por detrás da fazenda, perdido. E já chegando no escurecezinho, devia ser umas cinco e meia. A gente conversando, o rapaz ainda falava assim:

– Hoje é dia que nós vamos pousar no campo, vamos rondar no escuro do campo, não vamos pousar na fazenda. Vamos dormir aqui no campo.

Mosquito, mosquito! Aquela época você abria a boca assim, era fechar e enchia de mosquito. Você num podia parar pra nada, nem um minuto. Mosquito, tinha demais naquela época! E era cheio, e pra você chegar na fazenda assim, na chegada, você olhava, era um mar assim, era só água. Aí eu falei:

– E agora? Será que nós vamos ter que enfiar aqui, nesse aguaceiro?

Mas num tinha jeito, você voltar pra trás num tinha mais condição, se você procurar outro jeito, num tinha condição, era só mato, água e espinheiro assim, dentro da baía. Só tinha aquele trieirinho pra você passar ali, dentro da água. Aquele camalote ficava tremendo. É sorte que não era tão fundo nesse lugar. Você chegava, entrava, pegava na costela do cavalo. Ia pegando na barriga. De repente, você nadava uns dez metro assim. Nadava. Aí dava pé outra vez. Ia embora a pé, tudo raso assim. Até que chegamos lá. Aí, chegamos lá no lugar do pouso lá. Aí fomos lá, pedimos pouso pro encarregado. Ele deu o pouso pra nós, mandou nós parar distância de uns trezentos metros longe da sede, mais ou menos. E aquilo tudo cheio, até pra ir lá no galpão tava cheio, né? Aí fomos, mas você chegava no galpão do boiadeiro, você mesmo vê que você tava pra fora assim, no ar livre todo tempo. Você olhava dentro do galpão de palha assim, você enxergava o céu, tudinho. A palha que tava lá, tava tudo podre e tudo furado, não adiantava nada, muito mal dava pra fazer sombra de dia, nem dava bem, sabe? E na beira do galpão era um mato, um mato sujo! Cê num saía da beira do galpão, era só mato mesmo!

Aí bom, ajeitamos lá pra dormir e tudo. Fizemos fogo pra tomar mate, paramos lá. Aí, armamos a rede e tudo. Tava tomando um mate lá, fomos jantar a matula que a gente tinha, né? Tava lá conversando, tava lá deitado, armamos o mosquiteiro. E tinha o filho do companheiro nosso que tava lá também cum nós. Que nós era uns três. Ele num armou o mosquiteiro que tava muito quente nessa época, calor demais! Falou:

– Não, eu não vou armar!

Mas tinha mosquito! Então, ele ajuntava o lenço por cima dele, né? Aí, o pai dele ainda falou:

– Arma o mosquiteiro aí, você num vai agüentar os mosquito!

Ele falou:

– Não, eu agüento, a hora que chegar mais, eu armo o meu mosquiteiro.

Falou:

– Mas é perigoso! É escuro, né? Aqui tem mato, deve ter muita cobra aqui, é perigoso, né?

– Não, num tem problema! Daí, eu pego a lanterna.

Aí, ele ficou deitado. Quando foi mais ou menos lá pela meia-noite, uma hora da madrugada, ele levantou descalço, pulou da rede e armou a rede do lado. Do lado do mosquiteiro. E a hora que ele foi colocar do outro lado, uma boca de sapo pegou ele. Pegou ele, mas a sorte dele foi que num pegou bem, sabe? Pegou de raspão no dedo dele, num chegou ofender, sabe? Pegou só malemá no dedo dele assim. Aí, eu deitado na rede, aí ele gritou de lá, falou:

– Alumia aqui! Eu acho que uma cobra me pegou, né?!

Falou pro pai dele. Aí, o pai dele ficou assustado, pulou da rede. E eu tinha uma lanterna grande, daquelas de cinco pilha, né? Daquelas grandona, alumiei da rede assim, deitado, tava a cobra assim, enrolada perto, embaixo da rede dele, no esteio que tinha armado dum lado, sabe? Tava a cobra enrolada, tremendo a cabeça, pronta pra dar o bote.

Só pegou por ciminha assim, do dedo dele, num chegou ofender, né? Aí pronto, o pai ficou desesperado ali e tal... Desinquieto de ver aquilo. Qualquer um assusta, né? Mas ele ficou mais paralisado que o próprio filho dele que tomou a picada da cobra. Aí, eu levantei, matei a cobra, a cobra era tão grande que do segundo fio de arame de cima da cerca, esbarrava o rabo dela no chão. Aí matei ela, dependurei ela de cabeça pra baixo. Grande mesmo! Pra o veneno não subir pra pessoa, né? Quando ela pega uma pessoa assim, cê pega a cobra, mata ela, pendura ela de cabeça pra baixo. Aí, o veneno num sobe, sabe? Fica só naquele local ali que pegou, então num atinge a pessoa. Então, você pega ela, você mata e tira parte do couro dela assim, mais ou menos um palmo, um gomo assim do pescoço dela, você tira aquele couro dela ali e coloca aquela parte do couro assim, em cima da onde ela picou a pessoa, que aí ela puxa o veneno. O veneno não sobe. Se ela pegar um cavalo no campo, você pega na perna, aqui embaixo, você pega e amarra a perna do cavalo em cima pro veneno não subir e num atinge muito o cavalo, talvez ele sara. Aquilo ali, ele fica manco, mas o veneno num sobe pra parte de cima.

Aí, pendurei a cobra lá, tudo. Ele foi lá correndo de noite. Pra chegar no galpão dos empregado lá. Tinha uma ponte assim, passava por cima da água, né? Que era cheio aquela época! E a casa era feita de assoalho de madeira, quando enchia, a água fica lá embaixo. E ele foi correndo lá embaixo. Chegou lá, caiu, escorregou, caiu da ponte! Foi lá dentro da água, né? Tava tão nervoso. Aí, chegou no galpão, falou lá cum rapaz, o rapaz foi com ele na casa do encarregado. Aí, o encarregado falou pra ele, pra nós ir lá pra casa dele à noite, lá pro quarto dele, que ele tava sozinho lá, pra dormir pra lá, levar o menino.

Quando carregamos ele lá, nas costa, pra dormir, porque tinha que passar dentro da água, né? E a cobra, diz que num pode molhar, mesmo a dieta da mulher quando ganha o bebê, né? Porque se ele chegar de molhar uma pessoa, que é mordida de cobra, dá aquela reação nele e a pessoa acaba morrendo, né? Então, num pode molhar que é mesma coisa, tem que ter dieta, mordida de arraia, a pessoa tem que ter dieta, se ele fazer coisa, ele morre mesmo.

Aí, ele ficou lá, carregamos o menino pra casa dele lá, de noite. Deixamos lá. Dizer que dormi, nem dormimos mais, ficamos acordado até de manhã cum ele, pensando no outro dia. Pra gente acabar de ir pra frente, pra entregar o gado, os touro que a gente ia levando. Aí, era um baiano velho, um pouco velho, que era o encarregado, falou:

– Ah! Você num precisa preocupar não! Pode deixar ele comigo, amanhã vocês vão lá, leva os touro, acaba de chegar lá, aí ele fica aqui comigo, num tem problema, não! Num vai acontecer nada com ele!

Mas ele sabia benzer! Porque sabia benzeção, sabia outros tipo. Sempre fazia simpatia – de abobrinha verde também. Diz que, quando a cobra pega a pessoa, faz aquele remédio sem sal, sabe? Faz bem tipo uma salada e dá pra pessoa comer. Corta o veneno mesmo! E outro também, o que registrou, eu já sabia muito. Tinha um velho, que muito tempo, tinha isso guardado. Ele pegava limão, espremia assim, enchia um litro de limão. Espremia tudo ali. Enterrava aquele litro, aquele caldo de limão, né? E passava muito tempo ali enterrado, deixava ali enterrado, quer dizer, se ele soubesse que cobra pegou uma pessoa, saiu mordedura de cobra, pegava ali uma colher, uma xicrinha, dava pra pessoa tomar. Era um remédio que existia aqui, sabe? A pessoa se livrava do veneno dela! Mas também, se num fosse mordedura de cobra, podia esperar que a pessoa ia morrer também! [Risos.] Era um remédio tipo soro, tem que saber se realmente é, né? Se num fosse, a pessoa podia mandar fazer o caixão também!

E tem outro também, que esse baiano ensinou pra nós lá, que salvou muita gente de mordedura de cobra, sabe? No mês de agosto, a pessoa mata um lagarto, tira o coração dele e torra, sabe? Torra ele, tem que ser de três lagarto, o importante é ser no mês de agosto, que no mês de agosto tá todo bicho cum veneno, né? Cobra, lagarto, tudo os outro têm veneno. Então, você mata um no mês de agosto, os outros dois num tem importância de ser no outro mês. Você pega o coração dele, dos três e torra ele. Coloca numa garrafa de pinga, pode deixar em qualquer lugar, no canto, deixa no canto da casa, onde for. Se cobra pegar uma pessoa, você dá só uma colherzinha daquilo pra ele, pode tá paralisado aí, de queixo cerrado, sem falar nada, você abre a boca dele com uma colher, pode pôr um pouquinho na boca dele que num tem mais risco de morrer! Salva mesmo!

Aí então, como eu tava falando da viagem, do menino que foi picado de cobra, o outro dia amanheceu, nós fomos, só eu e o pai dele, levar os tourinho pra frente. Mais um dia de marcha assim. E tava só água mesmo! Aí fomos. Continuamos a viagem. Deixamos o menino lá na casa do encarregado, lá da fazenda, e fomos.

E já chegando na onde a gente ia deixar os tourinho, e já de tardezinha, já era cinco hora mais ou menos, da tarde. Aí chegamos lá, era pra gente atravessar o tourinho lá, pro rapaz que foi receber do outro lado do Rio Taquari.

Aí, o pai do guri, que foi picado de cobra, conversou com o outro rapaz lá, que conhecia. Que num tinha condições, que ele tava cum o menino dele pra trás, que o próprio filho dele... Então, tinha que ir pra cidade, sabe? Aí ele falou:

– Ué! Tudo bem então!

Aí encerramos lá no curral de arame, lá mesmo, lá dentro da água ainda, né? É dificuldade, né? Dentro da água, o curral atolando, o mosquito atropelando, o cavalo caindo, né? A gente tudo molhado também, né? Aquela situação da gente, daqui do pantaneiro, que passa, né? Aí entregamos lá pra ele. Aí, fomos atravessar de canoa lá no bolicho. Atravessando lá no bolicho pra passar alguma coisa, pra trazer pra casa, pra viagem, porque quando a gente saía assim pra viajar, quanto mais a gente trabalha na fazenda, não digo boiadeiro, mas gente que trabalha aqui, quando vai viajar, a gente sempre ia preparado, né? Tinha aquele que fazia rapadura, tinha plantação de cana, todo sábado ele fazia quarenta, trinta rapadura, a gente fazia. A dona dele fazia queijo. Aí, matava galinha... Então, dizer que a gente ia preparado de matula aquela época, era sapicuá cheio. Aí atravessamos lá, compramos alguma coisa no bolicho, ele foi comprar uma bebidinha pra ele, ele tomava, ele gostava. Aí, era pra gente pousar lá, mas cum esse negócio do filho dele, que ficou pra trás, tivemos que voltar no mesmo dia, sabe? E esse tempo começou formar pra chover. Nós fomos. Só deixamos a tropa na fazenda lá. Fomos só num cavalo, "de pêlo a pêlo" que a gente fala, né? Quando só um vai e volta, né? Só um, fomos de pêlo a pêlo. Aí chegamos lá, entregamos tudo lá.

Aí, voltamos pra trás, compramos o que a gente tinha que comprar, voltamos pra trás. Na hora da volta, podia ser umas dez hora, passamos noutra fazenda que tinha no caminho. Aí, ele telefonou pro patrão, conversou por telefone. Pelo telefone, que tinha RP, sei lá, tanta coisa, né? Conversou com o patrão de noite, telefonou pra ele, contou a situação do causo que aconteceu e tudo. Aí, o patrão falou pra ele, falou:

— Ó, você aguarda lá na fazenda mesmo, você espera lá que de manhã cedo vou mandar, primeiro horário, um avião pra pegar você e o menino!

Aí falou:

— Tudo bem.

Ficou aguardando de manhã cedo, aí chegamos lá na fazenda, ele explicou pro filho dele, falou:

— Amanhã nós vamos pra Corumbá, o patrão vai mandar o avião pegar nós.

Falei:

— E eu agora? Tenho que vir sozinho com a tropa?

Aí ficamos esperando, quando foi seis hora, chegou o avião lá. Chegou o avião, levou ele pra cidade, ele e o filho dele por causa da água, né? Que tinha no caminho, né? Aí foi, foi ele e o filho dele, levou a tralha de arreio dele também no avião. Aí eu vim, só eu com a tropa.

Claro eu tava pensando no lugar da travessia, que era mais perigoso, sozinho, vinha com tropa. Então, eu tava pensando, falei:
– Se Deus o livre acontecer um negócio, eu sozinho nesse mundão aí, né? Atravessar aí!
Aí peguei um burro que tinha, um burrão grande, ensinei ele, eu conhecia que ele era bom pra água, né? Bom, pra nadar assim. Aí ensinei ele, e vim embora.
Quando chegou no meio da passagem, joguei a tropa na frente, aí meti por detrás da tropa, atravessou. Vim que é uma beleza. Chegava no caminho, tinha que parar pra matulear, né? Deixava a tropa pastando. Deixava o burro lá amarrado, aí ficava tão doido que acho que via a tropa andar pra frente. E ficava pisoteando, querendo arrebentar a corda pra ir embora, né?
Mas sempre é bom, foi boa a viagem, cheguei aqui, já tinha passado aviso lá de Corumbá pra mulher dele, que tinha ido pra lá, mas tava bem! Num tinha acontecido nada grave. E já tinha notícia quando eu cheguei aqui.
Era muito bom a viagem. A pessoa que morar na fazenda é uma luta muito boa, que a gente passa por muita coisa, né? E aprende também muita coisa aqui na fazenda, né?

Por Agripino Soares de Magalhães[1]

Saladeiro São Miguel, saladeiro Jofre, saladeiro Descalvado, Barranco Vermelho, saladeiro Otilha, saladeiro Barrinho... Então, nós matávamos uma média de vinte e cinco mil bois e era proibido até matar vaca! Os boiadeiro, que vinha de Poconé, trazia aquelas boiada de seiscentos, oitocentos ou mil cabeça, lá de Poconé. Vinha trazer lá no saladeiro Jofre. Chegava aí, entregava a boiada, tinha um baile dançante, no outro dia tirava o cavalo e ia embora.

---

1 Agripino Soares de Magalhães nasceu em Cuiabá (MT), em 1918. É líder do grupo de cururu "Violeiros do Senhor". Trabalhou com atividades ligadas ao campo e já foi marítimo. Residia em Corumbá à época da entrevista. Não chegou a completar seus estudos. A entrevista foi realizada na sua residência em 15 de outubro de 1995, junto com seus parceiros.

Aí ficou dois compadre atrasado! Num gostava de andar na comitiva, a comitiva foi embora e eles ficaram. Quando foi noutro dia falaram:
— Compadre [olha para o relógio em seu braço], vamos levantar?
— Vamos dormi um sono, dez hora mais ou menos nós tira matula e vamos embora de volta!
Os dois.
— Tá, tá compadre!
— Acordar primeiro, cê me chama, viu?
— Tá, num tem nada.
Aí, um virou de lado e dormiu. Quando foi onze hora, mais ou menos, da noite:
— Compadre, tá na hora, vamos embora!
— Então vamos!
Aí encilharam o cavalo e arrancaram. E aqueles que foram na frente, tocaram fogo num campo, num cambarazal.
E lá no cambarazal, um deles foi e falou:
— Compadre, trouxe fósforo?
— Não, compadre! Não trouxe!
— E agora? Me deu vontade de fumar.
— Ah! Mas ali, lá atacaram fogo no cambarazal, não vai faltar um cambarazeiro que tá cum fogo, né?
— Então, vou fazer meu cigarro.
Puxou do canivete assim [enfia a mão no bolso traseiro da calça, apanha um pedaço de osso que está sobre a mesa]. Cum pedaço de fumo de corda [joga o corpo de um lado para outro], ele montado no cavalo. E na frente falou:
— Ah! Hoje a noite tá boa, né compadre?
— Tá claro!
Aí, conversa vai, conversa vem...
— Nós vamos amanhecer lá perto e tal...
— E se num amanhecer, quando for mais tarde nós já tamo lá, né?
Cortou o fumo e grosou a palha [passa o pedaço de osso na palma da mão]. Botou o fumo ali, ajeitou, apertou [como se enrolasse a palha], amarrou. Daí falou:
— Alá compadre [aponta o dedo para frente]. Lá eu tô vendo um foguinho.

E mais ou menos dessa altura assim [estende a mão na altura aproximada de um metro] fora do chão.
— Lá é toco de cambará que pegou fogo, aí compadre.
Aí, ele foi lá, desapeou e foi puxando o cavalo. Era uma onça dum olho só! Ele já velho, pensou que aquele olho da onça era uma brasinha de fogo. E quando ele foi assim, botou o cigarro assim [leva o pedaço de osso à boca e inclina o tronco para frente] e foi pra encostar. Era o olho da onça! Um lado só do olho da onça! Ele soprou primeiro pra clarear bem a acha [assopra]. A onça paaaá! [Dá um tapa.] Na orelha dele assim.
Ele grita:
— Aaaaah! Compadre! [Leva as duas mãos à cabeça e joga o corpo para trás.]
E virou pra trás os cavalo ói! [Abre e fecha a mão.] E ficou de a pé. Até hoje ele tá correndo de medo dessa onça [risos]. Dois compadre!

CAÇADAS

Por Airton Rojas

 E já tomei muito susto dela, um dia eu tomei susto duma onça, que eu passei uma semana, assaltado!
 Eu tinha uma filha minha, até faleceu, morava no Rio de Janeiro. Ela foi criada aqui. Aí, que ela mudou pra lá pro Rio. Ela veio, todas as férias dos filhos ela vinha, né? Ia lá pra fazenda. Quando faltava dois dias pra ela ir pro Rio, ela falou pra mim:
 – O Airton, tá bom do senhor matar um porco, pra mim. Levar pra salgar, pra mim levar pro Rio!
 Falei:
 – Sim senhora!
 E o tempo assim, amanheceu garoando, né? Lá em casa tinha uns cachorro bão. Aí, cedinho encilhei o cavalo e fui. Eu sabia o lugar que tinha bastante porco. Lá tem muita baía assim, tinha mata fechada. Aí fui, falei assim:
 – Esse porco deve tá lá nessa baía – chama até baía da Lontra. Esse porco deve tá lá na baía da Lontra!
 Lá é rodeado de mato, só tem uma estrada donde a água entra mesmo. Aí, eu fui lá e os cachorros. Antes deu chegar lá, já tinha entrado no mato, já vinha na batida dos porcos. Chego lá, os porcos tavam fuçando lá no meio da baía. A baía tava quase seca. Ele tá lá, o porco monteiro, quando é cachaço a gente pega ele, laça

ele, lá no campo, castra e larga ele ali. Ele engorda por si. Aí, o senhor manda caçar vinte, trinta, quarenta! Cê engorda no campo. Eu tinha mais ou menos trinta porco ali, fuçando, e tinha um capado.

Aí, quando meti o cavalo nos porco, nessa hora os cachorro chegou, né? Eu fui, quando um deles ia entrar no mato eu atirei, ele saiu correndo, e o cachorro foi e pegou uma porca, gorda assim. Eu vim de lá e matei o porco. E o cachorro é desse, se não zangasse com ele, você matava a quantia que o você queria. E ali tinha um cachorro mestre, só dava uma mordida e saía na batida doutro. Ele fez isso, né? Que quando procurei a cachorrada, ele tinha sumido dali.

Aí, matei a porca, assustei, ele acuou lá num tal caraguateiro, de raiva! É fechado de espinho, ele tem espinho dos dois lado. Não sei se o senhor conhece caraguateiro? Um espinheiro que dá. Pra lá tem demais, fica fechado lá naquele mato, só porco, onça que entra dentro dele, esses bichos. Aí, o cachorro acuou e o resto dos cachorro correram lá e acuaram. E o cavalo não dava. Aí, eu fui lá, né? O cavalo não entrava lá, um caraguateiro muito alto [olha para cima indicando a altura da planta]. Aí, eu falei:

– Eu vou lá.

Ainda falei assim:

– Este é o cachaço, se fosse porco puro não pegava! Não gastava bala não!

Aí, eu cortei um pau comprido e fui amassando aquele caraguateiro, e fui entrando. Eu só tava com três balas no revólver. Eu tinha um revólver trinta e dois, que é um revólver bom!

Aí, fui amassando e a onça quietava. Eu, na minha mente, era um porco. Mas eu nem... Quando o porco tá acuado de cachorro assim, principalmente o guaiaco, ele geme e fica assim, mascando com a boca dele. E aquilo quieto, mas eu nem... Tô acostumado ali. Tinha um pé de acuri, que falam assim, baixinho, e tava pertinho da donde os cachorros estavam acuando. Eu amassei aquele pé, porque sempre quando você vai assim, amassando o caraguateiro, você sempre tem que fazer tipo um amparo, porque às vezes o bicho vendo você de lá, ele dá com aquele amparo, ele meio que...

Aí, dá tempo às vezes de você atirar ou sair fora dele.

A minha idéia era chegar naquele pezinho de acuri e subir no acuri, pra mim ver o porco e atirar ele! Eu até limpei o pezinho de acuri e joguei o pau, que era pra mim correr onde tava o acuri. Que quando eu joguei o pau, ele bufou de lá e veio! Mas aquilo parecia que me levantou pra cima do mato!

No que eu fui pular, ele já tava assim [indica com a mão a posição do bicho, bem próximo dele]. Ficou de pé pra me pegar. Eu lembro que eu dei uns dois ou três passos pra trás, e tirei o revólver, e falei:

– De jeito vou atirar dentro da boca dele!

E ele ia cair em cima de mim, porque não tinha lugar em parte nenhuma. Tudo espinho, tudo caraguateiro! Rapaz, eu num sei, acho que eu gritei muito feio!

Mas eu não escutei o meu grito, não! Não sei como que saiu, viu? Pois quando eu levei o revólver pra eu atirar na boca, ela pulou de lá pra cima, pulou e correu. E aquilo ali fiquei sem... Mas não assustei! Num fiquei assim! Que no susto, o sujeito até desmaia, né? Mas eu fiquei assim, com o corpo leve. Saí até sem graça de lá! E os cachorro saíram com ela.

Aí, tinha uma cerca, porque lá tinha muito esse "breve" que eles falam. Bezerro, né? Bezerro caité. Bezerro ou caité. Aquilo tava fechado, e ela entrou ali, e acuou, e eu saí lá de dentro dos carrapicho, falei:

– Eu vou matar ela!

Aí, eu foi montar no cavalo... O senhor sabe que tem o estribo? Eu não acertava pôr o pé no estribo! Comecei a tremer tudo! Tive que segurar o estribo, montei no cavalo e fui.

Aí, eu cheguei na beira da cerca, corri atrás dos cachorros, no limpo. Aí, eu pensei, falei:

– Sabe, não vou mais! Só tô com essas três balas no revólver, já tô tremendo, o bicho tá brabo, né? Larga dele!

Larguei dele, tirei os cachorro dela.

Aí, foi lá ver o capado, a porca. Botei no cavalo e levei pra casa. Cheguei lá, contei pro meu pai, falei:

– Vamos matar ela?

Ele falou:

– Ah! Larga mão desse bicho – falou –, você anda facilitando!

Ainda zangou comigo! Bom, aí eu sei que à noite, eu dormia na rede, tinha um mosquiteiro por causa do mosquito, armei a rede, o mosquiteiro pra mim deitar, na hora de deitar, eu sei que o velho lá acordou com meu grito. Eu saí desse mosquiteiro de cabeça [risos], abri o mosquiteiro!

Olha, eu passei quase uma semana assombrado, rapaz! Eu sonhava com aquela onça, mas que eu gritava, eu pulava naquela cama! [Risos.]

ENGANOS

Por João Torres

É sim senhor! É, às vez, você tem que parar pra olhar! Ver bem, divulgar bem o que que é! Que, senão, cê vai fazer uma coisa... falar pros outro que não.
 Eu criei uma assombração pra um camarada aqui. Aqui no Rio Novo, aqui pra baixo, pra cá de Porto Esperança, passa da ponte. Ali, tem uma caixa d'água. Aí, o condutor – eu gostava dele, chama até Vito – parou ali pra tomar água. Colocar água na máquina. A locomotiva era a vapor e eu gostava de revisar os veículos. Aí fui. O condutor vinha lá na calda do trem – chamava Cabozo. Aí, cum a lanterna fui indo, fui indo, fui lá perto do Cabozo.
 Falei:
 – Vou dar um susto nesse cara!
 Aí, peguei umas pedra britada, joguei em cima do vagão. Bateu lá no vagão. Aí ele parou. Joguei outra vez! Aí ele pegou a lanterna dele, eu entrei embaixo do vagão, e ele ficou e tal... num viu nada! Ele entrou pra dentro do vagão, peguei outras pedras, tornei jogar. Ele desceu do vagão, focou tudo... Eu tava escondido, ele num me viu. Aí saí, fui embora!
 Passou tempo, deu por acaso de nós tá tudo junto no pernoite. Aí, ele tava contando:

— Pô, rapaz! Ali no Rio Novo é assombrado! Uma vez eu vinha vindo cum trem ali e tal... Tava ajeitando, aí ele jogou pedra em cima do zinco — falava zinco —, aí eu meti a lanterna, num vi nada. Jogou outra vez, desci...
Aí, olhei pra ele, fiquei quieto. Quando ele saiu dali falei:
— Você sabe quem que era a assombração? Era eu, fui eu que joguei pedra em cima do seu vagão! [Risos.]
Mas é assim mesmo!

Por Antônio Paes Maia[2]

Por isso é que eu digo: se é que existe, pra mim não aparece! Porque eu tenho vontade de ver, eu peço pra me aparecer, mas num vem! [Risos.]
Conta sempre: derrubam panelas no fogão, no acampamento, minha nunca derrubaram. Nunca vi. Agora, eu já vi muita coisa. O seguinte, coisa estranha, quando eu procuro verificar num é nada!
Aí, eu quando trabalhava de noite puxando, carreando lenha, eu tinha um companheiro, um espanhol, por nome Bento. Pequenininho, chamava Bentinho, esse foi melhor carreiro de boi que apareceu aqui na região!
Então, lá pra Santa Rosa, meu pai levou ele pra mim. Carrear, puxar lenha e eu pus ele como meu ajudante. No lugar dele ser o mestre, era meu ajudante. Então, trabalhávamos de noite. A minha mãe deixava um bule de café em cima da chapa do fogão, cada viagem que fazíamos de noite parava a carreta, né? Há um certo lugar que termina ali. Ia tomar um gole de café... No tempo da chuva, que cresce toda vegetação, né? Sempre em volta das fazenda nasce aquele fedegoso. Conhece, né? É um mato que cresce.

---

[2] Antônio Paes Maia é português, nasceu em 1907. Chegou ao Pantanal ainda quando criança. Morou em várias fazendas, principalmente as localizadas no Pantanal do Paiaguás. Foi agricultor, lenhador, comerciante, empreiteiro. É católico. Nunca freqüentou escola, aprendeu a ler, escrever e fazer contas sozinho. A entrevista foi feita em Corumbá, em sua residência, no dia 24 de outubro de 1995, e tem cerca de 2 horas de duração.

Então, na frente do manguero, onde parava a carreta, aquela frente ali, tava cheia desse tal fedegoso. Dessa altura! [Indica com a mão, cerca de meio metro.] Eu parei a carreta lá, eu e o tal Bentinho. Passou um vulto branco, uns trinta metro! Sumia. Aparecia e sumia. Aparecia e sumia. Falei:
– Vamos lá?
– Não, não, não, não, não, não!
– Vamos lá!
Puxava ele. Aparecia e sumia [flexiona o pescoço para cima e para baixo], e eu sempre dando um passo pra frente. E nós tínhamos uma vaca de leite preta, da testa branca, chamava-se Bom Gosto.
Bem, aí eu fui arrastando ele. Chegamos no vulto, uns dez metro, quinze metro mais ou menos. Aparecia e sumia, e eu espiando. Aí eu sentia: fuuuuufe!.
Era a vaca! [Risos.] Pastava, baixava a cabeça pra pastar, levantava aparecia. Vaca mansa, né? Era a vaca de leite.
Mas se eu corresse lá, íamos comentar esse caso, o que que num ia sair dali? Uma vaca mansa de leite! Isto, várias coisas ali assim... Eu sou igual a São Tomé: quero ver pra crer! Enquanto num vê, num crê! [Risos.]

Por Raul Medeiros

Também tinha um lugar, um cemitério lá em Nioaque, até meus tataravô, meus bisavô tão lá, meu bisavô, meu tataravô morreu há muito tempo, bisavó tão enterrado em Nioaque. E tem um pé de fita que é um arvoredo, umas palmeira grande, que cresce como essa açucena, mas só que é grande, umas tocerona grande e fecha, fecha, fica fechada. Eu ia numa festa lá pro lado de Nioaque e um colega ia comigo, mas no fim da história, ninguém quis ir. Eu tinha uma namorada lá e falei:
– Eu vou na festa!
Eu sempre andava armado, lá em Nioaque todos andava armado, até hoje, muito difícil quem num anda armado em Nioaque.

E aí, falaram que tinha uma assombração, uma mulher que andava com uma trouxa na cabeça. Eu passei lá nesse cemitério com o revólver na mão, que pouco adianta negócio de assombração, essas coisa num adianta, que revólver num adianta nada, num adianta atirar que num resolve! Antes, fazer uma oração é bem melhor. E então, passei a correr. Todo dia no quartel, eu corria três mil metro, todo dia, eu passei ali correndo acelerado e com o revólver na mão, revólver na mão, pra num tirar da cintura, porque podia cair da minha mão ou cair da cintura. Quando passei daí uns duzentos, trezentos metro do cemitério, já clareava, já era limpo. E minha vó sempre falava pra mim assim:
– Olha, quando você vir um vulto, que vem do seu lado, cê abre da estrada, deixa que passa. E quando for embora, num olha pra trás!
Aí, eu vi um vulto que vinha vindo na estrada. Aí, era uma coisa branca, branca assim, representava uma trouxa, falei:
– É a mulher!
Pensei: "é a mulher que vem vindo". Aí, fiquei abrindo a estrada com o revólver na mão, com jeito de levantar, ou correr, ou atirar. Aí parou o vulto na minha frente, eu fiquei parado também. Aí, quando ele fungô fez: "fuuuuu!", soprou pelo nariz!
Era uma vaca! [Risos.] Continuei a viagem por aqui.

Por Agripino Magalhães

Uma vez, eu parei assim. Tava gemendo como daqui aí, assim [aponta o braço para frente]. E tava escuro! Era um acurizal. E medo daquele acurizal! Cara novo!
Quando cheguei assim, eu escutei:
– Ahaaaã! Ahaaaaã!
Falei:
– Este é a tal de assombração, né?
Mais na frente era um cemitério, falei:
– Deve ser a alma que saiu de lá e veio me atropelar!
E eu com um faquinha na cintura, né? Já tirei a faquinha e falei:

– Se ele pular em mim, eu dou umas três nele!
Lá tem onça, tem bugre, tem tudo, né? Aí, bati o pé no chão, deu aquele arrepio:
– Ei! Filho! [Bate o pé no chão.]
Levantou uma vaca preta com o pescoço assim [encosta a cabeça no ombro].
– Ahaaaá! Ahaaaá!
Eu, só num caguei porque morava perto! E cá comigo:
– É a alma que saiu de dentro do cemitério e veio me descobrir!
Se eu voltasse pra trás, ia contar pra todo mundo que vi uma alma!
– Ah! O homem viu uma alma ali no acurizal! [Risos.]
Então, num acredito cum ninguém!

Por Vitalino Soares Pinto[3]

Mas, essas coisas, eu lembrei de um caso que aconteceu comigo lá no Amolar. Eu fui lá no Amolar fazer um aeroporto lá. E lá tem dois cemitério. Pois é, tem dois cemitério. Um pra lá, outro pra cá. Um de criança e outro de matar nego velho, né? Aí, eu fui buscar uma pedra de amolar e saí pra lá. Fui de tardinha. Eu fiz aqueles dois campo: aquele assim [mexe o braço em horizontal e depois em vertical] e aquele assim, né? É, que já pega no rio pra sair. Aí, eu fui buscar essa pedra, já tava quase indo embora. Eu fui buscar essas pedra lá.
Aí, o cara chegou, me ensinou, falou:
– É na estrada que vai pro Palmital!
Falei e coisa e tal... Foi lá e peguei uma pedra daquela. Aí, eu venho de lá pra cá. Quando eu chego naquele cemitério dos velho, aí tinha aquele troço:

---

[3] Vitalino Soares Pinto nasceu em Várzea Grande (MT), em 1939. Trabalhou em diversas atividades ligadas ao campo. É cururuzeiro do grupo "Violeiros do Senhor". Não chegou a completar seus estudos. A entrevista foi gravada em Corumbá (MS), na residência do líder do grupo, em 15 de outubro de 1995, junto com seus parceiros.

– Uaaaah! Uaaaah!
Já tava querendo escurecer. Falei:
– Porra! É hoje! [Risos.]
E eu só. E eu vinha cum duas pedra. Até expedi uma pedra, que joguei fora. Agora... vai. E eu ia ter que medir, né? Falei:
– Vou levar só uma!
E:
– Uaaaah!
Aí, eu cheguei. E num demorava:
– Uaaaaaah!
E na passagem eu nem vi aquelas cruz velha, que tem, de aroeira. Aí, quando deu aquele negócio, que eu tinha visto, falei:
– Puta merda! É o bicho!
Aí, saí e ao lado dele assim, tem o rio, o corixo.
Agripino:
E tem aquele poço fundo!
Vitalino:
É, e eu beirei aquele lado. Eu queria atravessar assim [aponta o braço para frente]. Quando eu cheguei perto, num dava e eu joguei aquela pedra ali, pra ver o fundo. E o negócio vinha mesmo pro meu lado:
– Uaaaah! Uaaah!
– Puta! E meu cabelo afofou! [Levanta a mão acima da cabeça.]
É medroso o cabelo da gente. E já querendo escurecer, pois já nas hora das ave-maria... Falei:
– Ah! Agora eu tô danado!
E dali eu tinha que subir mais pra perto. Subir assim, porque a estrada fica daqui como nesse poste, pra descer, pra eu pegar a reta pra ir embora. E foi lá, tinha água e eu tinha que subir. E o cemitério tá bem assim...
Agripino:
E lá tinha areião, né?
Vitalino:
Areião, aquele troço branco e aquele bicho:
– Uaaaah! Uaaah!
Aí eu voltei, eu falei:
– Puta merda! Não, dá o que der!

Falei:
— Tô com uma pedra na mão. Já larguei uma, essa daqui eu largo na cara dele, passo e vou embora! Tem que passar ali, num tem outro jeito, na água num dava, né? Aí, quando eu vou de lá, é um cabrito! [Risos.]
Um cabrito, rapaz! Eu volto de lá um cabrito e ele tava engasgado! Acho que tava cum algum negócio entalado e eu pra morrer de medo, pensando que... porque é cemitério!
Já pensou, rapaz! E o cara pedindo socorro:
— Uaaah! Uaaah!
E eu correndo à toa. [Risos.]

Por Vadô

Vou te falar, essas coisa existiu pra gente aí, vou te falar. Porque, eu nessa Ipiranga, seu Juliano criava as empregada antiga. Eu era um rapaz novo, eu tava lá quando tinha dezessete, dezoito ano. Eu também fui um rapaz assim, né? Então, eu gostava duma menina e a menina gostava de mim. Casou cum tal de Vavá e Vavá tá aí... E a menina também tá jogada por aí, que agora que eu num quero. Falou:
— Mas cê é orgulhoso!
Falei:
— Ah! Eu sou orgulhoso, mas é assim!
Então, essa menina falou pra mim — eu ia tocar lá violão — ela falava assim:
— Olha, eu quero casar cum homem que toca violão, que toca violão que é um homem assim, que toca violão, que canta, essas coisa.
Eu tocava violão até bem, cantava, essas coisa. E eu era gamado por ela e ela gostava de mim. É. Ah! Eu falei cum esse condutor galego lá da fazenda, falei:
— Mas olha aqui, rapaz, eu sou gamado...
— Não, é que tá pra ter a sexta-feira, cê vai tirar patuá pro demônio!
Falei:

– Mas e daí, como que é o demônio?
Falou:
– É, vai lá!
Mas bom, isso já foi um causo assim, né? Aí eu falei:
– Tudo bem, quando que é?
– É de quinta pra sexta, né?
– Tudo bem!
E nesse tempo, chegou uma carta lá na fazenda, no porto Janela. Lá vai eu cum o carro de boi lá. Falei:
– Só num quero viajar de noite nessa estrada, né? Que ali é perigoso.
Mas eu já tava ressabiado, né? Pousei lá, carreguei meu carro, madrugada saí. Viajando de dia e vim. E lá, o porteiro vendia pinga, vendia lá e eu comprei umas pingaiada lá, sabe? À noite, eu falei:
– Agora eu vou tirar o patuá cum diabo, trazer pra essa menina, antes que pense besteira.
Que coisa, né? E falei no curral dele lá, falei:
– Olha aqui, o negócio é o seguinte, eu vou enfrentar o demônio por causa daquela menina, né?
Já tinha um violão de jacarandá. Eu falei:
– Mas tem que levar o violão?
Ele falou:
– Não, não precisa levar o violão, você só vai lá pra conversar cum o diabo! Leva um facão pra você lutar cum ele! Bom, depois vai lá...
Falei:
– Tá tudo bem!
E jantei, quando foi na Quinta-Feira Santa, que o pessoal foi na casa de Hermano, no Triunfo, outro foi no sei o quê... E outro foi na casa do Marques, que tinha esse rapaz, e eu sozinho aqui no galpão. Eu tinha minhas pinga, né? Fui lá, destampei um litro e ó: chechecheche [aponta o polegar da mão direita, e depois da esquerda, para sua boca]. Depois que já tava bem esquentado, eu peguei o facão, enrolei, falei:
– Eu vou tirar patuá pra mim ganhar essa menina!
Eu nunca esqueci o nome dela.

De lá nessa encruzilhada de Ipiranga, passa por São Camilo e por São Luiz. Eu já meio alegre, tinha que atravessar por cima do morro. Aí eu fui. Eu andava um pedaço assim, cem metro, e tomava um gole. Aí, quando chegou perto da encruzilhada, depois que eu atravessei a ponte vermelha, falei:
– Aô diabo! Vamos tirar uma luta comigo!
Arranquei desse facão, fui no pé figueira, bati assim, falei:
– Vamos ver se eu tô bom mesmo!
E batia, cortava aquilo tudo. E o homem falou pra mim:
– Num leva revólver.
Mas ele que era o satanás! Ele foi me assombrar como satanás! Tinha um cavalo que chamava Albatroz, manso. Ele pegou o Albatroz, quando viu eu sair, pôs aquela capa ideal. E vestindo aquela capa. Pegou uma cabeça de vaca – daquelas vaca que nós matava – e punha ali pra queimar, né? Ele pegou aquela cabeça de vaca e desviou de mim. Quando eu entrei no campo de Ipiranga, ele desviou de mim e foi me esperar lá na encruzilhada. E eu vou indo... E depois levava tempo, eu cum o facão. Quando ele chegou perto da encruzilhada, como daqui mais ou menos cinqüenta metro:
– Aaô! Mas esse nego vai topar comigo!
Mas ele tava passando, ele tava com a égua. Quando chegou daquele lado eu gritei:
– Aoô demônio! Aparece pra mim aqui!
E pego esse facão, né? Aí eu vi aquela capa, aquele troço que vinha arrastando. Aquela lua meio clara assim, né? Num alumiava mas eu via, né? Aí, cum aquela capa, eu parei assim, olhei aquele chifre daquela vaca. Falei:
– Puta merda! Isso vai me desgraçar no chifre! Vai me matar!
E aquela capa assim [abre os braços].
– Aoô diabo! Cê vai topar?
E ele botou um cigarro na boca e depois que ascendeu ele fazia:
– Uh!
Botou um cigarro assim, parecia vermelho assim. Nunca... E eu lembro. Essa pinga foi acabando! Larguei facão cum tudo, voltei. Larguei! [Risos].

Por José Aristeu

Cê lembra daquele velho Miguel?
Vadô:
Ah, um homem que tem aí.
José Aristeu:
Ele contava um... Aconteceu cum ele, né? Ele tava lá no João Batista, lá na ponte. Aí, ele saiu pra ir embora. Ele cum uma dor de barriga, apareceu uma dor de barriga nele e ele foi. Aí, já pra chegar perto da casa dele, que ele trabalhava lá na fazenda, tinha um capão de acurizal, ele amarrou o cavalo e foi. Tava ventando frio e garoando. Então tinha uma piúva, aquelas piúva seca assim, deitada. E ele subiu na piúva, tirou a calça e tava lá fazendo a precisão. Dor de barriga, é aquela dor, né? E um tal de acuri que o vento batia assim, e vinha aquele tal de acuri. E ele tinha medo de onça, falava em onça ele brigava cum nós. Ia dormir, já num dormia mais. E assim tinha um toco, um toco velho daqueles que cortaram, daí vai ficando aquelas orelha, né? Sabe orelha-de-pau, né? E tinha toda cor ali daquelas orelha.

E ele cum aquela dor de barriga que ele tava, ele cagando e o vento bateu e pegou naquele tal de acuri assim, pegou e passou na roupa dele assim. Ele olhou pro toco, pensou que era onça [risos].
Vadô:
É, engana mesmo!
José Aristeu:
Ele deu aquele grito e voou! E a calça ficou e ele calcou o pé! E largou o cavalo lá e foi [risos]. Mas ele gritava:
– Ai, meu Senhor, me acode! Socorro!
Todo mundo vem de lá, louco da vida, falando:
– Rapaz, que será que aconteceu cum esse?
Tá lá, viram correndo. Vinha ele na trinca correndo, só cum a camisa, sem a calça.
– Que que foi?
Já num teve conversa, passou. Entrou pra dentro da casa, varou e foi pra cozinha. E entrou tipo numa cuia, que tinha pra trás, escondido lá.

Aí, tão caçando esse Miguel, atrás desse Miguel... E a dona Maria foi lá atrás, aí chamou:
— O seu Miguel, tá embananado aí pra trás? O seu Miguel!
Daí ele falou assim:
— Mãe!
Ele tava lá dentro atrás da cuia [risos]. Que que foi seu Miguel?
Aí ele falou:
— Onça, minha filha, um bicho mexendo cum minha cualhera, né? [Risos.] Mexendo cum a minhas cualhera e eu pulei e corri!
E aí, a dor de barriga foi embora que ele num viu mais. Aí o pessoal alvoroçaram lá. E foram lá. Tinha um velho que caçava onça, tinha cachorro bom, aí foram lá. E põe cachorro. E põe daqui. Põe dali. Ninguém sabia pra onde que tava indo. Entraram lá no mato, aí que viram o cavalo, né? Aí viram o cavalo dele e foi olhando perto do acuri, tá a bota dele lá e o tal do acuri tava assim. Cê viu, rapaz, coisa de fiapo, né?
Então, o vento bateu assim, aquilo trouxe ele e foi na roupa dele puxar. Ele resolveu correr [risos].
Vadô:
Mas porque é, aquela orelha-de-onça, ela dana de medo!
José Aristeu:
É, essas coisa chama orelha-de-onça.

CADERNO DE FOTOS

Seu Vadô contando histórias. Corumbá (MS), 1997.

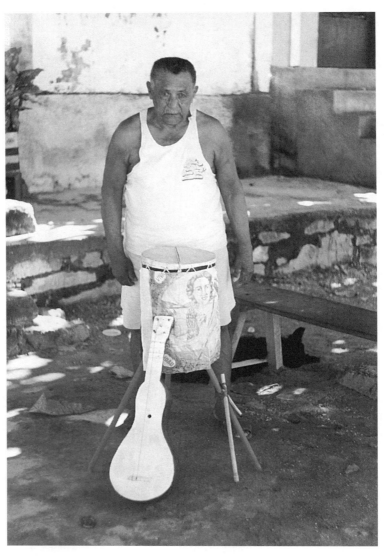

Seu Agripino, líder do grupo "Violeiros do Senhor", cururuzeiro e contador de histórias. Corumbá (MS), 1995.

ENTRE HISTÓRIAS E TERERÉS: O OUVIR DA LITERATURA PANTANEIRA 347

Seu Gonçalo, boiadeiro. Corumbá (MS), 1997.

Seu Wilton Lobo, sitiante. Pantanal do Paiaguás, Rio Taquari, 1997.

Seu Valdomiro, contador de histórias. Corumbá (MS), 1996.

Vandir, peão. Fazenda Nhumirim, 1996.

Seu Silvério e dona Teodolina, sua esposa. Tomando tereré e contando histórias. Fazenda Leque, 1996.

Casebre de barro e taquara. Construção típica no Pantanal. Distrito de Albuquerque, 1996.

Com as enchentes e os transbordamentos das baías, são formados os corixos. Distrito de Albuquerque, 1996.

Condução de gado numa época de seca no Pantanal. Fazenda Leque, 1996.

Idem.

Choça coberta com folhas de acuri. Margens do Rio Taquari. Porto da dona Ana Rosa, 1997.

Vista do porto da cidade de Corumbá (MS), 1997.

GLOSSÁRIO

A[1]

Acha. S.f. Pedaço de madeira utilizado como lume.
Açucena. S.f. Planta de flores coloridas e variegadas, as quais se propagam facilmente.
Acuri. S.m. Palmeira cujas folhas são utilizadas para cobertura de ranchos e seu tronco serve como parede. Dela o pantaneiro prepara um colírio.
Aguateiro. S.m. Arbusto com espinhos. Variantes: *caraguateiro, caraguatero*.
Alá. Interj. Empregada no sentido de: olha lá! Também, quando há espanto ou admiração por parte do contador.
Apear. V. Descer da montaria. Segundo Amaral (1976), apear pode ter o significado de *hospedar-se*.
Arenol. S.m. Lugar onde há bastante areia.
Arixicum. S.m. Fruta semelhante a uma ata. Albana Nogueira (1989) registra *araticum*: árvore frutífera, muito comum no Pantanal.
Arrar. V. A contadora empregou no sentido de *dragar*. "Arrá, tirá areia da baía" (Entrevista com Dirce Campos Padilha, 1995).
Arredemoim. S.m. O mesmo que *redemoinho*.

B

Baceiro. S.m. Moitas de capim juntos às margens dos rios ou lagoas que se desprendem e flutuam.

---

[1] Para a classificação das palavras, empregamos as seguintes abreviações: S.m (substantivo masculino); S.f. (substantivo feminino); V. (verbo); Interj. (interjeição); Prep. (preposição); e Express. (expressão). Para a organização do glossário, consultamos Amaral (1976), Nogueira (1989), Souza (1961) e Ferreira (1995).

Bacuri. S.m. Ver *acuri*.
Bagual. Adj. Cavalo ou boi arisco ou que nunca foi ao curral.
Bagualhar. V. Trabalhar com gado ou cavalo bagual.
Barranqueira. S.f. Barranco de terra junto às margens dos rios. Souza (1961) grafa *barranceira*, lugar grande e desbarrancado.
Barroteado. Adj. Barreado.
Batelão. S.m. Embarcação larga tocada à zinga, que serve para transportar grande quantidade de carga.
Benzenção. S.f. Ação de benzer. Benzimento
Beradear. V. Andar beirando algo, contornar, margear.
Bezerro coché. S.m. Garrote que não possui uma perna. Segundo Nogueira (1989), *coché* é um animal cuja uma perna é seca, defeituosa.
Bezerro guacho. S.m. Bezerro órfão ou rejeitado pelas vacas que são adotados pelas pessoas.
Bicheira. S.f. Ferida causada por berne.
Bitola. S.f. Medida reguladora; distância entre os trilhos. Para o pantaneiro, é o caminho nas fazendas marcado pelos pneus de automóveis.
Bitolão. S.m. O mesmo que *bitola*.
Boca de corixo. S.f. Encontro entre as águas de um corixo com um rio e/ou com outro corixo. Torna-se comum no linguajar pantaneiro outras denominações como *boca de rio*, que é o encontro de rios, ou ainda é empregada para apontar a nascente de um corixo.
Boca de sapo. S.f. Cobra venenosa conhecida também como *jararaca*.
Bocaiúva. S.f. Palmeira cujos frutos são apreciados pelos pantaneiros. As folhas e seu tronco são usados na construção de ranchos.
Boi de cela. S.m. Boi amansado, utilizado para montaria.
Bóia. S.f. O mesmo que *refeição*.
Bolicho. S.m. Mercearias da zona rural onde os pantaneiros compram bebidas, comidas e miudezas. Souza (1961) acrescenta que no Rio Grande do Sul a palavra é *boliche*.
Bruaca. S.f. Baú de couro ou de madeira revestido de couro transportado por bestas, no qual o cozinheiro de uma comitiva leva mantimentos e panelas. Recebe ainda outras denominações, como *tabaréu, surrão, caipira* e *bujarca*.
Buçal. S.m. Peças do arreio, feitas de couro, que se colocam na cabeça e pescoço do animal.
Buliar. V. Voltar: "muito bem, buliô pra trás..." (Entrevista Natálio de Barros Lima, 1996). Segundo Amaral (1976), *buliar* é derrubar subitamente uma pessoa ou um animal. É ainda empregado para denominar o ato de o animal cair para trás quando empina.

Buringar. V. Vigiar.
Burrage. S.m. O mesmo que *burrice, estupidez*.
Burriquinho. S.m. Burro pequeno, burrinho.
Buzina. S.f. Em alguns casos, o pantaneiro emprega essa palavra para se referir ao berrante.

C

Cabaçada. S.f. Cabaça em que é servido o chimarrão.
Cachaço. S.m. Denominação dada ao porco monteiro quando é adulto.
Caieira. S.f. Forno de olaria construído com os próprios tijolos que se vão coser. Amaral (1976) registra *cairera*, fogueira de paus arranjados em quadrilátero.
Caité. S.f. Nome comum de diversas plantas ornamentais.
Caititu. S.m. Porco selvagem, caça muito estimada pelos pantaneiros. Variante: *catitu*.
Camalote. S.m. Planta aquática conhecida também como *aguapé*. Segundo Souza (1961), na Amazônia emprega-se *periantã* e em outras regiões, *tapagem*.
Campiar. V. Ir a campo para trabalho. Adentrar o campo.
Cancha. S.f. Pista onde se realiza a carreira. Possui dois trilhos paralelos e cerca de 800 metros de comprimento. Souza (1961) escreve que no Paraná *cancha* é um pequeno jirau, onde é quebrada a erva-mate.
Canga. S.f. Paus que prendem o pescoço do boi e são ligados ao carro ou arado. Palavra de origem tupi: *acanga* (cabeça), segundo Souza (1961).
Capão. S.m. Porção de mato isolado no meio do campo. Palavra de origem tupi, segundo Souza (1961): *caápoam* (mato redondo).
Capoeira. S.f. Tipo de assobio em que o som é tirado por meio da junção das mãos. Palavra de origem tupi, *caá-oera* (mato que existiu), por isso, segundo Souza (1961), essa palavra refere-se a lugares onde renasce a mata.
Caraguateiro. S.m. Lugar onde há grande quantidade de uma bromélia chamada *caraguatá*. Lugar fechado e cheio de espinhos. Vegetal assemelhado a um pé de abacaxi que possui muitos espinhos. Variante: *caraguatero*.
Carandá. S.m. Palmeira muito comum no Pantanal, cuja madeira e folhas são empregadas na construção de ranchos.
Carnear. V. Separar a carne do boi em pedaços ou tirá-la do osso.
Carreira. S.f. Corrida de cavalo.
Carreriar. V. Pescar, geralmente com carretilha. "Levava a linha de pescar e ia carreriar." (Entrevista com Waldomiro Souza, 1996).

Chalana. S.f. Embarcação de fundo chato, muito utilizada no Pantanal.
Chincha. S.f. Peça da tralha de arreio. Aulete (1964) registra *cincha*, espécie de cilha, com que se apertam os arreios da montaria.
Chúria. S.f. Miúdos de boi. O mesmo que *fressura*. Amaral (1976) aponta a variante *pacuera*.
Churrasquiar. V. Preparar e/ou comer churrasco.
Cocho. S.m. Tronco de árvore oco onde se põe o sal para o gado.
Colhudo. Adj. Cavalo não castrado.
Comedor. S.m. Rancho. Lugar na fazenda onde os peões solteiros ou que não moram com a família fazem suas refeições.
Corgo. S.m. O mesmo que *córrego*.
Corixo. S.m. Vazantes de lagoas ou rio que aparecem nos períodos de cheia. Variantes apontadas por Souza (1961): *corixa, corixe*.
Correr. V. Também empregado para indicar o estouro da boiada: "encerramo a boiada na fazenda e ela correu." (Entrevista Fausto da Costa Oliveira, 1996).
Coureiro. S.m. Caçador que comercializa pele de animais.
Cualhera. S.f. Nádega.
Culateiro. S.m. Peão que ocupa a traseira do lote de gado conduzido.
Curraleiro. S.m. Encarregado da ordenha e de cuidar dos animais presos no curral.
Currupira. S.m. Variante de *curupira*.

D

Dextraviado. Adj. Algo extraviado.
Dextraviar. V. O mesmo que *extraviar*.

E

Empariado. Adj. Colocado lado a lado.
Encerra. S.f. Lugar onde é preso o gado. O mesmo que *mangueiro, curral*.
Encerrar a boiada. Express. Prender o gado. Desdobramento de *encerra*, curral ao ar livre.
Encruzar. V. Colocar objetos em forma de cruz.
Especado. Adj. Quando o couro está esticado num espeque para posteriormente ser trabalhado.
Espedaçar. V. O mesmo que *despedaçar*.
Espiroteado. Adj. Louco, destemido. Variante: *espeloteado*.
Esteio. S.m. Amparo, apoio.
Estirão. S.m. Caminho longo, ou curso retilíneo de um rio.
Estrupiado. Adj. Cansado, maltrapilho, exaurido.

F

Fedegoso. S.m. Planta nociva às pastagens e utilizada na medicina popular como chá para febre, tosse, cólicas estomacais e machucados. Amaral (1976) a registra como arbusto do campo.
Ferventar. V. O mesmo que *ferver*.
Festar. V. Comemorar algo. Ir a uma festa ou promovê-la.
Fisga. S.f. Ferro ou madeira bifurcada de pontas farpadas: "então, fazia fisga pra matá peixe" (Entrevista com Roberto dos Santos Rondon, 1996).

G

Galopear. V. Ir a galopes com a montaria.
Goiabal. S.m. Lugar onde há goiabeiras.
Gravateiro. S.m. Terreno onde crescem as bromeliáceas gravatás. Variantes: *gravatero* e *gravatal*.
Guaiaco. S.m. Porco monteiro quando é velho.
Guampa. S.m. Chifre de boi trabalhado em que se toma o tereré.
Gungunado. S.m. Gemido.
Gungunar. V. Gemer. Segundo Amaral (1976), é rosnar, resmungar.
Gurizote. S.m. Guri, menino.

H

Homão. S.m. Aumentativo de homem. O mesmo que homenzarrão.

I

Ingazeiro. S.m. Fruto arredondado, proveniente da ingá, árvore da família das leguminosas, de flores densas e folhas penadas.
Inté. Prep. O mesmo que *até*.
Ir de fasto. Express. Ir próspero, feliz, orgulhoso, segundo Aulete (1964).
Ir de pêlo a pêlo. Express. Empregada quando numa viagem o cavaleiro não troca de montaria.

J

Jacarezeiro. S.m. Caçador de jacaré, que comercializa o couro desse animal.
Jaú. S.m. Peixe grande encontrado nas águas pantaneiras.
Jirau. S.m. Estrado de varas sobre forquilhas cravadas no chão. Serve para guardar utensílios de cozinha e mantimentos e como coradouro. Rece-

be também o significado de acampamento: "Jirau é um acampamento que você fica lá em cima, então tá protegido do bicho do chão e outro, né?" (Entrevista com Dirce Campos Padilha, 1995). Nesse caso, trata-se de uma armação feita com troncos de árvores para dormida no campo. Souza (1961) acrescenta que a palavra é uma corrutela de *yi-rau* (suspenso d'água). Variantes: *girao, jurá, jurau*.

L

Largacear. V. Alargar.
Loca. S.f. O mesmo que "maloca".
Lutar. V. Também aparece com o sentido de trabalhar: "e eu lutando com ele..." (Entrevista com Vadô, 1997).

M

Maloca. S.f. Habitação cujas paredes são de troncos de árvores e a cobertura de folhas secas de palmeiras. Segundo Souza (1961), palavra de origem tupi *mâr-oca* (casa de guerra).
Maneador. S.m. Corda geralmente utilizada para amarrar um boi.
Mangueiro. S.m. O mesmo que *curral*. Variantes apontadas por Souza (1961): *mangueira* e *malhada* (Bahia). No Pantanal, encontramos a variante *manguero*.
Margada. S.m. Agito das águas, marola.
Maria-fedida. S.f. Inseto que produz um cheiro desagradável.
Matula. S.f. Comida levada para viagem.
Matulear. V. Parar para comer a matula. Variante: *matular*.
Mordedura. S.f. Mordida ou picada de cobra.

P

Pacupeva. S.m. Peixe da espécie do pacu que se alimenta de frutas.
Pala. S.m. Poncho com as pontas franjadas. Amaral (1976) emprega a palavra caracterizando uma espécie de capa.
Pé-de-árvore. S.m. Árvore seca, sem folhas. Tronco.
Pé-de-arvoredo. S.m. O mesmo que *pé-de-árvore*.
Pé-de-pau. S.m. O mesmo que *pé-de-árvore*.
Pelego. S.m. Pele de carneiro usada sobre o arreio tornando o assento macio.
Picadão. S.m. Vereda, trilha. Aumentativo de *picada*, caminho aberto nas matas ou cerrados.

Piloteiro. S.m. Pessoa que conduz embarcações de porte médio ou grande com timão.
Pinguela. S.f. Tronco de árvore ou tábua atravessada sobre um córrego ou um riacho, facilitando a passagem.
Piquete. S.m. Lugar onde se prende a boiada que está sendo conduzida. Nogueira (1989) a registra como lugar em volta da fazenda onde se prendem os animais de serviço diário. Souza (1961) indica a variante *proteiro*, palavra empregada no Rio Grande do Sul.
Piraim. S.m. Relho comprido usado para tocar gado.
Pirizero. S.m. Árvore que dá uma flor no topo. Para Souza (1961) e Amaral (1976), é um terreno alagadiço onde predomina a vegetação de *peri, piri, juncal*. Variantes: *pirizal, perizal* e *pirizeiro*.
Pititinha. Adj. Pequenina.
Pito. S.m. Repreensão. Cachimbo. Pode aparecer como instrumento de bater: "Aí, tirô um pito grande assim, bateu na caela do rapaz..." (Entrevista com Roberto dos Santos Rondon, 1996).
Piúva. S.f. Árvore ornamental de flor amarela, roxa ou cor-de-rosa. Possui madeira de boa qualidade usada na construção de casas. Empregada na medicina popular para tratar de inflamações, moléstias do sangue, entre outras. Conhecida também como *ipê* ou *peúva*.
Poiado. Adj. Parado e flutuando. Termo muito comum empregado entre os pescadores quando estão parados no meio do rio, geralmente encostados em camalotes ou baceiros.
Poitã. S.m. O mesmo que *pala*.
Ponteiro. S.m. Peão que vai na frente da boiada. Os condutores de gado são distribuídos estrategicamente para manter os animais aglomerados. Variantes apontadas por Souza (1961): *picadeiro* (São Paulo e Paraná) e *espião* (Paraíba e Pernambuco).
Porco monteiro. S.m. Porco fugitivo que se criou no mato. Sua carne é uma das mais apreciadas. Variante: *porco montero*.
Prático. S.m. Aquele que conhece bem uma região, fazenda ou o caminho dos rios.

Q

Queixada. S.f. Porco do mato que anda em bando, podendo matar pessoas. Caça estimada pelos pantaneiros.

R

Reador. S.m. Relho comprido usado para tocar gado. Aparece também como *arreador* ou *piraim*.

Rebojo. S.m. A parte mais funda do rio. É considerado por muitos um lugar encantado. Segundo Souza (1961), há a crença de que o *rebojo* é um ser vivo que desperta à passagem de uma canoa. Movimento circular das águas.

Retireiro. S.m. Agregado que cuida do gado no fundo de uma fazenda.

Retiro. S.m. Pastagem afastada da sede da fazenda. Lugar onde mora o retireiro e se realizam trabalhos com gado. Variantes apontadas por Souza (1961): *posto* (Estados da região Sul), *rancho* (Minas Gerais e Maranhão) e *mangabeira* (Minas Gerais).

Roceiro. S.m. Aquele que numa fazenda cuida da plantação de frutas e/ou hortaliças. Homem que prepara a roça.

Rodada. S.f. Queda de cima de algum animal, geralmente cavalo ou boi.

Rodar. V. Também aparece com o sentido de cair do lombo de algum animal.

Ronda. S.f. Plantão noturno dado por um peão na vigilância dos bois.

Rondar. V. Vigiar os bois durante a noite.

Roupança. S.f. Orgulho, altivez.

S

Saladeiro. S.m. Lugar onde se prepara o charque. Aulete (1964) acrescenta que é uma palavras de uso comum no Rio Grande do Sul. Variante: *saladero*.

Salgar. V. Preparar o charque.

Sapicuá. S.m. Saco de couro lona ou pano com dois fundos e abertura no meio, usado para carregar matula e os apetrechos para o tereré.

Sarã. S. m. Arbusto que produz uma goma-resina.

Seputá. S.m. Árvore enorme, parecida com a mangueira, dá um fruto grande, apreciado pelos vaqueiros e animais.

Seriema. S.f. Ave acinzentada com bico em forma de pincel, suas pernas e o bico são vermelhos.

Sesteado. Adj. Descansado.

Sestear. V. Fazer a sesta.

Sestiada. S.f. Lugar onde há parada para o almoço. O mesmo que dar uma descansada. Também aparece como hora do descanso. Variante: *sestiada*.

Sitieiro. S.m. O mesmo que *roceiro*. Variante: *sitiante*.

Soguear. V. Deixar o cavalo pastando amarrado. Variante: *soguiar*.

T

Tarimba. S.f. Cama feita com quatro forquilhas, onde é passado o estrado de madeira e assentado o colchão.

Tarumã. S.f. Árvore que cresce em lugares úmidos, geralmente em beira de rios. Na medicina popular, é usada para cólicas estomacais. Sua madeira serve para a fabricação de caixas.
Tarumeiro. S.m. O mesmo que *tarumã*.
Torar. V. Cortar, dissipar. Aparece também como entrar: "toramo naquele mato". No Pantanal é comum a expressão "é tora!", com o significado de "é dificil!", "é duro!".
Torete. S.m. Touro pequeno.
Toucerona. S.f. Moita ou algo grande. Variante: *tocerona*.
Tralha. S.f. Para o peão a expressão boiadeiro, tudo que é usado para encilhar a montaria. Também é usada a expressão "traia de arreio". Num sentido mais generalizado, é tudo que a pessoa possui, seus pertences.
Tratorista. S.m. Pessoa que, na fazenda, assume a função de motorista de veículos pequenos, de caminhões e tratores, além de ser responsável pela manutenção deles.
Tremedal. S.m. Terreno alagadiço de solo não muito firme, pântano.
Trieirinho. S.m. Trilha de passagem quase fechada, vereda pequena. Variantes: *trilheirinho, trilheira*.
Trinta oitão. S.m. Revólver calibre trinta e oito.
Troncho. Adj. Manco ou mutilado.

V

Vara de carandá. S.f. Tronco de carandá usado para cercar currais, bretes e para a construção de ranchos.
Varador. S.m. Caminho através de capões. Variante: *varadouro*.
Visonho. Adj. Lugar onde aparecem visões.

Z

Zinga. S.f. Vara com cerca de três metros, aproximadamente, que serve para locomoção de batelões. Seu operador chama-se "zingador".
Zoada. S.f. O mesmo que *zunido, zumbido*.
Zolho. S.m. O mesmo que *olho*.

FONTES

BIBLIOGRAFIA GERAL

AGUIAR E SILVA, V. M. de. O sistema semiótico literário. In: _____. *Teoria da Literatura*. 4.ed. Coimbra: Livraria Almedina, 1982. p.41-171.

AMARAL, A. *Dialeto caipira*. 3.ed. São Paulo: Hucitec, Secretaria da Cultura, Ciência e Tecnologia, 1976. p.82-195.

_____. *Tradições populares*. 3.ed. São Paulo: Hucitec, Brasília: INL, 1982. 411p.

ARAÚJO, A. M. Mitos e lendas. In: *Folclore nacional*. São Paulo: Melhoramentos, 1964. v.1, p.413-79.

BACHELARD, G. *A poética do espaço*. Trad. Antônio C. Leal e Lídia do Valle S. Leal. São Paulo: Abril Cultural, 1974. p.341-512.

BELLUZZO, A. de M. *O Brasil dos viajantes*. São Paulo: MAM, 1995. 66p.

BENJAMIN, W. El narrador: consideraciones sobre la obra de Nicolai Leskov. In: _____. *Sobre el programa de la filosofía futura y otros ensaios*. Trad. Roberto J. Vernengo. Caracas: Monte Avila Editores, 1970. p.189-211.

BERGSON, H. A religião estática. In: _____. *As duas fontes da moral e da religião*. Trad. Nathanael C. Caixeiro. Rio de Janeiro: Zahar Editores, 1978. p.85-172.

BETTELHEIM, B. *A psicanálise dos contos de fadas*. Trad. Arlene Caetano. Rio de Janeiro: Paz e Terra, 1980. 366p.

BOM MEIHY, J. C. S. *Canto de morte Kaiowá*: história oral de vida. São Paulo: Loyola, 1991. p.1-33.

_____. *Manual de história oral*. São Paulo: Loyola, 1996. 78p.

BORGES, J. L. *Elogio da sombra*. Trad. Carlos Nejar e Alfredo Jacques. 4.ed. Rio de Janeiro: Globo, s. d.

BORGES, J. L., GUERRERO, M. El libro de los seres imaginários. In: _____. *Obras completas en colaboración*. Buenos Aires: Alianza Tres/ Emecé, 1972. v.2, p.121-227.

BOSI, A. *Dialética da colonização*. São Paulo: Cia. das Letras, 1994. 404p.

BOSI, E. *Memória e sociedade*: lembrança de velhos. 4.ed. São Paulo: Cia. das Letras, 1995. 484p.

BURKE, P. *A cultura popular na Idade Moderna*. Trad. Denise Bottman. 2.ed. São Paulo: Cia. das Letras, 1995. 386p.

CALVINO, I. *Seis propostas para o próximo milênio*. Trad. Ivo Barroso. 3.ed. São Paulo: Cia. das Letras, 1993. 141p.

_____. *Fábulas italianas*. Trad. Nilson Moulin. 3.ed. São Paulo: Cia. das Letras, 1994. 454p.

_____. A palavra escrita e a não-escrita. In: FERREIRA, M. de M., AMADO, J. *Usos e abusos da história oral*. Trad. Luiz Roberto Monjardim et al. Rio de Janeiro: FGV, 1996. p.139-48.

CANDIDO, A. Introdução. In: ROMERO, S. *Teoria, crítica e história literária*. São Paulo: Edusp, 1978. p.1-23.

_____. *Literatura e sociedade*. 6.ed. São Paulo: Cia. Editora Nacional, 1980. p.1-70.

_____. *Os parceiros do Rio Bonito*. 7.ed. São Paulo: Livraria Duas Cidades, 1987. 284p.

_____. *A educação pela noite & outros ensaios*. São Paulo: Ática, 1989. p.163-80.

CASCUDO, L. C. *Lendas brasileiras:* 21 histórias criadas pela imaginação do povo. São Paulo: Ediouro, s. d. p.45-59.

_____. *Antologia do folclores brasileiro*. 3.ed. São Paulo: Martins, 1956. 673p.

_____. *Superstições e costumes*. Rio de Janeiro: Antunes e Cia., 1958. 260p.

_____. *Tradição, ciência do povo*: pesquisas na cultura popular do Brasil. São Paulo: Perspectiva, 1971. 199p. (Debates, 34)

_____. *Mitos brasileiros*. Rio de Janeiro: Campanha de Defesa do Folclore Brasileiro, 1976. 24p.

_____. *Anubis e outros ensaios*: mitologia e folclore. Rio de Janeiro: Funart, INF, 1983a. p.43-5, 55-62, 69-79.

CASCUDO, L. C. *Geografia dos mitos brasileiros*. São Paulo, Belo Horizonte: Edusp, Itatiaia, 1983b. 345p.

_____. *A literatura oral no Brasil*. 3.ed. Belo Horizonte, São Paulo: Itatiaia, Edusp, 1984. 435p.

_____. O folclore: literatura oral e literatura popular. In: COUTINHO, A. (Org.) *A literatura no Brasil*. 3.ed. Rio de Janeiro, Niterói: J. Olympio, Eduff, 1986. v.1, p.183-92.

CASTRO, S. Gênese da idéia de Brasil. In: COUTINHO, A. (Org.) *A literatura no Brasil*. 3.ed. Rio de Janeiro, Niteroi: J. Olympio, Eduff, 1986. v.1, p.242-57.

CÉSAR, G. *Crendices*: suas origens e classificação. Rio de Janeiro: MEC, 1975. 280p.

CORRÊA, C. H. *História oral*: teoria e técnica. Florianópolis: UFSC, 1978. 89p.

COUTINHO, A. A crítica literária romântica. In: _____. *A literatura no Brasil*. 3.ed. Rio de Janeiro, Niterói: J. Olympio, Eduff, 1986. v.3, p.322-46.

CRUIKSHANK, J. Tradição oral e história oral: revendo algumas questões. In: FERREIRA, M. de M., AMADO, J. *Usos e abusos da história oral*. Trad. Luiz Roberto Monjardim et al. Rio de Janeiro: FGV, 1996. p.149-65.

DARNTON, R. *O grande massacre de gatos e outros episódios da história cultural francesa*. Trad. Sônia Coutinho. 2.ed. Rio de Janeiro: Graal, 1988. 363p.

DELLA MÔNICA, L. *Manual de folclore*. São Paulo: AVB, 1976. p.1-30.

DIÉGUES JÚNIOR, M. Regiões culturais para o estudo do folclore brasileiro. *Revista Brasileira de Folclore* (MEC – Campanha de Defesa do Folclore Brasileiro), ano X, n.28, p.204-14, set.-dez., 1970.

DONATO, H. O folclore se torna literatura. In: ZILBERMAN, R., LAJOLO, M. *Um Brasil para crianças*. 4.ed. São Paulo: Global, 1993. p.342-46.

ELIADE, M. *Aspectos do mito*. Trad. Manuela Torres. Lisboa: Edições 70, 1989. 174p.

ENTREVISTA José Carlos Sebe Bom Meihy. *Pós-História: Revista de Pós-Graduação em História* (UNESP-Assis), v.1, p.9-18, 1993.

FERNANDES, F. A. G. O sentido da mestiçagem: Sílvio Romero e a arquitetura do folclore nacional. *Revista de Pós-Graduação em História* (UNESP-Assis), v.8, p.187-208, 2000.

FRADE, C. *Folclore*. Rio de Janeiro: Global, 1991. 69p.

FREYRE, G. O ânimo folclórico no comportamento e na cultura do brasileiro. *Revista Norte-Rio-Grandense de Folclore*, ano I, n.1, p.11-3, 1979.

JOLLES, A. *Formas simples*. Trad. Álvaro Cabral. São Paulo: Cultrix, 1976. 222p.

KUYK, R. H. J. E. V. Los medios audiovisuales. Trad. Teresa Casabella. *Historia e fuente oral (Universidad de Barcelona)*, n.13, p.165-69, 1994.

LAJOLO, M., ZILBERMAN, R. *Literatura infantil brasileira*: histórias e histórias. 3.ed. São Paulo: Ática, 1987. 187p.

LEAL, J. C. *A natureza do conto popular*. Rio de Janeiro: Conquista, 1985. 174p.

LE GOFF, J. Memória. In: _____. *História e memória*. Trad. Bernardo Leitão et al. 2.ed. Campinas: Ed. Unicamp, 1992. p.423-84.

LEITE, D. M. *O caráter nacional brasileiro*: história de uma ideologia. 4.ed. São Paulo: Pioneira, 1983. 378p.

LIMA, H. Luís da Câmara Cascudo. In: _____. *Poeiras do tempo*: memórias. Rio de Janeiro: J. Olympio, 1967. p.187-97.

LUYTEN, J. M. *O que é literatura popular*. 4.ed. São Paulo: Brasiliense, 1987. (Primeiros Passos, 98)

MATOS, C. N. de. O popular e a literatura. In: JOBIM, J. L. (Org.) *Palavras da crítica*. Rio de Janeiro: Imago, 1992. p.10-34.

MEDINA, C. A. *Entrevista*: o diálogo possível. São Paulo: Ática, 1986. 96p.

MELO, V. de. Mestre Cascudo na intimidade. *Revista Brasileira de Folclore* (MEC – Campanha de Defesa do Folclore Brasileiro), ano VIII, n.22, set.-dez., p.275-79, 1968.

MENESES, A. B. de. Memória e ficção. *Resgate (Revista de cultura do Centro de Memória da Unicamp)*, n.3, p.9-15, 1991.

MENEZES, P. (Org.). *Poesia sonora*: poéticas experimentais da voz no século XX. São Paulo: Educ, 1992. 156p.

MEYER, M. *Caminhos do imaginário no Brasil*. São Paulo: Edusp, 1993. p.1-46.

MIELETINSKI, E. M. *A poética do mito*. Trad. Paulo Bezerra. São Paulo: Forense, 1987. p.189-307.

MINARELLI, E. História da poesia sonora no século XX. In: MENEZES, P. (Org.) *Poesia sonora*: poéticas experimentais da voz no século XX. São Paulo: Educ, 1992. 156p.

MONTAIGNE, M. de. Dos canibais. In: _____. *Ensaios*. Trad. Sérgio Milliet. São Paulo: Nova Cultural, 1996. v.1. p.192-203.

ONG, W. *Oralidade e cultura escrita*. Trad. Enid Abreu Dobránzky. Campinas: Papirus, 1998. 223p.

PAGGI, S. La entrevista filmada. Trad. Miguel Izquierdo. *História e fuente oral (Universidad de Barcelona)*, n.12, p.163-71, 1994.

PELLEGRINI FILHO, A. *Literatura folclórica*. São Paulo: Edusp, Nova Stella, 1986. 144p.

PEREIRA, N. A escola do Recife e o folclore. *Revista Norte-Rio-Grandense de Folclore*, ano I, n.1, p.14-6, 1979.

PIRES FERREIRA, J. *Armadilhas da memória*: conto e poesia popular. Salvador: Fund. Casa de Jorge Amado, 1991. 104p.

_____. *Cavalaria em cordel*: o passo das águas mortas. 2.ed. São Paulo: Hucitec, 1993. 140p.

POLLAK, M. Memória e identidade social. Trad. Monique Augras. *Estudos Históricos (Rio de Janeiro)*, v.5, n.10, p.200-12, 1992.

PROPP, V. I. *Morfologia do conto maravilhoso*. Trad. Jasna Paravich Sarhan. Rio de Janeiro: Forense, 1984. 225p.

RIBEIRO, L. T. *Mito e poesia popular*. Rio de Janeiro: Instituto Nacional do Folclore, 1987. 174p.

ROMERO, S. Contos populares do Brasil. In: _____. *Folclore brasileiro*. Rio de Janeiro: J. Olympio, 1954. v.2. 441p.

_____. *Estudos sobre a poesia popular do Brasil*. 2.ed. Petrópolis: Vozes, 1977. 273p.

_____. *Teoria, crítica e história literária*. São Paulo: Edusp, 1978.

SIMONSEN, M. *O conto popular*. Trad. Luis Cláudio de C. e Costa. São Paulo: Martins Fontes, 1987. 179p.

SOUSA LIMA, F. A de. *Conto popular e comunidade narrativa*. Rio de Janeiro: Funarte, INL, 1985. 285p.

THOMPSON, P. *A voz do passado*: história oral. Trad. Lólio Lourenço de Oliveira. São Paulo: Paz e Terra, 1992. 385p.

TORRES, D. M. G. *Folklore del Paraguay*. Assunción: Comuneros, 1980. 602p.

VILHENA, L. R. *Projeto e missão*: o movimento folclórico brasileiro 1947-1964. Rio de Janeiro: Funarte, Fund. Getúlio Vargas Editora, 1997. 332p.

WEITZEL, A. E. *Folclore literário e lingüístico*. 2.ed. Juiz de Fora, Rio de Janeiro: EDUFJF, Diadorim, 1995. 279p.

XIDIEH, O. E. *Narrativas pias populares*. São Paulo: IEB, 1967. 145p.

_____. *Narrativas populares*: estórias do Nosso Senhor Jesus Cristo e mais São Pedro andando pelo mundo. São Paulo, Belo Horizonte: Itatiaia, Edusp, 1993. 141p.

ZUMTHOR, P. Poesia do espaço. In: MENEZES, P. (Org.) *Poesia sonora*: poéticas experimentais da voz no século XX. São Paulo: Educ, 1992. 156p.

_____. *A letra e a voz*: a literatura medieval. Trad. Jerusa Pires Ferreira e Amálio Pinheiro. São Paulo: Cia. das Letras, 1993. 324p.

BIBLIOGRAFIA REGIONAL

BANDUCCI JÚNIOR, A. *Sociedade e natureza no pensamento pantaneiro*: representação de mundo e o sobrenatural entre os peões das fazendas de gado da "Nhecolândia" (Corumbá/MS). São Paulo, 1995. 220p. Dissertação (Mestrado em Antropologia) – Faculdade de Filosofia, Letras e Ciências Humanas, Universidade de São Paulo.

_____. No Paço da Lontra. *Cadernos de extensão – UFMS (Campo Grande)*, ano I, n.7, p.22-6, dez. 1996.

BARROS, J. de. *Lembranças*: para meus filhos e descendentes. São Paulo: s. n., 1987. 94p.

CERRI, C. O berçário do Brasil. *Revista Globo Rural (Rio de Janeiro)*, ano 13, n.144, p.60-78, out. 1997.

CORRÊA, V. B. *Coronéis e bandidos em Mato Grosso*: 1889-1943. Campo Grande: Editora da UFMS, 1995. 189p.

CORRÊA FILHO, V. *Mato Grosso*. 2.ed. Rio de Janeiro: Brasílica, 1939. 268p.

DUARTE, R. Literatura oral. In: _____. *Revista do folclore brasileiro*: Goiás. Brasília: MEC, Funarte, 1977. p.21-9.

FERNANDES, F. A. G. A festa de São João pantaneira: apontamentos de literatura oral. *Revista de Letras da UNESP*, v.37/38, p.119-37, 1997/1998.

_____. *Entre histórias e tereréis*: o ouvir da literatura pantaneira. Assis, 1998, 370p. Dissertação (Mestrado em Letras) – Faculdade de Filosofia, Letras e Ciências Humanas, Universidade Estadual Paulista.

GALDINO, F. *Lendas matogrossenses*. Cuiabá: Typographia Calhão e Filho, 1919. 137p.

GOVERNO de Mato Grosso. *Mato Grosso do garimpo ao computador*: balanço do governo José Fragelli. s. d. 90p.

GUIMARÃES ROSA, J. Entremeio com o vaqueiro Mariano. In: _____. *Estas estórias*. Rio de Janeiro: J. Olympio, 1969. p.67-98.

IBANES, B. *Selvino Jacques*: o último dos bandoleiros. Campo Grande: Alvorada, s. d. 101p.

INSTITUTO Brasileiro de Geografia e Estatística. *Tipos e aspectos do Brasil*. 8.ed. Rio de Janeiro: Conselho Nacional de Geografia, 1966. p.431-91.

INSTITUTO Euvaldo Lodi. *Ciclo da erva-mate em Mato Grosso do Sul*. Campo Grande: s. n., 1986. 518p.

KORABIEWICZ, W. *Matto Grosso*. Trad. M. A. Michael. Nova York: Roy Publishers, s. d. 238p.

LACERDA, R. Estórias e lendas de Goiás e Mato Grosso. In: *Antologia ilustrada do folclore brasileiro*. São Paulo: Liteart, s. d. v.7, 320p.

LEITE, E. F. *Marchas na história*: comitivas, peões-boiadeiros nas águas de Xarayes. Assis, 2000. 285p. Tese (Doutorado em História) – Faculdade de Filosofia, Letras e Ciencias Humanas, Universidade Estadual Paulista.

LEITE, M. C. *A poética do sobrenatural no homem ribeirinho*: o minhocão. São Paulo, 1995. 196p. Dissertação (Mestrado em Literatura) – Faculdade de Filosofia, Letras e Ciências Humanas, Universidade de São Paulo.

_____. *Águas encantadas de Chacororé*: paisagens e mitos do Pantanal. São Paulo, 2000. 176p. Tese (Doutorado em Semiótica) – Programa de Estudos Pós-graduados em Comunicação e Semiótica, Pontifícia Universidade Católica de São Paulo.

MEDEIROS, S. L. R. *O dono dos sonhos*. São Paulo: Razão Social, 1991. 184p.

MENDES, F. A. F. *Folclore mato-grossense*. Cuiabá: Fundação Cultural de Mato Grosso, 1977a. 64p.

_____. *Lendas e tradições cuiabanas*. Cuiabá: Fundação Cultural de Mato Grosso, 1977b. 100p.

MENDONÇA, R. de. *Sagas e crendices da minha terra natal*. Cuiabá: s. n., 1969. 67p.

NOGUEIRA, A. X. *A linguagem do homem pantaneiro*. São Paulo, 1989. 385p. Tese (Doutorado em Letras) – Comissão Especial de Doutorado, Universidade Mackenzie.

_____. *O que é Pantanal*. São Paulo: Brasiliense, 1990. 79p. (Primeiros Passos, 223)

_____. O pantaneiro e sua linguagem. *Revista Encontros e Reversos (Corumbá)*, n.1, p.60-5, 1995.

_____. Universo natural pantaneiro: uma leitura semiótica. *Revista MS Cultura (Fundação de Cultura de Mato Grosso do Sul)*, ano III, n.1, p.25-7, 1996.

NOGUEIRA, A. X., VALLEZI, W. A. Há ficção em Mato Grosso do Sul? *Revista MS Cultura (Fundação de Cultura de Mato Grosso do Sul)*, ano II, n.6, p.48-51, 1986.

PÓVOAS, L. C. *História da cultura matogrossense.* Cuiabá: s. n., 1982. p.1-31, 149-61.

PROENÇA, A. C. *Raízes do Pantanal.* Belo Horizonte, Brasília: Itatiaia, INL, 1989. 82p.

_____. *Pantanal*: gente, tradição e história. Campo Grande: Ed. do Autor, 1992.143p.

RAMIRES, M. A volta de Maguató. *Revista MS Cultura (Fundação de Cultura de Mato Grosso do Sul)*, ano III, n.7, p.37-46, 1987.

RAMOS, H. C. *Tropas e boiadas.* Rio de Janeiro: J. Olympio, 1965. 154p. (Sagarana, 16)

REGO, M. C. de M. *Lembranças de Mato Grosso.* Várzea Grande: Fundação Júlio Campos, 1993. 79p.

RIBEIRO, J. H. *Pantanal, amor baguá.* São Paulo: Moderna, 1997. 124p.

RIEDEL, D. *As selvas e o Pantanal.* São Paulo: Cultrix, 1959. 315p. (Histórias e Paisagens do Brasil, 10)

ROCHA, E. A. *Uma expressão do folclore mato-grossense*: o cururu em Corumbá. Porto Alegre, 1981. 115p. Dissertação (Mestrado em História) – Pontifícia Universidade Católica do Rio Grande do Sul.

_____. Folclore, conceito e Aplicação. *Revista MS Cultura (Fundação de Cultura de Mato Grosso do Sul)*, ano II, n.6, p.53-7, 1986.

RODRIGUES, D. *Cuiabá, roteiro das lendas.* Cuiabá: Ed. da UFMT, 1985. 112p.

SCAFF, I. C. *A fábula do Quase Frito.* Cuiabá: WAP/Câmara Municipal de Cuiabá, s. d. 56p.

SEREJO, H. *3 Contos.* Presidente Venceslau: Gráfica São João, 1938. 98p.

_____. *Campeiro da minha terra.* Presidente Venceslau: s. n., 1978a. 40p.

_____. *Lendas da erva-mate.* Presidente Venceslau: s. n., 1978b. 43p.

_____. *Abusões de Mato Grosso e outras terras.* Presidente Venceslau: s.n., s. d. (a) 45p. (Balaio de Bugre, 9)

_____. *Contas de meu rosário.* Presidente Venceslau: s. n., s. d. (b) 70p. (Balaio de Bugre, 10)

_____. *De galpão em galpão.* Presidente Venceslau: s. n., s. d. (c) 50p. (Balaio de Bugre, 3)

_____. *Mãe Preta.* Presidente Venceslau: s. n., s. d. (d) 25p. (Balaio de Bugre, 5)

SEREJO, H. *Rodeio da saudade*. Presidente Venceslau: s. n., s. d. (e) 53p. (Balaio de Bugre, 4)

_____. *Zé Fornalha*. Presidente Venceslau: s. n., s. d. (f) 123p. (Balaio de Bugre, 1)

SILVA, H. R. da. *Garimpos do Mato Grosso*: viagens ao sul do Estado e ao lendário Rio das Garças. São Paulo: Saraiva, 1954. 190p.

SUCKSDORFF, A. *Pantanal*. Rio de Janeiro: Fundação Roberto Marinho, 1984. 102p.

TEIXEIRA, J. A. *Folclore goiano*. 3.ed. São Paulo, Brasília: Ed. Nacional, INL, 1979. 235p.

VALVERDI, O. Fundamentos geográficos do planejamento rural do município de Corumbá. *Revista Brasileira de Geografia (Rio de Janeiro)*, ano 34, n.1, p.49-144, 1972.

XAVIER, I. G. *Adeus*. Corumbá: Caravelas, 1986a. (Literatura de Cordel, 4)

_____. *O vaqueiro*. Corumbá: Caravelas, 1986b. (Literatura de Cordel, 3)

_____. *A nudez de Anita*. 2.ed. Corumbá: Caravelas, 1987a. (Literatura de Cordel, 6)

_____. *Meu santinho de lata*. Corumbá: Caravelas, 1987b. (Literatura de Cordel, 5)

DICIONÁRIOS, CATÁLOGOS E ENCICLOPÉDIAS

AULETE, C. *Dicionário contemporâneo da língua portuguesa*. 2.ed. Rio de Janeiro: Delta, 1964. 5v.

BURGUIÈRE, A. Memória coletiva. In: _____. *Dicionário das ciências históricas*. Trad. Luiz Fagundes Varela. Rio de Janeiro: Imago, 1993. p.526-8.

CASCUDO, L. da. C. *Dicionário do folclore brasileiro*. 3.ed. Rio de Janeiro: Ediouro, 1972.

CHEVALIER, J. *Dicionário de símbolos*. Trad. Vera da Costa e Silva et al. São Paulo: J. Olympio, 1994.

COUTINHO, A., SOUSA, J. G. de (Org.) *Enciclopédia de literatura brasileira*. Rio de Janeiro: MEC, FAE, 1990. 2v.

FERREIRA, A. B. de H. *Dicionário Aurélio básico da língua portuguesa*. São Paulo: Nova Fronteira, 1995.

MENDONÇA, R. de. *Bibliografia mato-grossense*. Cuiabá: Ed. UFMT, 1975.

MENEZES, R. *Dicionário literário brasileiro*. 2.ed. Rio de Janeiro: LTC, 1978.

MOISÉS, M. *Dicionário de termos literários.* 6.ed. São Paulo: Cultrix, 1992.
RIVIÈRE, J. L. O gesto. In: *Enciclopédia Einaudi.* Trad. Teresa Coelho. Lisboa: Imprensa Nacional, Casa da Moeda, 1987. v.11, p.11-31.
SOUZA, J. de. *Dicionário da terra e da gente do Brasil.* 5.ed. São Paulo: Ed. Nacional, 1961.

JORNAIS, BOLETINS E TEXTOS MIMEOGRAFADOS

BASTOS, A. O mito amazônico das serpentes navegantes. *D.O. Leitura*, São Paulo, 10 jun. 1991. p.2.
BOLETIM DA NHECOLÂNDIA. Corumbá, out. 1947, ano 1, n.1. 8p.
_____. Corumbá, jan. 1948a, ano 1, n.2. 8p.
_____. Corumbá, abr. 1948b, ano 2, n.3. 8p.
CAVALCANTI, M. L. *Entendendo o folclore.* s. l.: s. n., 1992. 4p. (Mimeogr.)
CODO, V. E. C. Pantanal. *D.O. Leitura*, São Paulo, 9 nov. 1990. p.1-3.
CORRÊA, V. B. *Pantanal*: o enclave das águas (resistência e conquista). Corumbá: Fundação Universidade Federal de Mato Grosso do Sul, 1995. 58p. (Mimeogr.)
ELIOT, T.S. Notas para uma definição de cultura. *Folha de S.Paulo*, São Paulo, 24 set. 1988. Folhetim, p.3-8.
FOLCLORE. O primeiro congresso brasileiro de folclore. Vitória, ano III, n.13-5. 1951. p.3.
_____. Congresso Internacional em São Paulo. Vitória, ano IV, n.16-8. 1954. p.7-9.
FOLHA DE S.PAULO. Os pantaneiros. São Paulo, 5 jul. 1997. Folhinha, p.6-7.
LIMA, M. R. S. T de. Folclore: conceitos e preconceitos. *D.O. Leitura*, São Paulo, 9 ago. 1990. p.6.
_____. Cobras e crendices. *D.O. Leitura*, São Paulo, 10 nov. 1991. p.3-4.
_____. Terapia folclórica no Brasil. *D.O. Leitura*, São Paulo, 13 jul. 1994. p.2-3.
MONTENEGRO, A. T. *História oral*: caminhos e descaminhos. s. n. t. (Mimeogr.)
NÚCLEO Interdisciplinar de Pesquisas. *Lume*: contadores de estórias. Campinas: PRDU, Unicamp, s. d.
PORRO, A. Como nasce uma lenda. *D.O. Leitura*, São Paulo, 10 mai. 1992. p.12.

TRIGUEIRO, O. M. Indústria cultural e narrativas populares. *D.O. Leitura*, São Paulo, 9 mar. 1991, p.7.

ZUMTHOR, P. Poesia, tradição e esquecimento. *Folha de S.Paulo*, São Paulo, 17 set. 1988. Folhetim, p.2-11.

ENTREVISTAS

CURURU, siriri & cia. (filme-vídeo). Produção: Frederico A. G. Fernandes e Eudes F. Leite. Corumbá: Ceuc/UFMS, 1995. 130min (aprox.), color., son., VHSc.

ENTREVISTA Airton Rojas (filme-vídeo). Produção: Eudes F. Leite e Frederico A. G. Fernandes. Corumbá: Ceuc/UFMS, 1996. 120min (aprox.), color., son., VHSc.

ENTREVISTA Antônio Paes Maia (filme-vídeo). Produção: Eudes F. Leite e Frederico A. G. Fernandes. Corumbá: Ceuc/UFMS, 1995. 120min (aprox.), color., son., VHSc.

ENTREVISTA Dinote (filme-vídeo). Produção: Eudes F. Leite e Frederico A. G. Fernandes. Corumbá: Ceuc/UFMS, 1996. 90min (aprox.), color., son., VHSc.

ENTREVISTA Dirce Campos Padilha (filme-vídeo). Produção: Eudes F. Leite e Frederico A. G. Fernandes. Corumbá: Ceuc/UFMS, 1995. 135min (aprox.), color., son., VHSc.

ENTREVISTA Fausto da Costa Oliveira (filme-vídeo). Produção: Eudes F. Leite e Frederico A. G. Fernandes. Corumbá: Ceuc/UFMS, 1996. 240min (aprox.), color., son., VHSc.

ENTREVISTA Gonçalo Silva (filme-vídeo). Produção: Eudes F. Leite e Frederico A. G. Fernandes. Corumbá: Ceuc/UFMS, 1997. 120min (aprox.), color., son., VHSc.

ENTREVISTA João Torres (filme-vídeo). Produção: Eudes F. Leite e Frederico A. G. Fernandes. Corumbá: Ceuc/UFMS, 1996. 137min (aprox.), color., son., VHSc.

ENTREVISTA Manoel João de Carvalho (filme-vídeo). Produção: Eudes F. Leite e Frederico A. G. Fernandes. Corumbá: Ceuc/UFMS, 1996. 90min (aprox.), color., son., VHSc.

ENTREVISTA Miguel da Silva (filme-vídeo). Produção: Eudes F. Leite e Frederico A. G. Fernandes. Corumbá: Ceuc/UFMS, 1995. 90min (aprox.), color., son., VHSc.

ENTREVISTA Natalino Justiniano da Rocha (filme-vídeo). Produção: Eudes F. Leite e Frederico A. G. Fernandes. Corumbá: Ceuc/UFMS, 1996. 180min (aprox.), color., son., VHSc.

ENTREVISTA Natálio de Barros Lima (filme-vídeo). Produção: Eudes F. Leite e Frederico A. G. Fernandes. Corumbá: Ceuc/UFMS, 1996. 60min (aprox.), color., son., VHSc.
ENTREVISTA Ranchinho (filme-vídeo). Produção: Eudes F. Leite e Frederico A. G. Fernandes. Corumbá: Ceuc/UFMS, 1996. 120min (aprox.), color., son., VHSc.
ENTREVISTA Raul Medeiros (filme-vídeo). Produção: Eudes F. Leite e Frederico A. G. Fernandes. Corumbá: Ceuc/UFMS, 1995. 300min (aprox.), color., son., VHSc.
ENTREVISTA Roberto dos Santos Rondon (filme-vídeo). Produção: Eudes F. Leite e Frederico A. G. Fernandes. Corumbá: Ceuc/UFMS, 1996. 90min (aprox.), color., son., VHSc.
ENTREVISTA Sebastião Coelho da Silva (filme-vídeo). Produção: Eudes F. Leite e Frederico A. G. Fernandes. Corumbá: Ceuc/UFMS, 1996. 270min (aprox.), color., son., VHSc.
ENTREVISTA Sebastião e Jacinto (filme-vídeo). Produção: Eudes F. Leite e Frederico A. G. Fernandes. Corumbá: Ceuc/UFMS, 1997. 90min (aprox.), color., son., VHSc.
ENTREVISTA Silvério Gonçalves Narciso (filme-vídeo). Produção: Eudes F. Leite e Frederico A. G. Fernandes. Corumbá: Ceuc/UFMS, 1996. 90min (aprox.), color., son., VHSc.
ENTREVISTA Vadô e José Aristeu (filme-vídeo). Produção: Eudes F. Leite e Frederico A. G. Fernandes. Corumbá: Ceuc/UFMS, 1997. 280min (aprox.), color., son., VHSc.
ENTREVISTA Valdomiro Lemos de Aquino (filme-vídeo). Produção: Eudes F. Leite e Frederico A. G. Fernandes. Corumbá: Ceuc/UFMS, 1996. 60min (aprox.), color., son., VHSc.
ENTREVISTA Vandir Dias da Silva (filme-vídeo). Produção: Eudes F. Leite e Frederico A. G. Fernandes. Corumbá: Ceuc/UFMS, 1996. 90min (aprox.), color., son., VHSc.
ENTREVISTA Waldomiro Souza (filme-vídeo). Produção: Eudes F. Leite e Frederico A. G. Fernandes. Corumbá: Ceuc/UFMS, 1996. 180min (aprox.), color., son., VHSc.
ENTREVISTA Wilton Lobo e Ana Rosa (filme-vídeo). Produção: Eudes F. Leite e Frederico A. G. Fernandes. Corumbá: Ceuc/UFMS, 1997. 180min (aprox.), color., son., VHSc.

SOBRE O LIVRO

Formato: 14 x 21 cm
Mancha: 23 x 40 paicas
Tipografia: Classical Garamond 10/13
Papel: Offset 75 g/m² (miolo)
Cartão Supremo 250 g/m² (capa)
1ª *edição*: 2002

EQUIPE DE REALIZAÇÃO

Produção Gráfica
Sidnei Simonelli

Edição de Texto
Nelson Luís Barbosa (Assistente Editorial)
Ana Luiza Couto (Preparação de Original)
Carlos Villarruel e
Ana Luiza Couto (Revisão)

Editoração Eletrônica
Lourdes Guacira da Silva Simonelli (Supervisão)
Rosângela Fátima de Araújo e
Edmílson Gonçalves (Diagramação)

Impressão e Acabamento
Com fotolitos fornecidos pelo Editor

EDITORA e GRÁFICA
VIDA & CONSCIÊNCIA

R. Agostinho Gomes, 2312 • Ipiranga • SP
Telefax: (11) 6161-2739 / 6161-2670
e-mail: gasparetto@snet.com.br
site: www.gasparetto.com.br